JN013411

人狩人（ひとかりうど）

装幀　鈴木大輔（ソウルデザイン）
装画　ＰＯＯＬ

プロローグ

突然、車に押し込められてから、黒川に話しかける者はだれもいなかった。顔には布袋がかぶせられ、苦しくはないがなにも見えない。両手両足は粘着テープでグルグル巻きにされている。最初は警察かと思った。もう年貢のおさめどきだ。だが、彼らがこんなことをするはずがないと、思いなおした。やはりあの結社だ。〈サークル〉と言われるあの結社は実在していたのだ。

一時間くらい車に揺られたあと、足だけを解放され、どこかに降ろされた。両側からふたりの男に抱えられ、五十数歩歩く。ドアを開ける音。建物に入ったのは、建材のにおいでわかった。しばらく歩くと、「階段だ」と片方の男が言った。拉致されてから、はじめて聞く声だった。階段を踏みはずさないように、ゆっくり下った。両側の男も急かしたり、乱暴なあつかいはしなかった。

ドアが開く音がした。

「ステップがある」また片方の男が言った。

どこか、せまい部屋に入れられたようだ。

「すわれ」

おとなしくすわった。固い椅子だった。

両手の粘着テープがはずされた。皮膚が引っ張られ、かなり痛かった。

「ドアが閉まったら、袋を取っていい」

数秒後、黒川は袋を取って周囲を見た。

照明が落とされたうす暗い部屋だった。

立ち上がった。

椅子以外なにもない空間だった。真っ白な壁と床。壁はやわらかいクッション入り。パニックを起こして壁に頭をぶつけたり、拳をケガしたりさせないためだろう。部屋の隅にある仕切りは、洗面所兼トイレだった。

天井にはドーム型カメラが二台取りつけられていた。

部屋は幅二・五メートル、奥行き三メートル。天井の高さは二・五メートルくらいだろうか。とても小さい。最初はよく映画に出てくる精神病棟の特別室みたいな部屋かと思ったが、それにしてはベッドはないし、あまりにせますぎる。まるでコンテナーか核シェルターだ。

ドアは金属製だった。壁を叩くと、表面はクッションで覆われているが、固くぶ厚い素材でつくられている。たぶん、コンクリートか金属だろう。

脱出は不可能だ。

ふとドアの横を見ると、床に小さな台が置かれていた。そこには、ペットボトルとプラスチックの皿がある。

皿には、ハムとチーズ、野菜、卵のサンドイッチが載っていた。ペットボトルの中身はミネラルウォーターのようだ。

クスリでも入れられているかもしれないという心配から、しばらく口をつけなかったが、空腹には勝てない。黒川は水と食事に手をつけた。

一、二時間か経ったただろうか。扉の向こうから声がした。
「椅子の下に手錠がある。それをかけろ」

試しに聞いてみた。「イヤだと言ったら、どうするんだ」

無言だった。

仕方なく、黒川は椅子の下を探った。

床に金属製の手錠を発見し、手に取った。それを、自分の両手に嵌める。

「袋をかぶれ」

言うとおりにした。

暗闇のなか、ドアが開く音が聞こえた。


再び車に乗せられ、一時間近く揺られた。

またふたりの男につき添われ、黒川は降車した。

木や草、土の香りで、郊外に来たことはわかった。地面は舗装されていない。

あまり暑くないので、おそらく真夜中か早朝だろう。たしか午後十時をすぎたころ襲われたはずだが、いまでは時間感覚が麻痺している。

十分以上歩かされてから、両肩を押された。おとなしく両膝を突いた。ジーンズをとおして、草むらだとわかった。両側の男たち以外に、だれかの気配を感じた。おそらく、狩りに参加する〈サークル〉のメンバーに見られているのだろう。

物音がした。何人かが去っていったようだ。

すると、何度も聞いた男の声がした。

「ここは森と野原で、きみは〈獲物〉です。なぜ〈獲物〉にされたかは、きみ自身でわかるだろう。きみの罪を思い出してくれ」

黒川はいま、ほんとうに実感した。自分は〈サークル〉主催の〈人狩り〉の〈獲物〉になっているのだ。助かるチャンスがあるだろうかと自問自答した。事態は絶望的に思える。

「いまから三時間、きみは〈狩人〉に追われます。〈狩人〉の武器は弓……クロスボウです。逃げのびたら、きみには自由があたえられます」

棒読みだ。男はなにかテキストを読んでいるらしい。言っていることがウソなのも知っていた。

彼らは逃げようが逃げまいが、自分を殺す。彼らがつくった、彼らの法の下の処刑だ。

「手錠をはずします。そして顔から袋を取ります。抵抗はしないでください。地面に腕時計があるから嵌めてください。三十分あげます。好きな場所に逃げてください。狩りはそこからはじまります。ただしフェンスを越えようとしたらアウトです」

どうアウトなのだろうかと思ったが、質問する余裕はなかった。これは現実だ。それも無慈悲な現実だった。

男の手が頭に触れ、袋が引き上げられた。

暗闇だった。草木のにおいが鼻腔(びこう)に充満した。目の前にふたりの男がいるが、輪郭しかわからない。ひとりはすらりとした長身で、若い男だった。

もうひとりは元アスリートのような体形。がっちりした中年だったが、彼のほうが手錠をはずした。

「わたしが〝はじめ〟と言ったら、百までゆっくり数えてください。数え終わったら、逃げてください」

紙を読んでいるのは若いほうだった。まだ慣れていないのか、たどたどしい。

「はじめ」

ふたりの男が小走りで離れていった。彼らはなにかを手に持っていた。おそらくクロスボウだろうと思った。こんな暗闇で、どうして足もとが見えるんだろうかと不思議だった。

いったい、どこに逃げればいいんだ。目を凝らした。ふたりの男が去って行った先に、黒い森が見えた。

「一、二、三、四、五、六、七……」

数を数えながら、この一年、自分のやったおぞましい犯罪について思い返した。よく考えれば、自分は彼らと同じだ。自分の法律で三人の人間を殺(あや)めたのだ。

二週間前、その犯罪をやり遂げ、あのホテルに向かったことを思い出す……。

だがそれが、この奇怪な体験のはじまりだった。

黒川の頭のなかに、記憶が走馬灯のように駆けめぐった。

第一部

一

物置の床板をすべて取り払うと、三十センチ真下の地面が剝き出しになった。黒川は一か月かけて、そこに三つの穴を掘った。

円周九十センチ、深さ百五十センチほどの竪穴だ。

穴にすっぽりおさまった最後の標的は、一時間後に目を覚ました。頭部だけ地上に出し、身動きができない。口にはガムテープが貼られ、声も出せない。しかし首を左右に動かすことだけはできたので、いまいるうす暗い場所が小屋であることは理解したようだ。

屋内は蒸し風呂のように暑い。標的の額から汗がほとばしる。だが手は動かすことができず、額をぬぐうことすらできないので、この上なく不快なことだろう。汗が目に入り、標的は何度もまばたきを繰り返した。

黒川は計算していた。次に標的が気にするのは、自分の左右に並ぶ縦長の長球体だ。セメントの造形物のように見えるが、いったいなんなのだろうかと不思議に思うはずだ。

そのときを狙って、黒川はドアを開け、なかに入る。

標的は目だけを上下させ、見知らぬ男を見つめる。目には言いようのない不安が宿っている。しゃがんで標的の顔をじっと見つめた。それから粘着テープでふさがれた標的の口元――そこに開けた小さな穴にストローを差し込み、くわえるように命令する。ストローの片側は水が入ったポリタンクとつながっている。黒川は、「これで最低三日間生きられる」と、事務的に伝える。

標的の目に、一抹の希望が浮かぶ。

だがすぐに、黒川は死刑を宣告する。標的の命は、その水が尽きるまでということと、両側にある長球体は別の標的の遺体だと教えるのだ。そして水だけを加えてつくるセメントで固めて、ふたりの標的を窒息死させたことを告げる。

「おまえの罪は永久に消えない」

黒川は淡々と、標的を死刑に処する理由を述べた。

標的はまばたきを繰り返す。「もう償いはしたのに……」そう言いたげだった。そこまでで、目的はほぼ達成される。あとは孤独が標的の脳をむしばみ、狂気へと駆り立てるのを見るだけだった。

五日後、標的の前に立つ。標的はほかのふたり同様、意識がぼやけ、あまり恐怖を感じなくなっている。無表情に黒川を見上げるだけだ。

そのときが来たことを、黒川は告げる。

しゃがんで、その顔に少しずつセメントを塗っていく。口と鼻だけを最後に残し、ゆっくり時間をかけて固めていく。

しだいに標的に感覚がよみがえる。じき、死ぬことを自覚する。助けを求めてなにか叫んでいるが、口をふさがれているので意味不明だ。

口と鼻は、セメントを塗る最後の部位だった。命が失われようとする瞬間まで、標的に後悔してもらいたかったからだ。

仕上げをほどこす。鼻をふさぎ、口にセメントを塗った。標的は苦しそうに首を動かす。最後まで死にあらがっている。黒川は思う。それでいい。それでいいのだ。

午後十時半、すべてを終えたとき、はげしい疲れを感じた。

車に乗り、山道を下った。

廃車置き場の近くに車を乗り捨てると、歩いて相原駅に向かう。

横浜線を利用して東神奈川まで行き、京浜東北・根岸線に乗り換えた。

本牧通り沿いの居酒屋で時間をつぶしたあと、深夜一時、教えられていた中区千代崎町のモルタルアパートにたどり着いた。

アパート自体、寝静まっているというより空き家のようだ。住人の気配はまったくない。二階への階段を静かに上り、教えられていた角部屋の前に立った。カギは情報屋が言ったとおり、郵便受けのなかに入っていた。

玄関のドアを開けて、灯りのスイッチを押した。

上がり框の横に小さなキッチン。向こうに六畳くらいの広さのフローリングの部屋。トイレと風呂はあったが、キッチンには冷蔵庫以外なにもない。部屋の中央にはテーブルと椅子が置かれ、ぽつんと携帯電話が載っていた。

靴を脱ぎ、キッチンを抜け、部屋に入る。鼻を二回すする。不潔ではないが、少々カビ臭い。椅子にすわると、コンビニで買ったペットボトルの水をガブ飲みして、それから携帯電話を見つめた。いまから始まる試験に少し緊張している。キンブルホテルに宿泊を許されるかどうか、これで運命が決まるからだ。

最初の標的は三年で出所し、もうひとりの標的は五年で社会復帰した。少年犯罪の不定期刑とは、なんと甘いものだろうか。だが主犯は、さすがに十二年の懲役刑が科されていた。全員がシャバに復帰するまで、たっぷり時間があった。そのあいだ、死にものぐるいでカネを稼いだ。犯罪の成功率は、資金の潤沢さに比例するからだ。同時に、標的たちの研究にもはげんだ。高校や大学の同級生で裏社会に片足を突っ込んだ水商売の男や女、その常連客のヤンキーや半グレに近づき、話を聞き、徐々に標的たちのネジロや物の考えかた、趣味、性的嗜好を収集し、理解した。

キンブルホテルの情報は、闇社会を取材するあいだに得た一種の副産物だった。横浜で一番闇社会に通じていると言われる情報屋の話に出てきたのだ。

「あんた、なにかどでかいことをしようと思ってるだろ」

勘の鋭い人物だった。会って五分も経たないうちに、情報屋は黒川の心の奥底にある底なし沼を見抜いたようだ。

「なにをするかは聞かないが、そのあとどうする」

日に焼けた浅黒い顔、やや太り気味の体形。横浜が本拠地のプロ野球球団のロゴの入ったキャップを目深にかぶり、顔には深い皺が刻まれていた。ヨレヨレのウィンドブレーカーにうす汚れたティーシャツ、ボロボロのジーンズ。一見、ホームレスのようなファッションだった。

「どうするって」質問の意味がわからず、黒川は反芻した。

「ヤバいことをやり遂げた人間が失敗するのはさ、そのあとなんだ。逃げるか、自分から捕まるか、自殺するか……その選択肢を決定する前に、たいていはマッポに捕まる」

「そういうものですか」〝マッポ〟とは、もはや死語だなと思いながら答えた。

「だからさ、カネがあるんなら何日間か考えて、覚悟を決める時間を持つことだ」

「どうしたらいいんですか」

「横浜のどこかにあるそうだ」声をひそめた。「二十四時間滞在で十万円。ただしそこにいるあいだは、文字どおり枕を高くして眠れる。だから、次にすべきことを考えられる」

「犯罪者をかくまうホテルですか」

情報屋は、「キンブルホテル」と告げた。

「キンブルホテル……」

「なんでキンブルホテルって言うかは、知らねえよ」情報屋は笑った。ほんとうは知っているが、教えてやらないという態度だった。

キンブルホテルに興味を持った。闇社会を知る人々から情報を集め、ついにホテルと直接コンタクトの取れる人物にたどり着いた。

なんのことはない。最初にこの情報をくれた情報屋だった。

いかにも胡散臭い本牧のバーで、黒川はこれから自分がやろうとしていることをくわしく話した。情報屋は黙って聞き「問い合わせてみる」とだけ言い、一時間席をはずした。戻って来たときに、彼は言った。「宿泊許可がおりるかどうかわからないぞ」と前置きし、審査の場所、そして手順を教えてくれた。

その運命が、いま決まるのだ。

午前二時。情報屋の言うとおり、携帯が鳴った。

「ホテルのことをどうして知った？　だれの推薦？」腹の底から湧き出るような声音だった。

最初の質問に答え、情報屋の通り名を告げた。

「希望は何泊？」

「二週間」

電話の向こうで鼻のなる音がした。笑っているらしい。

「金持ちだね。百四十万円、現金で持ってるんだな」

「持っている」

「わかった」乾いた声が応答した。「まず、追っ手がいないかどうか確認する。二十四時間……とても暑いだろうが、窓を開けずにその部屋にとどまってくれ。キッチンの棚と冷蔵庫を開ければ、食糧と飲みものがある。明日午前一時にホテルの場所を教える。その際、携帯電話やノートパソコンなど、足のつくものがあれば、全部その部屋に置いていってもらう。チェックアウトのあと、私物は必ず返却する。それからカギは、あった場所に返しておいてくれ」

返事をする間もなく、電話が切れた。


翌日の午前一時過ぎ、黒川はアパートを出た。

キンブルホテルの場所は、中村川をはさんだ繁華街の対岸にあるらしい。駅の東北方向に中華街、東に元町商店街、南側の丘陵地帯には外国人墓地や洋館、しゃれた高級住宅街がある。つまり横浜のイメージが凝縮された、観光の中心だ。

だが西北の地域は、古くから日雇い労働者の簡易宿泊所が多くある町だった。

バブルが崩壊する前までは、横浜でもっとも景気がよく、もっともガラの悪い地域だったらしい。クスリが公然と売られ、朝から飲み屋が開かれ、そこでノミ行為が行われていた。日雇い労働者のほか、大勢の娼婦（しょうふ）が住まいとし、ヤクザの事務所まで置かれていたそうだ。だがいまでは危険どころか、過疎村のようだ、と黒川は思った。

手にコンビニ袋を提げたジャージ姿の老人とすれちがう。スキンヘッド、車椅子を必死で漕ぐ老人が黒川を追い抜いた。

気配を感じてふり返ると、キャップを目深にかぶった大柄な男がいた。足を引きずっている。手にした杖はヘッドが鷲の形をしていて、妙に派手だった。夏なのに汚れたジャンパーを着ている。

出会ったのは全員、老人だった。彼らにはよそ者がすぐわかるらしい。みな、黒川に視線を送った。

電話で指定された建物は、シャッターの下りた中国食材店のとなりだった。築四十年は経った古いマンションだ。これが現在のキンブルホテルなのだろう。そう思った理由は、「キンブルホテルは足がつくのを恐れて、頻繁に場所を変える」と、情報屋が言っていたからだ。

両開きのドアの片方を押して、なかに入った。

ロビーはせまく、ほぼまっくら。唯一の光源は、フロントと思われる小さな窓から漏れる灯りだった。いわゆるラブホテルの受付のようだ。

フロントの小窓の前に立つと、いきなり強い光が顔を照らした。窓は黒川の視線よりかなり下にあるので、なかにいるホテルマンの顔はただでさえ見にくいのに、さらにホテルマンのうしろの照明が、受付の部屋自体がどうなっているか見えなくしている。

「予約した者だけど」

「名前は」

特徴のない声だ。昨晩の電話の主とは別人だろう。

「キンブルホテルに部屋を借りたかったら、ウソは絶対にだめだぞ」という情報屋の言葉を思い出しながら言った。「黒川……黒川秀樹」

「黒川さん、宿泊代は前金です」

カバンから封筒に入れた現金を取り出し、フロントに置いた。

腕が伸び、札束は消えた。

「なにをやった?」男が尋ねた。同時に札を数える音がした。

正直に話をすべきか、やはり悩んだ。そこで、時間かせぎのつもりで尋ねた。「あんたはなんだ?」

「ここのマネージャーです」

だから秘密は守るという意味だろうか。その答えで、躊躇しても仕方ないと思った。

「三人殺した」

「どこで?」

高尾山近くの住所を言い、「畑のなかにポツンとある一軒家」とつけ加えた。

「警察は? 警察は黒川さんを追っていると思うか」

「まだでしょう。おれが殺したのは根無し草みたいなやつらでね。なにかトラブルがあれば、ふだんからバックれる。友だち……というのがいたらだが、彼らはその三人がいなくなってもしばらくは気がつかないし、気にもかけない。それに連中は警察ぎらいだから、三人の失踪が警察の耳に入るのは、だいぶ経ったあとだと思う」

「くわしく動機を聞かせてくれないか。それに殺害方法も」

黒川は話しはじめた。ほんとうは、だれかに聞いてもらいたくてしょうがなかったのだと、そのとき気づいた。

二

母は凛とした美しい人だった。だから少年は、年に二回ある参観日が楽しみで仕方なかった。明らかに友だちの目も、友だちの両親の目も、扉を開けて入って来た母に向けられる。百七十センチの長身で、すらりとしたモデルのような体形。広い額、切れ長の大きな目。高い鼻。いつも笑っているように見える口元。友だちの父親たちは数秒間、母に釘づけになる。それから怒ったような妻の視線に気づき、苦笑いを浮かべてわが子に目を戻す。

参観日にくるのは母だけだったが、彼女の存在だけで引け目を感じなかった。じつは少年は、父親を知らないのだ。

母も、父がだれでどういう人かを、教えようとしなかった。でもそれでいい。母が自分に注いでくれる愛情さえあれば、なにもいらない。母はときにきびしかったが、心底やさしい人だった。

少年が失敗やまちがいを犯すと、母はいつもこう言った。

「してしまったことは仕方がないの。過去には戻れないから。問題はあなたがどう反省して、なにを学ぶか……人にはね、人それぞれに物語があるの。だからどう完結させればいいか、どう終わらせればいいか、それだけを考えていまを生きなさい」

そんな母に悪いウワサが立ったのは、小学校五年のときだった。クラスメートのひとりが、みなの前で彼に浴びせた言葉がきっかけだった。

「おまえのかあちゃんさあ、女優みたいな顔してっけどさあ、ほんとはパンパンだべ。黄金町のガード下で見たことがあるって、とうちゃん言ってたぞ」

パンパンの意味がわからなくて戸惑った。だから否定も肯定もできずに沈黙した。周囲の空気が凍りついたようになったので、ひどいことを言われていることだけは理解した。

クラスのだれかが小声で、「おれのおかあちゃんがさあ、パンパンはこの世から消えてなくならなきゃいけない恥ずかしい仕事だって言ってたぜ」と話すのが聞こえた。

その日のうちに、辞書で意味を調べた。

パンパンとは売春婦、娼婦と呼ばれる、身体(からだ)を男性に売る職業の俗称で、どうやら人々に蔑(さげす)まれている仕事だということがわかった。だが男女のことについてよくわかっていなかったので、完全には理解できなかった。それでもクラスメートが言っていたことは、絶対にウソだと思った。誇り高い母が、そんな仕事をするはずがない。バーを経営しているのは知っていたが、お酒を売るだけで、身体を売る仕事ではない。それに店は、関内駅近くの雑居ビルのなかだ。黄金町とはだいぶ離れている。

だが、その手のウワサはどんどん大きくなる。学校のだれもが自分の母のことを話題にしているように感じられた。もう耐えられない。それに腹も立った。少年は母に直接、彼女の過去と、いま現在いったいどういう仕事をしているか質問しようと決意した。これまで、直接尋ねる勇気がなかったからだ。

その日は、明け方まで母の帰りを待った。緊張していたので、眠くはなかった。

だが母は帰ってこなかった。彼女は永久に姿を消してしまった。

三

老いはまだまだ感じない。いや、感じてなるものか。

青木省吾（あおきしょうご）は、高校や大学時代の友人、かつての職場の同期より、見た目も中身も若いと自負している。ほかの連中とちがう点は、彼らが定年を恐れていたのに対して、自分はわくわくしてその日を待っていたことだ。スポーツや旅行、読書、映画、演劇鑑賞、息子夫婦や友人との飲み会——趣味は多彩だし、おれにはいっぱい、やりたいことがある！

だが優雅で楽しいはずの引退生活は、例の世界中を恐怖のどん底におとしいれた感染症のせいで一変した。ステイホームなんて、望んだ生活とまるでちがうじゃないか、きっと身体が老化する、恐ろしい。

唯一のストレス解消法は、愛犬との散歩だった。夏なので熱中症を気にして、毎日朝七時からはじめることにした。

愛犬はゴールデン・レトリーバー。名前はリン。もう十歳になる。自分同様まだまだ元気だったが、犬の寿命は人よりはるかに短い。あと数年しかいっしょにいられないと思うと、毎朝の散歩は義務であり、最大の幸せだった。

こんな大型犬が飼えたのも、神奈川県の郊外、山北市に一軒家を購入したおかげだ。近所にはいくらでも公園があるし、森や林、広場だらけだ。気に入った散歩コースは三つ。今日は県民の森にリンを連れていくことにした。森は二〇〇〇年まで在日アメリカ陸軍の接収地で、一部は総合補給廠（しょう）として使用されていたが、ほとんど手つかずの自然が残されている。敗戦から七十年以上経っても、いまだに日本が植民地であるかのようにのさばる進駐軍に、正直いい感じは持っていなかったが、この土地に自然が多いことは、彼らに感謝しなければならない。

ルーツが猟犬だからだろうか、リンは両側にスギやヒノキの生える歩道を、青木を引っ張るように走る。うれしそうだ。

「おいおい、待ってくれ」

リードで合図を送ると、少しだけスピードをゆるめてくれたが、気がつくとまた走り出す。ブナやモミなどの自然林が現れると、歩道から斜面に行きたいそぶりを見せた。

「しょうがないなあ」ハンカチを出し、顔や首すじの汗をぬぐった。

青木は、リンの行きたいところにつき合おうという気分になっていた。

歩道を逸れ、はあはあいいながら斜面を這うように上るリンは、丘の頂上まで青木を先導した。

やっぱりおれも齢なのだろうか、ひどく息が乱れる。

頂上でリンは、なにかに気を取られたのか歩みを止めた。

不審に思って観察していると、うなり声を上げて、くるったように足もとの地面を前脚で掘りはじめた。

「おい、リンちゃん、やめなさい。どうしたの、リン」

主人の命令を無視して、なにかに憑かれたように必死で地面を掘るリン。

そろそろ、強制的にやめさせようと思った矢先だった。リンの掘った穴から現れたものを見て、自分の顔から表情が失せ、はげしく強張ったことに気づいた。

それは、泥にまみれた人間の指だった。

テレビと夕刊、インターネットには、山北市にある県営の森林公園で、男性の腐乱死体が発見されたという報道があった。記事の内容は——早朝、散歩中だった男性とイヌが発見したもので、遺体は全裸で遺留品はなにもなく、身元は不明。身体には数箇所の暴行の痕と、先が鋭利で細い棒状の物で深く刺された傷が残っており、警察は殺人事件と断定して慎重に捜査を進めている——というものだった。

翌日のメディアは、遺体は五十代から七十代の男性で、いまもって身元不明、複数の切り傷と刺し傷があったが、直接の死因は矢のような形状の凶器による傷とみられる、と発表した。被害者は死後に、山北市郊外の森林公園に埋められたが、神奈川県警は早期解決を目指し、本格的捜査を開始したと報じた。

四

「中隊長……つまりわたしに、捜査からはずれろということでしょうか」

桃井小百合巡査部長は、頭にかっと血が上るのを感じた。そんなことのために捜査本部のある山北警察署から、横浜市内の神奈川県警察本部に呼び戻されたのは、とても理不尽だと思えたからだ。

「そうじゃないって。今回は、ちょっと別の角度から捜査を勉強してほしいってことだよ」芝浦中隊長はため息をつき、話をつづける。どうやら、思いのほか物わかりの悪い部下に忍耐も限界に来たようだ。

「今度の捜査にかぎってだよ」中隊長は念を押して繰り返した。「今回にかぎって、桃井巡査部長は特命第三班と行動をともにしてくれ」

警察組織では上司の命令は絶対だ。イヤも応もない。だが小百合は返事を躊躇した。考えてみれば、本部八階のこの部屋に入ったときから、悪い予感がした。ドアを開けると、所属する強行犯第三係の芝浦警部といっしょに、彼女の前の職場、警務部警務課の金谷(かねや)課長の姿が見えたからだ。人事関係の人間がいるということは、なにかミスをやらかして処罰の対象になったか、もしくは人事異動以外考えられない。小百合はふたりに敬礼しながら、心穏やかではなかった。大きな失策は犯していないから、処罰が下るわけはない。ということはきっと、刑事に向かないと上が判断し、早々に別の部署に飛ばされるということだ。

いやいや、それはなんとしても避けたい。どれだけの犠牲を払って刑事になり、どれだけ努力して念願の本部捜査第一課配属になったのか……死ぬわけでもないが、彼女は任官以来の部署を、走馬灯のように思い返した。

だが中隊長の口から出たのは、意外な命令だった。一昨日(おととい)、山北市郊外の森林公園で発見された身元不明のホトケの捜査に関して、本スジからはずれ、特命中隊第三班の警部補と行動を共にせよというものだった。

二〇〇九年、警視庁が未解決事件捜査専門の特命捜査対策室を立ち上げた理由は、その翌年、殺人などの凶悪事案の公訴時効が撤廃されることを事前につかんでいたからだ。そこで全国都道府県の警察も警視庁にならい、迷宮入り事件の捜査班を続々と創設した。

神奈川県警もその例に漏れず、特命中隊という呼称で、コールドケース専任部門が立ち上がった。捜査第一課内に設けられたその中隊は、中隊長（警部）一名のもと三班あり、各班には班長（警部補）三名と巡査部長が四名いる。県警上層部の本気度を示すためだろうか、計二十二名とは、一課のなかでもなかなかの大所帯だ。

しかし小百合はまだ納得がいかない。そこで質問を返した。

「自分らが捜査にかかったヤマに、どうして未解決事案専門の班が投入されるんでしょうか」

じつは答えはわかっていた。重要事案の初動捜査に、大量の人員を配備する神奈川方式といわれる捜査手法のためだ。つまり手が空いている特命中隊の刑事が大勢、手伝いに駆り出されたというだけのことなのだろう。

だが芝浦中隊長から出たのは、意外な解答だった。

「それをいま、桃井部長に話そうと思っていたの」不自然な笑みを浮かべる。「あのホトケさんの背骨には、尖った金属の矢のようなものが刺さった痕跡があった。おそらく槍とか矢のような類の凶器だ」一旦言葉を切り、小百合の顔を見てから話をつづける。「それとそっくりなケースが二〇〇九年にあったの。未解決事案だよ。そのヤマと同一犯の可能性もあるんで、特命中隊の一班にも加わってもらうことにしたんだ」

類似の事件が十五年前にあった……？

とても興味深い話だった。そうなれば、特命中隊の警部補と行動するのも悪い話ではない。しかしこの話には、なにか裏がありそうだ。

「それで自分だけ、特命の班長の下に行けということですね」

やっと納得したかとばかり、芝浦中隊長が仏頂面でうなずく。

その瞬間、なにが解せないか気がついた。

「あの、どうしてこの場に金谷課長がおいでなんでしょうか。だからわたし、てっきりなにかやらかしたか、人事異動かと……」

金谷は、少し頬をゆるめた。だが芝浦のほうは眉間に皺を寄せたままだった。

「じつは桃井部長が元警務部警務課ということもあって、わたしが推薦しました」金谷は芝浦の顔を見ないで言った。あなたが言わないなら、わたしが話しますよということらしい。

またも、イヤな予感。

「桃井部長と組んでもらう未解決班の警部補はね、かつて捜査一課のエースと言われた優秀な人材なんですが」一、二秒口ごもった。「まあ、いろいろとウワサがありまして……あなたも知ってるでしょ」

「ウワサ、ですか？　だれのですか？」首を左右にふった。

「優秀なのに捜一の強行犯の班長からはずされたのは、その男の情報源に疑問があったからのようなんだよ」芝浦が話を受けた。

「反社会勢力と近すぎるとかですか」

警察官ならばよく耳にする話だが、捜査第一課や第二課の刑事がおちいる落とし穴の典型例のひとつだった。優秀で真面目であればあるほど、成績を上げたい一心で、捜査員は特別な情報を取得すべく腐心する。情報源はヤクザや元犯罪者などが多いから、彼らとの貸し借りが生まれ、いつのまにか警察と闇社会、どちらのために働いているかわからなくなってしまうというケースだ。

「強行犯時代には、その男には〝神の手〟という仇名があった。やっかいなヤマでも、そこにひそむ動機を見抜き、どこをどう突けばホンボシが現れるか、まるで最初からわかっているように行動したからなんだ」

「しかしいつも警察官の給料では買えない高価なスーツや靴、腕時計でね。一食ウン万円もするレストランや鮨屋の常連でですね」金谷が言う。「本人は裕福だった祖父の遺産だと言っているんだけどですね。もちろん彼のカネの動きは調査しました。怪しい金銭授受の痕跡はなかったけどねえ。まだ完全にシロとは言い切れないんですよ」

「え、その人を、わたしが調べろってことですか。つまり警務課のスパイになれって」抗議の意味もあり、大声になった。無茶苦茶な話だ。小百合は警務課にはいたが、被害者対策室の一員にすぎず警察官の不祥事を調査する警察内警察——人事関係の業務にたずさわったことは、一度もなかったからだ。

「いや、そうではなくだねえ」芝浦は首を右ななめにかたむけた。「つまり桃井部長は勘が鋭いんだからなにか変なことがあったら、気がつくんじゃないかと」

説得力がないと思ったのだろう、芝浦中隊長はまた目を細め、眉を寄せた。

すると金谷が言った。「さっき、あなたをわたしが推薦したと言いましたがね。じつは朱宮警視正が、あなたに頼めないかと言ってきたんです」

朱宮警視は元港東署署長で、いまでは監察官だ。小百合の父親とは同期で、彼女は警察官になる前から彼のことを知っている。刑事として湘南北署に配属されたころ、一度、警務部を目指してみないかと唐突に言ってきたことがあった。もちろん、自分には無理です、とことわったが……。

「朱宮警視に推薦していただいたことは大変名誉に思いますが、それでもその能力は自分にはないと考えます」ここで断固としてことわらなければ、とんでもないことになるぞ、と小百合の心は警告音を鳴らしていた。「第一、わたしのようなキャリアも実績もない巡査部長が警務部配属になったこと自体、異例中の異例だったことは、おふたりともご存じではありませんか」

この言葉は、小百合にとって切り札だった。

そもそも警務部警務課は警察組織の根幹をなす部署で、最低、警部補（それも超優秀な人材）以上でなければ配属されないのだ。小百合のような二十代の巡査部長が警務課に任命されたのは、犯罪被害者の支援には若い人材も必要だ、という上層部の意向からだった。そこでたまたま大学で心理学を専攻していた小百合と、心理学修士の資格を持つ男性警官が抜擢（ばってき）されたのだ。

「でも桃井部長は、被害者対策室の室長も高く評価していましたよ。人の心を読むことに長（た）けていると言っていました。だからわれわれは、あなたが適任だと思うんです」

金谷課長もあきらめるつもりがないようだ。これは打診ではなく、上層部が決めた決定事項なのだと、小百合はあらためて気がついた。

「どのくらい、その人はクロと思われるんですか」

「上は疑っているけどね、まったく証拠もないし、シロの可能性だってあります」金谷が言った。

「だから必要以上に彼を監視してくれってわけじゃないんです。怪しい点がなにもなければ、そう報告してくれればいいですから」

「それにあの男の捜査能力、卓越してるなんてもんじゃない。桃井部長はそれを間近で見られるんだから、損な話じゃないと思うんだ」芝浦が言った。

明らかにふたりは、丸め込みにかかっていた。スパイになれなんて言わない、ただその人を観察していればいい。刑事としてルールを破っている可能性もあるが、学べる対象でもあるんだ、とは、いったいどういう理屈だろうか。

ことわることはできないし、埒（らち）が明かないこともわかっていた。

「それで、その人はだれなんですか？」

芝浦と金谷は顔を見合わせた。どちらが言うか、サインを送り合ったみたいだ。
芝浦のほうが口を開いた。「知ってるかな？　赤堂栄一郎警部補」
と言われても、顔も浮かばない。県警本部に着任して一年経っていないし、捜査第一課は大所帯だ。だからまだ、全員の顔と名前が一致していない。それにそもそも、特命中隊は別室だった。たぶんあの人かな、と思う程度だ。

芝浦と金谷から赤堂栄一郎についてくわしいレクチャーを受けたあと、小百合は一旦本部の外に出て海岸通りをわたり、関内桜通りを歩いていた。特命の、問題の警部補に会ってあいさつするのは午後一時。一時間半の余裕がある。その前に頭を整理しておきたかったし、十五年前の未解決事案についてもできるだけ知っておきたかった。

目指す雑居ビルの急階段を上り、二階のこぢんまりとしたカフェのドアを開けた。右サイドに店の主人がいるカウンター。左サイドには三つのテーブル。シンプルで落ち着いた雰囲気だ。幸運にもお客は彼女ひとりだったので、奥のテーブルに陣取ることにした。煎りの深いコーヒー豆の香りが鼻腔を心地よく突いた。ここは県警本部に近いのだが、一度も警察官が利用しているのを見たことがない。彼女にとって、まるでセーフハウスのような存在だ。

少々エアコンが利きすぎていると思ったが、文句は言わず、マンデリンを注文した。

芝浦中隊長からわたされたファイルをカバンから取り出す。問題の未解決事案についての報告書だ。本来カフェで読むのは規則違反だったが、店にお客はいないし、赤堂と会うまでの時間はわずかだ。いたしかたないと自分に言い聞かせ、視線を落とした。ざっと読んでみたが、なかなか集中できない。やはり人事から依頼された密偵めいた要請が頭に引っかかる。

赤堂栄一郎！

たしかに優秀な刑事だった。実績は申し分ない。神奈川県内で起こった有名なあの凶悪事案もこの殺人事案も、全部彼が解決したというのだから。その検挙率は群を抜いており、〝神の手〟というニックネームも納得がいく。そういう選ばれた捜査員は幹部候補として、ずっと捜査第一課に置かれるか、昇進のための勉強の時間をつくってやろうという温情で、わざと比較的時間に余裕がある警察学校の教官にしたり、機動捜査隊に異動させたりすることもある。数年で昇進させ本部に戻し、いずれ強行犯を率いてもらいたいからだ。そんなエースが同じ一課とはいえ、未解決捜査班に配属されたということは、見る人が見ればなにかあると勘ぐる。ということは、赤堂警部補自身も、自分が監察の対象であると気づいているはずだ。

苦みの強いマンデリンをストレートで口に流し込み、気合を入れた。赤堂栄一郎が、自分に心を許しそうにないことが予測できたからだ。

五

母が姿を消したあとも、少年はなにごともなかったかのように学校に通った。内心はげしく動揺していたが、無理やりそれを抑え込んだ。もちろん母を探しに、母の経営するバーや彼女の立ち寄りそうな場所に何度も行ってみた。だが、どこにも姿はなかった。

少年は独りで生きていく覚悟を決めた。人は結局ひとりで生きていくものだと、よく言っていた母の教えを、念仏のように毎日唱えた。実際、母は遅くまで働いていたので、自炊も洗濯もお手のものだった。それに家には現金がかなり蓄えられていたから、当分はしのげそうだ。

だが、どうしようもなく不安になるときがある。そうなったら祈った。「おかあさん、もうなにも聞かないからどうか早く帰ってきて」

いくら平静をよそおい、沈黙をつらぬいても、隠しおおせるものではないらしい。今度は「あいつのおかあちゃんはあいつを捨てて、男と駆け落ちしたんだって」などというウワサがクラスで立ちはじめた。どうしてバレたのか思い返してみると、少年自身が迂闊だったことに気がついた。母の失踪を親友に打ち明けたからだ。その親友が周囲に漏らしていたとわかったときは、人間不信におちいった。

とうとう失踪一か月後の放課後、担任の女の先生が少年に言った。

「おかあさんとお話がしたいから、会わせてくれない？」

ああ、学校にもバレてしまったんだな、と思った。もうジタバタしてもしょうがない。もともと父親がだれか知らなかったし、母に親や兄弟、親戚がいるなどという話は聞いたことがない。おそらく施設に入れられるか、里親のもとを転々とするか、どこかの子どものいない夫婦の養子にされるのだろう。去年の夏休みに読んだ『オリヴァー・ツイスト』のあらすじが頭をよぎった。

祖父と名乗る老人が少年の前に現れたのは、担任が「先生、明日の六時に、家庭訪問にうかがうから、おかあさんにいてくださるようお願いしてね」と断固とした口調で告げたその日だった。母親の都合がつかないと家庭訪問を何度も突っぱねていたが、もう絶体絶命だと観念した晩だった。

百八十センチを超える長身、とても痩せた人だった。ボサボサの髪の毛は真っ白だったが、顔にはそれほど皺がなく、最初は七十過ぎの老人と思ったが、四十代にも見えた。

老人は玄関に立ち、淡々と残酷な事実を述べた。

「おまえのかあさんは、当分帰ってこない。だからおれが、おまえの面倒を見る。いいときにこのマンションは引き払って、おれの家に来なさい。学校は転校しなくていい。おれはおまえのおじいちゃんだが、束縛も拘束もしない。おれは、おまえがなりたいものになることを応援するだけだ」

翌日夕方、訪ねてきた担任の教師に祖父は言った。

「わたしはこの子の祖父です。この子の母親、つまり娘は理由があってしばらく家を空けたので、わたしがこの子の面倒を見ることになりました。ところで先生……」そのとき祖父と名乗る男が鋭い目つきになったのを、少年は見逃さなかった。「この子の母親に変なウワサが立っていることはご存じでしょう。担任の先生として、そういうウワサを流す子に注意などなさらないのですか」

言いよどむ教師に、祖父はつづけた。「それにこの子の母親が家を長期で空けたことが学校で広まったら、それは先生が安易に漏らしたと、わたしは考えますからね」

担任は、ほうほうの体で帰っていった。

祖父は笑って、少年を見た。

「おれのことをじいちゃんなんて呼ぶなよ。おれは修司……それに〝さん〟をつけて呼べ。それからおれのことを無理に好きにならなくていい。ただおれは、おまえのかあさんのために義務を果たす。それは、おまえを守ることだ」

六

特命中隊の部屋は大人数のわりにせまかった。ここに二十数人の捜査員が押し込められているのかと思うと、同情を禁じえなかった。県警上層部の肝入りで創設された隊ということだが、実際はそれほど重要視されていないということなのだろうか。部屋の奥、ファイルがぎっしり並んだスチール製の棚にはさまれた場所に、赤堂栄一郎の机が置かれていた。赤堂はそこで、熱心に資料を読んでいる。

顔を見た瞬間、以前、テレビのドキュメンタリー番組で観(み)た猛禽類(もうきんるい)を連想した。タカ目タカ科ハイタカ属のツミだ。雀鷹(すずめだか)とも呼ばれているが、全長三十センチに満たない最小の猛禽類だった。ツミのオス同様、赤堂は真っ赤な目をしている。鼻は尖って突き出ていた。少し青みがかったダークグレイのシングルブレストジャケットは、青灰色の羽毛を思わせた。

あいさつすると、赤堂はすわったまま無表情に目を上下させ、彼女の全身を見た。ふつうの男がやれば性的な意味で品定めされているように感じるが、赤堂の目は鳥類と同じく感情が浮かんでいない。まるで小百合が人類か宇宙人か、判別しようとしているみたいだった。

「桃井小百合巡査部長ね」観察を終えると、ようやく口を開いた。「あなたと組んで捜査をするように、って、おれも上司の蓬田(よもぎだ)中隊長から指示されてるから」

不愛想な口調だった。

「よろしくお願いします」

再度敬礼しながら、さらに赤堂を観察する。年齢は四十代後半と聞いていたが、もっと若く見えるというか、年齢不詳というやつだ。高級な服を着ているということだったが、ジャケットはヨレヨレで、むしろみすぼらしい。でも芝浦中隊長は、いつも赤堂警部補はアルマーニを着用していると言っていたはずだ。

赤堂は急に立ち上がった。身長は百七十センチちょっと。女性としては大柄な小百合のほうが、少し大きいくらいだった。

「いままで、会ったことねえよな」急に砕けた口調になった。

「はい、廊下でお見かけしたことはあると思いますが」

「強行犯に美人で、モデル体形の女警（じょけい）が来たってウワサは聞いてたけど……なるほどね」

その手のお世辞を言うとき、たいていの男は下心アリアリの目つきで、あるいはごく自然なふりをして、対象を舐（な）めまわすように見る。だが赤堂は視線をいっさい動かさない。実際には興味がなく、ただ形式的に言っているようだ。

「じゃあさっそく、山北市に連れてってくれる？」

そう言ったときは、小百合の目を見なかった。

「では、わたしが運転します」

赤堂は小百合に近づいた。猫背だが俊敏な動きだった。それもまた、首を前に出して歩くツミの動作に似ていた。

「あ……」赤堂はなにか思いついたような声を出し、立ち止まった。

「どうしましたか」先に立って部屋を出ようとした小百合はふり向いた。

「桃井さん、飯食った？」

「いえ」先ほどのコーヒーが、今日唯一、水以外で胃に入れたものだった。

「腹へんない？」にやっと笑った。不自然なほど白い歯だった。

「少し」

「じゃあ、おれにつき合ってよ。おごるから」

ドアを開け、猛禽類ポーズでずんずん廊下を歩きはじめた。小百合は小走りにあとを追った。


赤堂が選んだのは、元町商店街の裏にある高級ステーキハウスだった。横浜っぽいといえば横浜っぽいが、店名は英語で、カタカナすら書かれていない。

昼食のピークを過ぎていたためだろう、お客は少ない。白いテーブルに白いテーブルクロス。天井には豪華なシャンデリア。ムダに広くて、ごてごてした装飾の店だ。バブルと言われた時代を生き残ったレストランだろうかと、小百合は思った。

テーブルにつくと、赤堂はメニューも見ず、隅に立っていたウェイトレスを右手をあげて呼んだ。彼の左手首に注目した。警察官に似合わない派手な生活をしている輩（やから）は、たいてい腕にローレックスかフランクミュラーをつけているからだ。

だが時計は、その二大ブランドではなかった。

本体はくすんだ金色。いや、褪（あ）せたピンクだ。金色の文字盤はアラビア数字。ローレックスやフランクミュラーではないにしろ、シンプルだがツートンダイヤルの、なかなか洒落（しゃれ）たデザインだ。おそらくアンティークだろう。バンドは革製。ブランドにくわしくないので、高そうだとしか言えなかった。もし本体ケースが本物のゴールドならば、かなりの値打ち物だろう。

「この時計、気になるの」

赤堂は小百合の視線を見逃さなかった。

「いえ、変わったデザインの時計だなって」表情を変えず、ごまかした。

「エテルナのオートマチック。一九四〇年代のアンティーク」

「高そうですね」

「いや、高くない。十五万しないくらい」

十五万円はこの人にとって、高くはないのだな。

「アンティーク時計がご趣味なんですか」

「いや……」素っ気ない口調だった。「じいさんと父と母の形見」

どういう意味だろうかと質問しようとしたとき、金髪のきりっとした顔の外国人女性がテーブルの前に立った。ウェイトレスだ。

「本日のポタージュとミニサラダ……壱岐(いき)牛のサーロイン百五十グラム、ウェルダンで。パンもライスもいらない」赤堂はさっさと注文を終え、小百合を見た。

「あの、わたしはちょっと待ってください」

メニューには、この店で仕入れたブランド牛とその解説がていねいに書かれていた。だが最初に英文。それを訳す形で日本語が載っている。お客の大半は外国人だからだろう。

「ここのオーナーはアメリカ人だけどさ。和牛、特に九州の肉に目がない男なんだ。壱岐牛のほかに平戸牛、五島牛、佐賀牛、石原牛……それに今日は、宮崎の尾崎牛、あとゲストとして神石(じんせき)牛もある。神石牛だけは広島だけどね。どれもうまいよ」

松阪牛くらいしか知らない小百合にとっては、全部がはじめて聞く銘柄だった。それ以上に驚いたのは値段だ。金谷課長が言ったとおり、この男はランチに平気で一万円以上支払うつもりらしい。いや、おごってくれると言ったのだから、その倍だ。

「じゃあ、わたしはこのミニクラムチャウダーとミニサラダ。肉は佐賀牛で百グラム。ミディアムレアでお願いします」選択のしようがないから、適当な牛を選んだ。

ウェイトレスがメモを取って厨房のほうに去ると、小百合は尋ねた。

「このお店、よくいらっしゃるんですか」

「日本はいまだに、アメリカの植民地だなあって思い知らされる店だからね、それに今日みたいに肉が食いたいときは来ちゃうね」思い出したように、また右手をあげた。「あ、赤ワインのグラスひとつ。味は重目がいいな」

「勤務中ですよ」

「一杯くらい大目に見てよ。現場に到着するころには醒めてるからさ」

赤堂は笑った。子どものときどういう顔だったか、わかったように思えた。

「桃井部長は飲み物いいのか？　ただし運転するから、酒は我慢な」

冗談を無視して、ミネラルウォーターを注文した。

ステーキが運ばれてくると、赤堂は急に静かになった。黙々と食べるには食べるが、とてもガツガツしていた。飢えたツミがスズメを食べるときも、こんな感じだろう。

ナイフとフォーク、スプーンの使い方はなかなか巧みで、こういったレストランに慣れているのは明白だった。

小百合はいまこそ、赤堂のキャラクターや考え方を知るチャンスだと思った。

「このお店、外国人が多いんですか」まずは、どうでもいい話からはじめた。

「外国人というか、横浜に住んでる金持ちのアメリカ人な。大昔ここは、居留地だったから」

理解不能な解答だ。そこで直球で攻めてみた。

「赤堂班長は十五年前の迷宮入り(オミヤ)事案と、今度の事案が同一犯によるものと信じていらっしゃるんですか」

食べることに集中しているのか、あるいは食事中は仕事の話をしない主義なのか、赤堂は質問に答えない。

「仮に同一犯として、どういう人物がどういう動機で犯行に及んだと思われますか」

少しムキになって、話を進めた。

「そりゃあ、悪くて頭のいいやつじゃねえの」

しつこさにあきれたのか、赤堂はナイフとフォークを置いた。

顔を上げ、まっすぐ小百合を見つめる。目と目が合ったのは、知り合ってはじめてだった。射貫(いぬ)くような視線だ。見つめているのは自分の両目ではなく、その奥の奥のような感じだった。なにもかも見透かされているのではないかと、不安な気分になった。さらに悪い想像をした。ひょっとしてこの人が他人の目をのぞくときは、相手がバカか利口かを見きわめるためなのかもしれない、と。

だが、ここで臆(おく)してはいられない。

「悪い?」あえて突っ込んだ。「じゃあ班長にとって、悪ってなんですか」

「相対的なもんじゃないの」

「絶対的ではなく、相対的ですか」

絶対悪の概念は赤堂にはないんだなと思った。殺人事案を見すぎた刑事に多いタイプだ。人殺しが非現実的なものではなく、とても現実的で日常的になると、そこらのふつうの人でも、運が悪ければ犯してしまうふつうの行為に思えてくるものらしいのだ。

「善と悪ってのはさ、かゆいかゆいに似てると思うんだよね」赤堂が笑った。「そのかゆみをやさしく掻くのが善……それを深く掻いて皮膚を傷つけてしまうのが悪」

抽象的すぎる説明に、返す言葉が思いつかない。

「生物学的にはさ、かゆみと痛みが同じなのは知ってる?」さらに説明を加える。「つまり善も悪も、根本的には同類ってこと」

悔しいが、深い感じもする。まるで哲学を語られているようだ。

赤堂はナイフとフォークを持ちなおし、このボリュームをあっという間に平らげた。結局、小百合は、食事を終えるのに十分以上遅れをとった。

「じゃあ、行くか……あ、さっき言ったように、おれがおごる」財布をスーツから取り出した。黒いスーツ姿の、マネージャーと思しき男に合図を送る。

黒か金色のカードを取り出すと想像していたが、現金払いだった。悪事で一番アシがつかないのは現金だ、という鉄則を守っているようだ。

金谷課長が疑いを抱くのはもっともだ。この男は絶対なにかやっている!

「いえ、自分で払います」

うむを言わさぬ口調だったためだろう、赤堂は「そう……」とだけ言った。

七

山北の森林公園で発見された遺体の捜査は、山北署に帳場が置かれた。戒名は〝山北市森林公園身元不明殺人および死体遺棄事件〟。県警本部から、小百合が所属する捜査第一課強行犯捜査第三係が派遣され、同警察署の刑事課と合同で捜査が行われる。ほかには署内で緊急の仕事を抱えていない者全員が背広に着替え、捜査員として加わることになる。彼らはおもに〝アシ〟となり、近隣住民への聞き込みや防犯カメラのチェックなどを受け持つのだ。ちなみに〝アシ〟とは被害者の足取りを追う仕事のことだ。

小百合の三係が受け持つ〝シキ〟は、面識とか識監の警察用語の略で、被害者の妻や子、両親や親戚、友人知人、仕事関係の人間から情報を聴取する役まわりだ。捜査の主役ではあるが、今回のケースはまだ被害者の正体すらわかっていない。そこに力を貸すのは、迷宮事件専門の赤堂のいる特命中隊第三班ということになる。

赤堂は最初に帳場に寄るものと思い、小百合の運転する日産セレナは保土ケ谷（ほどがや）バイパスを走っていた。だが東名高速道路に近づいたところで、遺体発見の現場が見たいと赤堂が言い出した。

「いいんですか、捜査本部に顔出さないで」

「もうあっちには班の全員が行ってるからさ。手練（てだ）れが多いし、おれがいなくても大丈夫」

二名の同僚警部補と四名の巡査部長が捜査本部に到着しているということのようだ。

「あ、いま帳場に白洲（しらす）代理は来てんの」

代理とは、捜査一課長に代わって指揮を執る事件担当代理の略だ。実質上の捜査のリーダーであり、捜査第一課のナンバー4に当たる高い地位の役職だった。

「……おれ、あの人あんまり得意じゃねえから」

内心あきれた。後輩で職場がちがうとはいえ、初対面の相手にそんな愚痴や本音を吐露する人間が県警本部にいるなんて信じられない。

「さっきも話に出たけど、おれのほうの事案については知ってるんだよな」

「二〇〇九年の事件ですね。ざっとではありますが」

うなずいたので、そこで話が終わるかと思ったら、意外にも詳細を語りはじめた。

「今度のヤマとちがう点は、マル害は病院に収容されるまで生きていたってとこ」

十五年前の五月の深夜、神奈川県渋川市の路上に血まみれで倒れている男が、コンビニ帰りの学生に発見された。男は意識が混濁した状態で、すぐに病院に収容された。医師の問いに対して自分の名を「緑川冨美男」と告げることはできたが、その身になにが起こったかを詳細に語る前に絶命した。

「……死因は失血死。凶器で動脈が損傷した」

「凶器は今回と同じですか」助手席の赤堂に目をやった。「つまり矢とか槍とかのような、先の尖った細い棒状のものだったんですね」

「緑川さんは名前のほかに、凶器がなんであるかは言っている」

「なんだったんですか？」

「クロスボウ……日本じゃボウガンといわれている弓のこと。それから発射された矢で、緑川氏は殺害された」

「クロスボウ……」小百合はその武器の形状を思い浮かべた。たしか弓より小型で、引き金があり、拳銃と弓の中間のような構造だ。

緑川は首に矢を受け、そのまま現場から逃走し、渋川市の県道で力尽きたようなのだ。

「矢が刺さったまま発見されれば、万にひとつは助かっていたかもしれない」

だが逃走前か逃走中のどこかで、彼は首に刺さった矢を抜いてしまった。そのとき動脈から血は一気に出なかったが、結局死亡したというのだ。

「凶器の矢は見つかったんですか」

「未発見」

「緑川さんは、だれかからうらみを買っていたんですか」

「それがまるでないんで、迷宮入りになっちまった」また大きく息を吐いた。

緑川冨美男は当時、横浜の港南区在住。三十六歳だった。大学の理工学部を卒業後、中堅家電メーカーに技術者として就職した。だが心の病から八年後に退社。一年間の療養期間のあと社会復帰し、小学生向けの塾の教師をしていた。明るい先生として、塾生にも人気があったようだ。

当時、捜査本部はマル害のプライベートを徹底的に調査したが、なんのトラブルも見つけられなかった。反社会勢力とのつながりはもちろん、金銭トラブルも、ギャンブル等の借金も、もちろん家族間のいさかい、男女間のもつれも、なにもなかった。

「完全なカタギで、マル害を殺すような人は見当たらなかったってことですね」

赤堂がうなずいた。

緑川には捜索願が出されていた。無断欠勤など一度もなかったのに連絡すらなく、三日間、塾に姿を見せなかったからだ。同僚が何度も電話をかけたが応答がないので、翌日、自宅を訪問した。インターホンを押したが出てこないし、人のいる気配もない。同じマンションに住む、緑川の塾に子どもを通わせていた母親が、「先週、出勤する姿を見たのが最後です」と証言したので、同僚は近くの交番に相談した。

警察は聞き込みに動いたが、緑川の行く先はつかめなかった。最初は家出の可能性が高いと考えていたが、やはり捜索が必要だろうと考えはじめたころ、渋川市で発見されたのだ。

「ところで緑川さん、八年勤めていた会社を辞めるほどの心の病になったってことですが、その原因はなんだったんですか」

「いいとこに気がついたな」

ちらっと赤堂を見た。イヤミなのかと思ったからだ。

「報告書になかったんで、おれも気になってさ、そこを調べてみた」口調に意地悪な感じはなかった。「原因は離婚。緑川氏は二十四歳で結婚して五年後に離婚。そのとき、少々もめたようなんだ」

「つまりそれが、彼の唯一のトラブルですね」

「それでさ、緑川氏の元カミさんに会ったんだ」赤堂は話をつづけた。「そしたら離婚の原因はカミさんの浮気でさ。カミさん側にも言いたいことはあったんだろうけど、全然緑川氏の悪口は言わなくてさ、悪いのはあくまで自分で、彼を追い込んでしまって責任を感じている。もしそれが原因で彼を死に追いやったのなら、お詫びのしようがないって」

「それが原因で、彼を死に追いやった?」

「失踪のことを知らされたとき、元カミさんは、緑川さんは自殺したんだって思ったんだそうだ。原因はきっと、自分だって……だから殺害されたと聞いても、なんか自分のせいじゃないかって疑ったままなんだよ」

「なるほど、そういうことですか」

「ああ、それに元カミさんは緑川氏が絶対うらまれるような人間じゃないって、いまでも思ってるようだ」

「じゃあ、通り魔に殺されたんでしょうか」

「それもないと思うね。そもそもガイシャはどうして突然、港南区から丹沢の麓に行ったんだ。

そこで運悪く、通り魔に遭ったってのも説得力に欠けるんじゃね？」

「じゃあ、だれがどういう理由で彼を？」

赤堂は無言だった。答えがないのか、あるのに言わないのかわからない。

「つまり今度のマル害も同じ凶器で殺害されたと、赤堂班長は思われるんですね」

「そりゃあ、まちがいねえって」

「だけど」ちょっと質問しづらかったので、少し躊躇した。「だけど同じ凶器？ つまりクロスボウだったとしても、同一犯人の同一クロスボウとはかぎらないんじゃないですか」

二〇二一年、クロスボウ所持が原則禁止になったのは、その前年、兵庫県宝塚市で発生した一家四人死傷事件など、同武器を使用した凶悪事案が過去十年にわたって多発していたためだ。ということは、クロスボウを使って人を殺したとしても、同一犯人と断定できないということなのだ。

大和(やまと)市の辺りを通過中だった。しばらく沈黙していた赤堂が口を開いた。

「報告書を隅から隅まで読んだらさ、緑川氏らしき人物が三人の男に取り囲まれて、白いライトバンに押し込められたって証言が見つかった」

いまの話で、赤堂に対する見方を少し修正した。反社会勢力とズブズブの関係の刑事という先入観を持っていたが、捜査に関してはむしろ真摯(しんし)で地道な努力をつづけているようだ。

「この証言を当時の捜査本部が重要視しなかった理由はさ、目撃者が小四の少年だったし、証人とその白いライトバンとの距離がずいぶん離れていたからなんだ」

「その情報、洗いなおしたんですか」

「目撃した小学生ももう大人だ。見つけ出すのに苦労したが、探し出して話を聞いた」

当時の小学生も二十五歳。大学を出て銀行マンになっていた。彼はいまでも鮮明に目撃したことをおぼえていた。

「元少年の証言は、報告書に記された以上に具体的だったよ」

少年が自転車に乗って遊んでいたのは、横浜市営地下鉄ブルーライン沿線、上永谷（かみながや）駅に近い公園だった。

時刻は六時過ぎ。ちょうど公園の外側の道路を走っていたとき、なんとなく公園をはさんだ向かいを歩くブレザー姿の男の人に目が行った。そのとき突然白いライトバンが近づき、急ブレーキをかけた。ブレザー姿の男はなにごとかと驚き、歩みを止めた。するとライトバンから三人の男が脱兎（だっと）のごとく降りてきて、ブレザーの男を取り囲んだ。

目撃者の少年は自転車を止めた。なにかとんでもないことが起こると思ったからだ。

三人はブレザー姿の男を羽交い締めにし、両足を持ち上げ、強引にライトバンの後部に運んでいった。ブレザー姿の男は手足をバタつかせて必死に抵抗していたが、相手は三人だ。どうしようもなかった。

ライトバンはブレザー姿の男を押し込めると、あっという間に走り去った。

目撃者の少年はしばらく呆然（ぼうぜん）としていたが、だれか同じようにいま起こったことを目撃した人はいないか周囲を見た。

だれもいなかった。

少年は、交番に向かって必死に自転車を漕いだ。

「どうして、大ごとにならなかったんでしょうか。目撃者と被害者の距離が離れていた云々（うんぬん）は言い訳にならないと思うんですが」

「そこの所轄が手を抜いたんだろ」

そうかもしれないが、ずいぶんはっきりと批判するなとあきれた。だがいまは赤堂の人となりを観察中なので、意見は控えることにした。

「まあ、運が悪かったとも言えるけどね。目撃者が十歳のガキ。うす暗かったし、それに少し前におんなじような事件がその近所であったから」

「同じような事件？」

「そのひと月前、南区在住の大学生二人が悪ふざけをしてさ、飲みにつき合わなかった友だちを強引に車に押し込んで飲み屋まで連れて行ったのを、拉致（らち）誘拐と誤解した目撃者に通報されたんだ」

加えて警察は緑川のほうは家出したと考えており、少年の目撃談と関連があるとは思わなかった。緑川氏の殺害の報を聞き、あわてて再捜査したが、遅きに失したわけだ。

「赤堂班長は、じゃあ緑川さんは拉致されて神奈川県渋川市に連れて行かれ、そこでクロスボウにより殺害されたとお考えなんですね」

「おれはそう考えている」

どうしてそんな、手間のかかることをしたのだろうか？

「ホシの動機はなんでしょう」

「動機までは、知らねえよ」人ごとのように笑う。「ただ渋川と山北は山の東側と南側で意外と近いだろ。そう考えると、ふたつの殺しに関係がないとは言えない」

しかしクロスボウで人を殺した犯人が、なんで十五年後にまた殺人を犯したのだろう……かなりの疑問が残る。

「あ、そうだ」

厚木インターを通過したとき、赤堂が言った。

「ホトケさんのご遺体を見つけた人……桃井部長、連絡先知ってる？」

「ええ、知ってます」

「じゃあ現場を見たあと、会いに行きたいんだけど」

「わかりました」

第一発見者は、最初に所轄の交番の警官、次に機動捜査隊員、それから捜査一課の刑事と、少なくとも三回は同じことを聞かれているはずだ。その人にまた話を聞きたいということは、赤堂はなにからなにまで自分で捜査しないと気がすまないタイプということだ。警察官の給料ではありえないステーキを食べたり、勤務中にワインを飲んだりしても、仕事熱心な刑事であるということなのだろうか。

小百合はセレナのアクセルを踏んだ。

八

部屋は典型的なビジネスホテルの造りだった。シングルベッド、壁ぎわにデスクと椅子、テレビ、冷蔵庫、電気魔法瓶。サイドテーブルに目覚まし時計。せまい通路には姿見、ワードローブも設えてあった。

洗面所やユニットバスには、ウォッシュタオルやハンドソープボトル、シャンプー、リンスのボトル、使い捨て歯ブラシにカミソリ、クシなど、ひととおりの備品が置かれている。驚いたことに、シャワーキャップまであった。

ただし固定電話はなく、インターホンのみが設置されていた。

ホテルと唯一ちがうのは、壁に昇降機――ダムウェーターが備えつけられている点だ。目をさますとそこには、トレイに載った朝食が置かれていた。献立はトースト二枚にサラダ、ハムエッグ、オレンジジュースとコーヒー。メモ用紙があり、食べられない物や苦手な食品を書くようにとあった。あれだけの宿泊代だ。少しは贅沢させてくれるつもりらしい。

チェックインした昨夜はなにも考えず、なにも観察せず、泥のような眠りについたが、今朝になってテーブルの上にファイルが置かれていることに気づいた。キンブルホテルに滞在するためには、たくさん守らなければならない事項があるようだ。

一枚目のコピー用紙には大きな文字で、〝マニュアルは暗記後、トイレに流すように〟とあった。

二枚目には、警察に踏み込まれた際の逃走ルートが記されている。詳細な地図だった。そこには、〝必ず実地で確認せよ〟とある。

逃走ルートを頭に叩き込むと、コピー用紙をこまかくちぎって、トイレに流した。

窓のブラインドを上げた。窓は大きく、開閉可能だ。部屋は三階にあり、すぐ下にとなりの二階建て倉庫の屋上が見える。靴を履き、窓から身を乗り出し、飛び降りた。高さはあまりなかったので、軽い衝撃しか足首に感じなかった。

倉庫の屋上を横断する。

指示書にあるとおり、非常階段があった。階段を下りるとせまい路地に出る。路地の両端には段ボール箱が積まれ、道路からの侵入をふせいでいた。

階段から二、三歩右に進むと、路地をはさんで倉庫。その向かいにある簡易宿の勝手口が見えた。カギはかかっていないということだ。

ドアを開けて入ると、厨房だった。

厨房のとなりの部屋は物置になっており、右側の壁ぎわには空き箱が積まれていた。それらは簡単に横にずらすことができた。

壁には人ひとりが通れる穴があり、抜けると外に出た。

路地とも言えない、建物と建物のせまい隙間(すきま)だった。

身体を横向きにして右に進むと、となりの建物の二階の窓から降ろされた縄梯子(なわばしご)が見える。黒川は縄梯子を上って、なかに入った。

マンションの一室だった。キンブルホテルの避難用の別室と、指示書にはあった。丸三日間滞在できる水と食糧が備蓄されているそうだ。場合によっては、警察が去るまで待てということらしい。

黒川は同じルートをたどって、部屋まで戻った。

三枚目と四枚目のコピー用紙には、キンブルホテルの存在を警察に気づかせない方法と手段が書かれていた。

たとえばチェックアウトした直後、警察に捕まった場合だ。この数日間どこにいたかを問われた場合、どう供述するかが指示されていた。どうやら横浜の別の場所に、偽の目撃者や偽のアリバイを用意しているようなのだ。

犯罪者の逃亡を助けるこのホテルが、どうしてこれまで警察に知られていなかったのか、黒川はずっと疑問に思っていた。ホテルの存在を、これまでだれも取調官に言わなかったとは考えられない。ということは、警察はホテルのことを知っていながら、尻尾をつかめないでいるということなのだろうか。

情報通は、このホテルは不定期に、しかも頻繁に場所を変えると言っていた。そうでなければ、警察の摘発をまぬがれられるはずがない。

マネージャーのことを思い浮かべた。黒幕があの男なのか、背後にだれかいるのかわからなかったが、この町で顔役的存在であることはまちがいないだろう。警察内部にまで浸透しているのかもしれない。その巨大なコネと力はどこまで及んでいるのだろうか。もしかしたら政治家や、拘置所や刑務所内にも魔の手が伸びるということなのかもしれない。裏切り者が口を割れば、

想像してから苦笑した。そうであれば、アメリカのマフィアクラスの権力者だなと思ったからだ。どちらにせよこの得体の知れなさが、キンブルホテルが表の権力から隠されている理由なのかもしれない。

逮捕された際、どこにいたかという自分用に作成されたウソのアリバイを記憶し、その紙もバスルームで処理した。

五枚目と六枚目には、ホテルのこまかい規則が記されていた。

食事は八時と十二時半、十九時の三回、ダムウェーターで運ばれる。食べない場合は、スイッチを操作して戻すようにと指示されていた。洗濯物は籠に入れて廊下に出せば、従業員が回収する。着るものがなければ、インターホンの1番のボタンを押せとある。衣服をサービスしてくれるようだ。夜食や間食、冷蔵庫にない飲み物やアルコール、タバコのリクエストは2番。そのほかは3番に、ということだ。すべて宿泊料にふくまれているわけだが、高額なのだから当然だ。

外出は（逃走ルートの確認・練習以外）絶対禁止。運動がしたいなら、廊下の突き当たりの部

屋がジムになっており、二十四時間、自由に使用してかまわないとある。

もちろん来客や面会は論外である。

規則を破った場合は、二度とホテルに戻ることはできない、とあるが、ほんとうにそれだけだろうか。なにかきびしい制裁が待っていそうだ。

七枚目に書かれた文を読んで、黒川は笑ってしまった。

〝孤独を感じた場合や当ホテルに不満がある場合は、インターホンの4番を押し、メッセージを録音してください。時間は未定ですが、マネージャーより回答があります。〟

メンタルケアまでしてくれるとは、いたれりつくせりではないか。

全部を暗記してから疑問が湧いた。このホテルには何人の従業員がいて、彼らは何者なのだろう。きっと客を二十四時間監視しているはずだ。おそらくこの部屋にも、隠しカメラや盗聴器が仕込まれているのだろう。

黒川は天井や壁を見まわした。残念ながら、カメラを見つけることはできなかった。

最後の紙にはこう書かれていた。

〝キンブルホテルの存在は口外無用。漏らした人間にはそれなりの処分を下します。〟

やはりマネージャーは恐怖そのもので、宿泊客を支配しているのだろうか。処分とは、口封じのために殺人もいとわないという意味ではないのか。

孤独のためだろうか、考えれば考えるほどダークな方向に頭が向かう。もうやめよう。黒川は考えることを意図的に中断した。

テレビをつけ、ニュース番組を選択した。自分の犯罪が明るみに出たかどうか知りたかったからだ。

報じられた殺人はひとつ――神奈川県の事件だと知り、ほっとした。丹沢近くの森林公園で、埋められていた男性の死体が発見されたというものだ。
まだ大丈夫。逃げるか自殺するか出頭するか、覚悟を決められる時間はありそうだ。

九

修司さんを説得し、母の残したマンションに少年はひとりで住みつづけた。一年経ったが、母は戻ってこなかった。愛人と逃げたという話は信じていなかったが、永遠に帰ってこない可能性もあると覚悟した。

修司さんは三日に一回やってきて、少年と話をし、食事に誘った。礼儀作法や食事のしかたなどは母以上にきびしかったが、体罰を加えることもなかったし、必要以上の干渉もしなかった。

「もしひとり暮らしがつらくなったら、いつでもおれの家に来ていいからな」

別れ際必ずそう言ったが、これ以上世話になろうとは思わなかったので、いつも首を左右にふった。寂しさから、もしその申し出を受けたなら、自分で自分をダメなやつと思ってしまうだろう。それに修司さんにこれ以上近寄ったらなにか危なそうだという、一種の危険信号を感じ取っていた。

修司さんは横浜でも一番の無法地帯――みながドヤ街と呼ぶ町に住み、そのなかに事務所をかまえていた。仕事は、口入れ屋だという。つまり日雇い労働者を募る親方のような存在で、町の顔役だった。以前は弁護士だったが、トラブルに巻き込まれ資格を剝奪されたと、町のだれかが言うのを聞いた。まともな人か、裏社会の人間かわからないが、修司さんの背後には大きな秘密がありそうだ。

修司さんとの関係が変わったのは、少年が中学に入ったときだった。

「おまえは好きなことをやる権利がある。だからこれからは、なにが好きか、なにをやりたいかを探しなさい。でももし見つからなくても、あせることはないよ。見つかるまで学業をつづければいい。大学の四年まで、おまえにはたっぷり時間がある」

少年は尋ねた。

「修司さんの好きなことってなに？」

「ある環境の人を守ることかな」

「どういう人を？」

「法律ってものがあるだろ。法律は大勢の人を守るけど、そこからはじかれる弱い人や不幸な人は守らない。だからおれは、そういう人を守りたい」

「たとえば、ドヤ街に住んでるような人？」

「ドヤ街の人が全員そうだとはかぎらない。貧しいけれど幸福な人はたくさんいる……でも、たしかに不幸な人も大勢いる」

よく理解できないので口をつぐむと、修司さんは話をつづけた。

「さっきも言ったけど、この国の大多数の人は法律で守られている。でもその法律の網の目から抜け落ち、法を破りたくないのに破らざるをえなくなった人がいる」

「犯罪者も守るの」

「ときにはね」

「犯罪者は悪い人じゃないの」

「一番悪い人はね。法の網の目から抜け落ちた弱い人を、苦しめたりいたぶったりする人のことだ。特に権力や財力があって、そういうことをしている人間は最悪だ。そういう人間こそね、生きている資格がないとおれは思うな」

「おかあさんは？　おかあさんはどういう人？」

反射的に口に出してしまった。

さすがの修司さんも、一瞬沈黙した。

「おかあさん、学校でみんなが言ってるみたいに、パンパンだったの？　黄金町のガード下で身体を売ってたの？　おかあさんも法律の網の目から抜け落ちた不幸な人？」

修司さんは口を開いた。いつもの穏やかな調子のままだった。

「おまえのかあさんは自立した人だ。だれも彼女にうしろ指を差す権利はない」

「あってはならない仕事をしていた人じゃないよね」

「あってはならない仕事なんてない」

身体のなかの感情が爆発した。

「ねえ、おかあさん、どこにいるの？」

修司さんは首を横にふった。

「どこにいるのか、いまも調査中だよ。おまえが高校を出るまでには、わかったこと、わからなかったことを必ず報告する。だから待っていてくれ」

それ以上修司さんに、母のことを聞けなかった。だが修司さんが血の通った人間であること、完全な闇の世界の住人ではないことがわかった。

修司さんが帰ったあと、少年は自分自身に踏ん切りをつけなければならないと決意した。

うすうすわかっていたが、母は帰ってこない。それどころか、おそらくこの世にいないだろう。これからは、たったひとりで生きていかなくてはならない。一日も早く、好きなこと、やりたいことを見つけなければいけないと思った。

そのあと、なぜだか涙が出た。涙は一時間、止まらなかった。

一〇

現場は森林公園のなかだった。遊歩道の入り口には制服警官が二名立ち、規制線が張られていた。小百合と赤堂は、遊歩道に敷かれた歩行帯を歩いた。鑑識の捜査があと数日はつづくからだ。十五分ほど進むと、顔見知りの若い鑑識班員が、「この上です」と教えてくれた。遊歩道脇のスダジイの林の頂だったが、上るのにさほど苦労はなかった。

丘の上は樹木も少なく、ちょっとした広場になっている。遺体発見現場の鑑識作業は終わっていたので、その場所には小百合と赤堂、場所を教えてくれた鑑識班員の三人だけだった。

撮影用の数字カードが縁に置かれた細長い穴。深さは一メートルもなかった。

「この深さじゃダメだよ。イヌにすぐばれちゃう」

赤堂が同意を求めたのか趣味の悪い冗談を言ったのか、小百合にはわからなかった。

だが鑑識班員はまじめに返答した。

「たしかにそうですね。運ぶのに難儀な場所を選んだわりに、ホトケさんの埋め方は雑な感じがします。おそらく犯行は夜行われたんでしょう。ホシは飽きたか疲れちゃったんじゃないですか」

遺体を埋めた穴の向こうに立ち、赤堂は地面を何度か蹴り、「ここじゃねえな」と独りごちた。それから興味をなくしたような顔で、「じゃあ、第一発見者に会いに行こうか」と小百合に言った。

「イヌと散歩してましたらね。急に啼きだしましてね。わたしを丘の上まで引っ張っていったんですよ」

遺体を発見し通報した青木省吾は、暑い日にもかかわらず、わざわざ家の前に出て刑事二人に対応した。となりには、「はあはあ」と息を吐く大型犬がすわっている。遺体の一部を掘り出したペットを、ふたりに見せたほうがいいと判断したのだろう。

青木は中肉中背、いかにも健康のため運動を欠かしていないといった体形だった。メガネをかけた童顔。パナマ帽、ラコステの半袖シャツ、七分丈のパンツと、初老のお洒落な男性の模範になるようなファッションだ。定年退職して三年目というから、まだまだ社会と関係を持っていたいのだろう。

「おいおい、どうしたって、この仔に言ったんですがね、全然聞いてくれない」笑顔でしゃがんで、大型犬の首を撫でた。「そのうちこの仔が地面を前脚でね、掘り出したんですよ。そうしたら指が……人間の指が見えて」思い出したらしく、ゴクンと唾を飲み込んだ。

「そのあと、そのイヌは？　あ、名前なんていうんですか」赤堂がいかにも人工的な笑顔で尋ねた。

「リンって言います」

「かわいいですねえ」

そう言って、珍しく相好を崩した。動物好きなのだろうか。

「そのリンちゃん？　リンちゃんはですねえ、どうしましたか」

小百合は質問の意図がわからず、赤堂の横顔を見た。

「どうした？」青木も同じらしく、質問を反芻した。

「いえ、指を掘り出したら、当然、青木さんはそこでイヌ……じゃない、なんて名前でしたっけ？」

「ああ、リンです」

「ああ、そうだ。そこで青木さん、掘るのやめるように、リンちゃん？　リンちゃんでいいですよね？　そのリンちゃんを止めましたよね」

「はい、リードをグイグイ引っ張って」

「そのあと、イヌ……じゃない、えーと……」

「リン」

青木は少しむっとした。漫才みたいなやりとりだったが、ほんとうは赤堂が、イヌに興味がないのはバレバレだった。

「そう、そのリンちゃんはどうしました？　つまり別な場所を掘ろうとしたとか」

「いえ、そういうことは……」

「なかった？」

「はい」

「なにか思い出したことがあったら、自分の携帯に連絡してください」赤堂は少しがっかりしたような顔で、青木に名刺を渡した。

質問の意図が読めなかったので、小百合は車に戻るとさっそく尋ねた。

「赤堂班長、いま、いったいなにを知りたかったんですか」

質問には答えず、「じゃあ、帳場に顔を出すか」と、つぶやくように言った。

この人はなにか、独自のスジ読みを持って捜査に当たっているみたいだ。それがどういうものか、自分に言うつもりはないのだろう。

頭のなかで、また赤堂という人物を評価した。高価な腕時計や昼食の豪華さを見ると、かぎりなくクロだ。だが、こと捜査に関しては真摯という印象だった。ただし人に対しては、少し、いや、かなり無神経なところがある。どちらにせよ食えない人物であることは、まちがいないだろう。

二

さびしさに押しつぶされそうになると、少年は母の寝室兼書斎に閉じこもった。母を身近に感じ、彼女を知る手がかりはここにしかなかったからだ。

同時にそこには、母のにおいがあった。姿を消して一年少ししか経っていないのに、とてもなつかしい思いに駆られた。

部屋にはベッドと机、化粧台、本棚、キャビネット、そして高価な衣服や靴が収納された広いクローゼットがあった。キャビネットにあった帳簿や手帳、店関係の書類その他は、失踪を解明する手がかりとして修司さんがすべて持っていってしまったので、いまでは個人的な物しか残っていない。

不思議だったのは、アルバムや日記といった類がいっさいないことだ。これでは母がどういう人だったのか知りようがない。

少年が一番興味を持ったのは、棚に並ぶたくさんの本だった。読書好きな人だったようだ。

ほとんどは海外文学だった。

『ロビンソン・クルーソー』、『悪霊』、『渚にて』、『影の獄にて』と、中身を見てみると、脈絡がないような感じを受けた。

好きな作家はヘルマン・ヘッセとヘミングウェーだとわかったのは、彼らの著作が十冊以上あったからだ。驚いたことにマンガの単行本もかなりあった。時代劇ジャンルが好きだったのか、白土三平という作家の作品が多い。

少年はまず、マンガから征服することにした。

最初に手に取ったのは、白土三平の『サスケ』という忍者マンガだった。忍者同士の戦いのなかに突然解説が入り、手品のトリックを教えるように術のタネ明かしをする。彼らは超人的な運動神経を持っているが、それは修行のたまもので、けして超能力者ではないのだ。

だが主人公は最後、幸せにはならず、場合によっては悲惨な死に方をする。ただの少年マンガではないことがよくわかった。

少年は中学三年までに、母のコレクション全部を熟読したが、どれも同じテーマであることがわかった。

それは――人は孤独だということ。みな、ひとりで生まれ、ひとりで死んでゆくということ。そして母が少年に言ったとおり、それらの作品に登場する主人公は、それぞれの人生を生き抜き、最後には決着をつけていた。

一二

神奈川県警察山北署の捜査本部に割り当てられた大会議室には数人しかおらず、予想どおりガランとしていた。被害者の身元がいまだに不明なのだ。捜査員のほとんどは目撃者探しと近隣住民への聞き込み、現場周辺の防犯カメラのチェック、行方不明者との照合などで出払っている。小百合の所属する班の捜査員も姿が見えないし、当然、直属の上司である青柳(あおやぎ)班長も不在だった。

赤堂の部下で、特命中隊第三班の灰田(はいだ)という巡査部長とあいさつを交わしていると、事件担当代理の白洲が入ってきた。五十一歳。一課で警官人生のほとんどを送っている生え抜き。今回の事案の実質上のトップだ。細身、長身。きれいな白髪(しらが)。彫りの深い顔の口元は、いつも自然な笑みが浮かんでいた。警察官としては珍しく恰好(かっこう)がいい。組織内に敵の少ない温和な性格と、神奈川の大手企業、海老原(えびはら)ホールディングス会長の娘婿に当たることからも、五、六年後には一課長になるのではないかとウワサされていた。

小百合と灰田は、代理に緊張して敬礼したが、赤堂は軽く会釈しただけだった。すると白洲は、笑顔で近づいてきた。

「どうよ赤ちゃん、十五年前のヤマと関係ありそう?」

白洲代理が部下をニックネームで呼んだのも意外だったが、赤堂警部補と親しそうなのはもっと驚かされた。赤堂は人事がマークする要注意人物だったし、一課の本流にいる人間なら、どちらかといえばよそよそしい態度に出るはずだ。

「まだなんとも言えねえすよ。だってホトケさんが何者かわからねえんですから」

白洲が苦手と言っていたわりに、上司というより、仲のいい先輩に対するような気軽な口ぶりだった。

「たしかにそうだな」代理はうなずく。「該当する人物の捜索願、どうやら出されてないみたいだから、けっこう苦戦するかもな」

「自分、マル害の身元がわかるまで、十五年前の事件捜査に専念しますんで」

「おお、そうしてくれよ」

白洲代理は、向こうにいた小百合の同僚、植草に用があるらしく、去って行った。そこに樺島警部補もいた。強行犯第三係の班長のなかでは一番の人情家で人気も高い。小百合も本音では彼の下に配属されたかったと思っている。

植草玲音は、その樺島班に所属している。一課のなかで一番若い隊員だ。国籍は日本だが、父親はアメリカ人。警察学校では華道部に所属。趣味は茶道という日本人のなかの日本人だ。年齢が近いせいか、小百合とは仲がいい。なかなかのハンサムなので、関係を邪推する者もいたが、少なくとも小百合に恋愛感情はない。あまり男を感じないし、弟のような存在だった。ただし彼の捜査能力は買っている。抱えている事案に関しても、よく食事や飲みの席で話し合う。警察内部の情報に通じているのも、その手のアンテナの感度が鈍い小百合にとって好都合な人材だった。

その植草は近づく代理に目を向けたが、その先に小百合の姿を認め、微笑んだ。

「いまからまた出かけるけど、桃井部長もくるだろ」

植草に会釈していると、赤堂に声をかけられた。小百合は「はい」と素直に言い、彼の背中を追った。心のなかでは、本物の相棒になったような感じがして、それでいいんだろうかと自問自答した。

緑川冨美男が見つかった渋川市の路上までは、車で東へ三十分だった。

被害者が倒れていた県道で小百合に車を停（と）めさせると、赤堂はそこから少し歩くと言って外に出た。セレナを近くの有料駐車場に入れ、小百合はその場まで急いで戻った。

日差しは強く、容赦なく身体に降りそそぐ。日傘を差したかったが、仕事中だし、日焼けを覚悟した。せめて日焼け止めを塗ってくればよかったと後悔した。

赤堂はしばらく、県道を西——すなわち山北市方面に引き返した。北側には丹沢の山並みが見えている。

十数分歩くと、汗だくになった。赤堂が立ち止まったので、小百合はこの隙に、持ってきたミネラルウォーターを一気に喉（のど）に流し込んだ。

「マル害がここを、東から西に向かってふらふら歩いていたという目撃情報があった」

小百合に言っているのか、独りごとなのかわからなかった。

「ひとりの目撃者はこの歩道を、同じく東に向かって歩いていた。ふと気づくと、前にマル害が歩いていたという……ってことは、マル害は突然どこかから現れたことになる。つまり……」赤堂は北に顔を向ける。「道ではなく、丹沢山系のほうから来たって考えられる」

「山を下りて来たということですね」

十五年前の捜査員たちも、同じ考えだったようだ。緑川冨美男にいったいなにが起きたのか、どこで襲われたのか——真の事件現場を特定するため、山での大規模な捜査が行われた。だが事件が発覚したその翌日、大雨が降り、血液はもちろん、遺物も足痕（そっこん）も、なにも見つからなかった。

山のほうに向かって、県道をはずれた。民家が点在する農道を歩きはじめたので、小百合はため息をついた。さらに暑さででくたになるだろうが、そのわりに実りが少ないことが予想できたからだ。十五年前になにも見つからなかったのに、いまさらなにを期待しているのだろうか。

畑と石垣の上に建つ民家のあいだの道を進むと、東名高速道路の高架が見えてきた。

高速道路の下を抜けると、急斜面の雑木林が現れた。

「ここをマル害が半分転がりながら下りて来たんだろうっていうのが、当時の捜査員の結論だ」

小百合に向きなおって言った。充血した目が、獲物を追う鳥のようだ。

マル害が斜面を転がり落ちたというのは、当時の科捜研の検査で判明した事実だった。衣服は泥だらけで、植物がたくさん付着していたが、それらがこの場所のものと一致したからだ。

道なき斜面をなんの躊躇もせずに赤堂が上りはじめたので、小百合も仕方なくつづいた。地面は雑草とササに覆われ、周囲はタケとスギがメインの林だった。

日々のトレーニングは欠かしていなかったが、息が切れた。足がすべるのは、彼女の選んだ靴が登山に適していないからだ。一方、赤堂はスーツと、同じくふつうの革靴なのに、器用にタケに手をかけ、グイグイ高度をかせいでゆく。

上りきると、スギの密集する林になった。赤堂は休まず先に進む。するとまた、次なる斜面が現れる。なんのためらいもなく、上りはじめる。

「ちょっと、休憩しませんか」と弱音を吐こうとしたとき、急に広場のような開けた場所に出た。

赤堂は歩みを止めた。小百合はわずかに残っていたペットボトルに口をつけた。

「ここかな」地面を足で何度も蹴った。

「ここって、どういう意味ですか」

「ここから、マル害は逃げて来たんじゃねえかな」

「緑川さんがここから逃げた？」

赤堂は西の方向を指差した。

「あ」思わず声が出た。

広場の向こうにはまた森があり、その先には、ある程度整備された林道があった。それも自動車が通れる道幅だ。汗だくとなり、衣服が汚れるのもいとわず急斜面を上ったのになんのことはない、じつに報われない思いが心を支配した。

赤堂は広場を横切った。小百合もあわててついていく。

二人は林道に出た。

赤堂はふり向いて、広場を見た。

林に覆われ、開けた場所があることは、ここからではわからない。

「たぶんこの辺り、戦後はアメリカ軍の接収地でさ。平成まで、たしか通信施設があったんだよな」

妙な知識を持っていると思ったが、本件となにか関係があるのだろうか。尋ねようとした途端、赤堂のほうが先に口を開いた。

「緑川氏はここに車で運ばれてきた」

「運ばれたって」

広場に戻りながら、赤堂は言った。「死んだと思ったんだろう。それでホシ……あるいはホシたちはここに運んだ」

どういうことかわからず、話に耳をかたむけた。

「でも緑川は生きていた……あるいは蘇生(そせい)した。彼は隙を見て、斜面を転がって逃げた」

マル害が蘇生したという理由を、ある監察医の仮説として語った。

「おそらく緑川さんは、クロスボウの矢が刺さったまま運ばれた。ホシは遺体の身元を隠蔽（いんぺい）するため、凶器を取りのぞく必要があった。つまり緑川さんの首に刺さった矢を抜いたんだ。そのショックで、彼は意識を取り戻した」

もしその説が正しければ、先ほどの——矢が刺さったまま発見されれば、万にひとつは助かっていたかもしれないんだ、という話も納得できる。

「じゃあ運んだってことは、ここに埋めようとした？」

「車で行ける林道……開けた場所は林道から見えない」もう一度、地面を蹴った。「それに、比較的やわらかい土壌」笑顔を、小百合に向けた。「ここ、死体を埋めるのに適してるじゃんか」

斜面をがむしゃらに上った赤堂の意図がわかり、小百合は驚嘆した。彼は山北の森林公園の遺体埋葬現場を見て、このことを思いついたのだろうか。

「近くでスコップとかショベルを買って、戻ろう」

「え？」

なぜ地面を掘る必要があるのか尋ねようとしたが、それより早く、赤堂は林道に向かって、さっさと歩き出した。

一三

高校生になると、日雇い労働者の町にある修司さんの事務所を、少年は頻繁に訪ねていった。事務所の真向かいには朝からやっている飲み屋があり、大勢の一見ガラの悪い大人たちが飲んだくれていた。だがじつは気のいいおっちゃんが多く、みなが修司さんのことを信頼していた。男たちは少年を最初から身内のようにあつかい、まったく秘密などないようだった。

「おまえのじいちゃん？　修司さんが弁護士だったのは知ってるかよ」店の常連の、テルさんと呼ばれる男が尋ねた。いつもテルさんのテーブルには、レバカツとつけ合わせのキャベツ、コップに入った焼酎が置かれていた。

「聞いたことはある」

そう答えると、テルさんは勝手に話しはじめた。

「最初はさ、向かいは法律事務所だったのよ。この町に巣食ってる悪でぇ暴力団とかよ、こずるい手配師とかをやっつけるためのよぉ」

しかし四、五年前に、法律事務所の看板は取りはずされた。テルさんによれば、「修司さんはオカミに逆らったから、弁護士資格を剝奪されたんだ」とのことだったが、そのほか暴力団と癒着しすぎたからとか、依頼人の着手金に手をつけたとか、よからぬウワサがあることを、少年は別の常連客から耳にしていた。

ある日、勇気をふりしぼって真相を尋ねると、修司さんは、「ああ、法律事務所は、いまやってる仕事より世の中の役に立たないんでね。廃業したんだ。資格はまだあるよ」と、あっさりした答えが返ってきた。

「口入れ屋以外になにかやってるの？」

「不動産業だな」

修司さんはこの町に、たくさんの不動産を所有していた。それらを、行き場のない元日雇いの老人や、ケガや病気で一時的に収入のない人たちに無料で貸し出しているという。

「おれの不動産はさ、おもに事故物件てやつだけどな」

自殺したり、犯罪につかわれたり、火事になったり――だれも買わない、訳ありのビルや一軒家を、相場より安く仕入れているのだという。

「それと、無届けのホテルを営業してる」

「ホテル?」

「キンブルホテルっていう」

「なに? 変な名前」

「おまえの齢(とし)じゃ、キンブルは意味不明か」修司さんは笑った。

「え、どういう意味なの?」

「くだらねえ意味だから、おまえは知らなくていいよ」

「でも、いいことをしてるんだよね」

「ここからはナイショの話だぞ」笑顔のまま、唇に指を立てた。「じつは警察から逃げてるやつらにも、部屋を使わせてやっている」

「犯罪者をかくまってるわけ? 悪い人を?」

修司さんは首を前に曲げた。

「それも、捕まれば一生出てこられないようなことをした連中だよ」

「どうしてそんなやつらをかくまうの。悪いやつらじゃないか」

「そういう連中にも人権はある。休みたいときもある。それにたいていの連中は、罪を犯したくて犯したわけじゃない」

「ホテルに泊めたあと、その人たちはどうなるの?」

「反省して、出頭するやつもいるが、ほとんどは逃げようとして、一か月以内に捕まる。自分で自分の命を絶つやつもいる。殺されるやつももちろんいるよ。たまぁに……たまぁにだな、何年も逃げつづけるやつもいるけど、最後には捕まるな」

「逃げおおせた人は？」

修司さんは首をふる。「いまのところいない」

「それで、キンブルってどういう意味？」

「一九六〇年代にね、日本中を夢中にさせたアメリカのドラマがあった。『逃亡者』ってタイトルでね、無実の罪で逃げる医者の話だ。その主人公の名がキンブル。〝リチャード・キンブル、職業医師〟って前口上があってさ」笑顔で、少年の顔をのぞき込んだ。「おい、バカにしてるだろ。でもな、おれたちの世代は、外国といったらアメリカだった。それしかなかったんだ。嬉々としてアメリカ文化を受け入れた。特にテレビ番組な。でもおまえはまだ気づかないだろうけど、この国はまだアメリカに支配されている……夢中になったおれたちは大バカだよな」そう言って、また口角を上げた。

それにしてもダサいホテル名だなと、少年は思った。

一四

「え……あの空き地の下になにか埋まってる？」自分で言ってから気づいた。「え、赤堂班長は、ここにまだ遺体があるって思ってるんですか」

「同一犯による事案ならばだ」林道を速足で下りながら答えた。「十五年のあいだ、ホシが我慢できると思うか」

「じゃあ、犯人はもっと殺してる?」

小百合も自然と速歩きになった。そのとき赤堂が、山北の身元不明遺体発見の現場にまっさきに行ったことと、遺体の第一発見者の青木に向けた質問を思い出した。

「そう、そのリンちゃんはどうしました？　つまり別な場所を掘ろうとしたとか」

赤堂は最初、山北の森林公園が犯人のいつも使用する遺体埋葬場所だと考えたのだろう。だが現場（げんじょう）に行ってすぐ、そこではないと気づいたのだ。

農道を歩き、高速の高架をくぐり、県道に出て、車を停めていた駐車場まで戻った。

ショベルを購入するため、渋川市の中心街に向け小百合は運転した。繁華街の入り口で大型ガーデニングショップを見つけたので、横の駐車場に車を停めた。

目当ての売り場はすぐに見つかった。

ショベルとスコップが形状がちがうものであることを、小百合はそのときはじめて知った。この店の分類では、刃先を土に差し込むための足をかける平らな部分があり、刃先が尖っているものがショベル。地面を掘る先端は平らで、足をかける部分がないのがスコップだ。つまり前者は地面を掘る作業に適し、後者はやわらかい土や砂利などをすくうため、あるいはなにかを混ぜるための道具だというのだ。

「当然、ショベルだな」

赤堂もはじめて知ったのかもしれない。それを二本購入したので、ああ、自分も穴掘りにつき合わされるのかと、うんざりした。

赤堂が遺体を埋葬した現場と信じる空き地まで、小百合は道順をしっかり記憶していたので、十五分で到着した。

「暗くなる前に終わらせよう」赤堂は上着を脱ぎながら言った。

車外に出ると、夕方近いのにさっきより蒸し暑い。日差しはさすがに弱まっていたが、無風状態なのだ。それにセミの声がとてもうるさい。

さっそくトランクの蓋(ふた)を上げ、赤堂はショベルを取り出している。これから重労働を経験するのに、その顔はなぜか楽しそうだ。

「さて、やるか」

ショベルを肩に担いで、林の向こうに歩きはじめた。やっぱりやる気満々なのだ。いつのまにか軍手を嵌(は)めている。

「ここ、怪しくない?」

赤堂は現場一帯の地面を見ながら下を向いて歩いていたが、一か所を指差した。

そこだけ雑草がない。地面の色がちがう。明らかになにかを埋めたような痕跡がある。それも縦二メートル、横一メートルと、いかにも人ひとりを寝かして入るサイズなのだ。

その一か所にショベルを差したので、手伝おうと小百合は近づいた。

「いや、桃井部長はこの近くを適当に掘ってくれ」

少し腹が立った。自分だけ土がやわらかそうな場所を選び、あたしには掘るのにきつそうなところを指示したからだ。悪徳刑事であると同時に、性格も悪い。

少し離れた地面にショベルを入れた。

思ったとおり地面は固い。右足に体重をかける。

少し地面をすくい、それを外側に投げる。

また刃先を土に刺し、体重をかけた。

蒸し蒸しした空気のなかに、汗のにおいを感じる。今日で、いま着ている服もパンツも、靴ともおさらばだ。

「残念。ここにはねえな」赤堂が笑いながら言う。

足もとには、三十センチほどの穴が掘られていた。

「もっと深く掘らないと、わからないんじゃないですか」思わず、抗議するような声音になった。

「いや、絶対にない」

根拠はなんですか、と聞こうとしたが、赤堂はショベルを引きずるように歩き、別の場所に移動した。一度しゃがんで地面をじっと見てから立ち上がり、またショベルを土に突き立てた。

作業に集中することにした。もし自分が死体を埋めるなら、そしてそれをイヌや野生動物に掘り返されたくなかったら、最低一メートルの深さが必要だ。

掘って穴を広げ、土をすくって外に出す。土を捨てる。それを繰り返す。

あたりは少し暗くなっていた。

軍手のなかの手のひらや指が痛い。きっとマメができ、それがつぶれそうなのだ。

汗が滝のように流れ、見られた顔ではないだろう。

最初は石や、雑草の根っこに悩まされた。その下には固い地面とゴロゴロした大き目の石。だが掘り進むにつれて、土の質がよくなった。ショベルが簡単に刺さり、大量の土がすくえる。

掘って、すくう行為で、小百合の腕と腰は限界に達しつつあった。早く終わらせたい。一メートル掘ってなにも出なければ、赤堂がなにを言おうと作業を終了しようと決めた。
そう思った途端、小百合は「え?」と声を出した。
刃先がなにかを探知したのだ。
ショベルを抜くと地面に置き、しゃがんで両手で土をのけた。
土のにおいが鼻に充満する。そして見た。
白い尖ったもの……まちがいなく人間の腕の骨の一部だった。
さらに土を手掘りして、その物体を確認した。
「班長、出ました。人の腕です」興奮して叫んだ。
「やっぱなあ」
意外にも赤堂はこちらを見ず、背を向けたまま作業に没頭している。
「あの、遺体が出たんですよ」
赤堂は無言で土をすくい、向こうに投げた。
赤堂はショベルを置いて、しゃがんだ。
その動きで、まさかと思った。
赤堂も手で地面を掘っている。
それからふり向いた。笑っていた。
「こっちも見っけ。頭蓋骨だ」
暑いはずなのに、悪寒が走った。
「つまり、ここは……」声がかすれていた。
赤堂は立ち上がり、顔を向け、言った。

「つまりおれたちは、大量殺人事件の遺棄現場に出くわしたってこと」

小百合が捜査本部に報告すると、最初に近隣の交番の警察官二名が駆けつけ、次いで機動捜査隊、さらに応援のため所轄警察の警官が続々顔を出し、即座に現場を封鎖した。

それから鑑識チームが到着したが、地面に遺体が何体眠っているかわからない。あとから来た渋川西警察署の刑事たち、最後に現れた山北署の捜査本部の刑事らが総出で、一帯の地面を片っ端から掘り返すことにした。

ショベルカーなどの大型重機が入ったころには、日はとっくに暮れていた。作業は延々とつづき、ほぼ全容が見えたのは朝の九時過ぎだった。

四体が発見された。一体は女性と思われた。

どのホトケも一部、もしくは完全に白骨化しており、鑑識の見立てでは、十年以上前と思われる古い遺体もあった。

「女性の遺体は?」赤堂がわざわざベテランの鑑識員をつかまえて尋ねた。

「古いけど、五年前後じゃないかなあ」

赤堂は特に反応を示さなかったが、どうして女性にこだわったかはわからなかった。

それにしてもおぞましい事実が浮かび上がった。この犯人は多数の遺体を深く埋めつづけ、完全犯罪を狙ったのだ。

赤堂ははじめから、その絵を描いていたのだろうか。

「これは何年にもわたって行われた連続殺人だ。二〇〇九年に死亡した緑川さんは、ここに埋葬されるために運ばれた」という彼の推理には、だれも異議を唱えなかった。そうなると別の疑問が湧いてくる。

ではなぜ同じ丹沢山系とはいえ、少し離れた山北の森林公園で、同じ手口で殺害された遺体が一体だけ見つかったのか？

だれもが思った。ホシは遺体の殺害場所をあそこに変えたのではないか、と。

一旦自宅に帰り、この同じメンバーで山北の殺害現場を発掘に行くことが、白洲代理の命令で決まった。みなクタクタだったが、だれもが納得する過程だった。


「桃井部長、おれは明日、山北の穴掘りにはつき合わねえが、あんたはどうする」

セレナで県警本部に帰る途中、赤堂が尋ねた。

「え、行かないんですか」

「山北の森には、あの身元不明のホトケ以外、だれも埋まっていないと思う」

「なんで、そう思うんです」

「まあ、勘？」照れたように笑った。「もしホシが遺体の埋葬場所を変えて、あのホトケさんを埋めたんなら、彼が新しい墓地の埋葬者第一号ってことだ」

「犯人がちがうということは？」

「それもあるんじゃない」

軽く認めたので、また小百合はとなりに視線を向けた。

「犯人がちがうとしても、動機は同じだよ」

「動機？」

「社会改革とか、世なおし？」答えなのに語尾を上げた。

「社会改革とか世なおしって」

「たぶん今日発見されたホトケさんたち、全員がクロスボウで殺されたと思う」

「わかったことはクロスボウを凶器にした連続殺人の可能性だけで、動機については……」

赤堂の、自信たっぷりの決めつけに違和感を持った。

「まあ、そうだけど……おれの空想？」

また語尾上げだ。

「わかりました。空想を聞かせてください」そこまで言われると、聞きたくなった。

「あれだけの数を何年にもわたって殺して、ごていねいに埋めて……」深く息を吐いた。「そんなこと、たったひとりでできるとは思えないだろ。つまり複数犯の可能性がでかい」

「それは、そうだと思います」

「まとめると、複数犯の、それもこ、こ、ろ、ざ、しを同じくする、クロスボウ使いのサイコパスだよな」

「複数犯……こころざし……クロスボウ……サイコパス？」理解するのに時間がかかった。

「こころざしはつまり、なんらかの基準でこれこれこういうやつは社会にいらない、害悪だって勝手に判断してさ、法の下ではなく、自分たちの基準で死刑を実行するってこと」

「偏った思想の私刑集団ですか」

「ていえば、まだ聞こえがいいけどさ」顔に皮肉な笑みが浮かんだ。「結局、趣味じゃねえのかなあ」

「趣味……」

「一見ご立派な思想を掲げてるが、ほんとうは人を殺してみたいっておぞましい欲望だけでさ、人を獲物にして狩ってると、おれは思うわけ」
「獲物って?」
「人間を標的にした狩り……マンハンティングだよ」

一五

ランニングマシーンやエアロバイクによる有酸素運動も、機械を使って個別の筋肉を鍛えるエクササイズも、逃亡者になる前からきらいだった。単調で、すぐあきてしまう。だから唯一の運動は、逃走経路のチェックだった。早朝、昼、夜、真夜中とあらゆる時間帯を想定し、何回もルートを行き来した。シャワー中に警察に踏み込まれることも十分ありうるので、パンツ一枚でも逃げられるかどうかためしてみた。裸で逃げても、だれとも会うことはなく、せまい通路や簡易宿泊所の物置部屋を抜けることができた。マンション二階の隠れ部屋までたどり着くと、押し入れのなかにあった収納ケースには下着から靴下、ティーシャツにスウェット上下、ズボンにジャンパー、ジャケットにオーバーコートなど、あらゆる種類の、あらゆる季節の着衣が用意されていた。サイズもSからXLまで揃っている。

今日も午前中、黒川はルート確認兼エクササイズを終え、窓から自室に戻った。昼食の時間だったので、ダムウェーターには食事が載っていた。オムライスにサラダ、コーラとコーヒー。ジャンクだが、とてもうまそうだ。

食事は三食、チープではあるがバラエティに富み、全然まずくなかった。チープというのは、明らかにこの町の大衆食堂の出前だったからだ。昨日の昼食は横浜名物サンマーメン。夜は焼き魚定食と、おそらくちがう店から注文したものだろう。食事をテーブルに運び、口をつけた。昭和の――彼は昭和を知らないが、たぶんその手の洋食屋の味だ。ケチャップの味が濃くて胸焼けがしたが、クセになる。

ここ数年は飢餓感だけで、飲み込むように食事をしていたが、昨夜からはしっかり咀嚼し、味を確認するようにした。その理由は、キンブルホテルがどうして警察に知られず秘密を保っていられるか、いまだに不思議だったからだ。そこから恐ろしい妄想が浮かび、彼はそれに取り憑かれていた。客は望んで宿泊したのは事実だが、一種のカゴの鳥――つまり監禁状態に置かれている。ということは、宿泊客を煮て食おうが焼いて食おうが、あのマネージャー次第なのだ。一服盛られて意識を失っているあいだに、臓器を取られる可能性だってある。もしかしたらキンブルホテルの客は、全員無事にチェックアウトできず、殺されているのではないだろうか。

黒川は人を三人も殺めた。遺体が発見されれば、その残虐な手口から、世間はサイコパスの犯行と思うだろう。だがそこには動機があった。標的を無作為に選んだわけではない。いまでも正しいことをしたと信じている。だからこそ、逮捕されようが逃げようが、自分で自分の運命を決したかった。

一六

午後になると、テレビやネットニュース、夕刊紙上に〝大量殺人〟〝連続殺人〟といったショッキングな言葉が躍った。これほどの大事件になると、さすがに神奈川県警も、しばらく隠しておくことはできなかったというわけだ。憶測にもとづいた記事も出たが、県警にとって最悪だったのは、モンスターのような連続殺人鬼が神奈川県で十年以上にもわたって犯行を繰り返していたが、警察はこれまでなにも知らなかったか、知っていても放置していたという非難や邪推だった。まだ真犯人も全員の遺体の身元もわかっておらず、それらは一部正しいと言えなくもなかったが……。

山北署に置かれた捜査本部は、数日で〝特別〟のつく名称に格上げされた。特別捜査本部の捜査員になるのは、小百合にとってははじめての経験だった。

通常の〝捜査本部〟と〝特別捜査本部〟のちがいは、捜査陣の最高責任者が県警本部長になるということだ。もちろん実質的に捜査を取り仕切るのは、これまでと同じく捜査一課長、もしくはその代理だったが、逮捕状も家宅捜索令状の請求も、本部長の許可がいちいち必要になる。

さらにその下で働く捜査員は、可能なかぎり増員される。第一課強行犯からも、小百合の所属する第三中隊のほか第四中隊も配属された。特別捜査本部が設置された山北署の刑事全員に加えて、さらに近隣十署の強行犯係から合計十名の刑事が派遣される。

そのなかにあって特命中隊の刑事たちは、いわば遊軍のようなあつかいだった。いまだに緑川冨美男の殺人と渋川市、山北市で発見された遺体とに関係があるのかないのか、確たる証拠がつかめていないからだ。ほとんどの中隊隊員は所轄刑事とコンビを組み、聞き込み、いわゆる〝アシ〟として通常の捜査を行うか、山北の身元不明遺体の発見場所で、穴掘りの仕事に従事していた。

だが赤堂栄一郎警部補だけは二〇〇九年の緑川冨美男殺人事件との関係を専門に捜査する役で、いまも自由行動が許されていた。

根岸線根岸駅近くにある自宅マンションで仮眠を取っていた小百合は、睡眠状態に入って一時間後、赤堂の電話で無理やり起こされた。

「これから緑川さんの姉貴に会いに行くけど、桃井部長もつき合うだろ」

あいさつやねぎらいの言葉はなく、いきなり用件に入る男だった。だが小百合は、「どこに行けばいいですか」と愛想（あいそ）よく答えた。たぶん赤堂がほしいのは、便利な運転手役なのだろうが、同行することは任務だったし、いまは捜一の刑事としての自分のキャリアにも損な経験ではないと思っていた。なんといっても、あの大量遺体の埋葬場所を見つけたのは赤堂なのだ。〝神の手〟という仇名は、情報屋だけに頼ったものではない。特筆すべき鋭い勘——それは認めざるをえなかった。それ以上に小百合は、この前代未聞のヤマに対して赤堂がどういう絵を描いているのか知りたかった。

待ち合わせに指定された場所は、横浜市中区の中華街東門近くだった。彼女もよく行く小籠包（ショーロンポー）屋のある辺りだ。県警（カイシャ）の車で行くのだから本部まで来てくれればいいものを、有無を言わせぬ態度と口調だった。どうやら赤堂は、その近くのタワーマンションに住んでいるらしい。周辺の物件はどれも高級で、実家でもないかぎり一介の警察官が住める地域ではない。やっぱり怪しいな、と小百合は思う。同時に、監察官が必ず目をつける胡散臭さをあえて隠さない点も、魔訶不思議（まかふしぎ）だった。大胆なのか、ひらきなおっているのか。

「眠いだろ、これ、よかったら」

助手席に乗った赤堂は、ドトールの紙袋からLサイズのアイスコーヒーを取り出し、小百合にわたし、自分はホットコーヒーLサイズのカップの蓋を開けた。蓋に開いた穴に直接口をつけて飲むのはキラいなタイプらしい。

「ちょっと遠くて悪いけどさ、緑川さんの姉貴、梶が谷（かじがや）なんだ」

緑川冨美男の姉は優子（ゆうこ）という。結婚して、名字は緑川から茶谷（ちゃたに）に変わっていた。年齢は五十四歳。いまは専業主婦だが、以前は東京の葛飾（かつしか）区で小学校の教師をしていた。

小百合はナビに姉の自宅の住所を打ち込み、素早くルートをシミュレートした。梶が谷とは東急田園都市線梶が谷駅の周辺のことで、正確には川崎市高津区末長（すえなが）の辺りだ。第三京浜道路で、ひたすら北上するのが合理的だと判断した。

運転する前にアイスコーヒーを一気飲みし、気合を入れてからアクセルを踏んだ。

運転しながら小百合は、欠伸（あくび）を何回か噛（か）み殺した。

「眠い？　悪いねえ」

運転をどこかで代わってやろうとは絶対に言わなかったが、少しは気づかってくれているようだ。それに今日の赤堂は、昨日より自分を信頼している感じがする。

「桃井部長の親父（おやじ）さんも刑事だったんだって？」

ホットコーヒーを時間をかけて飲み終えたあと、赤堂が唐突に尋ねた。

「はい、そうです」

心のなかで、この質問はなんなんだろうと思った。人には話したくないこともあるのに。

「勤務中に亡くなった？」

やはりデリカシーのない男らしい。ズバッと本題に入った。

「いえ、非番の日です」

つとめて冷静になろうと声を抑えたが、妙にふるえてうまくいかない。

二十年前の話だ。

父はあまり家にいなかった。何日も帰ってこないこともしょっちゅうだった。そんなとき母は、

「おとうさん、また出張」と小百合に告げた。

だが父は、家にいるときはとてもやさしい。そして小百合の一挙手一投足に興味を持っているようだった。家のことでなにか意見があると、真摯に耳をかたむけてくれた。子どもとしてではなく、対等な大人に対する態度だった。母とも仲がよく、休日にはよく三人で映画に出かけた。そのあとはレストランで食事をしたが、父はなかなかのグルメだった。

警察官なのは知っていたが、どういう仕事をしているかは知らなかったし、父も母もなにも言わなかった。ただ毎日スーツで出勤するので、テレビドラマから得た知識で、刑事なのだろうと思っていた。

一度直接、「おとうさんは刑事なの?」と尋ねたことがある。すると父は、「……のようなもんかな」と笑った。そのとき小百合は子どもながらに、なにか秘密の仕事をしているのかもしれないと感じた。

小百合が九歳のとき、その父が突然死んだ。

「ビルの屋上から落ちたんです」

小百合は横を向いて赤堂を見た。もうこの話を打ち切りたかったからだ。

「事故……」赤堂がつぶやいた。ちらりと小百合の横顔を見たと思った。

「はい」

「親父さん、警備部だって?」

小百合のサインをあえて無視して、また質問した。警備部とだけ聞いて、その下の所属課を省いたのは、明らかにわざとだろう。

「はい、公安の刑事でした」古傷をこすられる思いで、自分から言った。

父親の死に疑問があることを母から聞いたのは、彼女が高校一年生のときだった。

「清太郎さん……」母は父をこう呼んだ。「どうして亡くなったのか、ほんとうはよくわからないんだって。事故じゃないかもしれないの。でも警察がそういうことにしてくれた」

暗に、自殺の可能性もあると言いたかったのだろう。

そのときはじめて、父が公安課に所属していたらしいと教えられた。機密性の高い部署で、母も、父がどういう仕事に就いたかよく知らなかったという。

「事故じゃないかもしれないこと、前から知ってたの」

責めるような口調になったことをおぼえている。葬儀を思い出したのだ。通夜には父の同僚や上司らしき人が参列したが、母はほとんど知らないようだったし、彼らもきわめて形式的なあいさつしかせず、とてもよそよそしい感じだった。翌日の葬式には、父と母の親族以外、職場の人間はだれもこなかった。それも子ども心に奇妙だと感じた。だから母は、父が亡くなった段階で、そのことを知っていたのだと思い込んだのだ。

「いいえ」母は首をふった。「あくまで、事故って聞いていたの」

しかし夫が危険で神経がすり減るような仕事をしているかもしれないと勘づいていたので、死の背後に不自然ななにかがあると思ったこともあったそうだ。だがこれまで、深く考えないようにしていたのだという。

「でも清太郎さんの同僚って方が、わたしの会社を訪ねてきたの。もう警察を辞職したから、ずっと言えなかったことを教えたいって」息を大きく吸って、吐いた。「自殺どころか、別の可能性について言われたの」

「別の可能性って?」

黄島と名乗る男は、父が捜査していたのは日本の最大の闇にかかわることで、奥さんは知らないほうがいいが、自分は事故や自死ではないのではないかと疑っていると告げた。母はそれ以上聞かなかったが、黄島はとても後悔しているようだった。

以来、小百合は父の死の原因をいつか知りたいと思っていた。これはだれにも打ち明けていない秘密だが、だからあえて警察官になったのだ。

「その事案さあ」

赤堂の声で、われに返った。

赤堂は照れたような笑みを浮かべている。

「残念ながら、特命の継続捜査リストのなかにはねえんだよな」

きっと事故ではなく、なにかある――好奇心の湧く事案だ、という意味だろうか？　それとも、なんならリストに加えてやろうかと言っているのだろうか。真意が読めず、答えるのをやめた。わずかにだが、気の毒がっている口調に聞こえたのは、気のせいだろう。

「ところで赤堂班長、今度のヤマが複数犯によるマンハンティングじゃないかって説、上の人に報告したんですか」話題を変えたくて、尋ねた。

赤堂は自嘲気味に言った。「おれの空想だぞ。言うわきゃねえだろ」

茶谷優子の家は、市民プラザ通りに近い白い外壁の一軒家だった。庭つきの二階建ての家がほとんどで、なかなか裕福そうな住宅街だ。近くにコインパーキングがあったので車を停め、ふたりは彼女の家まで歩くことにした。

「なにか連絡あった？」

暑さにスーツを脱ぎながら、赤堂が尋ねた。

「連絡？」

「ホトケさん、一体くらいだれかわかったかってこと」

そういえば班のだれからも知らせがない。仲間はずれにされたような気分になり、小百合は携帯を取り出し、一番親しい植草玲音に電話した。答えは山北の遺体も、渋川で昨日発掘された四体も、全員いまだに素性がわからないということだった。

「あんだけあればさ、捜索願や失踪届を閲覧すれば、ひとりくらい引っかかるはずなんだけどさ、まったくなんだ」キツネにつままれたとでも言いたいような、植草の声だった。

「渋川の四人のホトケの死因はわかったの？」

「殺人であることはまちがいないです。何体かの骨には、クロスボウの矢みたいな鋭利なもので傷ついた痕があったそうだから、十五年前の緑川さんや山北のホトケさんと同一犯のしわざである可能性は高いって」

「腐敗が進みすぎて、指紋が採取できないのはわかったけど……」

「ちがうんですよ」声が大きくなった。「腐乱死体を調べたらさ、ごていねいに指の皮をけずってやがんの」

「じゃあ、歯型も」

「ダメだった。全員、歯も粉々に破壊されてました」

あとはDNA鑑定が頼りだが、いくら急いでも二、三日はかかる。全部の遺体なら二週間くらいだろう。しかも該当者のサンプルがなければ、正体はわからない。

「ところで桃井部長、赤堂さんと組まされたのはさあ……」

県警内きっての情報通だけに、なにか言いたそうだったが、いまは面倒なので「あ、じゃあ、それは今度」と言い、電話を切った。

遺体の身元調べに進展がないようだと伝えると、赤堂は大きくため息をついた。

「ホシは、だれにも探されない人間を獲物として捕獲し、仕留めたあと、念には念を入れて指紋を除去し、歯まで破壊する……つまり殺しに習熟したプロ集団ってことだな」

「だれにも探されない人って、家族のいない独り暮らしで親族や友だちもいない人ってことでしょうか」

目的の家に到着したからか、赤堂は答えようとしない。

「そういう人を獲物に選んで、だれかが狩りをしているって赤堂班長は思っているんですよね」

意地になって質問しつづけた。「その、そういう孤独なマル害ってどういう人ですか」さらに小百合は、昨日赤堂が述べた空想も気になった。「その上マル害たちは、ホシにとって、社会に害悪だって思わせる種類の人間だって、赤堂さんは思ってらっしゃるんですよねえ」

「どういう種類の人間だったかたしかめるために、今日はここに来たってこと」

謎めいた言葉を残し、赤堂は門の横のインターホンを押した。


茶谷優子は長身で痩せており、第一印象は性格がきつそうに見えた。先生時代は、きっと生徒たちに怖がられる存在だっただろうと、小百合は勝手な想像をした。

彼女はふたりをリビングのソファに招くと、てきぱきとキッチンに向かい、冷蔵庫から茶色の液体の入ったプラスチック容器を取り出した。

「すみません、おかまいなく」

優子に声をかける赤堂を見て、この人も少しは常識があるんだなと思った。

グラスを三つトレイに載せて、優子はふたりの前に戻ってきた。

「アイスティーなんですけど、大丈夫ですか」

「あ、はい、いただきます」

「いただきます」

ほぼ同時にそう言い、ティーテーブルに置かれたグラスを手に持った。

「まだ弟のこと、捜査をしてくださってたんですね」優子が向かいの椅子にすわった。

怖そうに感じられたが、よく見れば、若いころは美人だったにちがいない。

素早くアイスティーを喉に流し込むと、赤堂は「何度も何度も同じ質問をして恐縮ですが、もう一回確認させてください」と頭を下げた。

カバンをゴソゴソ探り、A5サイズのノートとボールペンを取り出した。

ノートを開きながら尋ねる。

「冨美男さん、うらまれるような敵はいなかったんですよね」

「はい、何年も何年も考えましたし、彼の友だちや前に勤めていた弟の会社でも話を聞きました。もちろん弟の元の奥さんとも……だけどだれも、思い当たる人はいませんでした」

赤堂はうなずいた。「それは、こちらの調べでもいっしょでした」

「やっぱり、通り魔みたいな人に殺されたんでしょうか」

「いいえ、理由はわからないけど、なんらかの目的で狙われたんじゃないかと思います」赤堂はノートになにかメモした。「当時、小学生が目撃した……バンに無理やり乗せられた人というのが、冨美男さんだったと思うんです」

警察は捜査状況を意図的に隠す。それがイロハだと、上司や先輩から叩き込まれていた。どんなに同情しても、被害者遺族の質問にストレートに答えてはいけないのだ。だが赤堂は、平気で自分のスジ読みを語っている。小百合は驚きをもって、ふたりのやり取りを見守った。

「あの……」意を決したように、優子が言った。

「なんでしょうか」

「このあいだ、丹沢のほうで死体が発見されましたよねえ。そのご遺体、ボウガンの矢かなんかで殺されたってニュースで言ってたんですけど、今日いらしたのはその事件と関係があるんですか」

赤堂は答える前に、視線を落とした。

「自分は未解決の事件を専門に調べる部署にいるんで、すみません。その事件のことはくわしくないんです」

ふーん、そこは隠すんだ、と小百合は思った。

「ああ、すみません」

優子の顔には疲れが刻まれていた。山北の事件と弟の殺人をむすびつけたからだろう。小百合はしみじみ実感した。解決しない事件に巻き込まれた被害者遺族が、どれほどの地獄に落とされているかということをだ。

「ところで……」

赤堂は言葉を切った。急に神妙な顔になったので、小百合は優子ではなく、彼のほうに視線を移した。

一回、咳払い(せきばら)いしてから、赤堂は口を開いた。

「じつはわたしの兄も、優子さんの弟さんと同じような亡くなり方をしましてね」

「え！」

優子は驚きの声を上げたが、小百合も同じくらいびっくりした。

「五歳上だったんですけど、サラリーマンをしていまして。わたしが高校生のとき、通勤途中、見知らぬ男に殴られて階段から落ちて意識不明になって、その五時間後に死んだんです」

声を詰まらせて、やっと語っているようだった。

「そうだったんですか」優子は驚き顔のまま、上半身をかたむけた。「それで、犯人は？」

「弟さんとちがって、幸運にも捕まりました」

「通り魔ですか？」

「通り魔ではなく、まあ、兄は標的として狙われたというか……」天井を見上げた。「けど、人ちがいだったんです」

「人ちがい？」

「犯人の妹を、その……乱暴して逃げた男に、兄が似ていたみたいなんです」

「それでお兄さまが……」あまりにも理不尽な気がして、思わず小百合は問うた。

だが赤堂が一瞬、責めるような目で見たので、よけいなことを言ってしまったと反省した。

「そうなんだ。人ちがいで、兄貴は亡くなったんだよ」

次に赤堂は目を大きく開き、質問した。「まさかですけど、冨美男さんもだれかに似ていると か言われていませんでしたか」

「そういえば……」

赤堂の顔つきが変わった。しんみりした表情は消え、獲物を追う猛禽類の目になった。なぜか、ボールペンを持つ手に力が入ったようだ。

「無関係だと思ったんで、十五年前も警察の方に言わなかったんですけど」

「なんでもいいです」勇気づけるようにうなずく。「なにが手がかりになるか、わかりませんから」

「あのころ冨美男、石竹孝太（いしたけこうた）に似てるってよく言われて、迷惑してるって。それも塾の生徒や先生や、いろんなところでからかわれたって」口角が微妙に上がった。「笑っちゃいけないけど、一度なんか、お巡（まわ）りさんに職質を受けたこともあったそうです」

「石竹……孝太」小百合は小さな声で反芻した。聞いたことがある気がしたが、だれだろう？　それ以上に彼女は、赤堂がなぜそういう質問をしたのか不思議に思った。相手との距離をちぢめるための世間話なのだろうか。それにしては唐突すぎる。

横目で見ると、赤堂が大きな字で〝石竹孝太〟とメモをしているのが見えた。

「石竹って、四人殺して逃亡した……あの事件の犯人ですね」

「そうです」

だいぶ昔に、そんな殺人犯がいたような気がする。必死で記憶をたどろうとしていた小百合だったが、結局あきらめた。

そのあと優子は弟の思い出話をして、赤堂は何度も何度もうなずき、親身に聞いていた。それから彼女は、自分の身の上話に移った。東京で小学校の教師をしていたが、結婚を機に川崎の学校の先生になったこと。子育てを優先して三十五歳で退職したこと。子どもふたりも大人になり、それぞれ家庭を持ったこと。公務員をしている夫は、あと数年で定年だということなどだった。

赤堂はふがいない自分たち警察のことを詫び、なにか思い出したら遠慮なく以前お渡しした名刺の携帯番号に電話してくださいと言い残して、優子の家を出た。

駐車場に置いていた車に戻り、エアコンのスイッチを押すと、赤堂が小百合に石竹孝太の話をした。

二〇〇八年、草加(そうか)市で起こった凶悪事案の犯人だ。

荒川区在住の会社員、石竹孝太は、離婚して埼玉県草加市の実家に住む元妻をストーキングし、何度も警察から警告を受けていた。だが七月のある日、元妻の実家に押し入り、元妻と彼女の両親、弟を刃物で殺害した。証拠隠滅のため家に放火し、そのまま逃走した。殺害方法はきわめて執拗(しつよう)で残忍だったことがわかり、マスコミは連日大騒ぎしたが、石竹は逃げつづけた。潜伏先の山形で自ら命を絶ったのは、事件の二年後だった。

話を聞いて、記憶がよみがえった。中学生のときテレビのニュースで観て、凄惨(せいさん)な事件だったのでショックを受けたことをだ。

「問題は、ほんとに緑川と石竹が似てるかどうかだな」

そのことがそれほど重要とは思えなかったが、好奇心から、小百合は自分のスマートホンで〝石竹孝太〟を検索した。

「緑川冨美男の写真はこれな」

赤堂がカバンのなかから大判の封筒を取り出し、一枚の紙を抜いた。

緑川の運転免許の写真を拡大したカラーコピーだった。

スマホには〝世田谷(せたがや)区で起こった一家四人殺害事件と同じくらい凶悪な事件〟とか〝冷血漢石竹孝太の素顔〟〝史上最悪ストーカーの最期〟といったショッキングなリードが並んでいたが、

小百合は適当な画像をクリックし、犯人の顔のアップの写真を出した。

石竹の顔からは、凶悪で歪んだ内面は感じ取れない。むしろ端整でやさしそうな印象だ。

「似てるな」赤堂がのぞき込んで言った。

緑川冨美男の顔写真コピーを、赤堂から受け取った。姉に似ているが、彼女から険を取ったような穏やかな顔つきだ。そしてたしかに、石竹と同系統の人相だった。特に目と鼻の形は酷似している。

「それで、このふたりが似ていることが、なにか事件解明に重要なんでしょうか」先ほどの疑問をぶつけてみた。

「動機は、人ちがいっていうのはどうよ」赤堂はブラックな笑みを浮かべた。

「人ちがい……動機が?」

「緑川さん殺害事案が十年を経過しても解決しない理由は、ひとえにホシの動機が見えないからじゃん」

無言でセレナを発進させた。赤堂ははしゃいでいるように見えるが、重い過去を告白した結果得られた手がかりなのだ。その心情をおもんぱかると、言葉が見つからなかった。

しばらくの沈黙のあと、意を決して口を開いた。

「……知りませんでした」

「なにを?」

表情を読まれたくなかったので、正面を向いたまま言った。「赤堂班長に、そんなご不幸があったなんて」

「ご不幸って、なに」

「おにいさまのことです」

「え？　部長、あの話信じたの？」

「え？」

赤堂は笑いを噛み殺しているようだ。「あれ、信じちゃったんだあ」

「ウソなんですか」思わず、横を向いた。

「昨日思いついちゃってさあ。うまく嵌まって、新証言を引き出せたよな」

こいつは鬼畜か？　と、腹が立った。人の感情を操作するために、ウソの話をでっちあげる……別な意味で悪徳刑事そのものじゃないか。

「それに加えて続々と発見されたご遺体が、なぜかなかなか身元を割り出せないって謎。さっきの緑川氏のねえさんの新証言で、自ずと答えは出るわな」

いまの話に立腹したせいか、赤堂の話についていけなくなっていた。

「マル害の共通点は、姿を消してもだれも気づかないか、失踪してもだれも探さない種類の人間って、おれ、言ったろ」赤堂はつけ加えた。「もしくはさ、一所懸命捜しているが、うまく逃げおおせたって、おれたちが思ってる人間とか」

「あ」ヒントを出されて、ようやく理解できた。いま赤堂は、とんでもない仮説を持ち出したのだ。

「さらに、おれの言ってた動機が正しかったら？」

小百合を横目で見たのに気づいた。

「ホトケさんたちは、凶悪事案の被疑者として警察から追われる身だった。失踪届が出されていない理由は、逃亡中の全国指名手配犯だったからですか」言いながら、呆然とした。

赤堂が首を縦にふるのが見える。

「……そんな彼らを、〈人狩り〉を趣味とする狂気の結社が捜し出し、拉致し、獲物として殺した?」

しかしなんてことだ。十五年前の緑川冨美男の事件にかぎって、殺害された理由は〝人ちがい〟だったとは!

一七

少年は何度か黄金町ガード下の娼婦街を見学に行った。母がかつて娼婦だったというウワサの真偽をたしかめるためと、失踪した手がかりがもしかしたらそこにあるかもしれないと思ったからだ。

京浜急行の高架下、大岡川沿いの太田（おおた）橋から川下の旭（あさひ）橋まで、長さおよそ五百メートル、幅五十メートルの想像したより小さな一角だった。

そこは〝ちょんの間〟の密集地とも呼ばれていた。〝ちょんの間〟とは、時間わずか十分から二十分、ちょっとのあいだに性的サービスを提供するという意味だと、本を読んで知った。

まずは朝、自転車でガード下を並行して走る道を走った。

客ひとりがようやく入れるくらいの小料理屋や、スナックがひしめいている。時間的に当たり前なのだが、全店シャッターが閉まっていた。静寂に包まれた風俗街だ。看板には〝まりこ〟〝ひとみ〟〝明美〟など女性の名前が多かったが、なかには〝パール〟〝リボン〟〝月光〟〝白バラ〟といった純喫茶のような店名もあった。数えてみると二百軒くらいだろうか、とにかくすごい数だ。
なかは見えなかったが、一階は酒を飲ませるカウンターで、二階が売春場所なのだそうだ。ときおり、疲れた顔の女性が手にコンビニ袋を提げてふらふら歩いていたが、日本人ではなく、フィリピン人かタイ人だろうと思った。テレビや映画に出てくる、麻薬中毒の患者のように見えた。ほんとうにそうなのかもしれない。

少年は、今度は夜に挑戦した。

朝のシャッター通り風俗街は、一転、ピンクや赤など毒々しい色の電飾に飾られた光の世界だった。店のドアの前、テント張りの庇(ひさし)の下には、身体の線があらわな服を着た外国人女性が人形のように立ち、たどたどしい日本語で通行人に、「おにいさん、遊び?」「ちょっと寄ってく?」などと声をかけている。路地には、欲望にまみれた顔の男たち、あるいはおっかなびっくりの見物客が歩いていた。彼女たちに、母を知っているか聞くことなど、まったく論外だ。

速足で歩いたが、彼女たちから「なんだ、おにいちゃん、社会勉強?」「用がないなら、おかあちゃんとこにお帰り」などと、からかいや罵声(ばせい)を浴びせられた。

休日には西区の紅葉坂にある県立図書館にこもり、横浜の娼婦の歴史を調べてみた。

娼婦館や売春宿は、一八五三年のペリー来航からはじまる。意外に歴史が浅いのは当然で、それまでの横浜は総戸数百程度の半農半漁の村——武蔵久良岐(むさしくらき)郡横浜村にすぎなかったからだ。

一八五九年、江戸幕府により開港が決まると、横浜の地は国際都市としての体裁を整えるため、大規模な開発が行われることになった。それとほぼ同時に、神奈川宿や品川宿の飯盛宿主人たちが名乗りをあげ、幕府推奨のもと、港崎(みよざき)遊廓が誕生した。いまの横浜スタジアム辺りにあったそうだが、お客は日本人と外国人の両方だった。

港崎遊廓のにぎわいは一八六六年までつづいたが、その年の十月の大火で全焼した。

この場所が山手の外国人居留地とあまりに近いという理由で、キリスト教の宣教師たちの猛抗議を受けていた矢先だったので、幕府はこの大火をこれ幸いと再建を断念し、移転を計画した。場所を何度か替えて遊女街は存続しつづけたが、一八八二年、明治政府のとき、南区の真金(まがね)町と永楽(えいらく)町に新しい色町ができ、そこに定着した。ふたつの町は、一九五八年の売春防止法施行まで生き残っている。

同じころ公娼制度とは別に、私設の娼婦館が独自の発展を遂げた。おもにいまの中区本牧の小港や、石川町の大丸谷(おおまるだに)にあったというが、それらは〝チャブ屋〟と呼ばれ、外国人専門だった。チャブ屋とはCHOP HOUSE――つまり〝気軽に立ち寄れるステーキ屋〟が語源だといわれている。

チャブ屋は一九二三年、関東大震災のときまで繁盛したが、それ以降は形を変え、規模は縮小され、外国人向けのダンスホール兼ラブホテルになった。その繁栄もまたヴェトナム戦争終結まで で、以降はお客を失い、姿を消した。

ところで、少年の知りたかった黄金町娼婦街の誕生は戦後のことである。

敗戦後、アメリカ兵はじめ多くの占領軍兵士が横浜に駐屯することになった。日本政府は〝占領軍から善良な婦女子の貞操を護(まも)るため〟との空寒いお題目で、全国に進駐軍向けの慰安婦施設設置を決行した。横浜も、真金町や永楽町の日本人向け遊郭とは別に、外国人専用の慰安施設を建設することとなった。場所は中区山下町。おもに娼婦や芸子、水商売経験者を中心に集められたが、敗戦の貧困から一般女性も多数応募してきた。政府がこの事業に一億円を投じたためと、なんと全国紙に慰安婦（接客婦）募集広告を出したことがその人気の要因だった。

だが一九四六年、ＧＨＱは突然、日本の公娼制度の廃止を決定する。米軍本部上層部の気まぐれからだ。

失業した大勢の娼婦たちは堅気の世界には戻れず、必然的に青線――すなわち非合法の売春地帯を、職場にすることになった。進駐軍専門の娼婦たちは中華街の裏道や伊勢佐木町の外国人バーに出没するようになり、日本人相手の娼婦の多くは黄金町のガード下に集まった。

当時は、一九四五年五月の横浜大空襲で、町は完全な焼け野原だ。黄金町高架下には、生き残った人々が寄り添い、あっというまにバラック街ができあがった。同時にいかがわしい簡易宿泊所が建ち並び、近くの大岡川には水上生活者が多数停泊し、公権力が及ばない貧民窟ができあがった。もちろん覚醒剤やヘロインも売り放題、買い放題だったらしく、それはいまでもつづいているという。彼が朝目撃した外国人娼婦たちは、ほんとうにジャンキーだったのだ。

公娼制度廃止後、流れ込んだ娼婦たちは、最初、バラックの住民や簡易宿泊所の滞在者、水上生活の船員たち相手に立ちんぼをしていた。やがて休憩所として小さな部屋を間借りし、さらに財力をつけると、高架下に〝ちょんの間〟地帯が誕生した。

現在、この一帯で働く女性はおよそ二千人。店舗数は二百軒。一九七五年までは日本人がほとんどだったが、それ以降の十年はタイ人、八六年からはフィリピン人も流れ込んだ。最近では台湾や中国、韓国からも出稼ぎに来ているそうだ。

少年は理解した。横浜は、常に外国……特にアメリカに影響を受けつづけた町だったということだ。

母が少年を生んだのは二十五歳のときだ。ということは、彼女がもし娼婦だったとしたら、六〇年後半から七〇年初期に黄金町にいたことになる。その年代に〝ちょんの間〟にいた人を探さなくてはならない。

そして、知りたくない事実でも受け入れなくては。

一八

五体ものホトケの身元がわからないのだ。神奈川県警は科捜研をはじめ、民間の検査会社にも協力を要請し、ＤＮＡの解析を急いだ。特別捜査本部は、遺体が全国指名手配犯、つまり警察庁特別指名手配の被疑者ではないかという赤堂の推理を真剣に検討し、採用した。それ以外に手がかりがなかったからだ。

石竹孝太とまちがわれて緑川が殺害されたという赤堂のスジ読みを聞いたその夜、小百合は桜木町の県警本部に車を戻し、最終電車にぎりぎり間に合い、ようやく自宅にたどり着いた。それでも明日、午前八時半の会議に間に合うよう山北署に出勤しなければならない。なかなかの苦行だった。昔は殺人事件が発生すると、捜査員は帳場のある警察署の道場や近くのビジネスホテルに宿泊した。だがいまは担当の署の負担の軽減のため、その慣例はあらためられ、自宅に帰ることが義務づけられた。

シャワーを浴びながら思った。なにが負担軽減だ、なにが働き方改革だ。だが望んでなった刑事の仕事だ。文句を言っても仕方がない。いまは我慢だ。捜査第一課で実績を積み、警備部公安課に行くのが最終目標なのだから。

じつは警察官になってすぐ、母に父の死のことを告げた黄島という男に会った。もちろんそれ以前から、その男に興味はあった。しかし母は連絡先もフルネームも聞いていなかったし、名刺ももらっていなかった。名字だけで、実際はどこのだれだかわからなかったのだ。

それでも警察官になればなんとかなるのではないか、と漠然と思っていた。最初に思いついたのは、神奈川県の警察官ＯＢの名簿を閲覧することだった。だが黄島の名はなかった。おそらく公安課にいた刑事だからだろう。県警の公安課の人間は、もちろんほかの警察官と同じく地方公務員だ。しかし彼らのトップは県警本部長ではない。東京に本部がある警察庁公安部の部長なのだ。同じ県警職員でありながら、任務の特殊性から所属先がちがう。名簿に載っていないのも十分うなずける。

黄島が神奈川に住んでいるという前提で、住所を調べることにした。県警の警察官ならば、データから名前だけで相手の住所を特定することができる。もちろん職務に関係した場合にかぎっての特権だが、チャンスは思ったより早く訪れた。

新米警官として西区の交番勤務に就いた最初の年だった。所轄に〝木島〟という、よく隣人とトラブルを起こす要注意人物が住んでいた。その男の経歴を調べる際、文字はちがうが同じ〝黄島〟を調べてみたのだ。だれかに気づかれたら、単純に字を打ちまちがえたと言えばいい。変わった名字だったので、県内にはひとりしかいなかった。黄島卓郎（たくろう）という金沢区に住まいを持つ人物だった。

十月の非番の日、小百合は黄島の家を訪問した。坂の多い住宅街の木造二階建ての家だった。事前にアポイントメントを取っていたわけではないので、行き当たりばったりの行動だった。深呼吸をしてから、インターホンのスイッチを押した。

「はい……」素っ気ない男の声が聞こえた。

最初から小細工なしでいくと決めていたので、「桃井清太郎の娘ですが、黄島さんは父の同僚ではないですか」と尋ねた。

数秒間沈黙があったので、自分は警察官で怪しい人間ではない、父親の死について知りたいだけなのだ、とさらにくわしく用件を告げた。

「お入りください」という声が返ってきたので、小百合は門を開けた。

玄関に入ると、黄島が上がり框に立っていた。父と同じくらい長身だが、病的に痩せており、髪の毛は不自然な感じで抜けていた。抗がん剤治療でもしているのだろうか。父の同僚というから五十代と想像していたが、正直、老人にしか見えなかった。

黄島はいきなり口を開いた。

「確信はないんだけどね、わたしは監視されているかもしれないから、とっとと帰ったほうがいいよ」意外にも口調は友好的だった。「あなたが桃井警部補の娘さんだってことは信じるよ。彼によく似てるから」

ほんとうに監視を疑っているのだろう。黄島は一方的にしゃべった。

「おとうさんは、ある宗教というか、集まりというか、組織を調べていた。そこが、わが国と微妙な関係にある国の傀儡(かいらい)じゃないかって疑いがあってね。わたしのほうは県警とも関係がある元警察官僚で、いまは与党の議員になった重要人物の行動観察をしていてね、その人物が、おとうさんが調べていた組織と関係があることがわかった。わたしもおとうさんも、それ以上のスジ読みをしてね、もし事実なら国が危ないって」

そこで口を閉ざし、小百合の反応を見たようだ。いまから、なにかショッキングなことを言おうとしているのがわかった。

「おとうさんはクスリを盛られて、ビルの屋上から落ちたか落とされたんだと思う」

「なぜ、そう思うんですか」

黄島は答えなかった。おそらく答えれば、ふたりともの命取りになると思ったからだろう。

小百合は質問を変えた。

「父の死の真相、どうやったら解明できると思いますか」

「一般論で言うけどね。警察官の九十パーセントは本気で正義を信じ、法を遵守しようとしていると、わたしは思う。でも残りの十パーセントはそうじゃない。ただしその内の九パーセントは、甘い誘惑、警察組織への怒り、働きすぎから判断がつかなくなって、悪の側に落ちる……いわば善から悪に転じた人間的な悪人だ」言葉を切った。小百合が話について来ているか確認したようだ。「気をつけなければならないのは、残り一パーセント。本物の悪だ」

「本物の……悪」

「彼らの大半は警察組織のなかに身を隠して、ほぼ絶対にバレない。彼らの動機は、あくなき権力欲だ」

「そういう人たちですか？　わたしの父の口を封じたのは」

黄島はうなずいた。

「わたしは戦いようがないんですか」

「悪には悪、じゃないけどね。そういう人たちを倒すため、手段を選ばない警察官がいる。それも、さっきの一パーセントのなかにね。そういう人の力を借りられれば、あるいは」

「本物の悪人で、彼らと同類ではあるけれど……そういう意味ですか」

黄島はわずかに微笑んだ。「時間だ。早く帰りなさい」

それが、小百合が聞いたすべてだった。じつに危ない内容だ。こんなこと、母をはじめ、だれにも打ち明けられない。だが自分ひとりでは解決不可能だろう。だから胸にずっとしまい込んでいる。その後、黄島とは一度も会っていないが、なんとなくもう鬼籍に入ったような気がする。

身体を拭いてパジャマに着替えた途端、警察支給の携帯が鳴った。

思ったとおり、赤堂だった。

「明日だけどさあ」また馴れ馴れしい口調。「朝の会議に出たあと、渋川のあの遺体埋葬場所まで行こうと思う……ちょっと、もしかしたらってことを思いついちゃってね」

なにを思いついたか聞いても、絶対に答えてくれないことがわかっていたので、「はい、お供します」とだけ言って電話を切った。

最初は捜査の本道からはずされたことでふて腐れていたが、いまは幸運だと思っている。今度のヤマは県警にとって疑うことなく今世紀最大の難事件だ。そしてそのキーマンは、赤堂だからだ。

翌朝の全体会議には、捜査第一課長が顔を出した。一課長とは警視であり、一般企業では専務か常務にあたる。だからテレビや映画のように全体会議に顔を出すことなど、よほどの重要案件でないかぎり稀なのだ。

一課長は具体的な捜査方針など提示しない。檄を飛ばすだけだ。今回も、いま捜査中の事案が日本でもっとも注目されていると指摘し、一日も早い解決を目指すよう全捜査員を鼓舞し、スピーチを終えた。

会議終了後、赤堂を探した。今朝は彼を見ていない。うしろの席にいるのだろうか？　頭を動かすと、ななめ後ろの席にいた植草と目が合った。

「あ、植草部長、昨日は話の途中で電話切ってごめん」

「ああ、おたがい忙しいですから」植草は笑った。「おれもあのあと、樺島班長に呼ばれて、相談受けちゃったし」

「相談？」

「あ、それは超極秘……てか、プライベートな話」たいした話ではないという笑み。

「それで、なにかな」

「ああ、ええ」照れたのではなく、周囲に聞かれたくない話だと合図を送っている。彼はふり向いて、あわただしく出て行く大勢の刑事たちを見送った。

「一分だけいいすか」そう言いながら手を動かした。ちょっと廊下に出ようというポーズだ。

「いいよ」

赤堂がどこにいるか気になっていたが、植草にしたがった。

廊下の角の、自動販売機が置かれた場所まで、植草は小百合を誘導した。彼の背中を見て、やっぱりハーフは背が高いし等身がちがうなと感心した。

「なんか飲みますか」

「時間がないからいい。赤堂班長を探さないと」

「あの人、今日さぼってませんでした」

「え、来てなかった？」

「いや、どうかわかりませんけど……」植草はそこで言葉を切った。「じつは赤堂さんのことで、変なウワサを耳にしたんすよ」

「ああ、いろんなウワサでしょ？　で、わたしがなんであの人と組まされてるか知りたいってこと？」

「それは、みんな気づいてますよ。お目付け役に選ばれちゃったんでしょ」いつもの皮肉っぽい笑顔。端整な顔立ちなので、本性は冷酷なのではないかという感じすら受ける。

「お目付け役ってわけでもないけどさ」ごまかすことにした。「ウワサってそのこと？」

「いえ、赤堂さん自身のウワサです」

小百合は思わず、顔を近づけた。

「あの人、かなりヤバいスジとつながりがあって、そういう人をエスにしてるんじゃないかって言われてますよね」

「そうなの？」芝浦中隊長や金谷警務課課長から聞いていた話だったが、あくまでとぼける。

「キンブルホテルって聞いたことありますか」

「なに、それ？」

「指名手配犯をかくまう宿らしいんす」

その話なら、以前、小百合も耳にしたことがあった。都市伝説の一種、いわゆるおもしろ話だと思っていたが、五年前、前の前の神奈川県警本部長が事実かどうかの調査を捜査一課に依頼したことがあると聞き、まったく根拠がない話ではなかったのかと驚いた。たしか、二年くらい逃亡していた凶悪犯の供述がきっかけだった。

「あれ、キンブルホテルって言うの？」

「て、自分は聞きました」

「でもいまだに、実在は証明されてないんだよねえ」

「て、自分も聞いてますけど、本部の刑事はみんな、どっかに実在してるって信じてますよ」

「それは知ってる」と答えたが、いまだに彼女自身は半信半疑だ。

植草は声をひそめた。「でね、そのホテルのオーナーがですねえ、赤堂さんの……」

「おお、桃井部長探したよ」

ふいに赤堂の声が聞こえた。廊下の向こうから笑顔でやってくる。

「あ、じゃあ、また」小百合はあわてて、会話を打ち切った。


昨夜、電話で言われたように、渋川市の遺体遺棄現場に向かうという赤堂に、小百合は同行した。

鑑識仕事というのは一日で終わるものではなく、通常一週間以上つづけられる。遺体のあった中心点を押さえたあとは、捜索範囲を一気に拡大する。まず外周から着手し、円をせばめるように、徐々に中心（現場(げんじょう)）に近づくのだ。

いま、鑑識のメインは林道に集中していた。

現場を取り仕切るのはベテランで小太りの土屋(つちや)という班長で、新米の小百合も顔だけは知っていた。古株の赤堂はもっと親しいらしい。許可も得ず、にこにこしながら歩行板の上を歩き、土屋に近づいた。

「おっす、土屋班長」赤堂がうしろに立ち、声をかけた。

よほど親しいのかと思ったが、土屋は赤堂を見て顔を強張らせた。

「今日はなに?」いかにも迷惑そうだ。

「あ、カネ、取り返しに来たわけじゃねえから安心しろよ」ちらっと小百合を見た。

無表情をよそおい、聞こえなかったふりをした。

「おれと彼女が掘って、ここにはなにもねえなってやめたとこ、調べた?」

赤堂が最初に目をつけた場所のことだ。雑草がなく、地面の色がちがう。明らかになにかを埋めたような跡だったし、縦二メートル、横一メートルと、ちょうど人が入るサイズだった。

「調べたよ、あんたが中途半端に掘った場所だろ」土屋はため息をついた。「なにも出なかったけどな」

「全然?」

「残念ながらな」もう話したくないのか、現場のほうに向きなおった。

「けどあそこ、一回だれかが浅く掘って、埋め戻したんだろ」

土屋班長は仕方なくふり向いた。「うん、それはまちがいない」

「なんでだと思う?」

「なんでって……」

「たとえばさ、あそこに埋まっていた遺体を掘り返したってことは考えられない? 別の場所に移すためにさあ」

「ええーっ」ほんとうに驚いたようだ。土屋は完全に赤堂のほうに身体を向けた。

小百合もいまの発言にびっくりして、ただふたりの会話を聞いていた。

「じゃあさあ、じゃあ、その遺体はどこにあるのよ? 掘り返して、あそこの別の場所に埋めたって言うのかよ? なんで?」

その疑問は当然だ。

「いや、その掘り返したホトケさんがさあ、なぜか山北の森林公園で見つかったご遺体と同一人物だったらどうよ」

「わざわざ埋めたものを掘り起こして、別な場所にぃ」土屋は突っかかるような言い方になった。

「どうしてそんな面倒なことを、ホシはしたんだよ」

「いやあ、犯人がなぜか気が変わったとか……」赤堂は照れ笑いを浮かべた。「ごめん、深く考えないで言っちゃった」

この人、素直にあやまることもあるんだ、と小百合は思った。

一九

紅林（くればやし）巡査は汗を掻き掻きペダルを漕いだ。急坂なうえに距離がある。しかもこの暑さだ。自転車ではなく、徒歩のほうがましだったなと後悔した。まったくついてない。彼の勤務する交番は八王子市と町田市、そして神奈川県の相模原（さがみはら）市の境界線が複雑に入り組んだ場所にあった。だから通報を受けたはいいが、結局管轄がちがう場合も多々あるのだ。ところが通報者が電話で指定した家は、残念ながら東京都の、しかも彼の所轄受け持ちの山のなかだった。

だが、通報は匿名。それだけでデマの可能性が高い。無視しようかとも思ったが、ほんとうの事件なら処罰ものだ。先輩に相談しようにも、パトロールに出ている。気乗りはしなかったが問題の家までひとりで行ってみることにした。匿名の通報者によれば、山歩きの最中（ハイキングコースでもないのに、それ自体不自然だ）、スマートホンが通じないので、近くにあった家に電話を借りようと寄ってみたが、家は無人で、妙なにおいがした。どうやら裏の物置が、発生源と思われる。動物か、もしかしたら人間かもしれない——というものだった。

ようやく、通報のあった家にたどり着いた。以前からここに、ぽつんと一軒家があることは知っていた。といっても、数分下ったところには四軒の集落があるので、特に孤立しているというわけではない。最初の持ち主は、斜面を利用した畑を営んでいたが、子どもは受け継がず、孤独を愛する変人の手に移った。その変人もいまは町田のほうに住み、別の変人に家を貸した。住人の名前は栗山忠明(くりやまただあき)。出発前に電話をしたが出ないので、こざるをえなくなったというわけだ。

自転車から降り、玄関の前に立った。

周囲の庭木はまったく手入れされておらず、草も伸び放題。だれが見ても空き家としか思えない。栗山さんが生きていたとしても、しばらくここには住んでいないだろう。

玄関のブザーを押した。

「栗山さん、栗山さん、警察です」

室内でブザーの音が鳴っているのは聞こえたが、応答がない。

玄関の横の電気メーターを確認した。

電気は止められていない。

通報者の証言を思い出し、鼻から空気を吸った。

異臭はない。

やっぱり、イタズラだったのだろうか。念のため家の裏手にまわった。

通報どおり、物置小屋があった。

そのとき違和感をおぼえた理由は、小屋のガラス窓が、中から板でふさがれていたことだった。

戸の前に立って、はっとした。

二個つけられた南京錠がこわされている。

ピンと来た。通報してきた匿名の男は、空き巣だったのだ。家を物色する前に、南京錠で念入りに戸締まりされた物置小屋に興味を持ち、錠を道具かなにかで破壊し、なかに入ったのだろう。空き巣はなにを目撃したのか。深呼吸してから、ドアをゆっくり開ける。

暗かった。たしかに少し、いやなにおいがする。

地面に白い大きな石のようなものが三つ、にょっきり生えていた。

だが石ではない。なんだろう？　懐中電灯を三つの異物に当てた。

円錐(えんすい)形のなにかだった。

じっと見つめた。セメントで固められた造型物だ。住人は芸術家で、ここをアトリエにでもつかっていたのか……。

やがてライトを持つ手がふるえはじめた。

首だ。それらは首だった。セメントでコーティングされた人間の生首が三つ、地面からニョキッと生えているのだ。

二〇

テレビでは、東京と神奈川の県境で発生した残虐無比な殺人事件のニュースばかりやっている。昨日まで報道されつづけた神奈川の大量殺人事件は、どこかにいってしまったようだ。

東京の山奥に首が三つ。

その猟奇的な殺害方法に、マスコミは神奈川の大量殺人者以上の不気味さを感じたのだろう。日本史上最悪の殺人鬼の出現を喧伝(けんでん)し、日本中に恐怖を蔓延(まんえん)させようとしていた。

「殺人鬼か……」黒川は苦笑し、独りごちた。

予想より早く発覚してしまったが、しょせん人生とは思いどおりにはいかないものだ。

キャスターによれば、家の借主も行方不明なので、被害者、もしくは事件にかかわった可能性のある人物として、警察が行方を追っているとのことだった。

名前は伏せられていたが、事件現場の借主は栗山忠明だった。

栗山はホームレスだった。

生きるためカネが必要になり、戸籍を闇ブローカーに売った人物だ。黒川はその名前を百万円で購入したが、栗山本人は数年前、行旅死亡人として静岡で、名なしのまま火葬されたと聞いている。

警視庁は数日で、その事実をつかむだろう。

そしてあの家の近隣住民の目撃証言から、モンタージュ写真が作製され、包囲網はじわじわせばまる。だがもうしばらくは、時間をかせげるはずだ。

一方、被害者三人の身元は、もっと簡単に割り出される。彼らがかつて世間を震撼(しんかん)させた凶悪事件の犯人だからだ。そうなれば警察はだれが三人を殺したか、その動機もふくめてすぐに自分に思い当たるだろう。それでも後悔はない。あの三人は、死んで当然だった。胸糞(むなくそ)悪いあの殺害方法も、彼らが妹の茜(あかね)にしたことを真似(まね)たままでだ。

おれは警察に追われることになる。選択肢は三つ——捕まるまで逃げるか、出頭するか、自ら命を絶つか。

数日のあいだ隔絶された部屋に閉じこもっていると、四つ目の可能性が浮かんでくる。

滞在客はすでに、運命が決まっているのではないかという例の妄想だ。ホテルのオーナーはかくまうのではなく、客を拉致し、臓器ビジネスや人身売買の末の強制労働につかっているのではないだろうか……？

二

週末、図書館にこもり、横浜の娼婦街の歴史を調べていた少年は、修司さんが事務所を置くドヤ街も黄金町の娼婦街と無関係ではないことを知った。

日雇い労働者が集まるあの町は、大昔、南一つ目沼と呼ばれる湿地帯だった。江戸時代末期から新田開発のための埋め立てがはじまり、明治時代にようやく完成したが、結局、排水が悪く田畑には適さなかった。代替案を模索していた政府に、商人たちが救いの手を差し伸べた。港に近いことに目をつけ、問屋街にして使用してはどうかというアイデアだった。

埋め立て地は問屋街になり、町は関東大震災以降もたいそう繁栄した。だが横浜大空襲で焼け野原となり、その歴史を終えた。

敗戦後、土地はアメリカ軍に接収され、軍需物資の集積所となった。

軍需物資の荷揚げには、多くの労働力を必要とする。必然的に、全国から仕事を求める男たちが流れ込み、横浜は日雇い労働者であふれかえった。彼らは最初はカネもなく、宿泊施設もなかったので、野宿する者や大岡川の廃船に寝泊まりする者が大勢現れた。

一九五六年、米軍の接収が解除されると、町に公共職業安定所が移設され、そこはさらににぎやかになった。地方の農家の次男坊、三男坊、大陸からの引き揚げ者などが押し寄せ、日雇い労働者の寄せ場となったのだ。同時にヤクザや闇賭博（とばく）業者、違法薬物の売人が住み着き、アルコール中毒や薬物中毒が蔓延し、将来のドヤ街となる基礎が築かれた。

朝鮮戦争からバブル期までは、実際仕事にあぶれることのない地域だったという。最初は港湾の荷担ぎ、そのあとは建設労働の求人が主体で、日銭にはことかかなかったようだ。大岡川の廃船に住む労働者にとっても、寄せ場の簡易宿泊所に住む者たちにとっても、黄金町ガード下の娼婦街は目と鼻の先だ。だから娼婦たちの多くは、ドヤ街に住まいを求めた。

つまり相互の町の交流が、たがいの繁栄をもたらしたというわけだ。

娼婦と娼婦街の歴史を大雑把(おおざっぱ)に理解したとき、少年は思った。母はみなが言うとおり、娼婦だったのかもしれない。しかし多くの娼婦は、生きるため仕方なく苦界(くがい)に身を投じたのだ。そこでたくましく生き抜き、幸運にも母は脱出できたのだろう。

恥ずべきことじゃない——いまなら母に、そう言えると思った。

二一

世間の注目を集める大事件だけに、みなが思うより早く全員のDNA鑑定の結果が出た。赤堂が言うとおり、そのうちの三人は現在、もしくは元全国指名手配犯だった。

一番新しい遺体は目黒毅(めぐろつよし)、三十三歳。五か月前、奈良県吉野(よしの)郡の山中で母娘(おやこ)二人を暴行したうえ谷川に車ごと捨て、逃亡していた男だった。

もうひとりは十朱晃(とあけあきら)、生きていれば五十二歳。北九州の暴力団のヒットマンで、二〇〇二年、敵対組織の組長と若頭を殺害した容疑で指名手配され、三か月の逃亡の末逮捕されていた。そのほか市民二名をふくむ計四名の殺人の容疑もあったが、若頭と市民二人の殺害については嫌疑不十分で不起訴となり、懲役十八年の刑を受け、二年前に出所した。

もっとも古い被害者は、安田青彦(やすだあおひこ)。弁護士とか元国会議員と偽って被害者に近づき、金品をだまし取る詐欺師だったが、十五年前、横浜で二人の人間を殺害し、行方をくらました。当時五十三歳だった。

特別捜査本部は結果を踏まえ、逃亡犯をひそかに捕らえ、人里離れた土地に放ち、クロスボウで殺害する犯罪が何年にもわたって行われていたと確信するにいたった。

これまた、赤堂のスジ読みどおりだ。ホンボシが単独ではなく複数とする説も、十分説得力があった。

しかし同じ場所で見つかった女性が何者か、山北の男性遺体がだれかはいまだにわからない。女性は推定年齢二十歳から四十歳。死後五年前後。

女性の場合、男性に比べて凶悪犯は少ないし、長期間逃げつづけられる被疑者も稀である。該当者自体がいないのだ。

山北の森林公園で発見された遺体のほうは、男性にもかかわらず、同じく手がかりは皆無だった。およそ六か月前後に殺害された比較的新しい遺体であり、推定年齢は五十歳から七十歳、身長百七十五センチ前後ということはわかったが、やはり該当人物は神奈川県警どころか、全国都道府県警察の犯罪者リストには見当たらなかったし、捜索願も出されていなかった。

歯を破壊したり、指紋を削(そ)ぎ落としたり、遺体にほどこされた入念な処置はほかの遺体と同じだったので、渋川市の山林で遺体を遺棄した者の犯行であることは疑いようがなかった。

県警は、いまだ身元がわからない遺体の特徴を交番のポスターで告知し、マスコミにも協力を求めることにした。

連勝つづきの赤堂だったが、山北のホトケが渋川の埋葬場所から移されたものという仮説は、鑑識と科捜研の綿密な調査で否定された。

山北の遺体には、渋川の埋葬場所の泥や植物が付着していなかったからだ。結局、渋川のあの場所が、一度掘られて埋め戻されたことはまちがいなかったが、その理由はわからないとのことだった。

その報告を、弱みをにぎられているらしい土屋班長が直接しにくると、赤堂は苦笑いを浮かべて奇妙なことを言った。

「じゃあ、気が変わったのかな」

「気が変わったとは？」土屋が真顔で尋ねた。

「いや……いい」

わざわざ特捜本部まで足を運んでくれた土屋に素っ気なくうなずくと、赤堂は小百合のほうに向かって来た。

「ちょっと桃井部長、いいかな」

小百合のほうが恐縮して土屋に頭を下げたが、土屋はため息を吐き、部屋を出て行った。

「今日はここで事務仕事というか、パソコンで書類チェックを手伝ってほしいんだけど」

やはり、土屋のことなど眼中にないらしい。

「なにを調べればいいんでしょうか」

「やっぱりおれとしては、山北の森林公園で最初に見つかったホトケさんの身元が気になるわけよ」

小百合はうなずく。

「……それで連絡ができないってんで一度は警察に相談に来たが、結局捜索願を出さなかったってケースも当たってみたいんだ」

「全国ですか?」

「いや、ふたりでやるんだから、まず神奈川にかぎってだ」

たしかにやる必要のある作業だと思い、小百合は納得した。遺体は死後一年経っていない。おそらく件数は、さほど多くないだろう。捜査のため刑事たちはほとんど出払い、ガランとしていた。そこでふたりは机に向かい、ひたすらパソコン画面に集中した。

調査範囲を四か月から一年半にしぼったが、予想に反して、捜索願提出までにいたらなかった届け出は四百を超えていた。そのなかで、五十代から七十代の男性に関するものは百十七件……。捜索願が出されなかった理由には、事故や自殺、他殺という、失踪者死亡のケースもいくつかあったが、たいていは相談者の勘違いか、対象人物が連絡を怠ったというものがほとんどだった。つまり一週間以内に解決しているのだ。

さらに被害者の身長と血液型に合致しない失踪者を除外すると、残ったのは三十五件だった。

「さて、ここからだ。条件を加えよう」赤堂がパソコンから顔を上げた。「一番目は、相談者の発言自体が妙な感じがするケース。二番目は失踪者からメールとか手紙が届き、直接本人かどうかたしかめていないのに、相談者が相談を取り下げたケース」

「三番目は、相談を一度して、それっきり相談者が現れなかったってケースですね」

「わかってんじゃん」

一番目。相談者の発言自体が奇妙なケース。

全部で五件あったが、明らかなイタズラか虚言、相談者の妄想申告をのぞくと、残ったものは二件だった。

二つ目。失踪した人物と実際に会って、本人かどうかたしかめなかったケース。

連絡が来たからという理由だけで、相談者が相談を取り下げたケースは全部で十一件あった。そのうち相談を受けた担当者が相談者の代わりに確認し、問題ないと処理したものが六件。それらを省いてさらに残った五件を、小百合と赤堂は再確認することにした。

三番目。相談者が二度と現れなかったケース。

住所や名前がでたらめで、どうにも調べようがないものは捜査対象からはずし、残った十件を調べることにした。

さて、どれから手をつけるかと悩む小百合に、赤堂はこう助言した。

「山北の被害者は前科はないが、じつは犯罪を犯していたやつか……なんらかの理由で、だれかから逃げていたやつだ。その手のにおいがする失踪者がいないかまず洗おうや」

合理的な判断だった。おかげで再調査すべき範囲はせばまり、すべてのケースのなかから四件だけが残った。

一件目は一年前に相談があった鼠田貞三、六十九歳。

相談者は息子の鼠田啓介、四十歳。

啓介は去年の夏、緑区の交番に現れ、父親と一週間連絡が取れないという相談をした。父親の貞三は妻と死別してひとり暮らし。ウォーキングが趣味で、丹沢の山麓に日帰りで行くと言っていたが、それっきり姿を消したという。

交番の巡査は最初、遭難した可能性が高いと判断し関係所轄に問い合わせたが、該当者はいなかった。その途中経過を息子に報告しようとしたが、彼の住所や電話番号はでたらめだった。

しかし肝心の鼠田貞三のほうは申告された住所で生活しており、所在がつかめなくなっているのはほんとうだった。だが彼に息子はおらず、大阪在住の喜美子という娘がいることがわかった。担当者が連絡を取ったところ、彼女は父親の失踪自体知らなかった。喜美子によると、鼠田は前科こそないが、マルチ商法まがいのあくどい会社の経営者だった。彼の行方は、いまもわかっていない。

もちろん失踪したと思われる場所が丹沢山麓で、山北や渋川に近い点も、ふたりが引っかかった理由だった。

二件目は、およそ半年前に消えた神奈川区在住の胡桃沢太郎、七十四歳。

二十三歳になる圭太という息子からの相談だった。圭太によれば、父親はだれかにおどされていたようだが、三日前から連絡が取れなくなった。武器マニアで手先が器用だったため、かつてその手の収集家どころか、危ない連中に改造拳銃を売るサイドビジネスをしていた。いまも反社会勢力とのつき合いがあるのではないかと、彼は心配していた。

所轄交番の巡査長は、胡桃沢のマンションを訪問し不在であることをたしかめ、さらにマンション住民の話を聞き、失踪が事実であると確認した。そこで所轄の警察署に事件として報告したが、その直後、息子の圭太から、失踪は勘ちがいで父親がふらりと戻ってきた、という連絡を受けた。

妙なのは、そのあと担当者が圭太に確認の電話を入れたところ、まったくつながらず、記された海老名の住所に行くと、数日前に引っ越したということだった。失踪していた胡桃沢のマンションのほうももう一回訪問したが、彼も引っ越したあとだった。つまりほんとうに胡桃沢太郎が生還したかどうか、警察は確認できないでいたわけだ。

「赤堂さんが引っかかるのは、改造銃の製作と密売ですか?」

「うん」

「けど改造銃を売っていたのは事実だとしても、その程度の罪で殺されたりしますかね」

だが、赤堂の見解はちがっていた。

「まず狩りの対象が、極悪人ばかりだったかどうかわからない。あるいはこの胡桃沢太郎が、もっとひどい犯罪を犯していた可能性もある。一番気になるのは、相談に来た息子が消えちまったことだ」

なるほど、と小百合もうなずいた。

そして三件目は、文句のつけようがなかった。

失踪者は下白石弘（しもしらいしひろし）、当時、五十二歳。

元暴力団構成員で、一度、恐喝の容疑をかけられたが、証拠不十分で不起訴になった。組でも世間でも、うまく立ちまわってきたのだろう。前科はなかった。藤沢市に住んでいたが、一年前に姿を消した。相談も匿名の電話だった。明らかに怪しい。

それにくらべて、四件目はあまりにあやふやな相談だったので、逆に赤堂の関心を引いたらしい。

いなくなった人物は石黒（いしぐろ）ナニガシ。相談者は櫻田好美（さくらだよしみ）、三十六歳。昼は知人のコンビニの手伝い、夜はスナックを経営する女性だった。失踪した石黒は、よく店に来る七十歳前後の常連客。その石黒が一週間以上、スナックに顔を見せない。心配になった櫻田は、何度も石黒の携帯に電話をしたが連絡が取れない。思いあまって半年前、近所の交番に相談に行ったということだった。

証言はあいまいで、担当した署員も困惑したようだ。まずフルネームがわからない。職業や職歴、現在の職場も不明。そんな人物が顔を見せなくなった程度では、捜索願は受理できない——

というのが担当者の見解だった。引っ越しか家出の可能性が捨てきれないのだ。そこで経過を観察するという言い訳をして、彼女を丁重に帰した。

「なぜ、この程度の関係の男を、心配になったかっていうのが妙だと思わない？」

「恋人だったんですかね」

「だったら、正直にそう言うべ」赤堂はパソコンの画面を見た。「引っかかる点はここ。石黒って男について知っているわずかなことを櫻田が述べたなかに、渋川市が故郷で、近所の山をよく歩いていたって話を聞いたことがあるってとこ。それから以前、法律に触れるような仕事をしていたと漏らしたことがあるという箇所だ」

手分けして、それらを調べることにした。

小百合はまず、鼠田貞三の娘に電話をかけた。

陽気な声だった。小百合が質問すると、大声で笑い出した。

「ああ、すんまへん。そうや、わたし、連絡せにゃあせにゃあと思うとったんやけど、ズボラなもんで」

真相は呆気（あっけ）なくわかった。

喜美子が大阪に移り住んでいた理由——それは詐欺師だった父親をきらって逃げたのだというのだ。つまり貞三とは縁を切っていた。

「警察から連絡を受けたときは、ああいうどうしょうもないおやじやさかい、だれかに殺されたか、だれかをだましてまた逃げとるんやと思うてましてん。せやけどその半年くらいあとかしら、名古屋の病院から電話があったんよ。鼠田貞三って人を知らんかって……」

鼠田はどうしてか名古屋にたどり着き、そこで行き倒れになったところを警察に保護されていた。だが自宅の住所も名前すらも言えず、病院で検査した結果、認知症と診断された。

鼠田の出身は神奈川だが、マルチ商法まがいのかつての会社は名古屋にあった。いわばそのころが彼の全盛期だったので、記憶の断片からこの都市にやって来たということらしい。

「おとうちゃん、介護施設に収容されてたんですけどな、一か月前突然、自分の名前とあたしの名前を思い出したってな」

「おとうさまはご無事なわけですね。たしか娘は、大阪の淀川区に住んどる言うて」

「うちの近くにいいホームがありましたんでな。実際に会いに行かれたんですか？」

子どものころから大きらいで面倒を見るのもいやだったが、いまの父親は、素直ですっかりおとなしくなり、人間が変わっているという。施設でも、あまり手間がかからない老人らしい。

「おとうさんのことを届け出た人、息子と名乗る男はだれだったんでしょうか」

「たぶんやけど、父の弟子かなんかやないでっか？」

「お弟子さん？」

おそらく、と喜美子は前置きした。鼠田はビジネスコンサルタント気取りで、詐欺のテクニックを若者に伝授するのが好きだった。彼女が子どものときも、家にはいつも怪しい若者が出入りしていた。

「突然師匠がいなくなったさかい、そういう子が息子を騙って警察に行ったんやないでっか。まあ、詐欺師になるには惜しい、やさしいええ子や」

真相がすべて解けたわけではないが、小百合は鼠田を被害者候補からはずすことにした。

「下白石弘は失踪者じゃなかった」

電話を切った途端、となりで電話していた赤堂が言った。

匿名電話があった一週間前、下白石は電車内での暴行容疑で警視庁に逮捕されていた。その際、氏名すら名乗らない完全黙秘をつらぬいていた。相手に大ケガを負わせたことと、取調べの態度がきわめてよろしくないということで執行猶予はつかず、姓名不詳のまま懲役刑を受けた。

正体が下白石とわかったのは収監されてからだったが、警視庁の調べでは複数の借金取り立て屋に追われており、あえて入獄したものと思われる、と赤堂は説明した。

「下白石は刑務所で、ちゃんと生きてるよ」

「じゃあ、匿名の電話は？」

「おそらく取り立て屋が、行方を追うためにやったんだろうな」

「胡桃沢太郎については、なにかわかりましたか」

「いま担当部署に問い合わせたけど、その失踪事案は進展なし。というか、あれ以来なんの捜査もしていないし、新しい情報も出ていない」口で深く息を吸って、吐いた。「胡桃沢はおれが調べるからさ、部長は石黒ナニガシのことを調べてよ。その相談した櫻田好美に連絡を入れてくれ」

櫻田好美は携帯の電話番号を記していたので、小百合はボタンを押した。

「はい、櫻田です」はきはきした声が聞こえた。

小百合は名前と職業を言い、半年前の石黒氏のことを再捜査していると告げた。すると櫻田は、まだ心配していたようだ。興奮したような声を出した。

「石黒さん、ご無事だったんですか？　それとも……考えたくないけど、ご遺体かなにかが見つかったとか」

「特に、新しい情報はないんです」

電話の向こうから、ため息が漏れるのが聞こえた。

「櫻田さんはそもそもどうして、石黒さんを心配なさっておられるのですか？　こちらの記録を読むと、下の名前はご存じないようですし、仕事をふくめてどういう方かもよくわかっておられず、ご関係が見えにくいんですが」

「わたし、申し上げましたよね」明らかに、気分を害されたという口調だ。「たしかに、石黒さんのことはよく知りません。でも事件に巻き込まれたんじゃないかって心配な場合、どんな人でも警察に言いますよね」

「事件に巻き込まれた……そう思われたんですか」パソコンの画面に目を向けて読みなおしたが、相談者が犯罪について心配しているとの記述はどこにもない。

「そのこと、なにも書かれてないんですか。ひどい！」

バレてしまったようだ。彼女の最後の言葉は、吐き捨てるようだった。

「書かれてありません、すみません」電話口なのに、頭を下げた。「その事件というのはどういうものですか。最初から話していただけますか」

「あ、ちょっとすみません」受話器を手で押さえ、赤堂に顔を向けた。

受話器を持つ小百合の腕を、赤堂がツンツンと人差し指で叩いた。

「櫻田さんだろ？」

「はい」

「会って、直接話を聞いたほうがよくねえか」

たしかにそのほうが賢明だ。小百合は、櫻田に面会を打診した。

午後二時に会うことを快諾してくれたので、ふたりは彼女の自宅がある南区に向かった。

首都高速神奈川3号狩場線を阪東橋で下りようとしたとき、赤堂が腕時計を見て言った。

「まだ時間があるから、昼飯食わない？」

小百合もちらっと時計を見た。「いいですね」

「じゃあ行きたい店があるから、伊勢佐木町まで行ってくれ」

伊勢佐木町なら櫻田が住む白妙町までさほど遠くない。十分間に合うと思ったので、大通り公園沿いの道を直進し、伊勢佐木町と白妙町のあいだの、手ごろな場所にある駐車場にセレナを置いた。

今度はフレンチかウナギ屋、あるいは鮨屋かと予想していたが、連れて行かれたのは商店街のメイン通りをはずれたところにある中華料理店だった。

看板には〝蘭州牛肉麵〟とある。一時ブームだったのか町を歩くとよく見かけたが、小百合は一度も食べたことがない。だがそんなこと以上に、裏道にある一見冴えない店を赤堂が選んだのが予想外だった。

「伊勢佐木町のメイン通りにも同じ料理の店が一軒あるんだけどさ、そこは麵はうまいんだが、おれには化調がきつすぎてさ」そう言いながら、ドアを開ける。

パクチーと花椒、八角の強いにおいがした。学生時代に行ったアジア文化圏の香りだ。六つ並ぶテーブル。奥にカウンター。その向こうに広い調理場があった。白い服を着た調理人が麵にする小麦粉の塊を、バンバンとまな板に叩きつけている。カウンター前には大柄な中年女性が立ち、ふたりに向かって「ぃらしゃいませぇ」とたどたどしい日本語であいさつした。中国の人だろう。

カウンターに近い奥のテーブルに赤堂はついたので、小百合は向かいにすわった。

店内にお客は六人。ひとり客が三人と三人でテーブルを囲む客が一組。その三人は大声で話し合っていた。聞きなれない言語だが、アジア系の外国人であることはまちがいない。

「メニューは牛肉蘭州麺だけ」赤堂が解説した。「このなかから麺の種類を選ぶの」

小百合は壁にかかった大きなポスターに目をやった。〝九種類の手打ち麺〟と書かれ、写真つきで〝毛麺《マオシー》（極細麺）〟〝細《シー》（細麺）〟〝二細《アーシー》（中太麺）〟〝二柱子《アージューズ》（太麺）〟〝韮叶《ジューイエ》（平麺）〟〝寛《クワン》（太め平麺）〟〝大寛《ダークワン》（極太太麺）〟〝蕎麦棱《チャオマイレン》（三角麺）〟〝粗蕎麦棱《ツーチャオマイレン》（太め三角麺）〟と紹介されていた。

「どれがおいしいんでしょうか」

「おれが好きなのは三角麺だな。現地のやつはそれを一番好むって聞いたことがある。太い三角麺のほうは、チクワブ食ってるみてえだぞ」

小百合がふつうの三角麺を、赤堂は細麺を注文した。自分で薦めたものは頼まず、やっぱりへソ曲がりだなと思った。

注文を伝票にメモすると、店の女性はなにか日本語で聞いたが、小百合にはよくわからなかった。そこで適当にうなずいた。「パクチーと辛いラー油は平気か？」と言っていたと気づいたのは、彼女が厨房に大声でオーダーしたときだった。

調理人がいきなり麺を打ちはじめた。すごい音だった。そして伸ばす。思ったより工程が少ない。あっという間にできあがった。

麺を湯気の立つ鍋《なべ》に入れる。同時に別の寸胴鍋から汁をすくい、碗《わん》に注《そそ》いでいる。

十分くらいで、ドンブリがふたりの前に置かれた。

白い麺がたっぷり入っていた。スープは透明だ。その上に真っ赤なラー油。細かく切ったパクチーが浮かび、うす切りのダイコン三枚と、同じくうす切りの茹《ゆ》でた牛肉が六枚。香ばしいにおいがする。レンゲを手に取り、スープをすくった。上品な牛骨スープにラー油の辛味、それに中国風の薬膳の味が見事に混ざり合っている。日本にはないうまさだった。

向かいにすわる赤堂は服がよごれるのを警戒してだろうか、ツミがエサを突つくように顔を前に出し、箸で巧みに麺をすくい、口に入れている。すすらず、音を立てない。上品な外国人の食べ方みたいだな、と小百合は思った。

食べ進むうちに、かなり腹に溜まることがわかった。日本のラーメンより、はるかに麺の量が多いのだ。

「ここ、日本人の客より中国人のほうが多いんですか」

「それも回教徒が多いな」

「回教徒？」

「中国のイスラム教徒だよ」箸を休めて、小百合を見た。「甘粛省の料理でね。甘粛の省都は蘭州。だから蘭州麺。場所は新疆ウィグルや寧夏回族自治区、内モンゴルに接するシルクロードの一部だな。そこはイスラム教徒が多い。したがって豚肉は使用しないし、ハラールフードのひとつなんだ」

さらりと蘊蓄のある発言が出た。

「ここ、よくいらっしゃるんですか」

赤堂はその質問には答えず、また食べはじめた。

食べることに専念しようとドンブリに目を移した途端、入り口が開き、新しい客が入って来た。恰幅のいい五十代と思しき男だった。愛想のいい笑顔でカウンターの前に立つ女性にうなずくと、女性は相好を崩し、北京語らしき言葉であいさつした。

常連なのだろう。男は最初から決めていたかのように、店の中央のテーブルにどかんと陣取った。

「あ、ちょっと失礼」箸を置いて、赤堂が立ち上がった。

見ると彼の碗は完食状態だった。だからトイレにでも行くのかと思ったが、そうではなく、いま入って来た男の席に近づいた。男のほうも待っていたように、赤堂にうなずく。

ふたりはなにか小声で話をしていたが、小百合には聞こえなかった。

五分ほどして、赤堂は席に戻ってきた。

「さて、行こうか」

小百合は最後に残った麺をあわてて口に入れ、「はい」と立ち上がった。

ふたりは鎌倉(かまくら)街道をわたり、大通り公園沿いの歩道を歩いた。

「さっき麺屋さんで話してた人、だれですか」

「あっちの世界に通じている人」

「あっちの世界？」

「平たく言うと、貿易ビジネスとでも言うか……」

つまり、港町横浜に伝統的に存在する密輸業者ということだろうか？

「赤堂さんのエスってことですか」

「おっと、ずけずけ聞くねえ」赤堂が笑った。「クロスボウが密輸されたとかさあ……なんかウワサはねえかってね」

あっさりネタばらしをされたので、小百合のほうが動揺した。

クロスボウを凶器に使用したと思われる連続殺人なのだから、ホンボシがどうやってそれを手に入れたか、たしかに追う必要がある。

「なにか、情報はありましたか」

「なかった」

赤堂は胸を反らし歩く速度を上げた。その恰好も、なんだか鳥に似ている。

「ほら、モデルガンとかエアガンの個人輸入は、中国のトイガンメーカーから香港(ホンコン)を経由して入ってくるのがメジャーなルートなんだ。最近じゃ中国政府もきびしくてさ、武器に転用可能なエアガンは規制されてるけどね。それでも抜け道はあるようでさ。クロスボウもそういう穴を突いて密輸されてねえかなって」

「赤堂さんは、どうやってエスを選ぶんですか」

「どうやって?」怪訝な顔で小百合を見る。

「その人が信用できるかどうか、どう判断するんですか」

挑むような顔で赤堂が見たので、なにか癇(かん)にさわるようなことを言ってしまったのかなと反省した。

だが赤堂は、にやっと笑った。

「おれさ、人を見る目には自信があるんだ」

赤堂を知る手がかりを得ようとしての質問だったが、あっさりしりぞけられたような感じだ。

「この辺だよなあ」スマホのマップ画面に目をやりながら、赤堂が言った。

小百合はすぐに、櫻田好美の住むマンションを見つけた。

二三

櫻田好美はマンションの十二階にある角部屋に住んでいた。

通されたのは、十畳くらいの広さのリビングで、家具や調度品はきわめて少なかった。小さな北欧風のソファセットとダイニングテーブル、壁には薄型テレビと額装されたオードリー・ヘップバーンのモノクロ写真――それだけだった。

北向きのベランダ側はほぼ全面ガラス張りで、高速道路と下町の家々が一望できた。

水商売ということで派手で愛想のいい女と想像していたが、目の前にいる櫻田はネコを思わせるくっきりした目と尖った鼻、大きめの唇、エキゾチックで派手な顔ではあるが、むしろ生真面目そうに見える。服装も黒っぽいワンピースで、わざと存在を目立たなくさせているような感じだ。話すときしっかり相手の目を見るところにも、小百合は好感をおぼえた。

「今日うかがったのは、報告書には書かれていないことがあるようだったので」

「もう一回、お話しすればいいんですね」と、先ほどとはうってかわってこちらの不備を責めるでもなく、事務的に聞き返した。もちろん視線は、しっかり小百合に向けられている。

「報告書を読むかぎり、櫻田さんがなんで警察に相談したのかよくわからないんですよ。名字は知ってるが下の名前のわからない石黒という男性が、しばらくお店にこなくなったからって、失踪と考えるのは少々唐突な感じじゃないすか」

名刺を渡しながらだが、赤堂はまるで挑発しているようだった。小百合は内心、いら立ちをおぼえた。

「赤堂……栄一郎警部補」櫻田はひとりごとでも言うように、渡された名刺を読み上げた。それから顔を上げ、いまの挑発めいた質問に答えた。「ですから、わたしが当時お巡りさんに申し上げたことを、もう一度言えばいいわけですね」

感心した。櫻田があくまで、感情を害した態度を見せなかったからだ。

「石黒さんはふらっとやって来て、たいてい水割りを二杯か三杯くらい飲んで帰るお客さんでした。五回目くらいにいらしたときかな、この近所にお住まいですかって聞いたら、いや、神奈川区って。それでお仕事かなんかでこの辺に来て、仕事終わりにウチに寄るんだなって勝手に思ってました。昼間、知り合いのコンビニを手伝ってるんですけど、そこにもいらしたことがあったから」彼女はひと呼吸置いた。「それでまあ常連さん？　週二回は来てくれるようになって、石黒さんって言うんだって知りました」

「どういう印象でしたか、石黒さん」

「六十代後半か七十代かな？　あの年齢ではすらっとした人。わりと無口で、お酒は好きみたいだけど、さっき言ったようにほどほどで、酔って乱れるってことはありませんでした」

「愚痴や暴言も吐かない？」

「はい、さっきも言いましたが、長居はされなかったし……」

「好感を持ったし、印象に残った人だったわけね」

赤堂は、今度は友だち口調だった。

「ええ、見た目は、そこらにいそうなおじさんでしたけど、まあ若いころはちょっとハンサムだったかもしれません。それに頭がいい方でした」

「なんで、頭がいいって思ったんですか」小百合が尋ねた。

「いろんなこと、知ってたから」

「いろんなこととは？」

「うーん、どういうことだったっけ？」

あまり感情を表に出さなかったが、このときは大袈裟なくらい首をかしげた。

「なんか貿易のこととか、よく知ってて……個人輸入？　そういうものの書類の書き方とか手続きみたいなものとかにくわしくて」

直接会ってよかったと思った。輸入業務とは、さっき赤堂と話していたことではないか。

「つまり石黒さんは、そういう商売をされてたんでしょうか」

「たぶん」

「石黒さんのお仕事、聞いたことありますか？」

「こういう仕事なんで、こちらからうかがったことはないんですけど。昔はいろいろボロ儲けしてたって、ぽろっと口に出されたことがあります。香港とか台湾なんかから、エアガンとか、もちろん法律に触れない合法の武器のオモチャや防犯グッズなんかを買いつけて、マニアに売ってたって」

思わず赤堂を見たが、彼は無表情だった。

「それだけなら問題ないんだけどねって……そのエアガン？　それを自分で改造して、マニアとか危ない人たちに十倍くらいの値段で売ったって」

「エアガン以外でなにを輸入したか、具体的におっしゃってませんでしたか」

「モデルガン以外では、警棒とか、ほら、カンフーの武器とか……それに弓とかって言ってたかな。アーチェリーじゃなくて、なんていうんでしょうか、ウィリアム・テルが持ってたような弓」

「クロスボウ……引き金のある弓ですね。そういうのの買いつけを？」

「そうです」

「マニアはわかりますが、危ない人たちって反社、つまりヤクザのことですか」

「わたしもそう思ったんですけど、石黒さんはヤクザなんかたいしたことねえよ。おれが契約してるのは、権力の外にいる、もっともっと怖い連中だよって」

「もっともっと怖い連中……契約……？」

「ヤクザ屋さんより怖い人って警察？　って言って笑ったことおぼえてます。でもまさか、警察が改造銃やクロスボウほしがるはずないですしね」

「そう櫻田さんが言ったとき、石黒さんもいっしょに笑ったんですか」ふいに、赤堂が割って入った。

「さあ、どうでしたっけ」思い出そうとしてか、ななめ上を見た。「そこは、よくおぼえていません」

「その怖い人たちと契約してるって、どういう意味でしょうね」小百合は無意識に、首をかしげていた。

「雇われてるって意味だって、わたしは解釈してましたけど」

「石黒さんについて、ほかに思い出すことはありませんか」赤堂が話題を変えた。

「あと、出身は神奈川だって。丹沢の近くのナントカ市って言ってたけど、すみません、どこだったか、いまは忘れちゃって」

「報告書には渋川市ってありますが」

「じゃあ、そうだったと思います」

「ほかには」赤堂が尋ねた。

「それとぉ……」櫻田は言葉を切った。「それと、十年ちょっと警察に勤めていたって聞いたような気がします」

「警察？」赤堂が即座に聞き返した。

小百合もメモを取り、下に線を引いた。

「そこはうろおぼえですけど」

「元警察官だったってことですかね」小百合は櫻田ではなく、赤堂に質問した。

「まあ、調べてみようよ」

「わたしが警察に相談に行ったのはですね、さっきの怖い連中の話が原因なんです。石黒さん、それから最近、だれかに命を狙われているみたいな話をし出して。最初はいくらなんでもって思ったんですけど、お店にこなくなる一か月くらい前かな、最近家の周辺でも、この辺でも、だれかに尾行されてるって。単なる被害妄想には思えなかったんですよ」

頭のいい女性だと思った。刑事ふたりが訪ねて来た理由を忘れず、自分から話を、失踪を疑った理由に戻したからだ。

「わたしだって、いらっしゃらなくなっていきなり警察に行くのはどうかって思いましたよ。それで石黒さんが住んでるって言ってた反町まで行ったんです」

「反町って、神奈川区にある東横線の反町駅のことですよね」

赤堂はなんでこんな当たり前の質問をして話の腰を折るのだろうと、違和感をおぼえた。しかしその理由は、話の進展から徐々にわかってきた。

「反町のどこですか？」赤堂はなぜか、興奮しているようだ。

「石黒さん、反町駅から一番近い銭湯の、ちょっと先にあるマンションに住んでるって言ってたのをおぼえてたんで、行ってみたんです」

「石黒って人は、いなかったんですね」断定するように言った。

「郵便受けにそんな名前はないし、だけど名字自体貼ってない郵便受けもあるじゃないですか。でもわたし、執念深いんで、そのマンションの一軒一軒を訪ねたんです。古い物件だったんで、オートロックとかじゃなかったし」

「石黒って人じゃないけど、その年恰好の人はいたんじゃないですか」

赤堂の言葉に、小百合は驚いた——この人、あたしの知らないなにかを知っている。

「そうなんです。それも、最近いなくなった人がいるって」櫻田が大きくうなずいた。

「なんて名前の人だったか、おぼえてますか」

「はい、えーと、変わった名前……」

「思い出してください」赤堂のその声は、静かだが威嚇しているようだった。

「えーと」

櫻田は首をななめに曲げた。それから、はっとしたようにふたりを見た。

「クルミ……クルミ……」

「胡桃沢じゃないですか」赤堂がささやくように言う。

「そうです」自信ありげにうなずく。「そう、胡桃沢って人でした」

胡桃沢？　聞いたことがあるぞ——頭がグルグルまわり、やがて小百合は答えを出した。

胡桃沢太郎。半年前いなくなった、神奈川区在住の七十四歳。

胡桃沢失踪の相談者は圭太という息子だった。だが数日後、その息子のほうから、父が帰って来たという連絡があり、捜索願は出されなかった。後日、失踪の理由を確認しようと、担当の警察官が問い合わせたが、当の圭太と連絡が取れなくなり、胡桃沢も引っ越したということでうやむやになってしまった案件だ。

胡桃沢太郎と石黒ナニガシは同じマンションに住み、同じく失踪したということだろうか。いや、もっと簡単な解答が浮かぶ。石黒ナニガシと胡桃沢太郎は同一人物ではないかというものだ。しかしそんな奇妙な話は聞いたことがない。そもそもなんで、胡桃沢は櫻田好美に偽名を使ったのだろうか。

小百合は答えを求めて、赤堂を見た。

櫻田がキッチンに立ったとき、赤堂は小声で言った。

「おれもそう思ってたんだ」小百合がなにを言いたいか、察していたようだ。「胡桃沢太郎と石黒ナニガシは、たぶん同じ人間だ」

二四

ワイドショーでは、三人の被害者の過去に起こした凶悪事件を紹介し、彼らにうらみを抱く関係者の犯行の可能性をにおわせている。ネットニュースの一部はもっと無責任で、三人に殺害された女性のフルネームを公開していた。

おそらく警視庁は、彼ら三人が出所後だれかにうらみを買ったかどうか調べ、同時に彼らに殺害された女性の事件関係者全員に連絡を入れているはずだ。

殺害された女性——その兄である黒川秀樹が、最重要参考人として浮かび上がるのはもはや時間の問題だった。

しかし黒川の気持ちは萎えていない。キンブルホテルが裏切らないかぎり、滞在期間はまだ一週間ある。自分の終わらせ方を自分で決めるのに、熟考できる時間は十分にあるのだ。

いまの精神状態を、冷静に分析してみる。三人の男の殺害に成功したのも、要所要所でいつも、自己を顧みる分析をつづけてきたからだ。

動機は、もちろん復讐だった。

それを成し遂げても心は晴れない、愛する人は帰ってこない、復讐からはなにも生まれない、残るのは虚しさだけだ——とは、本やドラマ、人間の創る物語に必ず出てくる決まり文句だった。そのとおりだと黒川も思う。しかし復讐とは、そういう気持ちになるとわかっていても、やらなければならないことなのだ。相手がやったのと同じことを相手に返せば、おまえもそいつと同じ卑劣な人間になり下がるぞ、という言葉があるのも承知していた。だが復讐とは、自分をおとしめても実行せざるをえない行為だった。

いまの彼にはなんの後悔もない。ただしやったことによって、自分は絶対にふつうの生活には戻れないし、もちろん責任を取らなくてはならないとも自覚している。

父親を早くに亡くし、母親には持病があった。だから茜は、八歳年上の黒川にとって、妹というより娘のような存在だった。明朗で素直な性格。成績もよく、手のかからない子だった。だから黒川も彼女を信用し、自由にさせていた。いま思うと、それがいけなかったのだ。

茜は兄の黒川に影響を受け、山登りと旅行を趣味にしていた。冒険心が強く、ひとりでどこにでも出かけて行った。将来は旅行代理店の経営者か旅エッセイストになるのが夢だと、よく言っていた。

高校二年生の夏休み、彼女は八ヶ岳に単独で登山に向かった。そして下山後、麓の別荘地で悲劇が起こった。

おそらくへとへとに疲れて、予約したホテルに向かっていた途中だったのだろう。無理やりだったか、ヒッチハイクをしたのか、詳細は知らされていないが、とにかく彼女は三人の男とひとりの少女の自家用車に同乗した。四人が宿泊していた別荘に連れ込まれ、三日のあいだ監禁され、凌辱のかぎりを尽くされた。不法薬物とアルコールを大量に摂取させられ、四日目に意識を失った。

彼らは茜が死んだものと思い、隠蔽のため身体をコンクリートで固め、別荘近くの林に穴を掘って埋めた。

予定の日に帰ってこないので、黒川は警察に届け出た。長野県警は遭難したものと考え、大規模な捜索に乗り出した。もちろん見当ちがいの捜査だった。一年経っても、茜の行方はわからなかった。

失踪の一年半後、男三人の共犯者だった少女が不法薬物所持で捕まり、取調官に過去のおぞましい事件を打ち明けた。八ヶ岳の麓の別荘で登山帰りの女子高生を拉致し、暴行し、意識を失わせてしまったので庭に埋葬した、と。

意識を失わせる？

妙な表現に取調官が気づき、何度も彼女に確認すると、とうとう号泣しながら恐ろしい真実を打ち明けた。

「あいつらは遺体が掘り起こされるのを恐れて、コンクリートで固めてから埋めちゃおうとしたの。でもあの子、コンクリートを塗っているとき意識を回復したの……死んだんだと思ってたけど、生きてたのよ。でもひとりの子が言ったの。もうあと戻りはできない、このまま埋めるっきゃないって。だから、だからあいつら、そのままあの子の顔にコンクリートを塗りたくって」

暴行され泣き叫ぶ声が、そして生き埋めにしたことが忘れられず、彼女は毎日毎日悪夢を見つづけた。ついに耐えきれず、一度はやめた違法薬物に手を出してしまい、警察に捕まったのだ。すべてを打ち明ける以外、人として生きていけない、そう思って供述したようだ。

逮捕された三人は、ふたりが大学生、もうひとりがフリーターだった。どの子も裕福な家の子息だったが、拉致に使用された別荘と自動車の所有者の息子が、彼らのリーダー格で、主犯と考えられた。

犯行時には四人とも未成年だったため、彼らには少年法が適用され、黒川も母親も審判の傍聴すら許されなかった。そして刑が決まる直前、病弱だった母は死亡した。

その時点で黒川は復讐を誓い、彼ら四人が自由の身になるまでじっと待った。時間をかけて調査し、いつひとりきりになるかを観察した。唯一標的からはずしたのは自白した少女だった。二年の刑期を終え、出所後一年で薬物中毒死したからだ。

もし自分が逮捕されれば、世間には同情する人間も多いはずだ。少年であっても凶悪な事案ならば、さらに罰を重くすべきという意見が出るのも予想できた。だが司法は世相には動かされまい。三人もなぶり殺しにしたとなれば、動機がどうあれ、検察は極刑を求め、裁判官も裁判員も同情の余地はあるとの但し書きをつけ、死刑か無期懲役を宣告するはずだ。

覚悟はできていた。

いまの黒川は、自ら出頭することが一番納得できる身のふり方に思えた。それが社会の治安を乱した者の、唯一できる償いなのだから。

二五

小百合が驚いたのは、胡桃沢太郎と石黒ナニガシが同一人物であるという突拍子もないセン以上に、櫻田のマンションに行く前に赤堂がこの仮説にたどり着いていたかもしれないことだった。彼はたしかに、「おれもそう思ってたんだ」と言っていた。

車に乗り込むと、その推理をどう思いついたか質問した。

「ふたりの共通点が、なんとなく頭にあったんだよね」自慢するふうではなかった。「年齢は七十歳前後、失踪したのは半年前……あとはふたりとも、怪しい仕事をしていたらしい点だな」

そこに加えて、石黒も胡桃沢同様、エアガンの違法な改造をしていたこと。だれかに狙われていたかもしれないという証言。そして彼の住まいが神奈川区だったことで、想像力が発揮されたというのだ。

「それにしても彼女のあのあいまいな訴えを、もう一回掘り起こそうとした赤堂班長はすごいと思います」

「そこは、おれも自信がなかった。だが櫻田さんを見たとき、彼女は適当にあつかってはいけない人間だと思った」

「なにかを感じたんですね」

「おれ、人を見る目はあるから」

どうやらそれだけは、赤堂が自慢したい点のようだ。

「ところでこの同一人物説、上に報告しますか」

「もうちょっと待とう。なにせ、ひとりだけの、それこそうろおぼえの証言だからさ」

小百合も、もう少し確証が必要だと思った。ひょっとしたら赤堂が櫻田好美から、彼が望む答えを誘導してしまったかもしれないからだ。

「でも胡桃沢太郎が、山北の森林公園で発見されたホトケさんかもしれないことは報告すべきですよね」

「そりゃあ、そうだ」赤堂も首を縦にふる。「まあ、過去の失踪事案を洗いなおしていたら、消去法からこの人かもしれないという結論に達したって程度にしてさ」

「にしてもですね」運転しながら、横目で赤堂を見る。「胡桃沢太郎が石黒という偽名をつかっていたとしたら、どうしてそんなことをしたんでしょうか」

「さてなあ」

「胡桃沢を調べますか」

「それ以外、ねえだろ。石黒ナニガシのほうは架空の人間の可能性があるから置いといて、胡桃沢のほうは実在してるみたいだから」一旦言葉を切った。「あと、胡桃沢太郎が警察官だったことがあるか、調べてみようや」

小百合はうなずいた。

報告のため道路脇に車を停め、携帯を取り出した。

「桃井部長さあ……この件は携帯じゃなく、直接、上官に報告したほうがいいぞ」

赤堂を見た。「そうでしょうか」

「ええと……班長は青柳警部補だっけ?」

「そうです」

「じゃ、そういうことで」赤堂は助手席のドアを開けながら言った。「悪い。おれはちょっと調べたいことがあるんで、ここで降りるわ。二手に分かれよう」

「二手に分かれるって？」

「さっき石黒ナニガシが、権力の外にいる相手につけまわされてたって話を、櫻田さんがしてただろう？　それで思い出したことがあってね」

「じゃあ、自分も」ここで別れたら、元も子もない。

「いやいや、まだ思いつきの段階だからさあ」笑いながら、首を左右にふる。「ただちょっと、知り合いに会ってくるわ」

三時間後に落ち合う約束をすると、まるでカゴから逃げ出すように車から外に出た。

そのままふり向きもせず、鳥が小走りでもするように伊勢佐木町方面に歩き出したので、小百合は呆気に取られた。赤堂は、徹底した個人プレイヤーなのだ。

二六

「やりたいことは決まったか？」

高校三年生になったとき、修司さんがマンションに訪ねて来て、そう質問した。

「ふたつあって、まだ決めかねているところかな」

修司さんは微笑んだ。

「そのなかに、おれの仕事を継ぐって選択肢は入っているか」

答えに悩んだ。それというのも、そもそも修司さんの仕事ってなんだろうと思っていたからだ。弁護士か手配師、それとも不動産屋？　大家？　慈善家？　あるいは犯罪者をかくまう裏稼業……？

修司さんは困惑を見抜いたようだ。

「どっちにしろおれが死んだら、おれの財産は全部おまえのものだ。継ごうが、だれかに託そうが、売っ払っちまおうが、好きにしていい」

「なりたいものの、ふたつのうちのひとつは弁護士なんだ」

「弁護士か」つぶやいてから、少年の顔を見た。「なんでなりたいの？」

「リチャード・キンブルも、ほんとうにいい弁護士にめぐり会っていたらさ、死刑を宣告されなかっただろうし、何年も逃亡しないですんだんじゃない？」

『逃亡者』は近所のツタヤで全巻借りた。いまのドラマよりテンポはのろいが、十分おもしろいし、はらはらする内容だった。

「なるほど」またつぶやいた。「それで？　もうひとつのなりたいものって」

思い切って尋ねることにした。

「ぼくの将来の話より、まずおかあさんのこと。いまわかってることだけでも教えてよ」

ふいに修司さんの顔が曇った。この人も動じることがあるんだなと思った。

「まず最初に、言わなきゃならないことは……」

「もうおかあさんは、この世にいないってことでしょ」

言葉に出すのは、勇気がいることだった。でも言ってしまって、少し楽になった。

修司さんは二回、まばたきをした。

「いろんなルートを使って、きみのかあさんがどこに行ったか調べてみた」

修司さんがはじめて、少年のことを「きみ」と呼んだ。

「でも、なにも浮かんでこなかった。きみのかあさんは真夜中に関内の店を出て、徒歩で帰宅途中に消えてしまった」

「誘拐されたってこと？　それとも路上で殺されて、どこかに運ばれたの？」

「路上で襲われたと思う。でも、そこで殺されてはいないだろう」

確信に満ちた口調だったので、少年は少しほっとした。

「かあさんが店を出たときの目撃者はいた。中華街の北門通を歩いている姿も、石川町駅近くにいたところも見られている」

「どこで事件が起こったの？」

「……地蔵坂から目撃者がいない。そこからきみの家まで、おれはそれこそ一メートル間隔でくまなく道路を調べ、血痕や暴力の痕跡がないか確認した」

「なにも見つからなかったんだね」

数秒間、沈黙が流れた。

「おかあさんをうらんでる人とか、敵とかはいなかったの」

母がどうなったかも知りたいが、同時に失踪の理由も知りたかった。

「敵か」答えにくいのか、修司さんは笑った。

「おかあさんは何者だったの」

もう気づかいはやめようと思った。母に対しても、自分を守ってくれる修司さんに対しても。

「何者……」珍しく、修司さんは繰り返した。

少年は思い切って尋ねた。

「おかあさんは昔、娼婦だったの？」

修司さんは天井に目を向けた。

視線を戻すと、落ち着いた声で言った。

「そうだ」

自分の顔が意図せず強張るのを感じた。その事実をいつか知らされることに、十分覚悟を決めていたはずだったのにだ。

「だけど、黄金町に立っていたという話はデマだ。彼女はその世界では格上の事務所にいた」

ちょっと意味がわからなかったが、おそらく高級娼婦という意味だろう。

「どういう事務所？」

「表向きは堅気のモデル事務所で、経営者は暴力とは無縁のビジネスマンだった。メガネにかなった女性だけと契約を交わし、会員制、選ばれた男だけをお客にしていた。所属していた女性は高額な報酬を受け取った。人身売買のようなシステムではなく、抜けようがフリーになろうが自由だった。待遇がいいし金銭的にもクリアだったんで、離職率は低かったようだ」

「でもその社長も、しょせん暴力団でしょ」

「経歴はわからない」首をふった。「もちろん事務所の出資者はそういう闇社会の連中だったから、きれいな経歴の人物であるはずはない。ただその男は、出資者にいっさい口を出させなかった。だから一種の健全経営がなされていたようだ」

「その経営者は？」

「何年か前に病気で死んだ」

「おかあさんは貧乏だったから、そういう仕事をしたの」

「なんで彼女が、あの仕事を選んだかは知らない。それに彼女がどこのどういう家庭に育ったかも知らない。そういうことは、聞いたことがない」

さっきから、修司さんが母のことを「彼女」と言っていることに少年は気がついた。

「でも一度、彼女のほうから話したことがある。きみのおばあさん、つまり彼女の母親は北京の人で、父親は福岡の人だって聞いた」

「北京と福岡」そんな情報でも、とても貴重だった。「修司さんとおかあさんは、どこで知り合ったの」

「この町にはそういう仕事の人も多くいたからね。かあさんがいた同じ事務所の子が近所に住んでいた。ほかの子とちがっておカネがあるのに、この町に住みたいっていう変わった女性だった。その彼女に誘われて行ったバーが、きみのかあさんの店だった。それからおれはかあさんと意気投合して、親友になった」

知り合ったとき、母はもう娼婦から足を洗っていたということになる。

「じゃあ……ぼくの父親はだれなんですか？　ほんとうに修司さんは、ぼくのおじいさんなんですか」

ずっと引っかかっていたが、聞けずにいたことだった。

「ほんとうだよ」

あっさり答えられ、意外だった。修司さんは娼婦時代の母の上客で、自分はもしかしたら、修司さんの子どもではないかと想像していたからだ。

「ということは、修司さんに息子さんがいるってこと？」

「死んでしまったけどね」

　さすがの修司さんも、ちょっと肩を落とした。聞いてはいけないことを聞いてしまったのだと反省した。

「名前は誠（まこと）」修司さんの顔が、父親になった。「誠はわたしと同じ弁護士だったんだがね、あることがあって資格を剝奪された」

　あのウワサは修司さんではなく、息子の誠さんのものだったのだ。だがなんで剝奪されたかにはふれず、一番聞きたいことを尋ねた。

「その誠さんが、ぼくのおとうさん？」

「死ぬ前に、誠はおまえのかあさんとのあいだに子どもがいる……そう言った」修司さんは言葉を切り、わずかに笑顔になった。「子どもがいることより、おれが行っていたあのバーの女性が相手だと言われたほうに、おれは驚いたよ」

　少年の父親で修司さんの息子である人が、どうして亡くなったかについては言いたくないようだし、言うつもりもないようだ。

「おかあさんには、ぼくの父親が自分の息子かは聞かなかったの」

「聞かなかった」きっぱり言った。「でも誠が死んだあと、きみのかあさんに、おれの娘になってほしいと言ったら、あっさりオーケーしたからそういうことだと思った」

　また数秒間、沈黙が訪れた。

　でもどうして母は、一度もぼくに修司さんを紹介しなかったのだろう？　疑問は数々残るが、母とはたぶんもう会えないので、答えは出ないのだ。

　自分で逸らした話を、本スジに戻した。

「それで、さっきの話」

「ん?」修司さんはなにか、別のことを考えていたようだ。一瞬、きょとんとした顔になった。

「おかあさんをうらんでいる人とか、敵はいたのって話」

「ああいう世界だ。仲のよくない相手はいただろう。でも敵のなかに、人をさらって、跡形もなく消せるやつがいたとは思えない」

「それって、おかあさんはプロの犯罪者になにかされたってこと」

「そうとしか考えられない」

「暴力団とか?」

「いや、あの場所でバーを経営してるんだから、そういった連中とかかわりがなかったとは言えないけどね。深いつき合いはなかったはずだ。もちろん念のため調べてみたがね、連中の怒りやうらみを買ったことはなかった」

「じゃあ、犯人はだれなの」

「神奈川には〝神隠し〟がある」

突然、妙なことを言ったので、口がぽかんと開いてしまった。

「別に昔話をしようってんじゃないよ」口角が少し上がったが、すぐに真顔になった。「実際、都市伝説みたいなものだから、似たようなもんだけどね。神奈川県内では跡形もなく消える失踪者が多い」

「どういうこと?」

「最初にウワサが出たのは、戦後だよ。神奈川に進駐軍が入ってきて一年後だった」

連合国軍最高司令部総司令部(GHQ)の統治は、一九四五年から五二年の七年間にわたって行われた。占領の目的は日本の非軍事化、民主化、農政改革、財閥解体、戦争犯罪人の逮捕などさまざまだったが、そのなかには当然、日本の復興と治安回復があった。

だが、あとで少年が調べたことだが——ＧＨＱを補佐する日本政府の出先機関・特別調達庁の報告によれば、占領の七年間に、進駐軍は日本国民の二千人以上を殺害し、三千人以上に傷害を負わせている。さらに進駐軍による強奪や銀行強盗といった凶悪犯罪が多発し、治安は逆に悪化したのだという。

最悪だったのは、女性の拉致・強姦事件に歯止めが利かなかったことだ。

マッカーサーが来日した翌日には、新宿で米兵がふたりの少女を誘拐し暴行した。その翌日、神奈川県厚木市の民家に米兵八人が押し入り、三姉妹を強姦した。二日後、横須賀(よこすか)では母子が襲われ、彼女らはそれを恥じて自殺した。翌月から被害は全国に及び、東京だけでも五百五十四件の婦女暴行があった。

占領下の七年間で、進駐軍による強姦被害者は七十六万六千五百人という報告もあれば、その十倍、七百六十六万五千人だという説もあった。

特に横浜での進駐軍の暴虐ぶりは目を覆うものがあった。

いつしか人は、横浜を〝地獄の街〟と呼ぶようになった。

そんななか、横浜の歓楽街に奇妙なウワサが広まったと、修司さんは言う。

「人が突然、消えるんだ」

「女の人が？」

「女はもちろん、男もだよ」

「でもああいう時代だと、当然そういうことがあるんじゃないの」

「もちろん敗戦後の二年間だけでも、たしか未成年者の失踪が三千人か四千人……成人も入れれば、失踪は日常茶飯事だったよ」

だが修司さんの〝失踪〟とは、それらとはちがう種類のものだった。

「毎日仕事をし大勢の人に顔を見られていた人間は、そう簡単にはいなくならない。あの一連の失踪は、明らかになにかがあった」

「一連の失踪ってなに？」

「横浜では婦女子には、警察は当てにするな、〝進駐軍からはできるだけ避難せよ〟という回覧板がまわっていたほどでね。やつらから市民を守るため、関内や伊勢佐木町では自警団が組織されていた。腕自慢の男やら、警察や進駐軍に物申せるご意見番が集まってね」

いわば横浜市最前線の私設警察だ。当然、意気軒昂(けんこう)な若者がその任に当たる。ところがそのなかの主要メンバー三人が忽然(こつぜん)と姿を消した。

「翌年、横須賀の米兵に人気のあるキャバレーの、だれもが知っているフロアマネージャーの男がいなくなった。その男は進駐軍の将校に女を紹介していたらしいが、ソ連のスパイというウワサもあった」

「その事件と自警団員の失踪。関係があるとは思えないけど」

質問に答えず、修司さんは話を進めた。

「次にGHQのプレスコードを無視し、進駐軍の悪行を辛辣(しんらつ)に訴えつづけた……厚木にあった新聞社の四名の記者が、突如姿を消した」

それは翌年、四七年の話だという。

そして〝神隠し〟は、その次の年も起こった。

「川崎でね。素行が悪い進駐軍の兵士に常時ケンカを売って、いつも勝っていた五名の学生がいなくなった」

同じような怪事件は、進駐軍が駐屯していた七年間では終わらず、ほぼ十年間のあいだつづいたと、修司さんは説明する。

「つまりこの県で目立っていたというか、進駐軍にとってやっかいな人間が、相次いでいなくなったってこと？」

「そうだよ」

「進駐軍のなかに極秘の制裁部隊みたいなものがあって、統治に邪魔な人間を拉致して処刑していたって考えてるの」

「最初の一連の失踪事件がＧＨＱ支配のときから朝鮮戦争のころまで。次の〝神隠し〟がヴェトナム戦争の期間中だった……つまりアメリカがアジアで戦争をしているとき、〝神隠し〟があるんだ」

「戦場から帰還した兵士のなかに、暴力を忘れられない人間が複数いたってことかな」

「その欲望を、最初は反米主義者やアメリカ軍の蛮行を暴こうとする輩の誘拐で晴らしていたんだろう。それ自体が欲望でしかないのに、大義だと自分自身に信じ込ませてね」

「待ってよ。修司さんは、いつから〝神隠し〟を調べてたの」

「もちろん最初の事件のころは、無関心だったよ」

敗戦後、修司さんは復学のため、学資をかせぐのに必死だった。横浜の繁華街でアルバイトしていたのもそのためで、他人の心配などしていられる状況ではなかった。だから〝神隠し〟は、みなが言うほどの事件ではないと思っていた。人はのっぴきならない事情があって、だれにも言わず田舎に帰ることもあるし、だれかとトラブルに遭い、横浜から逃げることもある。もちろん不幸にも殺され、遺体をどこかの森や山に隠されることもあるだろう。それが不思議ではない時代だったからだ。

「でも弁護士資格を取って、あのウワサのことで、事件を目の当たりにした当事者から相談を受けてさ。調べざるをえなくなってね」

一九七二年。依頼人は四年前まで娼婦をしていた女性だった。

依頼人はある日、黄金町時代に仲のよかった友人から電話をもらった。会いたいと言われて、上大岡の安居酒屋で再会した。どうやら友人も、商売をやめる潮時だと思い悩んでいたので、自分が働く食堂の経営者に就職を頼んでみようと申し出た。

午後十時、ふたりは話をしながら旧鎌倉街道を北に向かって歩いた。上大岡と弘明寺のあいだ辺りに依頼人のアパートがあったので、友だちがそこまで送らせてほしいと言ったそうだ。

与七橋をわたったところで、これからも連絡を取り合う約束をして別れた。依頼人は通りをわたった。手をふろうとふり返ったとき、通り向かいで突然、黒塗りのライトバンが急停車した。友人の姿は車の陰になって見えない。ドアが開く音がした。三人の男の頭が見えた。次の瞬間、友人の叫び声。男たちの動きで、三人がかりで友人を担いでいるのがわかった。友人を車に押し込んだのだろう。男たちは素早く乗り込んだ。ドアが乱暴に閉まり、車は鎌倉方面に猛スピードで消え去った。

依頼人は突然のことで訳がわからず、数秒間、身体が反応しなかった。

ようやく近くの公衆電話に駆け込み、警察に通報した。

誘拐事件の報に大勢の警察官が急行したが、何人もが依頼人から事情を聞き、全員、次第に冷めた表情になっていった。連れ去られた女性が黄金町の娼婦で、通報者も元娼婦だとわかったからだ。

一応、事件としてあつかわれたが、依頼人が毎月捜査の進展を聞いてもなにも教えてくれなかった。黄金町のガード下にも何度か通ったが、友だちが戻ってくることはなかった。だれか相談に乗ってくれる人はいないかと悩み、修司さんの事務所を訪れたのだ。

その悲壮な訴えに、修司さんは知り合いの保安課刑事や所轄の強行犯係に話を聞いてまわった。彼らのほとんどが、「ああ、あのヤマですか」と言いながら沈黙する。どうやら捜査を本気でするつもりはないようなのだ。このままでは、事件性のない失踪として処理されてしまうだろう。警察は当てにならない。そこで修司さんは仕事の合間、自ら捜査を開始した。

「でもほんとうに、同じ犯人なの」

「同じ人間か、同じ趣味を持つ人間が継承したか、だな」

趣味？　継承？　意味不明だったので、修司さんを見た。

「つまりある特定の日本人を〝神隠し〟のようにさらう趣味の、結社のようなものがあるんじゃないかっていう意味だよ」

娼婦街の歴史を調べていたとき、一番感じたことだった。つまるところ横浜という町は、江戸時代末期以来、表も裏もずっとアメリカに支配されつづけている地域なのだ。

「そういう変態集団組織が、進駐軍のなかにいる？」

「いないとは言えない」

「それでその組織は、獲物を誘拐して、殺して、埋めてると思うの」少年は気分が悪くなった。

「ただ殺してるんじゃないと思う」修司さんは、苦しそうな表情になった。

「どういうこと？」

「その殺し方だよ」

「だから、どういうこと」少しいら立った。母のことで、イヤなことを知る予感がしたからだ。

「翌年、図書館で手がかりを探しているうちに、ある新聞記事に行き当たった」

修司さんは、いつも提げている大きなカバンからファイルを取り出して、開いた。

古い新聞記事のコピーが貼られていた。

「一九四七年九月の事件？」

九月十日——横濱日日新聞という、三十年以上前に廃刊となった地元紙のトップ記事だった。

少年はのぞき込んだ。

主見出しは、〝神奈川郊外の森に身元不明の二人の婦女子死体〟。

袖見出しには〝身体に刺さった弓矢の謎〟とあった。

少年は記事を読みはじめた。

リードは、次のようなものだった。


十日午前七時ごろ神奈川県の丹沢山塊の東山麓で二人の婦女子の死体を付近の子供達が発見、厚木北署に届出た。県警から羽黒捜査一課長や鑑識員が急行、検証したところ一人は十五歳から二十歳、もう一人は二十五歳から三十五歳。若い女子は筋肉質で普通人よりや々大柄。推定身長は五尺三、四寸。中年女性は小太り型でや々小柄。推定身長は四尺七、八寸。死体はどちらも二本から三本の短い弓矢が胸や腹、首に刺さっていた。県警は他殺死体と断定、厚木北署に捜査本部を設け捜査を開始した。

記事本文に目を移した。

発見者の子どもたちが、どのようにして遺体を見つけたか、遺棄されたふたりの女性はだれか、といったことが書かれていた。


昨夜未明から、集落近隣の森で数時間にわたって複数の女子の叫び声や数人の男の怒声が聞かれ、住民達はおびえていたが、早朝勇気ある少年達が森に入り死体が横たわる場所を探し当てた。捜査本部は解剖の結果を待たなければ二人の死体の身元は特定できないとし、とりあえず十日午後管下各署に対し行方不明の婦女子や家出人などにつき調査聞き込みを指令した。


「これがおかあさんの失踪と、どう関係があるの」

「この事件の一週間後だ。黄金町の女性たちのところに警察が来て、被害者ふたりの写真を見せていたんだと」

「つまり丹沢で殺された女のふたりは、黄金町の娼婦だったわけ」

「たぶんな」

「これの続報記事は？」

事件がどう解決したか知りたかった。

「続報はなかった」

「どういうこと」

「まずこのニュースが載っていたのは、横濱日日新聞だけ。全国紙はもちろん、ほかの地元紙も無視していた」

修司さんがこの記事を知ったのは、一九七三年。〝神隠し〟を調べはじめた翌年だ。そこで図書館で、四九年から五一年までに発行された全新聞に目をとおした。だがこの事件に関しての記事はそれひとつだけだった。

「だから横濱日日新聞で当時働いていた記者を探し出して、話を聞いた」

同新聞社で、経済面を担当していた六十過ぎの人物だった。事件の記事を書いた記者ではないが、この事件のことはよくおぼえていた。

「結論を言えば、GHQの圧力で次の記事が書けなかったってことらしい」

GHQが日本のマスコミを検閲し、支配していたのは周知の事実だ。

「GHQにとって、なにがまずかったのかな」

同じ質問を、修司さんもしたそうだ。

「横濱日日新聞の元記者は、こう答えた。あの記事をよーく読んでみてくださいって」

修司さんの前で、新聞記事の切り抜きを手に、元新聞記者は声を出して読みはじめた。そして「昨夜未明から、集落近隣の森で数時間にわたって複数の女子の叫び声や数人の男の怒声が聞かれたってあるでしょ」と言ったという。

「それがどうしたの」少年が聞いた。

「元記者は言ったよ。複数ってことは、被害者がもっといるってことだ。それから数人の男ってことは加害者も複数という意味だって」

「ああ」少年は納得した。

「そこで元記者は教えてくれたよ」修司さんが顔を近づけた。「GHQにとって一番出てほしくなかったことはね、男たちの怒声が英語だったたって、集落の住民たちが証言していたことだ」

「犯人は、アメリカ人だったたってこと」

「事件現場にも行ってみた。それで、すぐに納得がいったよ」

意味がわからなかったので、説明を待った。

「被害者のふたりの女性は、接収地から逃げられたから発見されたんだ。接収地のなかだったら遺体は見つからなかった」

「接収地……アメリカ軍の？」

修司さんがなにを言いたいのかピンときた。

敗戦直後、神奈川は横浜市だけでも総面積千二百ヘクタールもの土地をアメリカ軍に接収されていた。当時、米軍関係施設は百十二もあったのだ。神奈川県内の接収地としては横浜市中区の一部や鶴見(つるみ)、逗子(ずし)、横須賀が有名だが、面積が広いのは現在の相模原市や座間市、綾瀬(あやせ)市、大和市、山北市、渋川市だった。

「つまり進駐軍の接収地内で、複数の女性の殺人が行われたってこと？」

修司さんはうなずいた。

「やったのはアメリカ兵かどうかはわからないが、接収地に出入りできるだれかだね」

「彼女たちは共産主義者や社会運動家ではないけど、進駐軍を怒らせるなにかをして処刑されたって、修司さんは考えているわけ？」

「娼婦は、存在自体が悪だって考えだろうな。社会改革をうたうやつらに、よくいるタイプだ」

修司さんは言った。「おれは、記事のなかの〝数時間にわたって〟って箇所が気になった」

記事本文のことだ。集落近隣の森で数時間にわたって複数の女子の叫び声や数人の男の怒声が聞かれ……とあったのを、少年も思い出した。

「殺人犯は複数の女性に、数時間にわたってなにをしていたのか」

母のことがオーバーラップしたので、少年は考えたくなかった。

修司さんは少年に答えを求めず、話を進めた。

「それにあの記事を読んで気になったのは凶器のことだよ。凶器が弓だったってこと……」

そこは少年も気になっていた。なぜ、弓なんて使ったんだろう。

「やつらは楽しんだんじゃないかな」

次の瞬間、残酷な事実を打ち明けられていた。

「やつらは、狩りみたいなことをしていたんだと思う」修司さんは、まっすぐ少年を見た。「広大な米軍接収地を舞台にした〈人狩り〉とか……」

二七

特別捜査本部に戻ると、小百合はさっそくパソコンに向かった。胡桃沢太郎の情報を集めるためだ。

胡桃沢は胡桃沢圭太と櫻田好美の供述どおり、一九五〇年に神奈川県渋川市で生まれていた。六八年、地元の工業高校を卒業して、神奈川県警の事務職員に採用された。警察官ではなかったが、警察に勤めていたのは、好美の記憶どおりだった。相模原西署の生活安全課で勤務後、七九年、本部総務部門に異動。八一年に退職している。

その後なにをしていたかはよくわからないが、現在まで犯罪歴はなかった。

そこまで調べたとき、青柳警部補の威勢のいい声が聞こえてきた。どうやら芝浦中隊長とのミーティングのために戻って来たようだ。

小百合は立ち上がり、「班長、ちょっとよろしいですか」と言いながら前に立った。

山北市の森林公園で発見された遺体が、胡桃沢太郎である可能性が濃厚だと報告すると、「よく調べたな、でかした！」と大声で反応した。

前から思っていたが、この人は気はいいが、ムダに前向きだ。それに声がでかすぎる。

「赤堂は小学校の同級生じゃん、昔っから鋭いやつだったからな」

「え……」

「えって？」ぽかんと口を開いた。

「いえ、同級生なんですか」

「そうなんだよ。聞いてない？　本物の幼馴染（おさななじみ）」

ふたりがそんな間柄とは知らなかった。赤堂が、あまり青柳を知らないそぶりだったのはなぜだろうか。小学校の時代からすでに一匹オオカミで、親しみやなつかしさを感じない性格だったからだろうか。

「あの人、どんな子どもでした？」

「なに？　興味があんの、赤堂に？」

人事から依頼があったとは言えないので、小百合はとぼけた。「だって、ちょっと変人というか、偏屈な人じゃないですか」

その答えに、青柳は口角を上げた。

「あいつ、けっこう複雑な人生を歩んでてさ。だから偏屈になってもしょうがねえのよ」

かばっているような口ぶりだった。

「赤堂って、小学校ンときの名字はさ、青峰（あおみね）っていうんだ。青から赤だよ」

ギャグのつもりだろうが、別におもしろくない。だがその先を聞きたいので、小百合は「へーえ」と言い、笑顔でうなずいた。

「それで、同じ青つながりでよお、出席番号がおれの前だったわけ。だからよぉく知ってるわけ」

「赤堂さん、どうして名前を変えたんですか」

「母子家庭でさ、おかあさんの名字が青峰っていったの。赤堂っていまの名字は、じいさんのらしい。高校までは、たしか青峰だったから、名字を変えたのはそのあとだろう。県警（カイシャ）に入ったときは、もう赤堂だったぜ」

「どうして姓を変更したか、ご存じですか」

「あー……そこが複雑っていうか、気の毒でさ」ため息をついた。小百合に言っていいかどうか迷ったので、時間をかせいでいるのかもしれない。

「おれとおんなじクラスのときだから、五年生ンときかな。おかあさんが失踪しちゃった」

「失踪？」小百合は驚いた。「事件ですか」

「あー……ウワサではさ、駆け落ち？」

「赤堂さんを捨てたんですか」

「そういうことになるかな、ウワサではね。水商売かなんかやってた人でさ、すごくきれいな人だったよ」

「ほんとうに、駆け落ちなんですか」

「知らねえ」首を左右にふる。「大人たちが言ってたことでさあ。子どものおれらは、そうなんだって思うだけじゃん」

まるで水商売をやっていて美人なら、失踪の理由は当然、男との駆け落ちと決まっていると、そういう類のウワサのようだ。

「イジメられたんじゃないですか」

「あー、どうだかなあ。そこは知らねえ。だけど……」言いかけて、口をつぐんだ。

「だけど?」どちらが上官かわからないような態度で、小百合は話をつづけるよううながした。

「あいつのじいちゃんてのがさあ、ヤバい人だってウワサがあってさあ。学校の先生まで怖がってるとか? だからあいつは、アンタッチャブルな存在だったんだよね」

「ヤバいって、ヤクザというか、反社ですか」聞きながら、そういう人物の孫を警察は採用するだろうかと疑問に思った。

「あー……ヤクザじゃなかったみたいだけど、ヤクザに顔が利く人? ほら、そういう人って横浜にはいっぱいいるじゃん」

赤堂の祖父は、どうやら繁華街や労働者街の顔役のような存在だったらしい。

赤堂栄一郎という謎に満ちた人物の手がかりを、わずかにだがつかんだようだ。

「あのさあ、これは絶対言うなよ。絶対だかんな」話は終わったと思ったが、青柳が少し距離を詰めた。「赤堂のおふくろさんだけどさあ、若いころパンパン? 身体を売ってたってひでえウワサがあってさあ、あいつ、さんざん陰口叩かれてたんだよ。だからさあ、あんなにひねくれてても仕方ねえっての」

黙って青柳を見た。これまで、どちらかといえば好感を抱いていた上司だったが、いまの発言で疑問をおぼえた。自分のほうが質問したとはいえ、そんなウワサを打ち明けなくてもいいではないか。青柳はひょっとしたら、赤堂をきらっているか蔑んでいるのかもしれない。

二八

「人間狩り？　つまりハンティングだから、中世みたいに弓を使用したと思うの」

「それもあるが、大きい理由はいくら接収地でも拳銃やライフルは使えないからだろう。音がするからね」

修司さんによれば、弓は第二次世界大戦でも使用されていた。有名なのは〝マッド・ジャック〟〝ファイティング・ジャック〟と呼ばれたイギリス陸軍将校ジョン・マルコム・ソープ・フレミング・チャーチルだ。彼は一九四〇年、ドイツ軍との戦闘でロングボウを用い、ドイツ兵を射ち殺した。その後ダンケルクの戦いやノルウェーでの奇襲作戦、イタリア、ユーゴスラビアなどでも弓を主力武器として用い、驚くべき戦果を挙げた。その結果を踏まえ、米軍の陸軍特殊作戦コマンドも弓を採用した。ヴェトナム戦争では陸軍作戦特殊コマンドから進化したグリーンベレーが、夜間の攻撃や暗殺で通常の弓より精度のいいクロスボウを頻繁につかったという。

「そもそも日本を占領したときさ、アメリカ軍のなかには占領下の日本人なら、殺してもなんとも思わない輩が大勢いたってこと？」

〈人狩り〉は置いておいて、それが少年の根本的な疑問だった。

「米軍関係者犯人説は荒唐無稽だって思えるんだな」

「うーん、そうじゃなくて……」

修司さんが話をさえぎった。

「そう思うのももっともだよ。おれも自分で言っておいて、そう思うんだからな」

そう言って笑ったので、少年は、修司さんには証拠がほかにもあるんだな、と予想した。

「でも新聞記事を見つけた十年後に、有力な情報を得たんだ。戦後間もなく来日して、星条旗新聞の記者をやっていたアメリカ人記者からね」

ジェームズ・ブラウンは、山手の、外国人居住者の多いマンションに住んでいた。年齢は当時、五十代半ば。修司さんと同い齢だった。白髪のGIカット。百キロはゆうに超える巨体。学生時代はアメリカンフットボールとレスリングをやっていた、と流暢(りゅうちょう)な日本語で自己紹介した。日本人の妻と息子二人の四人家族。星条旗新聞を辞めてフリーランスになり、いまは横浜の在日外国人向け新聞と、カリフォルニアの大手新聞の二社と契約して、日本の政治、経済、文化についての記事を売っていた。

ブラウンは戦争終結直後から、黄金町や本牧界隈(かいわい)のいかがわしい場所に出入りし、娼婦の取材もしていた。信じがたいことだが、終戦直後、パンパン（娼婦）こそ、日本が征服者アメリカを歓迎した象徴であるという記事が、アメリカ国民の注目を集めたからだ。それ以降、日本の娼婦に関するニュースは人気があるのだという。

修司さんは彼のマンションを訪れ、直接〝神隠し〟のことを尋ねた。

「わたしもアメリカのだれかが、日本人を誘拐していると思っているよ」

思ったとおりの答えを簡単に得られて、修司さんは妙にどぎまぎしたと言った。

「ブラウンは逆におれに聞いたよ。戦前戦中のアメリカの、反日プロパガンダフィルムを観たことがあるかって」

「プロパガンダって、日本をおとしめる映画ってこと」

「そうだよ」

一九三〇年代後半から、日本との戦いが避けられないと分析した米国軍部は、自国民に、東洋のあの国がいかに危険か知らしめようと、莫大な予算を投じ、映画界やアニメ業界に反日プロパガンダのフィルムの制作を依頼した。

応じたのは、『或る夜の出来事』、『スミス都へ行く』など、ヒューマニズムあふれる作品で有名な国民的監督フランク・キャプラ。そして『ヨーク軍曹』の脚本、『マルタの鷹』などの監督で知られる巨匠ジョン・ヒューストンだった。

「キャプラの映画は『ノー　ユア　エネミー　ジャパン（汝の敵、日本を知れ）』。ヒューストンが撮ったのは『パナマの死角』という作品だった」

ブラウンによると、だがもっともアメリカ国民にウケたのは、アニメーション映画のほうだった。日本の報道を揶揄した『トキオ　ジョキオ（東京状況）』。そして人気ヒーローのポパイが日本軍と戦う『ユーア　ア　サップ、ミスター　ジャップ』などだ。

ジャパンヘイト映画の共通の主張は、日本国民が太陽神の化身〝天皇〟の命令で世界征服をたくらむ狂気のカルト集団であるというものだった。おまけに日本人は全員メガネで出っ歯。醜く、チビで滑稽と、肉体的にも劣った存在と決めつけた差別表現も忘れなかった。

「『猿の惑星』って映画、知ってるか」修司さんが唐突に尋ねた。

「もちろん知ってるよ」これまで四本の続編と、テレビドラマまでつくられた大ヒットＳＦシリーズで、少年も大好きだった。

「『猿の惑星』のサルは、日本兵がモデルだったってことまで知ってたか」

「それは知らない」

映画はピエール・ブールというフランス人作家の小説を原作にしたもので、第二次大戦中日本軍の捕虜になったブールが、日本人に抱いた印象をもとに創作された作品だった。

「ピエール・ブールは実際、日本軍にひどい目に遭わされたんだから、サルという印象を持っても責める気分にはならないが、アメリカ人が日本人をサルと呼ぶ場合、もっと奥深い偏見がある……そう、ブラウンは言ったよ」

「どういうこと？」

「戦前のアメリカでは、日本人が、自分たちとちがう、もっと劣等なサルから進化した生き物だと解説する学説が流行(はや)ったんだそうだ」

ダーウィンの進化論すら信じていない人が大勢いる国の話だ。カルト集団である日本人が、自分たちと種の起源がいっしょであるはずがないという説は、とても安易に受け入れられたことだろう。

「そのことが〝神隠し〟の本質だと、彼は言ったよ」

「つまり日本人が白人と比べて劣等だから、狩りの獲物にしてもかまわないってこと？」

「そこで〝神隠し〟の犯人、具体的に何者だと思ってるのかって、おれは聞いたよ」

「そうしたら？」少年は身を乗り出した。

「そのときのブラウンの言葉を、正確に言おう」眼光は鋭かった。「犯人がどういう連中かは見当はつくが、証拠がないのであなたには言わない。戦後からその倒錯した狂気の趣味がいまのいままで脈々とつづいているのは不可解だが、それは戦争が起こるたびにトラウマを負ったアメリカ兵が大勢いて、キラーインスティンクトをコントロールできないためだろう。だが一番不思議なのは、いまだ〝神隠し〟が明るみに出ないことだ。そうなると断言せざるをえない。隠蔽のため、おそらく日本人も共犯として深くかかわっているはずだ」

衝撃的な内容に、少年は絶句した。

「最後に彼はこう言った。一度人間が神のような地位を獲得した場合……この場合は、占領国で好き勝手ができるという意味だがね。その力を簡単に放棄すると思うか。だから彼らはなんらかの方法で、いまも日本を支配しているのではないかと、わたしは思う、と」

「けど、おかあさんがいなくなったのは八六年だよ。ヴェトナム戦争はとうに終わってるし、戦争の狂気を引きずった兵士が日本に大勢駐屯していたとは思えないなあ」

それとも殺人は、ブラウンが言うように人間の本能であり、常に死を意識する軍人にとっては、〈人狩り〉はあらがいがたい娯楽なのだろうか。

「でもたぶん、ブラウンの説はまちがっていなかった」

「なにか、進展があったんだね」

「進展はない。でも、おれは確信した」きっぱり言ったあと、修司さんは気まずそうに目を伏せた。「なぜならブラウンと面会したあと、おれはだれかに監視されるようになったから」

「ほんと？」

「実際、命を狙われた」

「どう解決したの」

「運がよかっただけだ」

祖父はくわしい話をしようとしなかった。

「そいつらはいまも、修司さんを狙ってる？」

「わからないな」

「怖くないの」

「怖かったから、もうやめようと思ったよ」

「どうして、やめなかったの」

「偶然、身近な人が被害にあったからだよ。だからおれは、絶対にやめられない」

「それって……」

質問をする前に、修司さんはうなずいた。

「そうだよ。おまえのかあさんだ」

自分でふっておきながら、これ以上母の話をするのはつらくなった。だから少年は、話題の中心を少しずらした。

「ねえ、ブラウンって人は、ほんとうに具体的な名前を挙げなかったの。米軍関係者のことは口をつぐんだとしても、どういう日本人がかかわっていたかとか」

「あの人はたぶん……」ちょっと間を置いて、修司さんは言った。「一番疑っていたのは、警察だ」

「そう思う根拠はなに？」

「警察が一番怪しいと思うかと、具体的に聞いたのはおれのほうだ。でもブラウンは否定しなかった……それどころか、警察内部に信頼できる男を送り込んだから、いずれ答えが出ると思う、と自信たっぷりに笑ったんだよ」

それこそ、修司さんの口から直接聞きたかった言葉だった。じつはその答えを予測していたからだ。

「ぼくはさっき、やりたいことがふたつあって、どっちにしようか迷ってるって言ったね」

「ひとつは弁護士だって言ったが、もうひとつはなんだね」

「警察官」

修司さんは表情を消し、口を閉ざした。きっと一番修司さんにとっては、望んでいなかった答えだったのだろう。

二九

三時間後に赤堂と落ち合う約束をしていたので、小百合は山北署の駐車場に向かった。

「桃井さん」

署のロビーで声をかけてきたのは植草巡査部長だった。聞き込みで外出していると思っていたので、ここで会うことはちょっと意外だった。それを察したのか、聞かれもしないのに彼は言い訳をした。

「樺島班長なんかと安田青彦のおふくろさんに話を聞きに行って、いまさっき帰ってきたところなんです。九十過ぎなのに全然ボケてなくてね、なんか気の毒になりました」

安田というのは渋川の遺体埋葬場所で発見されたマル害のひとりだ。二〇〇九年に二名を殺害して逃亡したと思われていた人物だった。

「息子がとうに亡くなってたって聞いて、おかあさんどうだったの」

「死んでるって覚悟してたって。あの子は頭のいい詐欺師って世間じゃ思ってるみたいだけど、そんな利口な子じゃなかった。だから十五年間も逃げつづけられるとは思ってなかった、これで終わって安心したって、しみじみね」

犯罪者とはいえわが子。亡くなっていたと聞けばつらかっただろうな、と小百合はおもんぱかった。

「そしたらですねえ」植草は微笑を浮かべた。「樺島班長、こっそり涙……」

「おい、植草部長」

背後で声がした。ふり向くと話題の中心、樺島班長が立っていた。小柄だがスタイルはいい。顔は童顔。少々たれ目で、いつも笑っているように見える。だれもが好感を抱く風貌だ。

「あ、お疲れさまです」小百合はあわてて敬礼した。

「桃井部長さあ、こいつがなに話そうとしてるか、だいたい想像つくけどさあ。あんまり信じないでね」

「すげぇ、班長、地獄耳っすね」

植草が軽口を叩くと、樺島はそそくさとロビーに入って行った。

「あの人いい人なんで、自分は大好きなんすけど、警察辞めちゃうかもしんないんですよ」

「あの人って、樺島さん?」

植草が眉間に皺を寄せてうなずいた。

捜査第一課の警部補にまでなって辞職する人間は少ない。だが例がないわけではない。理由は家庭や健康問題などだが、たまに、もっといい民間の職場にスカウトされたというケースもある。過酷な職場だけに、無理には引き止められないというのが実情だ。樺島班長の理由はなんだろう。

「ところで、こないだの話のつづきを教えようと思ってですねえ」

このあいだの話自体忘れていたので一瞬戸惑った。その表情を、またも植草は読み取った。

「ほら、桃井部長がいま組んでる赤堂班長のウワサっすよ」責めるような顔だった。「キンブルホテル」

「ああ、ああ」照れ隠しに笑った。逃亡犯を専門にかくまうホテルのことだ。そこと赤堂は関係があり、どうやら彼の情報源じゃないかという話だった。

「ちょっと外に出ます?」植草はわざとらしく、周囲を見た。

駐車場に行こうとしていたので、そちらの方向に歩きながら話をした。

「キンブルホテルのことを話そうとした途端、当の赤堂班長に声をかけられたのおぼえてますか」

「そうだったね」

「じつはホテルのオーナーが、赤堂班長の親族じゃないかって話があるんですよ」

「赤堂さんの親族って、だれ?」

「いや、そこまでは知りません」苦笑し、首をわずかにふる。「でもあの人のおじいさんが、横浜の顔役だったたって話があってですねえ」

その話はさっき、青柳から聞いたばかりだ。

「それで赤堂警部補はその親族を利用して、裏社会の情報を得てるっていうのね」

「それだけじゃないんです。これは自分の想像ですけどぉ」急に小声になった。「山北と渋川で発見された五人のホトケさんですけどね。もし全員か、あるいは何人かがキンブルホテルに滞在したことがあったらどうすかねえ……赤堂さん、被疑者になっちゃいますよ」

「え……」

都市伝説に立脚した空想なので、真剣に考察する値打ちのない話だと思うが、脳裏に赤堂の顔がちらつく。植草は赤堂を、この一連の連続殺人の参考人ではないかと疑っているようなのだ。もしそれが事実なら、赤堂の勘がこんなにも鋭い理由の答えにもなる。

「キンブルホテルにしぼってですね、ひょっとしてそのホテルを持つ組織が、逃亡犯を処刑して渋川に埋めてたらって思ったんです」

そうなれば、赤堂は共犯か主犯。わざと捜査をかく乱しているということになる。

それにしても〈サークル〉は用心深い結社だ、と〈狩人〉は思った。連絡方法はメールも電話も禁止。手紙のみ。その手紙も読んだらすぐ燃やすことを義務づけられていた。リーダーはもちろん、上層部のメンバーもスポンサーも、まったく教えてもらえない。ただただ沈黙を守ることを要求される。入会して五年経ったが、ようやく条件つきで狩りへの参加が認められた。

支給されたクロスボウは、ボディはチタン製、リム（弓の部分）はグラスファイバー、ボルト〈矢〉はジュラルミン製と、一見高価な輸入品に見えたが、〈サークル〉お抱えの職人による自家製なのだという。

指示書には手足の延長――身体の一部のようにクロスボウをあつかえるようになれとあったので、〈狩人〉はその言いつけを忠実に守り、練習を怠らなかった。

だから本番でも違和感をおぼえない。動転することなく、自分がほかのメンバーに先んじて〈獲物〉を仕留められるはずだ。その自信があった。

〈狩人〉はヘルメットに装着した暗視双眼ゴーグルを両目に当てた。

暗闇が一転、緑色の世界に変わった。

わずかしか見えなかったものが、具体的に視覚にとらえられた。気配を感じた木蔭で、〈狩人〉は〈獲物〉の姿を確認した。そっと繁みに身を隠し、少し離れた位置に後退する。

これで自分の姿は〈獲物〉からは見えない。幸運にもほかの三人は、まだ〈獲物〉の居場所にすら気づかず、森のなかをさまよっていることだろう。あせることはないのだ。

〈狩人〉は暗視ゴーグルを上げ、クロスボウを地面に立てた。手探りだが、訓練の成果で慣れた作業だった。

ステイラップ——つまり鐙に右足を掛け、弓をしなわせながら両手でストリングを引き上げた。〈狩人〉のクロスボウは全長九十センチ。リカーブタイプなので、コッキングに要するドローウエイトは約七十五キロ。一般男性にも容易ならざる力仕事だ。だが〈狩人〉はやすやすと、弦をリリースナットに固定した。

それから長さ三十七センチ、太さ八ミリ、重さ二十グラム——ジュラルミン製の矢を装填した。その瞬間、社会に害悪をおよぼす人間を処刑するという大義は吹っ飛んだ。いま彼を支配するのは、好奇心とわくわく感だ。

そして最高のわくわく感は〈狩り〉にあると確信した。

人は生きるため、食べ物を得るために〈狩り〉を発明したと学者は言う。だが、それは大ウソだ。食べることより、生き物を狩ること、命をもてあそぶことに、人はわくわくしたのだ。

人は農耕を選んで堕落した。去勢された。聖書の登場人物アベルのように、ずっとずっと羊を飼い、狩猟だけをつづけていればよかったのだ。

狩りが日常の行為なら、戦争はなかった。人は殺人本能を適度に満たすことができ、永遠に世界に平和がつづいた。だから戦争は、狩りを奪われた人間の当然の行為なのだ。

そして戦争をする権利すら奪われたこの国では、狩りの復活以外ないのだ。〈人狩り〉こそ、究極のレジャーであり、哲学であり、精神修業の場だ。

〈人狩り〉には二種類ある。

自分自身も危険を味わいたいか、純粋な狩猟だけに没頭したいかだ。前者なら戦場を薦める。世界のどこにでも戦場がある。そこに一定期間身を置けばいいだけだ。

しかしたいていの人は純粋にわくわくしたいのであって、自分に危険がおよぶことまでは望んでいない。それに、簡単に死んではならない責任ある立場の人間も大勢いる。

だから〈サークル〉は〈獲物〉を定期的に準備する。生きている価値のない人間、消えてもだれも気づかない人間をだ。

狩りへの参加を希望する人間は大勢いる。そのため、指名を受けるチャンスもなかなかない。だからこそ、なにがなんでもこの狩りの勝利者にならなくては意味がない。

〈狩人〉は気配を消した。

〈獲物〉が動くのをじっと待った。

第二部

三〇

「かあさんを探すためか？」

警察官になろうと思うと少年が言うと、修司さんはきびしい顔になった。

「おかあさんがもう、この世にいないことはわかってる。だけどどうなったか、どうしても知りたいから」

「探すどころか、かあさんになにかしたやつらに復讐したいんじゃないのか」

「したいにはしたいけど、それだけじゃない。つまり、おかあさんの〝神隠し〟だけのために警察官になりたいわけじゃないんだ」

修司さんは無言で、少年に耳をかたむけた。

「昔、修司さん、もしこの世に悪があるとすれば、それは弱い人間を不幸にして喜んでいるやつだって言ったでしょ。ぼくもいまでは、その意味を理解してるよ」少年は唾を飲み込んだ。「だからぼくも、そういうやつらを追い詰める仕事がしたい」

「わかった」修司さんが首を縦にふった。「おれが死んだら、事務所も不動産も好きにしていい。おまえの捜査に役立てろ」

「いや、不動産は売らないよ。修司さんの遺志を継いで、こまった人に住居を提供する」

少年が笑ったので、修司さんは首をかしげた。

「それからさあ、キンブルホテルもぼくに継がせてくれる？」

「おいおい、おまえ、警察官になるんだろ」

「だから」少年は笑ったまま、言った。「善と悪をあわせ持つ警官になろうかなって」

「おれにはその選択が正しいかどうかわからないけど、うまくいくことを願うよ」修司さんは微笑んだ。

「本音は反対なの」

「そうじゃない」首を左右にふった。「その選択がおまえの望む未来なのか……それとも望まない未来から逃げるためなのか、おれにはわからないからだ」

どちらだろう。少年自身にも答えが出なかった。

三一

桃井と別れた赤堂は、中村川近くのさびれた町を歩いていた。そこには彼が実質上のオーナーである違法なホテルがあるが、いま向かっているのは祖父からもらった古いマンションのほうだった。賃貸専門の物件だが、五階にある一室だけは個人的に利用している。そこには母の捜査資料と闇の副業に関する秘密の書類が保存されていた。「悪事は現金。証拠はすべて焼却。残す必要がある書類は手書き、現物保存。絶対にワープロやパソコンには残すな」というのが、祖父の教えだった。それを忠実に守るためには、秘密のスペースが必要だったのだ。

いまそこを目指している理由は、今回の事案の捜査の過程で、どうしても確認しておきたいことがあったからだ。

オンボロの上、閉所恐怖症なら失神しそうなエレベーターで五階まで上り、外廊下を歩く。熱風が頬に当たる。

部屋は廊下の突き当たりにあった。ドアを開けて玄関の壁のスイッチをつけた。閉め切ったままの部屋なので、カビのにおいが鼻をつく。ふたつの部屋もキッチンも、壁という壁に本棚が並んでいた。

靴を履いたまま、中に入った。キッチンに行き、まずエアコンを作動させた。そして床の敷物の位置をずらす。床下収納庫の蓋が現れた。両膝を突いて蓋を持ち上げ、上半身をかがめて手を伸ばした。

目的のノートを取り出すと、なんとなく祖父のにおいを感じた。

祖父は十九年前、八十五歳で亡くなった。大往生と言っていいだろう。

故人の希望でお別れの会しか行わなかったが、事務所には焼香のため、近所の人々、日雇い労働者、水商売関係者、闇の仕事を生業とした人、それらを引退した人が大勢訪れた。当時、赤堂は警察官だったし、資産家連続強盗事件にふりまわされていたので、参列客の前に顔を出すことができなかった。代わりに祖父が右腕と信頼していた橙山にすべてを任せた。

キャップを目深にかぶり、きわめてカラフルな服装がトレードマークの男だった。足を引きずって歩いたが、動作は機敏。格闘技の経験でもあるのか、大柄で筋肉質。話せば実に温和な性格だったが、だれもに怒らせたら怖そうだという印象をあたえた。祖父によれば、赤堂より二十歳くらい上ということだった。

祖父の人を見る目を信じていたので、不動産管理やキンブルホテルなどの運営は、すべて橙山に託した。ただし宿泊希望者が殺人犯や凶悪犯の場合だけは、自分に面接させてほしいという条件を出した。

逃亡者をかくまうというきわめて危ない事業を引き継いだわけは、ひとえに〝神隠し〟事件の手がかりを得るためだった。残念ながら一番ほしい情報はこの十九年間皆無だが、刑事という仕事には十分以上に役立った。もちろん自分が受け持った事案の犯人がお客の場合、その人物を逮捕するようなことはしなかったが、近く起こる凶悪事案や、いずれ罪を犯す人間のウワサ話は、おおいに参考になった。

祖父は死の直前、赤堂に一冊のノートを託した。〝神隠し〟事件の詳細な調査メモだった。県警に任官し、母の事件の真相解明を一時棚上げして仕事にまい進していた時期も、祖父のほうは単独で調査をつづけていたのだ。

祖父は論理的にいくつかの説を挙げている。

なかには、以前祖父が口にした〈人狩り〉という言葉もあった。彼らは大戦直後から大義という名の下、人を誘拐し、〈獲物〉にして狩ったという、以前に聞いた仮説だ。〝一九四七年、丹沢で起こった女性二名の弓矢による殺人事件が、神隠しと同一犯なら〟という但し書きつきだった。

特命中隊に移ると、赤堂はむさぼるように過去の未解決事案の捜査資料を読みあさった。〝神隠し〟と思しき事案も数件あったが、それ以上に十五年前の緑川冨美男のクロスボウによる殺人事件を発見したとき興奮をおぼえた。祖父の推理が当たっていたからだ。そして大量クロスボウ殺人の遺体遺棄現場を探し当てたいま、〝神隠し〟と〈人狩り〉がはっきり結びついたのだった。

おそらく母は、それの標的として誘拐され、殺されたのだろう。

アメリカにとっての敵を〈獲物〉として選ばなくなった理由は、日本の治安が整備され強大になったことと、日本における米軍の影響力が低下したためだと思う。祖父は〝だから犯人グループは、社会の底辺におり、失踪しても警察が重大事件として捜査しない存在——たとえば娼婦などをさらうようになった〟と分析している。

そして現在の〈人狩り〉結社は〈獲物〉を、公権力に追われる逃亡犯に変えたのだ。狩り場はおそらく、戦後米軍が接収した日本国内の広大な土地のどこかだろう。発見した〈獲物〉の埋葬地も、以前は米軍接収地だった場所なのだ。

しかし、あらたな疑問が生まれる。

一九九〇年代以降、アメリカ政府は日本に軍事的自立を望み、在日米軍も以前ほどわが者顔でのさばることができなくなった。日本における米軍関係者の犯罪に関しても、もはやアメリカ政府は軽視することができず、在日米軍にはそれなりにプレッシャーがかかっている。日本人を、戦争に負けた劣等人種とする偏見も皆無とはいえないが、その考えを持つ人間がごく少数に減ったことはまちがいない。それらと並行して、進駐軍の土地は徐々に返還されている。つまり、もはや好き勝手に狩りはできなくなっているはずなのだ。

いまの〈人狩り〉結社の中心は、日本人なのかもしれない。あるいはアメリカ軍関係者と日本人権力者の混合組織か……それともブラウンが疑った警察内部の人間の犯行か?

その手がかりとなるのが、胡桃沢太郎だった。

じつは遺骨候補者としてその名を見た瞬間から、赤堂は知っている人物のように感じていた。それをたしかめるため、この部屋にやって来たのだ。

もう一度床下の収納庫に腕を入れ、ヒモ綴じの分厚い書類の束から一冊のファイルを取り出した。それは祖父からホテルを引き継いで七年目の年の宿泊名簿だった。

テーブルの置かれた部屋に行き、椅子にすわってB4サイズの名簿を開いた。橙山の手書きだった。美しく繊細な文字だ。あの大柄で筋肉質の外見からは想像もできない。

記憶は正しかった。二ページ目に〝胡桃沢太郎〟の名前が見つかった。三月八日。彼は五日間滞在している。

名簿には氏名以外に、宿泊客がなぜ姿を隠したいか、その理由も記されている。

胡桃沢太郎の場合は、〝エアガンを殺傷能力のある拳銃に改造しているが、買い手と揉めて命を狙われたので、しばらく姿を隠す必要がある〟とあった。合点がいった。名前だけ記憶して顔におぼえがないのは、たいした犯罪ではなかったので、面接を橙山に任せたからだった。

だがどうして玩具を武器に改造した程度のこの男が、〈人狩り〉の〈獲物〉に選ばれたのだろうか？　それとも警察が気づいていないだけで、なにかとてつもない罪を犯していたのか。〈人狩り〉結社はそういう人間も探し出し、〈獲物〉にしているのかもしれない。

もうひとつ、胡桃沢は〈人狩り〉結社に口封じのため殺害されたという可能性もある。工作が得意なのだから、クロスボウの改造、あるいは製作を依頼されていたかもしれないのだ。

部屋にある固定電話が鳴った。

橙山からだった。指定した時間ぴったりだ。

「二〇一一年の三月八日から滞在した胡桃沢太郎という男のこと、おぼえてますか」いつも同様、世間話はしない。用件だけ単刀直入に尋ねた。

「胡桃沢太郎……ちょっと待ってください」腹から出すような深い声だった。ページをめくる音がした。「十三年前ということは、阪東橋にあったころですね」

キンブルホテルの宿泊名簿は二種類ある。赤堂が持つ一冊は、滞在者の名前と、滞在したい理由のみが記されている。もう一冊の、橙山が保管しているほうは、理由以外が記録されている。その人物の自宅住所や家族構成、ホテル滞在時にその客がどういうふるまいをしたかまで詳細に書かれているほか、滞在者を隠し撮りした写真もファイリングされていた。

「ああ、この男ですね」

電話の向こうで、胡桃沢の写真を見ているのだろう。

「当時の年齢は六十一歳。彫りが深い端整な顔の男でしたね。わりと背が高くて筋肉質。違法な改造拳銃の取引で、ヤクザ屋さんかなんかとトラブって、それが解決するまでちょっと身を隠したいって理由でしたよね」

橙山の記憶力に感服した。彼のほうの名簿には、滞在理由は書かれていないからだ。

「たしか一週間の滞在予定が、話がついたかなんかで五日でチェックアウトしたでしょう」

そこまでおぼえているとは、感服どころか感動だ。

「キンブルホテルを、どうして知ったと言ってましたか」

「修司さんの昔馴染(むかしなじ)みで、修司さんから以前、直接聞いたって聞きました」

最初に創設したホテルの趣旨は、犯罪者をかくまうというより、なんらかのトラブルに見舞われた人が避難できる駆け込み寺のような存在だった。だから連絡先は秘密ではなく、祖父がかかわった相手なら容易に知ることができたのだ。

「その話、ほんとうだと判断されたんですね」

「はい、修司さんのことをよく知ってましたから」思い出すためか、言葉を切った。「それにこの人、修司さんの事務所の近所で以前見かけた記憶があったから。それで、ああ、知り合いってのはほんとなんだろうと信じたんだと思います」

「そうですか」

なにか引っかかったが、祖父は顔の広い人だった。だから強く疑うだけの理由もない。

「この男がどうかしましたか」

「彼の印象を聞かせてください」

「うーん、ふだんは冷静沈着というか、感情を表に出さないタイプでした。それとある意味、計画を立てられる人でした。でも酒を飲むと狂暴になりました」

「狂暴とは?」

「チェックアウトの前日ですかね、お祝いかなんかのつもりだったのか、酒を大量に注文しましてね。ウィスキーやビールです。すると突然、部屋の外にまでわめき声が聞こえてきて……」静かな口調で淡々と述べる。「その上、酔った勢いで脱出路から外に出て、階段で足を滑らして転落しました。骨折はしていなかったようなので、自力で自室に戻るまで観察していました。そのときも寝転がった状態で悪態をついていました」

「どういう内容の悪態でしたか」

「だれかを怒っていました。たぶん、身内じゃないかと思いました」

「飲酒は一度だけですか」

「はい。翌日には出て行きましたから」

「酔うと、どのくらい狂暴になるんでしょうか」

「どのくらいとは?」

「たとえば、人を殺しそうな剣幕とか」

「それはわかりません」

「シラフのときは、全然危ないやつじゃなかったんですよね」

「それはそうですが……」言葉を区切った。「酔ったときの態度を見れば、狂暴さを内に秘めていたのは事実ですから、シラフのときもどうだか確たることは言えません」

経験が言わせる言葉だなと思った。

「さっき、ある意味計画を立てられる人とおっしゃいましたが、どういうことですか」

「たいていのお客は、ホテルが安全だと信じ込んで気を抜きます。でもあの人はそうじゃなかった。定期的に外を見て、周囲になにか異変がないか観察していました。身体がなまることを恐れて運動を欠かさず、いろんな時間、いろんな状況を想定して、たとえばパンツ一枚とかパジャマ姿で脱出経路をためしていました」

「酔ったとき外に出たのも、そういう状況で逃げられるか確認したかったんでしょうか」

「いま思うと、そうだったかもしれません」橙山はつけ加えた。「わたしの言う計画的とは、自分の身を守るために油断を怠らないという意味です」

「自分の命には執着していたということですね」

「それは、まちがいないでしょう」

「家族はいたんですよね」酔って悪態をついた相手は身内だろうと、橙山が言ったので確認した。

「息子と同居と書いてあります」

息子とは、おそらく圭太のことだ。

「住まいは反町でしたか」

「ちょっと待ってください」紙のガサッという音。「……反町じゃないですね。磯子区の杉田です」

橙山から住所を聞き、メモを取った。

「ありがとうございます。なにか思い出したら教えてください」

胡桃沢を隠し撮りした写真をメールで送ってくれるよう頼み、もうひとつの用件に移った。

「いま、滞在中のお客はどうですか」

「用心深い人です」電話の向こうで、喉が鳴った。たぶん笑ったのだろう。「ホテルのことを疑っています」

「疑うって、警察に売られるんじゃないかとかですか」

「あるいはホテルが裏切るんじゃないか、とかです」

一時の平安を求めて滞在しているが、孤独から疑心暗鬼におちいったのだろう。過去にも、そういうお客を何人か見たことがあった。

「でもチェックアウトしたいとは、まだ言ってないんですね」

「はい」橙山が即答した。「それから……いま話していた胡桃沢という人に似たところがあります。自分の命に執着しているようです」

「脱出経路の念入りなチェックですか」

「ええ、あらゆる時間、あらゆる状況を想定して訓練を繰り返しています」

「つまり自殺も出頭もない。チェックアウト後は、逃亡を選ぶってことですかね」

「いまの段階では……そうかもしれません」

礼を言って、電話を切った。

赤堂は同じ部屋で、すわったまま考えていた。

胡桃沢太郎は二〇一一年、キンブルホテルを使用したことがわかった。その年になにかあったような気がしたのだ。

答えは数分で出た。一一年は石竹孝太が自殺体として発見された翌年だ。

櫻田好美の証言から、胡桃沢太郎が〈人狩り〉結社となんらかの契約を結んでいた、もしくは雇われていたと考えるのは不思議ではない。するともしかしたら、太郎は〈獲物〉を見つける役目もおおせつかっていたのかもしれない。緑川冨美男を石竹とまちがえたのは彼の責任と見なされたのだろうか。

〇九年に緑川冨美男は殺人の被害者として報じられたが、捜査一課はクロスボウによる犯行とは公表していない。〈人狩り〉結社は、その年、まだまちがいに気づいていなかったのかもしれない。それが一年後、本物の石竹が山形で自殺したと報じられたことで、胡桃沢太郎のミスが発覚したのではないだろうか。

結社の処罰を恐れた彼はキンブルホテルに身を隠したが、おそらく穏便な沙汰で決着がついたのだろう。だから滞在終了予定日の前にチェックアウトしたのだ。

三二

地面から突き出た首に、バケツのなかの液状のセメントを流しかける。量が多すぎたのだろう、容器が空になるまで永遠とも思える時間が経過した。

首は何度も何度も命乞いし、むせかえり、やがて嘔吐する。

それでも黒川は、セメントを流すのをやめない。

いつものことだが、そこでこれが夢だと気づく。そう思う理由は、黒川自身がセメントを注ぐ行為をしながら、その自分をテレビ画面かなにかをとおして観ているからだ。

夢のなかで黒川は笑っていた。とても楽しそうに人を殺していた。目をさました。時計を見ると、午前六時半だった。

いつものように上体を起こし、サイドテーブルに置いたリモコンを手に取った。操作してテレビをつけ、ニュース番組を選択した。

政治の話題の次に、自分が犯した連続殺人の続報が流れた。

警察は、被害者たちが拉致された現場付近の防犯カメラ映像を精査し、同一と思われる人物を割り出した可能性があるとの推測をキャスターが述べていた。思わず苦笑する。新聞同様テレビも、黒川が被害者遺族ということで気をつかっているのだ。取材の正確さ、および人権は二の次のネットニュースでは、実名こそ出さなかったが、黒川が犯人だとにおわす記事がすでに多数掲載されていた。ということは、防犯カメラ映像とは無関係に、警察は黒川を重要参考人として追っている。出頭するか、逃げられるだけ逃げるか、自殺するか——この事件をどう終わらせるかは、自分自身の問題だ。チェックインして数日は、本音では姿をくらまそうと考えていた。数日前からは、自ら出頭しようと決心していた。だがこの二日で、心が揺らいでいる。

三人の男に恐怖をあたえつづけ、残酷な方法で殺害できたのは、時間をかけて標的について研究し、準備を整え、何度も何度もシミュレーションを繰り返した結果だと自負していた。

しかし同じ悪夢を二度見て、それがまちがっていることに気づいた。計画どおり実行できたのは、人殺しを楽しんでいたからだ。信じたくないが、おれは妹を生き埋めにしたあの三人と同類だったのだ。

ベッドから下り、黒川は独りごちた。

「自殺しかないか」

三二

「赤堂班長はどこに行ってらしたんですか?」

桃井巡査部長とは、桜木町駅近くの道路で落ち合った。三時間前とちがって、口調がよそよそしい。本部にいるだれかから、自分についてよけいな情報を吹き込まれたのかもしれない。警察内(シャナイ)でよからぬウワサが流れているのは知っている。だが実際に違法行為を働いているのだから、流れても仕方ないと、任官当時から覚悟していた。人事や監察が内偵しているという情報もつかんでいる。桃井も被害者対策室とはいえ、元警務課にいたと聞き、ひょっとしてスパイかもしれないと疑った。いまでは、半分刑事で半分スパイなのだと推測している。おそらく警務課の課長あたりから微妙なニュアンスで、自分の行動観察を要請されたのだろう。だから赤堂は、桃井に気は許していなかった。

「……行ってらした?」助手席に乗り込むと、反撃に転じた。「急に尊敬語つかって、どうしたのよ」

「あ……」桃井は顔を紅潮させた。

だれかが彼女に、なにかささやいたのは事実のようだ。だが赤堂は、その動揺に気づかないふりをした。

「おれは胡桃沢太郎をもっと調べるべきだと思ってね。胡桃沢は香港からエアガンとか玩具を輸入してるって話だっただろ？　だから同業者で、彼を知る人間がほかにいないか当たってみた」

蘭州牛肉麺屋でのことを彼女に想起させて、うまく話をまとめようとしたが、桃井の記憶力は予想以上にすぐれていた。

「あれ？」と首をかしげる。「三時間前は赤堂班長、石黒ナニガシの言っていた権力の外の人間につけまわされてたって話を調べたいんだっておっしゃってなかったですか」

適当な言い訳をしたが、桃井に話したウソの内容は失念していた。即興でごまかさなければならない。

「ああ、最初は胡桃沢が警官だったかどうか、それを知ってるかもしれない人を当たるつもりだったんだけどさ、連絡がつかないんで、また貿易関係に切り替えたのよ」

赤堂の顔を、桃井はチラチラ見た。

「連絡がつかなかった方って、どなたですか」

なかなかしつこいタイプだとわかり、辟易した。

「あ……前に総務の部長までやった人で、いまも警備会社のエラいさんなんで、つまり県警の生き字引きみたいな人だよ」思いついたままウソを言ったが、文法が妙だと自覚した。

「県警の総務部長って、捜一の課長より上……つまりノンキャリではトップだったたってことじゃないですか。そんな有力者にお知り合いがいたんですね」

連絡を取ろうとしたというのはつくり話だったが、そういう経歴の実力者を知っているのは事実だった。だが桃井部長は全部がウソだと決めつけているようだ。

「ところで、権力の外の怖い人って、やっぱり悪徳警察官ですか」

あえて、イエスともノーとも言わなかった。

答える気がないのを察したためか、桃井は「わかりました」と淡白な口調で言い、話を進めた。

「それで貿易関係者のなかに、胡桃沢氏を知ってる人はいたんですか」

「いた」わざと大袈裟にうなずいた。「その人の話から、十三年前に胡桃沢が住んでいた場所がわかった」

「わたしも……」桃井は、ノートをカバンから出しながら言った。「手がかりは胡桃沢太郎しかいないので、彼の戸籍や住民票を調べてみました」ノートに目を落とした。「十数年前だと……磯子区の一軒家に住んでますね」

「いまから、行かない？」これで彼女の執拗な詮索から解放されると思うと、ガラにもなく威勢のいい声が出た。

「自分も同じ考えでした」桃井はエンジンスイッチを押した。「あと、息子の胡桃沢圭太を見つけられればいいですね」

車中で桃井は、これまでにわかった太郎の経歴について報告した。彼が警察の事務職だったこと、事務員時代は生活安全部門と総務部門にいたが、十三年で辞めたことなどだった。

「桃井部長は仕事が早いな、おれが空振りした捜査をし終わっちゃったんだから」

率直に褒めると、少しうれしそうな笑顔になった。賞賛に素直な人間は、それほど腹黒くないと常々思っている。だからガードをもう少し下げてもいいかなという気分になった。

「胡桃沢が県警の事務をやってたのは、一九七〇年代か」

「そうだと思います」

「そうか」

「そうかって、なにがそうかなんですか」

「いや、おれが生まれたころだからな。ＯＢとして知ってる人がいるかもしんねえと思ってたけど、もうほとんど死んでるだろうな」

「さっきおっしゃってた県警の生き字引きみたいな方に聞いたらいいんじゃないですか」

「そうだな、じゃあそうするよ」彼女が話を蒸し返しそうなので、赤堂は瞬時に同意した。


胡桃沢太郎が住んでいた家は、杉田大谷団地の近くにあった。ちょっと歩けば金沢区の富岡だ。丘を切り拓（ひら）いた造成地で、桃井が車を停（と）めた道路は坂道だった。家はかなり古い。幸いにも建替えていないようだ。高い石垣の上に建てられていた。玄関までは階段。丘だらけの横浜で、よく見かけるスタイルだ。石垣の半分が取りのぞかれ、コンクリートの掘り込み式ガレージになっている。敷地面積から考えて、胡桃沢は思ったより裕福だったと思われた。

「どうしますか」家を見上げながら、桃井が尋ねた。

表札には〝銀野（ぎんの）〟とあった。空き家ではないようだ。

「桃井部長は家の人に話を聞いてよ。おれはこの並びにあったクスリ屋さんに行ってみる」

「了解」

桃井が階段を上がった。

赤堂は坂道を下りて行った。

オシガネ薬局という店だった。レジには、白衣の似合う七十代の女性がすわっていた。

赤堂が官姓名を名乗り話を聞こうとすると、「あ、その前に警察手帳を見せてくれます？」と言われた。馴（な）れ馴（な）れしい口調だ。手帳をまじまじと見てから顔を上げ、「近所の交番のお巡（まわ）りさんがね、クスリ屋にはいろんな薬物があるから、警察だって人が来ても本物かどうかちゃんと確認しなさいって。まず、手帳にヒモがついてるかどうかが肝心なんでしょ」

「よくご存じで」思わず苦笑した。

警察官は手帳を落としたら命取りだ。だからそれにヒモをつけ、安全ピンでスーツや制服に必ず止めなければならない。

「このお店、開店何年ですか」

「店自体は父がはじめたの。五十年前かな。あたしが旦那(だんな)と継いで三十年」

「十二、三年くらい前までお店の並びに住んでいた方なんですけど、胡桃沢さんておぼえてらっしゃいますか」

「おぼえてますよ。二十年くらい前かなあ、引っ越してきた人」

「その当時、あの家、新築でしたか?」

「たしか、そうよ」クスリ屋の女主人は首を前にふった。

「胡桃沢さん、三人家族ですよね?」

「そうでしたね」

「お仕事はご存じでしたか」

「ご主人は、貿易かなんかの会社をやってらっしゃるって聞いてましたよ」

記憶力がいい。これはなにかわかるかもしれないと、赤堂は期待した。

「どういうご一家でしたか」

「とってもいい方だったとか、当たりさわりのない話は期待してないよね」

「警察ですからね。悪いウワサのほうが好みです」

赤堂が笑うと女主人も笑った。悪意のある人間は大好物だ。

「じゃ、悪い話ね」

「はい、お願いします」

「まだ幼稚園くらいのときから、息子さんがよくこられてね。なんだか、絆創膏とか包帯とか、眼帯、それに消毒液なんか頻繁に買いにくるのよ。でも息子さんはケガとかしてないみたいなんでね。なんか変ねえって思ってたの」

しばらくしてウワサを耳にした。胡桃沢家の主人はふだんは礼儀正しく穏やかな人だったが、酒乱で、酔うと妻に暴力をふるっているらしい。近所では一時、奥さんが眼帯をしていたり、目のまわりに大きな痣があったり、あるときは肩から三角巾を吊っていたという目撃談が飛び交った。

「あたしもね、あのお宅の前を通りかかったときね、ご主人のすごいどなり声を聞いちゃったのよ。だからウワサはほんとうなんだなって思ったの」口角をやや上げた。「まあ、人のウワサも七十五日でね、一年か二年で消えちゃったけど」

「消えたって、近所でそのウワサ話が飽きられちゃったってことですか」わざと残念そうに言ってみた。

「ちがうのよぉ」右手で叩く真似をした。「そういうどなり声がしなくなったの。同時に息子さんが絆創膏とか買いにくることもなくなった」

「主人が家庭内暴力をやめたか、荒れる理由がなくなったということでしょうか」

「あたしが思うにね」眉間に皺を寄せる。「ご主人が反省して、お酒をやめたんじゃない？」

赤堂はメモを取ってから、彼女を見た。「ほかになにか、おぼえていることがあったら教えてください」言葉を区切って、笑顔をつくった。「もちろん悪い話です」

「変だなって思ったのはね、ご近所の方からはね、胡桃沢さんのご主人は貿易のお仕事をなさってるって聞いてたの」関心を得たいのか、二、三回うなずいた。「でも息子さんにね、まだ小学校の低学年のときね、おとうさんは外国とかにも行かれるのって、別にどうということもない質問をしたのよ」首を右に少し曲げた。「そしたら息子さんね、いいえ、おとうさんは一日中、工場(こうば)でお仕事をしてるから外国とかは行きませんって」

「こうじょうじゃなく、こうばですか」

「うん……そう言った」記憶を復習するように、視線を上に向けた。

それ以上、工場についての話は出て来そうになかったので別の質問をした。

「胡桃沢さん、いつ引っ越されました？」

「七年か八年住んでらして……十何年か前かな。突然ね」

「突然とおっしゃるのは？」

「いえ、どっこにもあいさつしないで出てっちゃって。すぐ別の……いま住んでらっしゃる銀野さん？　そのご一家が移ってこられたの」

なにかのっぴきならない理由で、夜逃げ同然に出て行ったということだろうか。

「ほかに、なんでもいいです、なにかおぼえてませんか。絶対口外しませんから」

「また、変な話でいい？」

「さっきも申しましたが、むしろ変な話のほうが大歓迎です」

「警察だもんね」彼女はまた、白い歯を見せた。

「警察ですから」悪代官のように、わざと笑って見せた。

「この辺、まだ空き地とか野原とか林がいっぱいあったのよ。あたしさあ、ウォーキングが趣味でね。よく林とか野原とか散歩してたんだけどさあ。ご主人がね、石弓？　ボウガンっていうのかな」

心臓が速くなった。彼女はまさに、こちらの知りたい手がかりを持っている。

「ああ、ほんとうはクロスボウですけど、日本じゃ一般的にボウガンって言いますね。それがどうかしましたか」

「そう、そのボウガンをね、だれぇもいない野原で練習してたのよ」

「練習って、的に向かって撃ってたんですか」

「あ、あのころは違法じゃないよねえ」

「ええ、合法です。全然、合法です」

「じゃ、いいか」口元がゆるんだ。「ご主人の趣味かな？　アーチェリーじゃなくボウガンの競技かなんかに出てたのかなあ……わりと大きな弓だったよ。バシュッて音がするんだもん」

「とにかく胡桃沢さんは、近所の野原でクロスボウを射っていたんですね」

薬局から出て、車のほうに向かった。日はだいぶかたむいていたが、空気はまだ熱湯のようだ。そこに草いきれが混じって、少し不快だった。

運転席に、すでに聞き込みを終えた桃井が見えた。あの様子では、たいした収穫がなかったのだろう。

だが赤堂が助手席に戻ると、彼女はなにかつかんでいたみたいだ。さっそく報告をはじめた。

「銀野さんによるとあの家、二〇一一年暮れに、突然安い値段で売りに出されたんですって。なにか変な理由があったらイヤだなって思って、不動産屋さんに何度も聞いたけど、別に死人とか犯罪とか、土地の値段を下げるような曰く因縁があるわけじゃないって。たまたま前の家主が急な引っ越しをするんで、買い手を探していただけだったって。それで、翌年の二月に購入したそうです」

「胡桃沢家のだれとも会ってはいないんだね」

「はい、前の家主が胡桃沢って人だったことはおぼえておられましたけど、会ったことは一度もないそうです」

「どこの不動産屋が仲介したか聞いた？」

「もちろん」桃井はノートを開いた。「スミレ不動産って、磯子駅の近くにあった店です。でも、いまはないそうです」

「ほかには？」

「家自体はきれいにしていてなんの問題もなかったんですがって、銀野さんの奥さんはおっしゃるんです。だけどひとつだけ、変だなと思ったことがあったそうです」

「なに？」

桃井はふり向いて、元胡桃沢邸を見た。「あのガレージ」

コンクリートで囲われた掘り込み式ガレージのことだ。

「あれはたぶん、ガレージじゃなかったって」

「車を駐車する場所じゃなかったってこと？」

「そうです。なかはガラーンとしていて、なにもなかった。壁も床も塗りなおしたのか、妙に新しい感じがしたし、コンクリのにおいが充満していた。不動産屋さんに聞いたら、ご主人は車を置かず、趣味の工作のためにつかっていたから、駐車場に戻すのにリフォームしたみたいだって」

「工場か」クスリ屋の女性の証言と一致したので、思わずつぶやいた。

「なにをつくっていたんでしょう」

「クロスボウだろ」

今度は赤堂が薬局で聞き込んだ話を、かいつまんで桃井にした。

「胡桃沢はクロスボウを製造してたって思うんですか」

「あるいは輸入したクロスボウを、もっと強力なものに改造していたかだな」

「それで彼は、どうして殺されたと思いますか」

ほぼ、確信していた推理を話した。

「胡桃沢は〈人狩り〉結社に雇われてクロスボウを製造していた。だがなにか失敗をしでかし粛清された。たぶん狩りの〈獲物〉にされたんだ」

「なるほど」

「そういえば、胡桃沢の奥さんはどうしたのかな?」

「君江って人です。二〇一一年に離婚してます」

「だから胡桃沢、家を売って出て行ったのかな。あるいは、引っ越す前に離婚したのかな」

「どっちかってことですね」

「君江さん、その後は?」

「調べてみます」

「息子の圭太?　その子は母親のほうに行ったのかな」

「そういうケースが多いのは知ってますけど、それも調べてみないと」

「たしかいまの息子の住所は、海老名だったよなあ」

「はい」桃井がうなずく。「彼の住所もおさえてありますよ」

「じゃあ、まず胡桃沢が失踪したときの反町のマンション。そのあと、海老名の息子の家に行ってみよう」


胡桃沢太郎の住んでいたマンションは東急東横線反町駅から歩いて五分、ゆるい坂のつづく住宅街にあった。赤い壁の三階建て、小さなビルだった。壁には〝全室賃貸物件〟という看板。満室ではないようだ。

「家を売って、賃貸にお引っ越しか。じゃあ、そうとう現金は持ってたってことだね」

桃井が無言でうなずいた。

一階には四部屋。建物の右端に、二台だけ停められる小さな駐車場がある。その入り口には、緑色の三角コーンが二つ置かれていた。なかに車は停まっていない。

二階は五部屋。最上階の三階は三部屋だけのようだ。入り口は路地を曲がった側面にあった。櫻田好美が言っていたとおり、オートロックのロビーなどはない。それどころか玄関自体がなかった。〝無断立入禁止〟の看板の先には外廊下が伸びている。つまりどの部屋にも、簡単に訪ねて行ける無防備な構造だった。

息を切らして階段を上り、最上階の胡桃沢の住んでいた角部屋の前に立った。新しい住人が入ったようだ。表札には〝玄田(げんだ)〟とある。

「賃貸住宅の場合、この人が胡桃沢さんを知ってる可能性は低いわけですから、まずおとなりさんに話を聞いてみましょう」

なんの迷いもないといった表情で、桃井は隣室のインターホンを押した。表札に名前はない。

何度か押したが、応答はなかった。赤堂ならとっくに留守だとあきらめるところだが、桃井は躊躇なく何度も何度もボタンを押す。その態度に執念のようなものが感じられた。うまく育てれば、いい刑事になるかもしれないと思った。

すると、ドアが開いた。

不機嫌そうな男が顔を出し、「はい、どなたですか」と小声で言った。スキンヘッド、七十代の老人だった。日は暮れかけていたが、部屋の灯りはつけていない。

名刺を出し、名乗ってから桃井は尋ねた。「あの、半年前に引っ越したおとなりの方についてうかがいたいんですが」

「ああ、いや」男は顔をしかめた。「おれ、夜勤の警備員やってるからさあ、夜と昼が逆なのよ。だから一回も会ったことねえんだけど」

「すみません。お休みだったんですね」赤堂が口をはさんだ。

「あ、いいんだ、そろそろ起きる時間だったから」

好人物らしい。先ほどの仏頂面は、目をさました直後だったからのようだ。

「じゃあ、おとなりの人は一回も見たことがない？」

「うん、ここに住んで一年半だけど会ったことねえなあ。だって、いま住んでる人とも会ったことないもん」記憶を手繰るように、目をほそめた。「いや、ないな」うなずいてから言った。「前の人の話聞きたいんならさ、大家さんとこ行けばいいんじゃないの」

「大家さん？」桃井が聞いた。

「この階のさ、廊下の奥の部屋」半身を出して、向こうを指差した。ランニングと短パン姿だった。「ここ全部賃貸だからさ。所有者なら店子のことは知ってるだろ。大家は佐紺て人」

ドアが閉まるのを待って、廊下を歩いた。先ほど確認したとおり、このフロアには三つしかドアがなかった。大家の住む部屋は、残りのふたつより広い造りなのだろう。

桃井がインターホンのボタンを押した。

「はーい」という男の声が聞こえたが、ドアが開くまでに一分以上かかった。

佐紺の姿を見て、時間がかかった理由がわかった。八十をとうに過ぎ、その年齢にしては長身だった。真っ白な髪をきっちり分けている。なかなかダンディな人物だったが、前かがみになり両手で杖をにぎりしめていた。というより、その杖で全体重を支えている。歩行どころか、立っているのも困難なようだ。

今度は手帳を出し、桃井がまた自己紹介をして用件を述べた。

「あ、まずなかに入ってもらえますか」

佐紺はふたりを招き入れた。

せまい土間だったが、式台を背に小さな椅子が置かれている。佐紺はその椅子にのろのろと移動し、ゆっくり腰をおろした。立っているのがつらいので、ちょっと寄っただけのお客と話すときは、この椅子をつかうのだろう。

「それで、胡桃沢さんがどうしたの」着席すると、急に落ち着いた声になった。最初から警察がなぜ来たのか、理由を聞くつもりはないようだ。

「胡桃沢さん、いつこちらに越してこられましたか」

佐紺は首をななめに向けた。

「えーと、たしか十年ちょっと前だったけど」急に顔が晴れ、ぽんと手を打った。「わたしの妻が亡くなった翌年だから、二〇一一年だよ」

「どんな方でしたか？」

「さあねえ、あんまり外に出ない人だったから」少し口角を上げた。「それこそ、お家賃をいただくときくらいしか会話はなかったねえ」

「家賃は振込みじゃないんですか」

「うちはどっちでもいいって。手数料がかかるから現金でもいいよって」

佐紺は杖を、まるで土間に突き立てるようにして立ち上がり、下駄箱に置いてあったノートを手に取った。

「現金の人にはね、このノートを渡してるんですよ」

受け取り証明のようなものだろう。日にちを書く項目と、大家のハンコの欄があった。

「家賃、滞納したことはありましたか」

「どうだったか、おぼえてないねえ。ということは、問題はなかったと思うよ」

「胡桃沢さん、ひとり暮らしでした？」すわるのを待って、桃井が質問した。

「いや、息子さんとふたり暮らしだったよ」

「息子さんは胡桃沢さんと住んでいた？」

「うん、ウチに来たときは小学生だったよ」

記憶力はしっかりしているようだ。離婚後、圭太は父親に引き取られたのだ。

「息子さんと会ったことありますよね」

「ああ、高校卒業くらいまではいたからね。最初は胡桃沢さん、孫と住んでるのかなって思ったよ」

　半年前、父親が失踪したと警察に相談に来たとき、圭太は二十三歳。胡桃沢の齢を考えると、五十過ぎでできた子どもということになる。そのことを気にかけなかった自分は、まだまだ甘いなと赤堂は反省した。

「どんなお子さんでした」

「うん、ハンサムな子だった。すらっとしててね。たぶん親父（おやじ）さんも、昔はいい男だったんだろうねえ」佐紺は杖をにぎりしめたままだった。「会うと必ずあいさつしてくれてね。とっても礼儀正しい子だったよ」

　礼儀正しい子、と赤堂は心に留めた。

「ほかになにかおぼえてませんか。息子さんのことで」

「たぶん、この近くの西校に行ってたんじゃないかなあ。なんか長ぁい竿（さお）みたいなものが入った袋をよく背負っててねえ」

「釣り？」桃井が首をかしげる。

「アーチェリーか弓道じゃないか」赤堂は言った。

「息子さんとしゃべったことは」

「いや、あいさつ程度だよ」

「息子さんが高校を卒業してからは、胡桃沢さん、ひとりで暮らしてたんですね」

「だと思うよ」

　あまり店子のことを気にかけない大家なのだろう。胡桃沢太郎には好都合だったはずだ。

「怒鳴り声とか、機械のようなものを使用した騒音とかは聞きませんでしたか」赤堂は聞いた。

「ないねえ。部屋貸してる人からも、そういう苦情はなかったなあ」

酒はきっぱりやめたし、〈人狩り〉の一味ともつき合っていなかったのだろうか。

「半年くらい前、胡桃沢さんがいなくなったのはご存じですか」

「知ってるよ」少し笑った。「大人になった息子さんが訪ねて来てねえ、大騒ぎだよ。でも帰って来たんだろ……徘徊(はいかい)でもしていたのかねえ」

「帰って来た胡桃沢さんとは、お会いになりましたか?」桃井が尋ねた。

「会ってないよ」右の手のひらを左右に動かした。「だって、すぐ病院に入っちゃったろ」

「つまり引っ越しのときは、胡桃沢さんはいなかったんですね」

「ほら、わたしは足が悪いからね。あいさつに来たのは息子さんで……仮に胡桃沢さんが来たとしても会ってないよ」苦笑いして、赤堂を見た。「近所に娘が住んでいてね。いまは手つづきやら部屋の確認は全部やってもらってるんだよ。娘が言うには、全部息子さんがひとりでやったそうだよ」

「娘さんも、胡桃沢さんとは会ってない?」桃井は赤堂のほうを見た。

「ああ、娘からはそう聞いてるよ。息子さんが言うにはね、親父さんが身体をこわしたんで、見つかったあとすぐ入院させた、だから直接ごあいさつできずすみませんってね」

「そういえば大家さんのところに、石黒って人がここにいないかって、女の人が訪ねて来ませんでしたか」

「え、女の人?　石黒?」佐紺は聞き返した。なんのことか、まったくわからないといった表情だ。「こなかったねえ」

櫻田好美は一軒一軒訪ねたと言っていたが、三階まで上がらなかったのかもしれない。

桃井が話を戻した。「それで胡桃沢さんの息子さん、お嬢さんに、おとうさんはどこの病院に入ったか言ってませんでしたか」

「娘はそこまでは聞かなかったと思うよ。ただ息子さんがね、親父さんの荷物は、自分の家に持って行くって。まさか病室には持って行けないからって」

「胡桃沢さんの荷物の届先は、息子さんの家ということですね」

「荷物って言えばねえ」佐紺はふたりを順に見た。「ガラクタだから適当に処分してくれ、だれか欲しい人がいればご自由にって、息子さん、二箱くらい置いて行きましたよ。なにが入ってるか調べてないんだけどね、面倒なんでそのままほってあります」

「拝見していいですか？」桃井は興奮を抑えられない様子だ。

「いいよ」老人はうなずいた。齢を取り、こまかいことなどどうでもよくなったようだ。「表に駐車場があるでしょ。だれもつかわないんでね、そこに置いてあるよ」

一階に下りると、外はもう暗かった。

桃井は駐車場の壁のスイッチを押し、電気をつけた。

奥に段ボール箱がふたつ、縦に重ねられている。

上の段ボール箱を桃井が、下の段ボール箱を赤堂が確認することにした。

箱を動かすと、はげしくホコリが立つ。桃井はクシャミを繰り返しながら、ガムテープをはがしている。

赤堂の箱のほうは、ずっしりと重たい。梱包用のテープが溶けた状態で貼りついており、蓋を開けようとしてはがすと、箱の一部がこわれてしまった。

中身は七キロのバーベルが二本、ハサミが四本、カッターナイフ二本、セロテープひとつ、大た。フライパン、鍋、せんべいの空き缶――どうでもいいが、少々捨てづらいガラクタが詰まってい量のボールペン、大量の輪ゴム、粘着テープふた巻き、プラスチック製の定規ひとつ、包丁二本、

桃井の箱には、まだつかえるかどうかわからないDVD機器と、テレビやDVDに使用するコードが何本か、ぐちゃぐちゃにからみ合って入っている。

「あれ、ノート?」ビデオ機材とコードを全部床に出して、桃井がつぶやいた。

箱の底にあった一冊のノートは、大家が見せてくれた家賃の受け取り証明帳だった。開いてみると、一枚の紙のようなものがひらひら落ちた。

赤堂が拾ったそれは、古い写真だった。

桃井は横にさっと移動し、赤堂といっしょにのぞき込んだ。

どこかの公園だ。季節は服装から見て冬。大人の男女と少年が写っていた。

「これが胡桃沢太郎。となりが奥さんの君江。この少年が圭太と考えるべきですね」

橙山からのメールで、すでに胡桃沢の顔を知っていたが、それを桃井に知られるわけにはいかない。だから「おそらく、そうだろうね」とだけ答えた。

君江は地味だがきれいな女性だった。圭太のほうは、すばしっこいといった雰囲気だ。そう思った理由は、小顔でくっきりした大きな目。その目が吊り上がっていたので、ネコを連想したからだろう。

どういう状況で撮られたのだろうか。みな表情が硬いのは、写真撮影に馴れていないためかもしれない。全員で遊びに出かけるのは、一家にとって珍しいことだったのだろう。

「胡桃沢が六十代、奥さんが三十代……圭太は小学校の高学年くらいですかね」

つまり杉田に住んでいた時代だ。

赤堂が感じたのは、胡桃沢と妻の年齢差だった。胡桃沢太郎は長身でスポーツマン体型、顔も悪くなかったが、髪の毛はまっ白ですでに初老の域だ。そこから連想して、ある仮説にたどり着いた。

「もしかしたら胡桃沢太郎は、過去に一度結婚していたか、内縁の妻がいたかもしれないな」

「戸籍上は一回目ですけど。内縁関係の人はいたかもし……」

表でバシュッ！　という音がして、桃井は話を中断した。

なにごとかと思い、ふたりは急いで表に出た。

道路に通行人はいない。なにも変わった様子はない。

周囲を慎重に確認した。赤堂はいままでいた駐車場のほうにふり向いた。

桃井は冷静だった。矢に近寄り、角度を確認した。

そのとき、それに気づいた。

駐車場の横の赤い壁に、深々と矢が刺さっているのだ。ちょうど赤堂の目の位置だった。

「ななめ上から射ったみたいです」ハンカチを矢にかぶせ、抜こうと引っ張った。「すごい。深く刺さっていて抜けません」

「クロスボウかもな」

桃井は携帯を取り出した。

「われわれふたりを狙った殺人未遂の可能性もあるんで、所轄の西神奈川警察署に通報します」

赤堂は道路をはさんだ向かい側を見た。

二メートルほどの高さの、人工の土手だった。上は公園と緑道になっている。鉄道会社が線路を地下に埋設した際できた空き地を、近所の住民のために緑地として開放したのだろう。

階段を上って緑道に出た。夜だからか人はいない。

芝生を踏み、何者かが矢を発射したであろう場所に立った。金属製の手すり越しにだが、ななめ下にある駐車場が丸見えだった。

「殺人未遂はねえな」

桃井は怪訝（けげん）な顔で、土手に立つ赤堂を見上げた。ちょうど報告を終えて、携帯を切ったところだ。

「おれらを殺す気ならさ、シロウトでもはずす距離じゃない。ホシはわざと、壁を狙って射ったと思う」

「目的はなんですか」

「おどしだろ。常におれたちを、監視してるぞっていう意味じゃねえか」

「そんな大胆な挑戦状を送るホシなんているでしょうか」

「たまにはいるかもよ」

公権力を無視した〝神隠し〟グループを長年追っている赤堂にとっては、ありえない行為ではなかった。だがなにも知らない桃井には、信じられない暴挙に思えたのだろう。

「でもこれで、おれたちが向かう先がまちがいじゃないことはわかったな」

「これからどうしますか」

赤堂は腕時計を見た。

「時間はあるな。予定どおり、圭太の住まいに行きたいんだけど」

「警察が来るまでは待ってください」桃井がとがめるように、念を押した。

真っ先に駆けつけた機動捜査隊。近隣所轄の警察官。担当刑事らに桃井が説明を終えるまで、およそ一時間半を要した。赤堂にとってはムダな時間だった。だがそのおかげで、桃井がそれほど迂闊ではないことがわかった。彼女はクロスボウによる殺人事件の捜査をしているということは伏せ、行方不明の胡桃沢太郎の再捜査のため駐車場に立ち寄ったところ、何者かに矢を射かけられたと説明したのだ。警察官と知ってわざと威嚇したのか、偶然の事故だったかはわからないが、危険な凶器を持ち歩く人間がいたことはまちがいない、と。

所轄の刑事と警察官は単純に、不法な武器をつかう愉快犯と考えたようだ。

緊急の捜査があると詫びを入れ、ふたりは現場を離れた。向かったのは海老名だった。

車中、赤堂は胡桃沢圭太の携帯に念のためかけてみた。予想どおりの回答が返ってきた。「現在つかわれていないか、お客さまの都合で通話を止めています」という、

「父親が帰って来たって圭太から電話があったそのあと、担当者が彼に電話をかけましたよね。そのときから不通だったそうです」運転しながら桃井が言った。

午後八時に、海老名市に到着した。

小田急・相鉄海老名駅近くの交番で話を聞いたが、圭太はすでに部屋を引き払っており、目的の部屋はいまは無人だという。だが大家が圭太のアパートのとなりに住んでいるというので、赤堂と桃井は行ってみることにした。

胡桃沢圭太の住む国分寺アパートは、駅から一キロほど東、相模国分寺跡と伊勢山自然公園のあいだの住宅街にあった。アパートという名称だったので古い木造二階建てを想像していたが、木造は木造でも三階建てで、プレハブ工法のお洒落な物件だった。

浅黒い顔の六十代の大家は在宅していた。しかし不動産屋に任せっきりで、胡桃沢圭太のことは知らないと言った。引っ越したあと、部屋を確認したがなにも残っていなかったという。圭太をおぼえている人はいないか尋ねると、仲介をしたその不動産屋に連絡を入れてくれた。九時近かったが、社長はまだ事務所にいるそうだ。ふたりは駅のほうに引き返した。

不動産事務所は〝中央公園南〟という信号近くにあった。駅から数分の場所だ。社長は体重百キロを超える巨漢で、四十歳くらい、色艶のいいまん丸顔の人物だった。圭太のことは、「イケメンだったからさ、嫉妬も手伝っておぼえてますよ」と笑った。

だが性格はチャラチャラしたところはなく、生真面目そうだったという。フリーターというので家賃が滞るのが心配だったが、毎月きちんと振り込んできて問題はなかった。

「どんな仕事をしているか聞きましたか」

「いろいろだって」赤い顔で桃井に笑いかけた。

「引っ越しは突然だった？」赤堂が聞いた。

「唐突でしたけど、あの物件は若い人が多いんで。ちょくちょくあることです」

別にあわてていた様子や、切羽詰まった感じはなかったらしい。

「どこに越すか聞きましたか」

「いえ、聞いてません」

「町で彼を見かけたこととかなかったですか」

「ほら、さっきいい男だって言ったじゃないですか」社長がまた笑った。「一回、駅の近くの喫茶店でね、カノジョさんらしい人と話してるのを見かけましたよ。これまた美人でね」

形式的な質問だったが、意外な答えが返ってきた。

「どんな人でしたか、その女性」

「あれ、絶対齢上だね。なんかネコみたいな感じの、色っぽい女でさあ、事務所に帰ってきてから社員にね、胡桃沢さんはヒモやってんじゃないのって言ったのおぼえてますよ」桃井の顔を見て、照れたような笑みに変わった。「失礼。悪い冗談ですけどね」

「ふたりでいるところ見たの、その一回だけですか」桃井は社長の顔を見ず、メモを取りながら聞いている。

「一回だけです。だから恋人とか、自分の邪推かもしれないです」うなずくと、すわった椅子が揺れる。「あの人、やっぱなにかしたんですか」

聞き込みのとき、たいていの人が最初に聞く質問を、社長はいまになってした。

マニュアルどおり桃井ははぐらかしたが、赤堂は逆に質問をした。本能的に、なにかあると感じたからだ。

「いえ、ちょっと」

「なんで、そう思うんですか。いま、や、っぱってお、っしゃいましたよねえ」

「なんでって……前にも刑事さんが来て、胡桃沢さんのこと聞いてったから」

「前っていつごろですか」

「えーと、まだ寒かったから、二月くらいかな」

赤堂が問う前に、桃井が尋ねた。聞き捨てならない答えだったのだろう。

「所属はどこで、なんて名前の刑事でしたか」

「えーと」顔を上に向けた。「名刺とかはもらってなかったから、名前は……」

「じゃあいくつくらいで、どんな顔だったかとかおぼえてますか」桃井は、こうなるとしぶとい。

「若い刑事さんでしたよ。胡桃沢さん同様イケメンで、聞いたらハーフだって言うから、刑事さんとしては珍しいいんじゃないかなって」

桃井も同じ人物を思い浮かべたようだ。だが次の質問を躊躇していたので、赤堂が代わって聞いた。「植草って名字じゃなかったですか」

社長の顔に笑みが戻った。「そうそう、植草さんだ。それからさ、名前が読めなくて聞いたんだ。たしか〝レオン〟って言ってた」

「玲音？　まちがいないですね」赤堂が尋ねた。

「そう、植草玲音て刑事さんですよ」

三四

〝妹をなぶり殺しにした犯人三人を殺してやりたいと思うのは当然だけど、犯人は妹が生きていると思わず、生き埋めにしてしまったんです。犯人を埋めて、生きたまままいたぶり殺すのとはちがいます。犯人のやったことは復讐以上。同情はするにせよ、死刑はまぬがれないと思います。〟

〝復讐は法治国家では絶対にやってはいけないこと。まして三人は刑期を終えて出て来た、いまはふつうの市民です。殺人者に情状酌量はないと思う。〟

〝被害者の殺し方を読んで愕然（がくぜん）とした。犯人は復讐者ではなく変態。生きている資格がない。〟

〝早く自首してください。あなたに同情はしません。あなたは妹さんを殺した連中と同じく人間のクズになっただけ。〟

〝これだけのことをやったんだ。死刑は覚悟の上でしょう。逃げずに堂々と出頭すべき。〟

〝記事が言うように被害者三人が過去に起こした犯罪の加害者なら私は納得できます。でもあんな殺し方をする必要があったでしょうか。同情はしますが、死刑になってください。〟

黒川を犯人とほぼ特定したネットニュースの記事の下には、数時間で五百三十八件のコメントが書き込まれていた。当初は大半が彼の殺人を肯定していたが、その殺し方が公開されてからはきびしい意見が大半だった。

それを読み、自殺を決意していた黒川にある変化が生まれた。

こいつらは、愛する家族を殺された痛みをまるでわかっていない。

彼のなかに奇妙な欲望がうずいた。自殺せず出頭したらどうだろう。そして裁判で少年法の甘さを指摘し、遺族に対するマスコミやネットのご意見番の愚かさや無神経さを攻撃する。生まれ変わっても同じことをやると主張し、堂々と極刑になる。

自殺するよりずっとずっと、楽しいのではないだろうか。それにしばらくのあいだ、生きている喜びを感じられる。

三五

強行犯第三中隊の植草玲音巡査部長が、半年近く前、すでに胡桃沢太郎失踪事件の捜査に動いていたとは、いったいどういうことだろう。赤堂は植草の顔と名前くらいしか知らなかった。アメリカ人の父を持つ、情報に通じたはしっこい男、社内政治好きで上を目指すタイプという話は聞いたことがある。そのことだけで赤堂は植草という人物に好感を抱けず、ノーマークの存在だった。だが桃井のほうは、同じ中隊で年齢も近く、かなり親しいようだ。特別捜査本部に帰る途中、ずっと彼のことを気にかけていた。

「植草部長はご存じですよね」

「ハーフ、いやいまはダブルか。顔は知ってるよ。警察官には珍しく、茶道とか華道とか日本の伝統文化にくわしいやつだろ」それ以上のコメントは差し控えた。

「どうなんでしょう。戻ったら植草くんに直接聞いたほうがいいんでしょうか。胡桃沢太郎の失踪事案を調べていたのか、それとも別件で息子の圭太を捜査していたのか」

「あの不動産屋の社長、ほんとは思い出してないのに、こっちが名前言ったんで話合わせてねえかなあ」あえて、はぐらかす作戦に出た。

「そうかもしれません。だから、即確認したほうが……」

「どっちにしろ桃井部長、胡桃沢太郎と圭太のことを調べるべきだって、上に進言するだろ？駐車場の矢のこともふくめてさあ」

「……はい」

「で、もし植草部長がなんかの理由で、二月に圭太を調べてたらさあ、自分から、なんか言ってこねえか」

「それはそうですけど」

「え、なんか不満?」

桃井はちらりと、こちらを見た。「なんか、気持ち悪いんですよ」

「なにが?」

「櫻田好美さんが、石黒ナニガシから聞いた話……自分を狙ってる相手は、権力の外にいる人って話を思い出して」

「ああ、そんな話してたけど」

「権力の外で罪に問われない人ってどういう人だろうって、あれからずっと考えていたんです」

思っていた以上に鋭い刑事かもしれないと、赤堂は思った。

「思いついたのは、外国の大使や外交官、日米地位協定の上に胡坐をかくアメリカ軍関係者、それに与党の国会議員……」一度言葉を切り、覚悟を決めた顔になった。「でも一番しっくりくるのは、警察官です」

やっぱり優秀だ。自分や祖父が疑っていたことに、あっという間にたどり着いたのだ。

「たとえば駐車場に射たれた矢。赤堂班長は、ホシがわれわれをおどした可能性もあるっておっしゃいましたよね。もしそれが当たっているなら、敵は超能力者かってことになります」視線を赤堂に向ける。「そんなことはありえないでしょ。唯一考えられるのは、われわれの動きが漏れてるってことです」

「それで?」あえて淡白な口調でうながした。

「それでって、つまりです」桃井は唾を飲み込んだ。「つまりこの一連の事案に、警察のだれかがからんでいるってことじゃないでしょうか」

そのスパイがもし親しい植草なら、気持ちが悪いと言いたいのだろう。

「だからだよ」あえて、威嚇するような言い方をした。「だから植草に直接尋ねるなんてバカなことはしねえで、胡桃沢太郎と圭太が重要参考人になったとき、彼がなにを言うか、どう動くか注意深く観察しろってことじゃんか」

「班長もこの犯罪に、警察のだれかがからんでるって信じてるんですか」

おっと、ヤバい発言——勝負に出たな、と赤堂は思った。そこで正直に答えることにした。

「かなり、そう信じてる」

桃井は無口になった。だがこれで植草をふくめ、〈人狩り〉結社の警察関与説はしばらくは伏せておける。

三十分後、車は特別捜査本部のある山北署に到着した。

三六

三月、大学の入学祝いに修司さんが招いてくれた店は、末吉町にある小さな中華料理店だった。いかにも怪しげな台湾スナックの上、二階にあり、外観からはおよそうまい料理が出てくるとは思えない。少年は修司さんが描いてくれた地図を何度も確認し、半信半疑でせまくて暗い階段を上った。

ドアを開けるのも気合が必要だった。ほんとうにここでいいのだろうかと、まだ疑っていた。

店のなかも暗くてせまい。板の間に、丸くて大きなテーブルがひとつぽつんと置かれていた。修司さんがすわって老酒（ラオチュウ）を飲んでいたので、ようやく安心した。

席に着くと、厨房（ちゅうぼう）から年老いたシェフが笑顔で現れた。

「最高においしい広東（カントン）の家庭料理を食べさせてくれる陳（チン）さん、こっちは孫」と、修司さんはふたりを紹介した。

ほかにお客はいなかった。毎晩一組しか取らない、いまでいう私房菜のようなシステムのようだった。

料理が運ばれるまでは、大岡川の満開の桜がいつまで保つかとか、種子島（たねがしま）宇宙センターの打ち上げに成功したロケットのことなど、たわいのない話をしていた。

最初に運ばれたのは、鶏（とり）の紹興酒漬けと叉焼（チャーシュー）だった。

修司さんは長い箸を器用につかい、ふたつの料理をそれぞれの小皿に取り分け、「やっぱりめんど臭いな。あとは好きに取って、勝手に食おう」と笑った。

ふたりともすごい食欲だった。それほどうまかったのだ。そのあいだ修司さんは自分の大学時代の思い出を語り、少年は大学でなにをやりたいかなどを話した。

メインの料理ともいうべき、草魚と菜干の炒（いた）め物、陳皮（チンピ）蒸肉餅（ムシニクモチ）の皿が登場すると、少年は箸を置き、修司さんの顔を見た。

「〈人狩り〉結社のこと、ぼくのお祝いの席で話していいかな」

「かまわないよ」

「彼らは戦後の進駐軍のなかから生まれたって、修司さんは言ったよねえ。その結社は、いまは日本人に引き継がれたと思う？」

〝神隠し〟について一年ぶりの会話だった。浪人生活のあいだは、この話をしたことがなかったからだ。

「GHQも進駐軍も、大多数はまともな連中だった。日本を復興させ、同時に軍国主義が二度と台頭しないために黙々と任務をこなし、そして帰国した」

少年は箸を休め、話を聞いた。

「だけど、なかには悪いやつらもいた。最低なのは、強姦や強盗、殺人を犯す兵隊たちだ」

修司さんは小皿に取った草魚と菜干を口に入れた。コイ科の淡水魚のブツ切りと干した菜っ葉の炒め物だ。

「柱侯醤（チュウホウジャン）のいい味だ」とつぶやく。

少年は修司さんが料理を咀嚼（そしゃく）して、飲み込むのを辛抱強く待った。

「もちろん〈人狩り〉に手を染めた連中は、それとは別種類の人間たちだ。強盗や強姦をするやつらを最低の悪と定義するなら、彼らは最上位の悪と言ってもいい」

最低の悪が強姦や強盗を犯す連中だということは理解できたが、最上位の悪とはどういう意味だろうか。そもそも悪は悪。ランクなんてあるはずがない。

「おそらく彼らは、GHQ内でも力を持っていたはずだ。つまり、日本を支配していた中枢にいた」老酒で喉をうるおし、また口を開いた。「だからいまも狩りをやってるやつらは、そのこころざしを継ぐ者たちだと思うね」

「こころざしってなんだよ。こころざしっていうのは、高尚な行為につかう言葉じゃない。ぼくのおかあさんを誘拐することが、どう高尚なの」修司さんを責めているようだが、そうではなかった。まだ見ぬ敵に怒りをおぼえたのだ。

「発足当時の彼らのこころざしは、アメリカにとっての、すなわち彼らが理想とする世界の脅威の排除だった」鋭い視線を、少年に向けた。「それに、社会にとって害悪であると思われる者たちの除去」

「自分らを、神さまとでも思ってるのかな」

一度、人間が神のような地位を獲得した場合、その力を簡単に放棄すると思うか、というブラウンという人の言葉を思い出していた。

「さっき言った最低の悪……強姦や強盗をしていた輩（やから）に話を戻すよ」修司さんはグラスに老酒を注（つ）いだ。「日本人として恥ずべきことだけど、こういうやつらには日本人の手先がいた。悲しいかな、警官や役人だよ」

「彼らの犯罪を見逃したり、揉み消したりした？」

「それどころか、犯罪の手引きをしたり、犯行のあいだ見張りをしたり……つまり立派な共犯だった」

「目的はおカネ？」

「それもあっただろうけどね。一番は、彼らが怖かったからじゃないか」

「いまだに存続している〈人狩り〉結社にも、そういう日本人がくっついていると思う？」

「いやいや、種類がちがうよ」

「じゃあ、こころざしを同じくする同志？」

「そうだと思う」

社会の脅威の排除と、社会にとっての害悪を消し去る……そのこころざしを、同じくする日本人がいるということか。少年は寒気をおぼえる。

「おまえ、警察官になるって希望は捨ててないんだよね」

「うん」即答してから、その質問の背景に気づいた。「〈人狩り〉結社の共犯者には、警官もいると思ってるんだね」

「それ以外、考えられない」

戦後からいまにいたるまでこれだけ人が消えたのに、警察は事件の関連性を一度も捜査したことがない。見て見ぬふりをしているとしか思えない。それが修司さんの正直な感想だった。それには、少年も同意せざるをえなかった。

「どうやって見抜けばいいのかな。警察内の〈人狩り〉の関係者を……仮にいたとしても、一生会わないかもしれないし」

修司さんはスプーンで陳皮蒸肉餅をすくい、少年の椀に盛った。

「食べなさい、うまいぞ」

少年は箸でつまみ、口に入れた。豚の塊肉を包丁でこまかく砕いたミンチに、陳皮とアヒルの塩漬け卵、片栗粉、干しシイタケ、長ネギを加えて蒸した中華版ハンバーグのような料理だった。

「うん、おいしい」

修司さんは満足そうに笑い、言った。「きみが、きみのおかあさんの事件を調べていれば、やつらのほうから必ず接触してくる」

「ほんとう？」

「ただし、きみに隙がないとな」

「隙ってなんだよ」

「きみの本性はクソまじめだ」

「警察官になるなら、まじめは悪くないと思うけど」

「しかしなあ」楽しそうに少年を見て笑った。「もっとふまじめで隙があって悪に寛容で、人を舐(な)めてる感じだが、じつは仕事ができるみたいなキャラクターのほうが、彼らは近づきやすいと思うよ」

「なんだよ、それ」冗談で唇を尖(とが)らせた。

「そのうちわかるよ」修司さんは、また笑った。

三七

翌日の昼までに、胡桃沢太郎と圭太に関していくつかのことがわかった。

父親の太郎はすでにチェックずみだったが、圭太にも犯罪歴はなかった。

太郎には携帯電話やパソコンなどをいっさい所持した記録がなく、驚いたことに警察を辞職してからは、銀行口座すら持っていなかった。当然、カード情報は得られない。彼は明らかに、世間から隠れるような生活をしていたのだ。捜査に当たった刑事のなかには、太郎は反社会勢力に知り合いがおり、他人名義の携帯やパソコンを所持していたのではないかという仮説まで立てる者がいた。

圭太のほうはさすがに携帯電話は所持していたが、ほぼ半年前からつかわれていない。位置情報から、最後にいた場所は海老名の自宅だと思われる。通話履歴は現在解析中だ。いまどきの若者にしては珍しいのは、ＳＮＳ上になんの痕跡(こんせき)も残していなかったことだ。他人のツイッターやフェイスブック、インスタグラムにも、彼に関する情報はなかった。友人や知人がひとりもいない孤独な人生だったのだろうか。

圭太は銀行に口座を開いていたが、半年前に五十円残して二百万円が引き落とされている。クレジットカードは、父親同様一度も所持した形跡がない。

離婚した母親の銀行口座は生きていた。おそらく太郎が定期的に補充していたのだろう。反町のマンションの電光熱費や公共放送の受信料、固定電話の電話料金、税金などはそこから引き落とされていた。彼女も携帯電話は契約していなかった。

太郎は、警察退職後は、なんの仕事をしていたかわからなかった。どうやって生活費をかせいでいたのだろう。家を売ったカネでしのいだのだろうか。

圭太も高校を出たあと、一度も定職に就いたことがないようだ。人材派遣会社に登録した形跡すらない。具体的に、どのようなアルバイトをして日々の糧を得ていたのか不明だった。

太郎の妻、君江の捜索にも人員が充てられた。すでに死亡していることも十分考えられる。

赤堂と桃井は、圭太が横浜西高校に通っていたという大家の情報から、実際に在籍していたという事実を確認した。そこで同高を訪れ、彼を知る人物を探すことにした。

道中、桃井は寡黙だった。

理由を知る赤堂は、あえて口に出した。

「胡桃沢圭太の名前が挙がって、植草巡査部長、なにか上に言ってきた？」

「いえ」怒っているような表情だった。「彼とは今日、会ってません」

桃井は何か言いかけたが口を閉ざし、そのまま無言で運転をつづけた。

比較的歴史の浅い高校であることと、卒業から五年しか経っていなかったので、圭太の担任はまだ西高に在籍していた。三十代後半、黒縁のメガネをかけた桑田(くわた)という女性教師だった。

刑事だと名乗ると、来客用の応接間にふたりを案内した。ソファに腰かけると、あまり時間がないと申し訳なさそうに言った。

「胡桃沢くんならおぼえてますすよ。一年と三年のとき担任でしたから。成績は中の上、授業態度はまじめ。やさしいいい生徒でしたよ。大学に行けるくらいの成績でしたけど、進学しませんでした。おとうさんの仕事を手伝うようなことを言ってました。卒業後は一度も会ってはいません。同窓会なんかにはこない人みたいで」

話を聞いていて赤堂は、この教師は自分の生徒について、どこか他人(ひと)ごとみたいにしゃべるなと思った。

「いま、やさしいいい子っておっしゃいましたよね。具体的には?」

「ああ……」と、機械的に微笑んだ。「ウチの高校、イジメとかは少ないんですけどね、それでも胡桃沢くんの時代にはひとりいたんです。おとうさんが痴漢かなんかで捕まった子……何人かの生徒がその子を無視したりイジメたりしていたんですけど、胡桃沢くんだけはやさしくて、よく声をかけたり、昼ご飯なんかいっしょに食べてました」

「そのイジメられっ子はどうなりました」

「結局、退学しました」

「じゃあ圭太くんは、まったく問題がない生徒だったってことですね」

踏ん切りをつけるためなのか、桑田は息を深く吸った。

「ウチにはアーチェリー部があるんですよ。胡桃沢くんは一年のとき入部して、いきなり県の大会で優勝しました。それが彼に注目した最初でした」

アーチェリーという言葉に、桃井は当然反応していた。だが赤堂は、別なことが気になった。

「彼に注目した最初ってことは、次になんかでまた注目したわけですね。それはさっきおっしゃった、イジメられっ子に対する態度ですか」

「ちがいます」

横浜西高校は、十年前、ふたつの高校が合併して生まれた新設校だった。学力的には中の上くらい。進学実績でもスポーツでも、これまで県内で目立った存在ではなかったと、桑田は前置きした。

「それがまあ、アーチェリーっていう一般的にはメジャーじゃないし、やってる生徒も少ないジャンルにせよですよ、一年生でいきなり優勝したわけですからね。県大会の次は、関東の高校選抜みたいな大会があるそうなんです。当然、胡桃沢くんには出場資格があるわけで、それで一瞬、学校のスターになったんですよ」

最初に注目した理由を繰り返しつつ、桑田は話をつづけた。

だがそのあとすぐ、妙なウワサが広まった。胡桃沢圭太がアーチェリーの練習のために、空き地で野バトやカラスを射ち落としているというものだった。

「見たって生徒がいたもんですからね。わたしと生活指導の先生で、胡桃沢くんに話を聞いたんです。もし本当なら法律違反ですし、道徳的に大問題です。県大会どころか、アーチェリーすらつづけられない」

圭太は否定も肯定もしなかった。その代わり、アーチェリー部に退部届を出した。

「なるほど。ヤバいっすねえ」

率直な感想を述べたまでだが、桃井のきびしい視線を浴びた。だが気にせず、自分流の質問をつづけた。

「で？　彼はそのあと、またなにか問題を起こしたんでしょうか」

「いいえ……ただ、ご家庭が複雑なのかなあって思いました」

生徒に悪いウワサが広まったら、父兄との面談は必須だ。桑田が、両親のどちらかと会いたいと言うと、圭太は「母はいません。離婚していますから」と素っ気なく答えた。ではおとうさんでと言うと、「父は絶対こないと思います」という答えが返って来た。

それでも父親に何度も電話し、そのたび留守電にメッセージを残したが、返事はなかった。父親の携帯番号を聞くと、圭太は「おやじは携帯は持っていません」と言った。

「仕方ないんで、手紙を書きました。それを、胡桃沢くん本人に持たせました」

残念ながらというべきか、予想どおりだった。やはり連絡はない。

「胡桃沢くん、ほんとにおとうさんに渡したんでしょうか」

「本人は渡したって言ってました。けど、どうしようもないおやじなんで、学校とか先生とかがきらいなんです。小学校でも中学校でも担任に会おうとしなかったからって」桑田はつけ加えた。

「そう言いながらも胡桃沢くん、おとうさんをかばいました」

「しょうがないおやじでも、かばったってわけですか」

「偏屈だけど、ほんとはいい人なんです。勘弁してくださいって」

学校側には、それ以上打つ手がなかった。その後、圭太も二度と問題を起こさなかったので、その件は解決しないままうやむやになった。もちろん胡桃沢圭太と彼の家庭は要注意だと、教師間で申し合わされた。

「おぼえているのはそれだけです」桑田が言った。「進学も就職もしなかったのは、あくまで胡桃沢くんの希望でした」

臭いものには蓋、という感じだろうか。学校は圭太の将来を無視することにしたのだろう。

「胡桃沢圭太と親しかった友だちはいますか。さっきの退学した子以外で」

「ひとり……山吹（やまぶき）って生徒が親しかったような気がします。でも、いまもつき合いがあるかはわかりません」静かだが、突き放すような口調だった。

桑田は中座して、二〇一六年度生の卒業生アルバムを持ってきた。圭太のクラスのページを探して、赤堂と桃井に見せた。

見開きページに、横八列、縦五列でクラス全員の顔写真が載っていた。いまどきの高校らしく、男女がバラバラに掲載されている。

桑田が圭太の顔を指さした。

右ページの真ん中にいた。

彫りの深い顔立ちだった。大きく、少し吊り上がった目が特徴的だ。駐車場にあった写真――小学校時代の彼が、そのまま大きくなったという感じだ。赤堂はふいに、以前どこかで会ったことがあるような気がした。だがたぶん、俳優のだれかに似ているのだろうと思いなおした。五年前の写真だから、おそらく容姿はいまもそれほど変わっていないはずだ。

許可を取り、赤堂と桃井はそれぞれの携帯に圭太の顔写真を撮影した。

「それから、山吹俊（しゅん）くんの住所ですが」桑田がメモを桃井に渡した。「同窓会名簿には登録してないみたいなんで、当時の自宅の住所と電話番号です」

ふたりは礼を言い、学校を出た。

山吹俊の自宅は東急東横線白楽駅の近くだった。旧綱島街道を妙蓮寺方面に歩き、白幡池公園のほうに折れた閑静な住宅街のなかだ。

インターホンを押すと出てきたのは母親だった。五十前後の小太りの愛想のいい女性だった。名刺を渡し用件を簡単に話すと、「俊はいま、大学に行ってます」と言う。反町の近くにある私立の四年制大学だった。すぐに電話してくれたが、「これから講義なんで、一時間半後に息子のほうから電話すると言ってます」と告げた。

時間が空いたとわかった瞬間、空腹を感じた。赤堂は朝からなにも食べていなかった。

「ねえ、桃井部長、腹へらない？」

「あ、はい」

あまり気乗りがしないといった調子の返事だった。

「昼飯食わない？」

「あ、はい」

やはり自分と食事はしたくないようだ。それならそれでいい。赤堂はこの近所で、どうしても行ってみたいレストランがあった。

「カレーとか好き？」

同じ調子なら、彼女と別れてさっさとそこに行こうと思った。

だが桃井は「カレーですか、大好きです」と、突然、明るい口調で答えた。

妙な子だと思いながら、行きたい店を指示した。

目指す店は六角橋商店街の近く、大通りの並びにあった。変わった形の古い建物だ。

ウワサに聞くとおり、奇妙な三つの看板がふたりを迎えた。〃一部の人に理解される昔人の知

恵　一〇〇〇年のカレー〟、〝好奇心から始まることもある。〟、〝皿の上に母がいる〟という意味不明な文句が書かれていた。

「なんですか、ここ」

質問に答えず、赤堂は店のなかに入った。背後から「とってもおいしそうですね」と桃井が言うのが聞こえた。

絨毯(じゅうたん)が敷き詰められていた。エスニックな感じというより、古い民家とか、昭和の喫茶店のような雰囲気だ。

四人がけの透明なテーブルと椅子が空いていたので、赤堂はそこに腰かけた。

「メニューはひとつだけ。カリー、サラダ、チャイのスリーコースセットだって。それでいいよね」向かいにすわった桃井を見た。

彼女は答えず、テーブルに置かれた〝旨(うま)いか　不味(まず)いか　分からない〟と書かれたパンフレットを熱心に読んでいる。「へーえ、パンジャブ地方のおかあさんの家庭料理……水はつかわない……味つけは塩だけ……」

注文を取りに来た女性に「お願いします」と赤堂が言ったとき、桃井は顔を上げた。

「パンジャブ地方ってパキスタンなんですね」

「いや、パンジャブはインド側にもあるよ」

「そうなんですか」桃井は笑顔になった。「いいところを教えていただいて。食べるのが楽しみです」

職務はテキパキこなすが、プライベートな彼女は、素直なのかぼーっとしているのかよくわからない。

「カレー、好きなの」話すことがないので、意味のない質問をした。

「はい、大好きです、店によって味がちがいますもんね」

上機嫌を削ぐのはどうかと思ったが、赤堂は質問した。「さっき車のなかで、なにか言いかけたでしょ。おれは、植草について話があるんだと思ったんだけど」

「ああ、あれですか」予想したとおり、笑みが消えた。

「今日、植草くんと会ってないっていうのはさっき言ったとおりですが、つき合いが長いんで言いますけど、あの人は隠しごとはしないタイプなんです。もし以前、なにかの理由で胡桃沢太郎か圭太の聞き込みをしていたなら、上に報告する前にあたしに言ってくると思うんです」

「不動産屋に現れたのが、ほんとに植草ならね」

「あの社長がこちらに誘導されて彼の名前を言ったって可能性は、ほとんどないと思いませんか」

注文のスリーコースセットがテーブルに並べられたので、会話は中断された。

カレーの汁はさらさらしたスープ状。骨つき鶏肉と野菜が、形がわからないほどくたくたに煮込まれている。スプーンでチキンをつつくと、ホロホロと骨からはがれた。赤堂はカレーと米をいっしょに口に入れた。辛いというより、香辛料爆発といった感じだ。大き目のショウガがそのまま入っている。野性的だが深みのある味だ。サラダの具はキュウリとキャベツ、ニンジン、驚いたのはキクラゲとハルサメが入っていたことだ。食べると不思議に、カレーの味を消してくれる。つまりまたあらたな思いで、芳醇なカレーを口に運べるというわけだ。

「ハニートラップってデザート、なんですかねえ」壁の貼り紙を見て、桃井が言った。

「ネット情報によれば、濃厚なヨーグルトにローズジャムとハチミツがかかったものみたいだよ」

「食べものの情報はネットをつかうんですね。こんなお店知ってるなんて、グルメですよね」

その口調、桃井は自分と距離を少しちぢめたのだろうか。このままグルメ話をつづければもっと仲よくなれるだろうが、あえて軌道修正した。

「それで、植草はどうするよ」

桃井はスプーンを止めた。

「わたしは警察に悪人がいないなんて思っていません。赤堂班長が思われるように、趣味で人を狩る秘密結社があって、それが何年にもわたってだれにも知られず存続していたとしたら、警察に協力者がいないはずがないと思うんです」

「そのひとりが植草？」

「あるいは彼の上司とか先輩がその結社のメンバーとか協力者で、植草くんに胡桃沢家の聞き込みをさせたのかもしれません」桃井はサラダの野菜を突ついた。「自分が調べた人が重要参考人として挙がった場合、植草くんはまず、聞き込みを命じた上司に理由を尋ねると思うんです」

「その先輩や上官に口止めされたら、彼は黙っているか」

「そう思います」

「で、どうするよ」先ほどと同じ質問だった。

「やっぱり、しばらく静観してみます」

腕時計を見た。山吹の自宅を訪れてから、一時間以上が経過している。生真面目な子なら、もう電話をかけてくるころだ。

「そろそろ出るけど、デザート頼むなら」

「あたし、ヨーグルトにそれほど興味ないですから」

と、素っ気なく言う桃井に、じゃあさっきの質問はなんなんだよと思ったが、あえて突っ込まず、赤堂は会計伝票をつかんだ。

すると桃井はさっと立ち、財布を出して一円にいたるまで正確に割り、赤堂の前のテーブルに現金を置いた。

カレー屋を出て近所の駐車場に停めていた車に戻ると、桃井の携帯電話が鳴った。

山吹俊からだった。次のコマが休講になったので、一時間半時間ができたという。桃井は三十分以内に大学に向かうと言い、落ち合う場所を決めた。

「胡桃沢とは一年のときに仲がよかっただけですけどぉ……よくおぼえてますよ」

山吹が指定したのは学校内のカフェだった。テーブル同士の間隔はせまく、四人がけにしてはテーブル自体も小さい。だがそれでも大学にしては、なかなか素敵な店だった。

山吹は中肉中背で丸顔、モジャモジャした髪の毛がトレードマークの明るい青年だった。

「胡桃沢くん、どんな人でしたか」

聴取は桃井が主体でやりたいと希望したので、赤堂は黙って山吹を観察した。

「どんなって、無口だけどいいやつでしたよ。てか、顔がいいんで女子にもてるやつ？」若者特有の語尾上げで言い終え、笑った。

「アーチェリー部で優勝したんですって」

「ああ、キャデットト大会でしょ。富岡総合公園のアーチェリー場で、十八メートルの部に出場したんです。おれ、おんなじ部だったたんで仲よくなったんすよ」

キャデット大会も十八メートルも意味不明だったが、話の腰を折るのも悪いと思い、赤堂は口をはさまなかった。

「そのあと、胡桃沢さんに変なウワサが流れたことはおぼえてらっしゃいますよね」

質問に即答していた山吹だったが、急に口をつぐむ。顔も曇っていた。

「あの……胡桃沢、なんかやったんすか」

「そうではないんですが、ちょっとね」

一番おもしろみのないごまかし方だなと思い、赤堂はしゃしゃり出ることにした。

「なんかやんなきゃ、警察がこないでしょ」

「ああ、まあ」

突然、強面（こわもて）の男の刑事が発言したからだろう、山吹が緊張したのがわかった。

「ていっても、いまは加害者じゃなく被害者かもって話なんだけどね」

助け船を出すつもりで、少し情報をあたえた。すると今度は、桃井にきつい視線を浴びせられた。

「え、大丈夫なんすか」山吹は質問に応じる覚悟を決めたようだ。「野っ原でハトとかカラスを射ってたたって話でしょ。あれ、チクったのおれじゃないすからね」

チクったかチクらなかったか——答えを躊躇したのはそのことだったようだ。

「ということは、山吹さん、実際にその場面をご覧になったんですね」いまの発言を見逃さず、桃井はうまい突っ込みを入れた。

「ああ、はい。見ました。けどあのウワサ、正確じゃないです」

「正確じゃないとは？」

「アーチェリーじゃないんすよ。あいつ、ボウガン？　それで射ったんすよ」

一瞬、桃井が赤堂の顔を見た。

「胡桃沢圭太さんはクロスボウで、ハトやカラスを射落としたっておっしゃるんですね」

「ああ、クロスボウって言うんだ」

「クロスボウもうまかったですか」

「アーチェリーもうまかったですけど、それ以上っすよ。だってあいつ、本業はこっちだって言ってましたから」

「本業……」

「なんかよくわからないけど、そう言ってました」

「だれに習ったとかは？」

「おやじに仕込まれたって。だってこれ、おやじが課した練習だからって」

赤堂にとっては、まさに望む答えだった。

「けどあいつ、ほんとはイヤだったんですよ」

「イヤって、クロスボウの練習が？」

「いいえ、たぶん野バトやカラスを射つことが、です」山吹は言った。「だってあいつ、射ちながら、絶対ぇ泣いてたもん」

圭太のイメージが、赤堂のなかで徐々につくられていった。

「胡桃沢さん、おとうさんについてはなにか言ってましたか」

「じつはおとうさんも、事件に巻き込まれた可能性があるんですよ」桃井にとっては余計な情報だっただろうが、赤堂はあえて提供した。

「え、おやじさんも？　そうかあ、胡桃沢、おやじさん、ヤバい仕事してるって言ってたもんなあ」場ちがいな、しみじみとした口調だった。

「ヤバい仕事って、危ない仕事って意味？　それとも非合法って意味ですか？」

「あと、いまだとかっこいいって意味もあるよね」赤堂が口をはさみ、また桃井ににらまれた。

「おれは非合法？」またしても語尾を上げた。「……って意味だと思ったけど」

「反社の人ってことでしょうか」

「うーん、そういう感じでもなかったすねえ」

あいまいな物言いに少しいらついたようだ。桃井の口調がきびしくなった。「じゃあ、どういう感じなの？」

「いま思うと、胡桃沢のギャグかもしんないすけどぉ、おやじの仕事は武器の修理屋兼殺し屋だって言ってたんです」

圭太によれば、父親は、以前の家では直接お得意から注文を受けて、エアガンの改造をしたり、クロスボウの製造や改造をしていたのだという。しかし反町に引っ越してからはふだんはなにもせず、家にいるようだった。だがときどきどこかから電話があると、家を出て何日も帰ってこなかった。帰宅すると疲れ果てた顔で、一週間はぼうっとしてすごした。

「その不可解な行動から、圭太さん、おとうさんが殺し屋になったと思ったの」桃井が念を押すように尋ねた。高校生の空想かもしれないからだ。

「わかんないすよ」山吹は首をかしげた。「けどあいつマジな顔で、おやじは殺し屋だって言ってましたから」

「ほかにおとうさんのことで、なにか聞いてない」

「胡桃沢、けっこうでかいし、運動神経いいし、体力もあったのに、高校になってもおやじには勝てねえって」

　圭太は胡桃沢太郎が五十のときできた子だ。祖父と孫の年齢差のほうが近い。格闘家でもないかぎり、体力のある十五、六歳の男子にケンカで勝てる可能性は低いだろう。

「おやじさんが殺し屋だって言ったことについて、もう少し教えてくれるかな」赤堂が話を戻した。

「これもギャグかもしれないけどぉ、おやじ、ときどき命を狙われてるんじゃねえかって」

「命を狙われてる」

「はい、そう言ってました」

「胡桃沢くんは、やさしい性格だった？」桃井がメモを取っている隙に尋ねた。

「やさしくて律儀なやつでしたよ。一回、マンガ本貸したら汚しちゃって……わざわざ新しいの買って返してくれましたし」

「イジメられてた子にやさしかったたって話は？」

「あ、白田(しろだ)のことでしょ。おやじが痴漢の……」悪趣味にも笑った。「一時、胡桃沢とおれ、それに白田でいっしょだったんすよ。胡桃沢、白田をからかうやつがいると、マジで怒ってぇ、おやじとこいつは関係ねえだろうって」

「退学しちゃったんだよね、その白田くん」

「一年の終わりにね。急に胡桃沢が白田をきらいになっちゃって、後ろ盾？　それがなくなっちゃったから」

「なんで、きらいになったの？」

「胡桃沢がクロスボウでハトとか射ってたとき、それ見てたのおれと白田なんですよ」

「白田くんがチクったのか」

「たぶんですけどぉ……」

「裏切り者は許さないタイプ？」

「じゃないすか。すげぇ律儀だったし、人が裏切ったりウソついたりすると、すげぇ怒るやつでしたから」

「ねえ、おかあさんのこととか話してなかった？」桃井が割って入った。

「一回」

「一回、なに？」

「なんか、おふくろさんがすげぇ好きだったのに死んじゃったって、一回泣きながら話してました」

桃井はそのことでさらになにか聞きたそうだったが、赤堂にはもっと知りたいことがあった。

「ガールフレンドとかは？　胡桃沢くんハンサムだし、もてたんでしょ」

「いや、ファンはいたっすけどねえ」首を右にかしげた。「けど、実際につき合ってた女は……」

「たとえば学校の子じゃなかったとか、胡桃沢さんより齢上の人とか」

「あ！」山吹は赤堂を指さした。まるで友だちに対する態度だ。「一回、あいつの携帯の写真見たことあるんすよ」

そこには、圭太と大人の女性が打ち解けた笑みを浮かべて写っていた。

「まじキレイじゃん。カノジョ？　って聞いたら、なんも言わんかった」

「その齢上のカノジョ、動物にたとえるとどんな感じ？」

「動物？」

突拍子もない質問に山吹は目を丸くしたが、もっと驚いた顔をしたのは桃井だった。

「たとえばウサギとかさあ、ネコとかヒツジの赤ちゃんとか、そうだなあ、コジカとかコブタとかウォンバットとか、キツネやヒョウもあるよね。キレイな女性をたとえるとき」

「ああ、ああ、そういう意味っすか」山吹が笑った。「だったらネコかキツネ？　いや、ネコですね。目はキツネ目じゃなくて、おっきかったから」

「なるほど、目が大きくてキュッと吊り上がった美人ね」満足してうなずいた。それから桃井のほうに向き「おれのほうはもう質問なし。どうぞ」と主導権を返した。

桃井はあきれたようだ。わざとらしく、ため息をついた。

「胡桃沢くんとおとうさんのことで、最後にひとつ教えて」桃井は愛想よく尋ねた。「彼にとって、おとうさんは秘密を抱えた謎の人みたいじゃない？　そのおとうさんのこと、本音ではどう思ってたと思う」

「大好きだったんじゃないすか」意外にも即答だった。「だってぇさっきの話で、もしおまえのおやじさんがほんとに命を狙われてたら、どうするって聞いたんですよ。そしたら即答ですよ。絶対ぇ、おやじを守るって」

桃井はいまのことを、しっかりメモしていた。

最後に彼女は、卒業後、胡桃沢に連絡を取ったことがあるか確認した。

卒業してからというより、二年に上がってからは一度もないと、山吹は答えた。一年のときはほぼ毎日つるんでいたが、例の動物虐待のウワサが出てからは、圭太は人を避けるようになり、二年に上がったときから徐々に疎遠になった。

ふたりは山吹と別れ、大学のキャンパスを去った。

「ところで圭太の携帯、発信記録は出たのかなあ。特捜本部に聞いてくれねえか」車のドアを閉めながら、赤堂は言った。

答えが返ってこないので、運転席の桃井の横顔を見た。

「父親の胡桃沢太郎が殺し屋って証言、どう思われました?」

上の空だったのだろう。桃井は答えではなく、質問をした。

「聞き流していいって感じじゃあねえよな」わざと答えを濁した。そのことは、単独で調査すべき案件だったからだ。

「胡桃沢太郎も〈人狩り〉に参加していたんでしょうか」

「一味の武器をつくってた可能性はでかいから、参加したこともあるかもな」

適当に答えているのを感づかれたのだろうか。桃井は急に沈黙した。

しかし車を発進して三分後、また口を開いた。

「さっきのあの質問、アレってなんですか」

明らかに怒っている。

「さっきの質問て?」

「圭太がつき合っていた女性を動物にたとえたら、なんてふざけすぎじゃないですか」

「ああ、あれ」自然と頭を掻(か)いていた。「あれが圭太のカノジョかどうか、どうしてもたしかめたかったから」

「どういうことですか、動物とはなんの関係もないと思いますけど」

携帯電話を手に持ち、赤堂は圭太の高校時代の写真を出した。西校の卒業アルバムから転写したものだ。

「アルバムでこの顔を見て、気になったんだよ。ふいにだれかに似てると思ったんだけど、あんときは答えが出なかった」

「どういうことですか」ちらっと、こちらを見た。

「なんかネコっぽい美形だろ。目が吊り上がってて、でかくってさ、唇が大きくって……で、気づかねえかな」

桃井は素早く赤堂の携帯画面を見たが、答えはない。

「圭太のカノジョらしき女……齢上でネコっぽい感じって、海老名の不動産屋の社長も、いまの山吹も言ってただろ。つまりふたりが見たのは同一人物だ」

「おそらくそうですね」

「でもって、似てると思わねえ」

「え、だれに?」

「圭太とそのカノジョだよ」

「どういうことですか」

「齢上の女はカノジョじゃない。姉貴じゃねえのかなって」

桃井は動揺した表情になった。赤堂がなにを言いたいか、まだわからないようだ。

「それで、圭太自身がだれに似てるかの答えが出たんだ」

「え、だれですか。だれに似てるんですか」今度は完全に、赤堂に顔を向けた。

「石黒ナニガシの失踪を警察に通報した櫻田好美だよ。写真で見るかぎり、圭太と好美はすげぇ似てると思うんだ」

三八

報告書の作成と提出は当然、齢下の桃井に任せ、赤堂は電車で帰宅した。石川町の自宅まで一時間以上かかったが、そのあいだにいくつかの懸念事項を検討したかったからだ。

明日には、山北の森林公園で発見された遺体が胡桃沢太郎だという赤堂の読みは、特捜本部で採用されることだろう。

駐車場にあった太郎の段ボール箱ふたつは押収され、鑑識にまわされる。うまくいけば数日以内に、ＤＮＡが検出されるはずだ。息子の圭太の行方は本格的に捜査の対象になり、同時に、駐車場の壁にクロスボウを射った犯人探しがはじめられる。赤堂としてはそのあいだ、情報が入ってくるのを辛抱強く待つしかない。

一方、好美と圭太の姉弟（きょうだい）説はあまりに突飛すぎて、まだ想像の域を出ていない。もう少し捜査してから上に報告するよう、桃井に提案した。

この先は単独で捜査をしたかったが、注意すべきは桃井の洞察力だった。ふたつのクロスボウによる殺人事案から、遺体を埋葬した集団墓地を見つけ、そこから何者かによる〈人狩り〉という答えを導き出したことは、いずれ彼女に不審がられるだろう。正しいが、飛躍しすぎているからだ。

そこから、以前から〈人狩り〉結社の存在を知っていて、赤堂は追っていたのではないかという答えを導き出すのは、時間の問題だろう。もし彼女がスパイなら、そのことを糸口に赤堂の闇の部分をほじくり出すかもしれない。

事件の真相に近づけば近づくほど、無防備になり、リスクが増すのは覚悟していた。それでもやつらに近づきたい。もうなるようにしかならないと、赤堂はひらきなおった。

そして今日の山吹の話から、胡桃沢太郎の正体について別の可能性がひらめいた。

中村川近くのマンションの一室に戻ると、赤堂はさっそく祖父の右腕、橙山に電話をかけた。この固定電話が一番確実な連絡方法だった。

いつものことだが、十回の呼び出し音のあと、低い声が聞こえた。

深夜に電話したことを詫び、用件に入った。

「三十数年前、おれの母がいなくなった前後のことです。祖父は例の〈人狩り〉結社から本当に命を狙われていたんでしょうか。もしそうならば、実際になにか手を打ったんでしょうか。つまりボディガードをつけるとか、あるいはこちらから殺し屋を探そうとか」

答える前に、橙山は一分間沈黙した。ムダな内容を削除し、正確なことだけを発言するためだろう。

「わたしと何人かで、修司さんをガードしていました」

「攻撃を仕かけられたんですか」

「修司さん、拳銃のようなもので撃たれたんです。弾丸ははずれて、わたしの足に当たりました」

それが橙山が足を引きずっている理由だったのだ。橙山は祖父の命の恩人だ。

「すみません、知りませんでした」本心から恥じたし、感謝の念を抱いた。

「いいえ、たいしたことなかったですから」

それ以上、謝罪されたくないようだった。橙山らしいと思った。そこで赤堂は次の質問をした。

「撃った犯人はどうなりましたか」

「夜の雑踏のなかで撃たれたんで、犯人はわかりません。ちらっと顔は見たんですが」

「拳銃のようなものとは？」

「凶器は近くのゴミ箱に捨てられていました。弾丸は本物の九ミリでしたが、発射したのは本物ではなく、エアガンを改造したものでした」

脈が速くなった。自分の推理は正しかったようだ。

「うかがいたかったのは、昨日と同じく胡桃沢太郎のことです。キンブルホテルでの面接で、橙山さん、以前見かけた顔だったんで、祖父の昔からの知り合いという話を信じたとおっしゃいましたね」

「はい」

「でも、たとえばですが」一拍置いて尋ねる。「太郎は祖父の知り合いではなく、祖父をつけまわしていた人物じゃなかったですか。たとえば命を狙っていた殺し屋とか」

橙山は沈黙した。おそらくショックを受けているのだ。

「一瞬見ただけなので、いまも逃げた殺し屋の顔は思い出せません。ですが、見たような気がしたって言ったんですから、その可能性は否定できないと思います」冷静な分析だった。「だとしたら、自分が迂闊でした」

「いえ、ふと浮かんだ可能性で、確実な話じゃありません」

電話を切った。祖父の恩人である橙山を傷つける結果になり、少々心が痛んだ。

だが、可能性のひとつの確度が高まった。

胡桃沢太郎が〈人狩り〉結社お抱えの武器調達係、そして殺し屋だったとしたら。もし彼がそれほど深くかかわっていたなら、〈獲物〉として処理されても不思議ではない。

三九

翌日、山北署の特別捜査本部に、鑑識から胡桃沢圭太の携帯電話の解析結果が届いた。

携帯使用をやめる前に、圭太は何度も同じ番号に電話、もしくはメールをしていた。そしてその都度、同じ番号から返信がなされていた。

番号の所有者は石黒好美。櫻田好美の旧姓だった。彼女は結婚して姓を櫻田に改め、離婚後も旧姓に戻していなかったようだ。

「彼女は石黒綾子(あやこ)の長女です。戸籍に父親の名前は書かれていません」

櫻田好美のマンションに急行する途中の車内で、桃井が報告した。

「石黒ナニガシってのはそこからの発想かい」自然に笑みが浮かぶ。

「非嫡出子ですか」

後部座席の灰田巡査部長が、つぶやくように言う。

その灰田と今回コンビを組むのは、露木(つゆき)という巡査で、山北署刑事課の刑事だった。縦にも横にも大柄な男で、後部座席にふたりだけでも窮屈そうだ。

櫻田好美は、捜査線上にようやく浮かんだ参考人だ。任意同行を要請するだけだが、重要度が高いので、もう一組の刑事とマンション前で合流することになっていた。

「好美の年齢は三十六で正しいの?」石黒失踪の際、担当官に申告した年齢が正しいとはかぎらないので、赤堂は確認した。

「一九八七年生まれ。三十六歳です」露木が答えた。

「父親はたぶん、赤堂さんが言うように太郎でしょうね」桃井が言った。

「圭太とは、腹ちがいの姉弟ってことですか」灰田が口をはさんだ。

「好美の母親の石黒綾子？」赤堂は聞いた。「その人は、生きてるの？」

「九八年に亡くなってますね」桃井が答えた。

二十六年前か、死因を調べる必要があるなと思った。

「好美はどこに住んでたの」

「保土ケ谷ですね。母親の綾子の両親の実家みたいです」露木が、手帳を開いて言った。「本籍も、同じ住所です」

赤堂は頭のなかで、わかっていることをおさらいした。


一九八七年、櫻田好美、非嫡出子として誕生。母親は石黒綾子。胡桃沢太郎は当時三十七歳。

一九九八年、石黒綾子、死亡。好美は十一歳。

二〇〇〇年、圭太が生まれる。太郎、五十歳。

二〇〇四年、太郎は磯子区杉田の一軒家を購入。妻・君江、圭太と移り住む。

二〇一一年、妻・君江と離婚。

　杉田の自宅を売りに出す。

　太郎と圭太は反町のマンションに住まいを移す。

　太郎によれば、改造拳銃のことでヤクザとトラブル。キンブルホテルにチェックイン。五日後にチェックアウトした。

二〇一六年、圭太、神奈川県のアーチェリー大会高校生の部で優勝。

二〇一九年、圭太、高校卒業。海老名でひとり暮らしをはじめる。

二〇二四年、太郎、失踪。圭太が警察に相談。（同じ頃、櫻田〝石黒〟好美が石黒ナニガシという、自分が経営するスナックの常連客の失踪を所轄警察に相談）

太郎、山北の森林公園で遺体として発見される？


熟考すべき宿題がいくつかあったが、答えを出す前に車は櫻田好美のマンションに到着した。

玄関前には、捜査一課の枇杷（びわ）巡査部長と赤堂が知らない所轄の刑事が立っていた。

ふたりとも浮かない顔だったので、尋ねた。

「やっぱ櫻田好美、不在だった？」

枇杷がしぶい顔でうなずく。「スナックも昨日から休業してますし、昼間のパート先のコンビニにも来てないみたいです」

「逃げた？」灰田は口をぽかんと開けた。

携帯を切りながら、桃井が言った。「電話にも出ませんね」

「じゃあ、帰ろうか」赤堂は車のほうに引き返した。

「家宅捜索は……できないですよね」露木は情けない顔だ。

「もちろん、できないよ」赤堂はふり向いた。「だって彼女も圭太もただいなくなっただけで、いまんとこなんの犯罪容疑もねえしさ、そもそも好美が胡桃沢太郎の娘と決まったわけじゃねえ。もっと言えば、山北の身元不明遺体が太郎かどうかもまだわかんねえし」

すべきことはないだろうかと考えているのだろう、桃井、灰田、露木、枇杷、名前を知らない刑事は動こうとしない。

赤堂はため息をつく。

「なあ、櫻田好美が圭太の姉貴なのにそのことを隠してて、自分のおやじを別名で呼んで警察に届け出てたらだよ。怪しいにきまってんじゃんか」全員を見まわした。「そんなことやらかしてる女がだよ、おとなしく家にいるわけないし、任同に応じるとも思えねえだろ」

「ですよねえ。じゃ帰りましょう」この数日で赤堂に馴れたのか、桃井は突然さばさばした表情で車のほうに向かった。

それでもほかの刑事たちは無言のまま、マンションの前に立っている。

赤堂は二回、手を叩いた。「さあさあ、解散」

「特捜本部に報告します」思い出したように、桃井が携帯を操作した。

「どうします、班長はこれから?」灰田はすがるような目で言った。

「おれ?」赤堂が答えた。「おれは、本部に戻ってデスクワークだよ」

手詰まりなのはわかっていた。だが彼には、さっきの宿題の答えを出す必要があった。

「好美の母親、石黒綾子は事故死ですね。自宅二階の階段から落ちたみたいです」

特別捜査本部に戻ると、赤堂は桃井に面倒で煩雑な仕事を押しつけたが、やはり彼女はきわめて有能だった。あっという間に該当する資料を調べ上げたのだ。

「自宅二階からの転落死となると、事故死で処理される前に警察が動いてるだろ」

「はい、所轄から捜査一課まで上がってます」

つまり一九九八年当時の神奈川県警本部は、石黒綾子の死の原因を殺人の可能性があると判断したということだ。

「被疑者はいた?」

となりの机で、桃井はコピー用紙をめくった。保土ケ谷区を管轄する星川警察署からファックスで送ってもらった資料だった。

「ありました。元内縁の夫……」顔を赤堂に向けた。「胡桃沢太郎」

予想していた答えだった。

「で、疑いは晴れたわけね」

桃井はまた、資料に目を移す。

「太郎とは内縁関係を解消したみたいなんですけど、近所で数回姿を見かけられています。それと綾子が亡くなったその日、争うような声が家から聞こえたって証言がありました」

「それが太郎だったの」

「だれかわからなかったみたいです。それに亡くなった綾子さんから、元夫につけまわされているとか、暴力を受けているみたいな訴えはなかったようですし」

「けど一応、太郎に任同かけたのか」

「かけてませんねえ」桃井は資料を何度も見なおした。「その前に、疑いが晴れたようです」

「なんで?」

「娘……つまり櫻田好美の証言です」桃井が答えた。「〝わたしが学校から帰ってすぐです。おかあさんは階段を下りるとき、足を滑らせました。前向きに一回転して一階に落ちてきました。家にはわたしし以外、だれもいませんでした〟」

「有力な証言だなあ。それで元妻の死因は？」

「〝頸髄の損傷による窒息死〟とあります」

不審死ではあるが、事故の可能性のほうが高い。加えて娘の証言があるかぎり、事件性なしとして処理されるのは当然のことだ。それ以上突っ込みようがないか、と赤堂は思った。

「櫻田好美はそのあと、だれに育てられたんだかわかる？」

「群馬の伯母さん夫婦です。母親のおねえさんですね」

「彼女の保土ケ谷の実家は？」

「たぶん売ったんでしょう。マンションになってます」桃井が言った。「それと好美ですけどね、伯母さんに引き取られたあと、今度は母親の妹の家に行ってます。なんか苦労したようですね」

「だろうな」

赤堂が率直にうなずいたからか、桃井は戸惑ったような顔になった。

「なにか？」

「いえ」桃井はあわてたように首をふった。

赤堂は好美の境遇に思いを馳せた。親戚のあいだを転々としただけに、父親への思いが強かったのだろう。だが「あなたは自分の父親です」と胡桃沢には言えず、それがあやふやな捜索依頼になってしまったのかもしれない。

「好美は圭太と行動を共にしてると思いますか」

「たぶんな」

「父親がとうに死んでいること、ふたりは知ってるんでしょうか」

「だから自分らにも危険が及ぶと思って、逃げてるんじゃねえかな」

「つまり〈人狩り〉結社と、ふたりも関係がある?」

「好美はたぶん、知ってる程度。圭太は……」言葉を切った。「圭太は父親のあとを継いで、結社の下で働いていたのかもしれない」

四〇

午後六時、赤堂は圭太の母親、君江についての調査を桃井に押しつけ、桜木町駅まで電車で戻った。

石川町ではなく、ふたつ手前の桜木町で降車したのは、考えたいことが山ほどあったからだ。散歩がてら歩いて答えを出す。赤堂のいつもの思索法だった。

散歩を開始する前に、ある人物に電話をかけた。

「もしもし、織部(おりべ)さんですか。ごぶさたしてます。赤堂です」

いつもそうだが、予想外に若々しく元気な声が返ってくる。

「おっと赤堂くん、ひさしぶりじゃない。何年ぶりだよ」

記憶力もしっかりしているようだ。

「たぶん最後にお話ししたのは、二年くらい前だと思います」

「あれ以来、連絡がないんでさあ。クビになったか、殺されちゃったかと思っていたよ」

思わず苦笑した。

「お元気ですか」

「うーん、まあまあ……糖尿病になっちゃってさあ」

「大変ですね」

「でも、まだ死ぬ齢じゃないし、がんばるよ」豪快に笑った。「ところで、きみのほうはどうなの？　まだ刑事やってるの？　それともクビになった？」

「かろうじて、まだやってます。織部さんのほうは、警備会社の仕事、なさってるんですか」

「してないよ」

「引退されたんですか」

「いや、辞めさせてくれない。いま会長。でも仕事はヒマ、してないも同然だな」

近況話は早々に切り上げて、赤堂は本題に入った。

「織部さん、七〇年代末にはもう総務にいらっしゃいましたよねえ」

「七〇年代後半にはいたよ」

「そのころ同じ職場に胡桃沢って人、いませんでしたか」

「あの辞めちゃった人だろ。おぼえてるよ。胡桃沢さん、なんかやった？」

その答えに心が躍った。聞きたいことは山ほどある。

「いや、そうじゃないんですが、お目にかかって話を聞かせてもらえませんか」

「いいけど、ぼく、いまから寝ちゃうから」

老人のような生活だな、いや、七十を過ぎているのだから、もう老人か、と赤堂は思った。

「明日の朝六時半なら」というとんでもない答えをもらい、電話を切った。

赤堂は歩きはじめた。コースは、頭のなかで立てていた。

京急日ノ出町駅に向かって進み、野毛本通りにぶつかると右折した。

ゆるい坂道の、少々さびれた商店街を歩きながら、好美と圭太は、そもそもなにをしたかったのだろうかと考えた。ふたりの行動は矛盾だらけに思える。まず圭太だが、父親を心配しているなら失踪の訴えを取り下げなければいいのだ。なぜ父は病院に入ったとウソをつき、マンションを引き払ったのだろう。好美の行動は、さらに不可思議だ。父親の本名を言わず、石黒ナニガシという自身の旧姓由来の架空の名前をでっちあげ、わざわざ警察に届け出たのだ。それともほんとうに胡桃沢はたまたま、かつての内縁の相手の名字を偽名としてつかい、好美のほうはそれに気がつかず、さらに長いあいだ離れていて、父親の顔がわからなかったのだろうか。その可能性は低いと、赤堂は思う。なぜなら彼女は、反町の、中高時代の圭太と連絡を取り合っていたからだ。

横浜駅根岸道路に出た。信号をわたり、そのまま野毛坂を進んだ。すぐに横浜市中央図書館が見えた。六角形の建物が、いくつも連なる不思議な形状のビルだった。

夕方なのでまだ明るく、暑い。汗が噴き出る。赤堂は右側の豊かな緑に目をやった。野毛山公園の垣根と植木が目に映る。少しだけ涼しげな気分になった。

ひとつ、スジ読みが浮かんだ。

好美と圭太は一度は本気で父親、太郎のことを心配して警察に相談したが、そのあと失踪の理由を知り、逆に捜査のかく乱を行った。父が犯罪者であることを隠したかったか、敵が警察内にもいると思ったからだろう。あるいは届け出たことで、自分たちに危険が迫っていると察知したのかもしれない。

そのほか、いくつかの可能性を検討してみたが、どの説もしっくりこない。まるで的はずれとは言わないが、正解でないことはたしかだった――きっとなにか重要なことを、おれは見落としているのだ。早急にすべきことは、ただひとつ。圭太と好美を探し出し、保護することだ。彼らが命を狙われていることについては、赤堂は疑っていなかった。ふたりは父親同様、〈人狩り〉結社とかかわりを持っているにちがいない。

十年ほど前に閉業した横浜市青少年交流センターの手前の道を曲がった。第二ニュー野毛山マンションの前を通り、横浜迎賓館を通過して、二股にわかれた路地の前に出る。彼の考えたコース設定はここまでだった。野毛山の南側あたりは高級住宅街だ。このまま丘を歩きまわるか、急坂を下りて繁華街に戻るか、悩んで立ち止まった。

その途端、急に空腹をおぼえた。そうだ、だから脳がうまく回転しないのだ。

右に行けば住宅街。左の道を選べば、ふたつの急階段が連続する坂にぶつかる。下りれば、日ノ出町駅の裏側だ。野毛の飲食店街はもちろん、伊勢佐木町や福富町がすぐ近くだった。飲食店はいくらでもある。

速足で坂を下り、最初の階段を下りた。次の階段に向かう踊り場の左右にはせまい私道のような砂利道がある。高さ五メートル、崖といってもいい石垣の真下だ。その右の隘路の真ん中辺りに、蕎麦屋があったことを思い出した。古いアパートの庭に小屋を継ぎ足したような建物だったが、周囲は風情のある竹の塀で囲まれている。立派な門は両開き。店名の入った暖簾と、じつにしぶい佇まいなのだ。

迷わず右折して、崖下の道を進んだ。蕎麦屋まで一分とかからない。

暖簾をくぐりながら、つぶやいた。「今日は、鴨せいろ大盛りの気分だな」

四一

海老名の不動産会社社長から妙な話を聞いて以来、これまで一番気の置けない同僚だった植草玲音に対して、当然ながら小百合は壁をつくっていた。だが今夜、たまたま帰宅時間がいっしょになると、植草はなんのくったくもなく食事に誘ってきた。

気が重かったが、決着をつけるべきときと思い、つき合うことにした。

向かったのは関内駅から横浜駅根岸道路をわたり、伊勢佐木町通りをまっすぐ奥まで進み、右に曲がったところにある若葉町だった。周囲はタイレストランやタイマッサージ店がひしめき、まるでリトルバンコクのようだ。

そのなかで植草が選んだのはタイレストランではなく、やっているのかいないのかわからない冴(さ)えないワンタン専門店だった。

「謎の店です」彼はドアを開けながら、笑顔でふり向いた。「ほかの料理は中国東北料理とか延辺(エンペン)料理みたく辛そうなもんばっかなんすけど、ワンタンと魯肉飯(ルーローハン)だけはちゃんと台湾の味なんです」

どの料理も聞きなれないし、第一食べたことがなかったので、小百合はあいまいな笑みを返した。

店内はお客がおらず、がらんとしていた。奥に薄暗い調理場があり、中国人らしき男性が黙々とワンタンの皮に餡(あん)を入れて包んでいる。もうひとりの店員の男性は壁際で椅子に腰かけて、中国語の新聞を読んでいた。だがふたりが入ってくると、さすがに新聞をテーブルに置き、「いらしゃいませぇ」とへたな日本語であいさつした。

小百合と植草は奥のテーブルに、向かい合ってすわった。

植草はメニューを手に取り、顔を上げた。「桃井部長、辛いもん平気っすか」

「うん、平気」

「おれ、適当に頼んでいいすか」

うなずくと、ウェイターの男がテーブルの前に立った。

「じゃあねえ……」植草が男を見上げた。「干し豆腐の冷菜と水餃子（ギョーザ）。やみつきインゲンのひき肉炒め。あと、塩味で豚肉とエビのワンタンスープふたつ」

「けっこう頼むね」

「ダイジョブっす。おれ、食えますから」闘志満々といった表情でうなずく。

飲みものは植草が生ビールを、小百合は杏露酒（シンルチュウ）のソーダ割りを注文した。

ウソがうまいのか、それとも不動産屋を訪れた刑事は別人だったのか。いつもと変わらぬ植草に、小百合は疑心暗鬼になっていった。

「最近は、どんな感じ？」小百合は、あたりさわりのない話題をふった。

すると植草は、なぜか最近興味があるものを挙げた。日本古来の礼儀作法や行動様式、心がまえを教える礼法などだ。それらは日本の警察官なら当然学ぶべきもので、そういう講義を警察学校でも取り入れたらいいと熱く語った。

正直、小百合にとって関心のない話だった。そこで「植草くんって華道とか茶道とかにも通じているし、日本人のなかの日本人だよね。だけどヘタすると、ウヨッキーな人にも見えるよね」とちゃかした。

「ウヨッキー？」つぶやくように言い、笑顔になった。「ああ、右翼っぽいって意味？」

「そう」

「それはちがうな。ちがうけど、まあいいです」と、植草はつぶやいた。

「ほかには？　なんかあった」

「あ……あと、今度のヤマが一段落したらって条件で、樺島班長、退官願を出しちゃいましたよ」

「え、なんで？」

「健康上の理由だって話だから、仕方ないすけどね」

「けど、なんか唐突ね」

「ところで桃井さん、なんかそっちの捜査に進展ありましたか」

「え？」いきなりの話題に戸惑った。

「いや、話が飛んですいません」唐突だったことに気づき、植草は苦笑いを浮かべた。

小百合は店内を見た。捜査状況を話すことは別に問題ないが、店の人に聞かれてはまずい。お客は自分たちだけだ。ウェイターは厨房に入り、調理を手伝っている。

「あ、ダイジョブですよ。ここの人たち、日本語のヒヤリングもそんな上手じゃないすから」植草は小百合の危惧（きぐ）を察したようだ。

そこで昨日と今日あったことを話した。植草は重要参考人の櫻田好美がいなくなったことは知っていたが、彼女の母親の死因などははじめて聞くようだった。

「しかし赤堂さんのスジ読み、当たりすぎだと思いませんか。ほんとにすげぇ人なのか、なんかあんのか……」

相変わらず、赤堂自身がこのヤマと個人的につながっていると言いたげだ。小百合もそれは同じ思いだったが、植草にもなにかあると疑いを抱くいま、率直に同意する気にはなれなかった。

「なんでその姉弟らしきふたりは、父親のことを通報しながらバックレたんすかねえ」

それは、特別捜査本部の共有する疑問だった。

「櫻田好美の石黒ナニガシのほうはわからないけど、圭太のほうは、最初は警察に本気で父親を探してほしかったけど、あとでなにかあって気が変わったんじゃないの」

「なにがあったと思うんすか」

「たとえば父親が死んだことがわかって、自分も身の危険を感じたとか」

「逃げてるわけですね。姉弟で」

「そう考えるのが一番しっくりこない？」

「じゃあ、自分も」植草のほうが話しはじめた。「あの渋川の墓場ですけどね、あれって大昔から県警にあった〝神隠し〟がほんとうだったってことじゃないかって、上のほうは考えてるみたいです」

「〝神隠し〟ってなに」

「知らないんすか、あの伝説……」

植草によれば、神奈川県では定期的に人が消えるという。被害者は、ときの政府にとって好ましくない人物や左翼思想家、娼婦などだった。

「樺島班長と青柳班長が話してるのを聞いたんですけどね。ほんとだったんだなって」

「いまは、逃亡犯をだれかが誘拐して処刑してるってこと？」

赤堂の〈人狩り〉という言葉は、植草を信用していないので出さないことにした。

「そうそう、もしこれが〝神隠し〟なら、まさに処刑だったんすよ」言い終わると、植草は笑顔になっていた。

「なんで笑ってんの?」

「え」真顔に戻った。

「ホシは何者だと思う?」

「ちょっとヤバい話をしますからね、だれにも言わないでくださいよ」声を落とし、小百合に顔を近づける。「おれは、自分らの仲間がやってると思います」

「自分らの仲間って……警察官てこと?」

植草は無言でうなずいた。

「だって戦後から八十年近くも、その手の結社がひそかに存在していたんですよ。自分らと同業者以外、考えられないでしょう」

ウェイターが飲み物をテーブルに置いた。

杏露酒のソーダ割りの入ったグラスを手に、小百合は尋ねた。

「動機は?」植草の意見が聞きたかった。

「大義ですよ」

「大義?」

「だって、ときどきアッタマ来ませんか。こんだけのことやった凶悪犯が逃げちゃったとか、捕まってもこの程度の懲役刑かよとか、今回は暴行傷害だけど、次出てきたときは絶対ぇ人殺すなってやつが懲役四年? とか、そういうやつが腐るほどいるじゃないですか。それから繁華街の裏にいる怪しい立ちンぼとか、うぜぇから消えてほしいなって女」この話題に関しては、きわめて能弁、まさに立て板に水だ。最後に彼はつけ加えた。「この国の司法制度は不完全すぎますよ。おまけにジャッジがのろいし、人権とかいう幻に配慮しすぎてチョー大甘ですし」

本気で凶悪犯や娼婦を憎悪しているようだ。心なしか、端整な顔がいまは醜く歪んで見える。

「警察官なら本音じゃ、そういうやつらを自分の手で裁きたいはずですよ。法に代わって処刑する秘密結社とかつくってね」

「あんた、〝神隠し〟にシンパシーを感じてるのね」

「感じてます」

先ほどの笑みも、これだったんだなと思った。

「そういう秘密結社がほんとうに警察内にあったら、きみ、入会する?」

植草は、まずい、という表情になった。同僚とはいえ、しゃべりすぎたと思ったのだろう。

「いや、それとこれとは別ですよ」

「あれ、そこでなんで言葉を濁しちゃうわけ」わざと笑顔で尋ねた。

「まあ、クビになったら考えます」植草は下を向いた。

ウェイターが料理を二皿持ってきた。干し豆腐の冷菜とインゲンと肉の炒めものだった。

「食いますか」もうおしまい、という態度で、植草が箸を取った。

小百合はふたつの料理をふたつの小皿に盛って、順番に食べてみた。どちらもわりと辛い。植草のいう中国東北料理とはこういう味なのかと思った。

次に水餃子十個が盛られた皿と、ワンタンと青菜が入ったスープがテーブルに並んだ。

「こっちは上品なんです。すげぇ台湾風です」

両方を食べてみて、植草の言う上品の意味がわかった。日本料理より塩味が少ないのだ。化学調味料も入っていないのか、とても食べやすい。どちらも喉越しがいい。

「ところで赤堂班長のおかあさんのこと、知ってますか」

生ビールの二杯目を注文したあと、植草が聞いてきた。

「え、おかあさん？」小百合はとぼけた。母親が娼婦だったという話や、愛人と逃げたというウワサは、あまりに下衆な話題だと思ったからだ。

「赤堂さんのおふくろさん、赤堂さんが子どものころ失踪したらしいんです。じつは〝神隠し〟にあったってウワサがあるんですよ」

はじめて聞く、思わぬ情報だった。だからあの人はこの事件の解明に熱心で、〝神隠し〟どころか〈人狩り〉説まで唱えたのだ。

「となるとですよ」植草の顔は、なぜか誇らしげだった。「やっぱ今回のヤマ、赤堂さんが中心で動いてますよね」

「それはどうだか知らないけどさ、好美と圭太姉弟の行方をつかむことが、まずわたしたちがやるべきことだよね。植草部長はさ、ふたりのことでほかになにか知らないの」

小百合は、赤堂に関する方向に話が行くのを阻止し、植草の謎の行動の答えを知りたくなった。胡桃沢圭太を以前捜査したことがあるかどうかだ。

「いや、自分の班も全然手がかりなしです」

「胡桃沢圭太が何者だったかとかは？」

「全然、手がかりなしっす」植草は頑として、首を左右にふった。

表情を見ただけでは、ほんとうなのかウソなのか判別がつかなかった。だが目の前にいる男はもはや心許せる同僚ではなかった。胡散臭い怪物めいた人物のように思えてきた。

四二

ケン・ブラウンと知り合って、十数年になる。きっかけは平凡な殺人事案だった。元暴力団構成員だった被疑者の携帯電話に、ブラウンの番号の着信履歴が残っていたのだ。正確には、登録された名前はケン・ブラウンではなく武羅運謙（ぶらうんけん）。暴走族みたいな名前だなと思って調べてみると、日米秘史と陰謀論がテーマのノンフィクション作家で、帝銀事件や下山事件、ロッキード事件などはすべてアメリカの陰謀であると主張する、ろくでもない著作がほとんどだった。

会ってみると横浜の名門大学のれっきとした教授で、専門は日本の近代・現代史。年齢は赤堂の二十三歳上。被疑者との関係は、ヤクザがいかに地方政治に影響を及ぼしているかという研究課題の、いわば取材対象だった。二回の聴取でブラウン自身が語ったことだが、武羅運謙名での著作は半分ノンフィクション半分フィクションだが、トンデモ本として小遣い稼ぎをしたいわけではなく、本気で日本のうす汚れた戦後裏面史を伝え、日本人に警告を発する目的だということだった。

そして言い訳のように、彼はこう言った。

「わたしの研究テーマである日本人論……つまりちゃんとした学術論文は、日本で出してもだれも読まないんで、英語で書いてアメリカで出版しました」と。

その時点でも赤堂は、ケンが祖父が懇意にしていた新聞記者ジェームズ・ブラウンの息子だということまで思いいたらなかった。

知ったのは、野毛にある元警察官がバーテンダーをしているバーで、偶然再会したときだった。

聞けば父親はジェームズ・ブラウン。母親は日本人。国籍は、仲が悪いと本人が言う双子の兄とともに日本。日本名は母親の名字で、納谷謙といった。ちなみに兄は志門だそうだ。

何度か酒を飲んで親しくなると、赤堂はある程度自分の生い立ちや母のことを打ち明けた。自分の知らない〝神隠し〟の情報がないか、教えてもらいたかったからだ。ブラウンが協力を約束してくれた理由は、彼も父親同様その連続怪事件に興味を持っており、なにより執筆しているトンデモ本にぴったりなネタだったからのようだ。

その日は、いつもの場所での定例ミーティングだった。

港の見える丘公園も午後十時ともなると、さすがに名所といえど、ほとんど人の姿がない。赤堂は沈床花壇と呼ばれる噴水のある広場に向かった。

ブラウンはイギリス館を背にしたベンチにすわっていた。高血圧と肝臓の不調のため酒場と縁を切ってからは、この場所をきまって指定してくる。ただし彼のお気に入りのベンチからは港はまったく見えなかったので、どうしてここでなくてはならないのか赤堂にはわからなかった。

前に立って会釈すると、ブラウンは軽くうなずいた。熱帯夜といってもいい暑さなのに、きちんとスーツを着ている。修司さんから聞いたジェームズ・ブラウンの印象を思い出すと、きっと父親そっくりなのだろう。大柄、百キロの巨漢。卵型の頭部は身体に比して小さい。禿げかかった金髪を短く刈りあげ、牛乳瓶の底のような分厚いメガネをかけている。年齢は七十をすぎているはずだ。

「例の件、なにかわかりましたか」

となりにすわると、あいさつもせずにいつものように用件を切り出した。ブラウンもいつもどおり、前を向いたまま話しはじめる。

「〝神隠し〟が最初は米軍関係者のしわざって話は、横浜の闇社会に通じている輩……ヤクザとか、そういう人間がたむろするバーの経営者とか、つまり情報通のあいだでは、昔っから公然とささやかれていたみたいだね」

赤堂は無言でうなずく。そこまでは、むしろ祖父のほうがくわしかった。

「それで最近ね、長く神奈川の米軍施設に出入りしていた日本人で、まだ生きている人たちに、〝神隠し〟について知っているか聞いてみたんだ」

横浜は全盛期には米軍関係施設は百以上もあり、大勢の日本人が働いていたのだ。

「実際に信じる信じないは別としてね、彼らのほとんどはそのウワサを知っていたよ」ちらっと視線だけを、赤堂に向けた。「そのときね、個人的に米軍関係者のだれが犯人だと思うかって聞いてみたんだ。すると何人かがこう言ったね。敗戦の日本を支配したGHQのなかのG2……つまり参謀第二部の何人かがかかわっていたんじゃないかって。目的はまあ、赤堂さんも同じ意見だろうけど、大義のための粛清だよ」

「キャノン機関のことですね」

キャノンとは、ジャック・Y・キャノン陸軍中佐のことで、GHQの参謀第二部、チャールズ・ウィロビー少将直轄の情報将校だった人物だ。キャノン機関とは、彼の率いた在日本アメリカ情報部隊の通称で、ソ連などの対敵スパイ工作や日本共産主義勢力撲滅の任に当たっていた——いわばアメリカ軍公認の闇組織だ。だがしだいに同機関はキャノンに私物化され、怪しげな組織に変貌（へんぼう）していった。下山事件、松川事件、三鷹（みたか）事件、帝銀事件など、終戦後に起こった未解決事件で、必ずその名が取り沙汰（ざた）されるのもそのためだった。

「〝神隠し〟の最初のほうはね、キャノン機関の下部組織が実行部隊だったんじゃないかってね」

「つまり日本人ですね」

機関の傘下には、非合法な汚れ仕事を請け負う日本人工作員が多数在籍していた。柿の木坂機関や矢板機関、日高機関、伊藤機関などのことだ。工作員のほとんどは大陸での非人道的な戦争犯罪を赦免されることと引き換えに、任務を請け負った元軍人だった。

「これはぼくの意見だけどね、事件が横浜で頻発したのは、キャノン中佐の家がこの近くにあったからだと思うよ」

キャノンが一九四七年から横浜中区山手、横浜共立学園前にあった米軍住宅8－515Aに住んでいたのは知る人ぞ知る事実だった。おそらく私的な汚れ仕事の指令は、日比谷のGHQ本部ではなく、そこから発していたのだろう。

「赤堂さん、鹿地事件のことはご存じですよね」

「はい、一応は」

鹿地事件とは一九五一年十一月、小説家の鹿地亘が自宅のある神奈川県藤沢市から忽然と姿を消した事件のことだ。

首謀者はキャノン中佐。鹿地亘は湯島の同機関の本部、旧岩崎邸をはじめ藤沢や沖縄の米軍関係施設などに拉致され、ソ連軍のスパイか否か拷問に近い尋問を受け、さらにアメリカ側の二重スパイになるよう強要された。

監視役の日本人青年の密告から事件は明るみに出て、翌年、鹿地は解放されたが、駐日アメリカ大使館すらこの陰謀を知らなかった。やがてキャノン機関のとんでもない暴走であることが発覚したのだ。

とうとうキャノン中佐は上層部に切られ、強制帰国させられた。

キャノン機関は自然消滅し、下部組織の旧軍人たちもちりぢりになって、ようやく日本国民に対する恐怖の支配が終わったといわれる。

「鹿地事件も〝神隠し〟だったと思うんですね」

「当時、そう言われたって証言はあるよ」ブラウンは答えた。「散歩中の鹿地の前に突然車が停車し、数人の男が降りて来て、いきなり鹿地を殴って車に押し込んだんだ。一連の〝神隠し〟事件とそっくりでしょう。もし密告がなくて、鹿地氏が二重スパイになることを拒んでいたら、彼は闇に葬られたはずだよ」

たしかにそうだ。つまり日本を震撼(しんかん)させた鹿地事件が、キャノン機関による最後の〝神隠し〟だったということになる。

「でもキャノン機関がなくなっても、〝神隠し〟はつづきましたよね。それはだれがやってたんですか」

「キャノン中佐の後継者でしょう」ブラウンはあきれた、という表情で口角を上げた。「キャノンの真の目的と動機は、日本を民主国家に育て上げようとか、共産主義から守ろうとか、アメリカの最大の友好国にしようとか、そういった使命感や愛国心じゃなかったと思うんです。うす汚れたシンプルな所有欲でしょ」

「所有欲か。ええ、たぶんそうですよ」

「実際キャノンは、日本を闇で支配する力をもう少しで持てたんですから」

下山事件、松川事件、三鷹事件は国鉄をめぐる未解決事案だ。キャノン機関主犯説に説得力があるのは、キャノンは日本国の鉄道網を個人的に所有しようとしていたというウワサがあるからだ。

「つまり後継者とは、キャノンの歪んだ欲望と正義を受け継いだ人たちってことですか」

ブラウンはスーツのポケットから白いハンカチを取り出し、ゆっくり額の汗をぬぐった。首にもハンカチを当てた。そのスーツは、とても暑いんだなと思った。

「キャノン中佐の右腕はヨンヤン。朝鮮系のアメリカ軍人でした」ハンカチをていねいにたたみ、ポケットに戻した。「でもそのほかに、二十六人の部下がいました。彼らのことはいくら調べてもくわしい資料がない。柿の木坂機関にいたという人に聞いてみたら、そのなかの八人が日系二世だったそうです。彼らが柿の木坂や矢板、日高、伊藤と呼ばれた闇機関に直接指令を出していたキャノンの副官たちです」

赤堂は、いまの話に興味を持った。

「彼らはキャノン中佐といっしょに帰国したんでしょうか」

ブラウンは首を左右にふった。

「連中がどうなったかはわからないんです」

先ほどの柿の木坂機関に所属していた男から聞いた話だと、ブラウンは前置きした。「八人の日系人のうちの何人かは日本人の養子になり、あるいは闇で日本国籍を買い、日本人になったというウワサがあります。見た目も日本人だし、完璧（かんぺき）な日本語もしゃべれる。絶対バレませんからね」

「日本にまぎれ込んだキャノン機関の残党が、キャノン中佐の意思を継いだ？　日本を闇で支配することを目的に？」

「おそらく政治家の力を借りたでしょうけど、日本人になって、権力の中枢に食い込んだんじゃないですか」

「具体的にはなにをしたと思いますか？」

「ぼくが彼らなら、政財界と闇社会を牛耳れる立場に身を置きますね。それに司法行政立法の三権に入り込む。けれど、一番押さえるべき組織は警察かな」

「彼らはおたがい、協力し合ってるってことでしょうか」赤堂が言った。「そして実行部隊は警察のなかにいる？」

「そうじゃなきゃ、世間に知られずこんなこと何十年もできないでしょう。たぶん中心には超大物がいますよ」

　これほど具体的な情報と推理を聞いたのははじめてだった。しかも十分納得できる内容だ。

「目的は、彼らの基準での世なおしですか」

「あと、快楽も大切な要素じゃないですか」

「快楽？」

「殺人本能を満たすって意味です」一拍置いて、続ける。「国を裏で支配するとはどういうことか考えてみてください。ほしいものをいくらでも手に入れられる力でしょう。好きなときに好きな場所に住めて、贅沢なものを食べられ、女にも不自由しない。人を思うがままに動かせる。突き詰めたら、生殺与奪の権利も持っているということの証明です。それって、人間にとって一番の快楽ですよ」

「その闇に消えたキャノン機関所属の日系人がどうなったか、引きつづき追ってくれませんか」

「もちろん」

「彼らの末裔についても……どんな些細な情報でもかまいません」

「ちょっと気になっている人物がいるんで、もう少し調べてお知らせします」

以前から勘づいていたが、ケン・ブラウンには司法、特に警察内部に、独自の情報源があるようなのだ。それもきわめて強力な……。

ブラウンは立ち上がり、あいさつもせずに去って行った。

ちょっと気になっている人間……ブラウンの最後の言葉に引っかかって、赤堂はしばらくベンチにたたずんだ。

それから、展望台のほうに向かって歩いた。ふと、港の夜景が見たくなったからだ。

晴れた夜だったので、光り輝く感動的な景色だった。

警察支給の携帯が鳴り、リュックから取り出して耳に当てた。

特命中隊のトップ、蓬田中隊長からだった。

「おお、赤堂班長、大正解だったよ。特命中隊恐るべしって褒められた」

電話の向こうの上司は機嫌がよかった。

「山北の森林公園のホトケさん、胡桃沢太郎で確定だ」

とうにそのつもりで捜査していたのでさしたる感動もなかった。だがこれで特別捜査本部内では自分の発言力が増し、より自由に動けるなと思った。

四三

織部健作(けんさく)の自宅は瀬谷区三ツ境(せやくみつきょう)にある。相鉄線沿線だったので、赤堂にとっては出向先の特別捜査本部への通り道だ。全体会議は毎朝八時半なので、六時半からのミーティング後でも、残念ながら十分間に合う。

織部は元県警総務部の部長だった。ということは、ノンキャリアのなかでは最高の出世を遂げた人物ということである。赤堂より二十三歳上。とてつもなくえらい人で、織部の現役時代には縁も所縁もなかった。

知り合ったのは、織部が退官して数年後だった。

中区の繁華街で頻発した宝石店連続強盗事件を捜査中の赤堂は、神奈川では最大手の警備会社と情報を交換する必要があった。そのときの担当者が織部だった。彼は警察時代の経験を活かし的確なアドバイスを赤堂に提供し、事件は異例の速さで解決した。赤堂は織部に感服し尊敬し、親しい間柄になるのに時間はかからなかった。

その織部が指定したのは、三ツ境駅の線路の真上に設置された空中庭園だった。草花がきれいな公園で、早起きの人が数人散歩したり、出勤時間に余裕のあるサラリーマンがベンチにすわっていた。

赤堂が遊歩道で織部の姿を探していると、「おお、ひさしぶり」という元気な声が背後から聞こえた。派手な模様の柄シャツを着ていた。知り合ったころより若々しい。その理由を尋ねると、定期的な運動が功を奏しているとのことだった。

「すわりますか」言うと、「いや、歩きながら話そう」と赤堂を追い抜いた。

ふたりはしばらく、思い出話や警察の人間のたわいのないウワサ話に興じた。興じたといっても、話すのは一方的に織部のほうだ。いまだに地獄耳であることは疑いようがない。

「なんでしたっけ、織部さんの警備会社」

「横浜警備セキュリティ」

たしか全国規模の警備会社をのぞけば、神奈川県では一番手堅く、業績のいい会社だった。

「なかなか、辞めさせてくれなくてね」

警備会社は警察と関係が深い。経験と実績のある人材、そして情報がほしい警備会社と、定年後の再就職先を探す警察組織――持ちつ持たれつというわけだ。現役時代同様、織部が事情通でいられるのは、この警備という仕事のせいなのだろう。

「悪い。あんまり時間がなかったな。本題に入ろう」織部のほうから切り出してくれた。「胡桃沢さんのことだったよね」

「彼のことならなんでもいいです。おぼえていることを教えてください」

「ぼくが本部の総務部総務課に来て二年くらいあとかな、どっかの署から異動してきた人だよ。ぼくより二つくらい上だったたから、当時二十九か三十くらいかな」

「どういう人でした」

「ハンサムで感じのいい人……」そこでなにか思い出したのか、織部はくすっと笑った。「あのころの総務課はさ、おれをふくめてダサい男の宝庫でね。女子に一番人気があったのがハーフの男でさ……と言っても、独身で英語がぺらぺらなだけで、全然かっこよくないんだよ。すっげぇでっかい男でさあ」

話が逸れるのはいつものことだ。赤堂はなにも言わず辛抱強く聞いていた。

「まあ、そいつはさ、胡桃沢さんに女子事務職員の人気があっさり移ったことがおもしろくなくてさ。翌年、警備部の外事課に異動しちゃったけどね」

「え、そのハーフの巨漢は事務職員じゃなく警察官だったたわけですね」

「そうそう」織部ははっとしたように、真顔に戻った。「すまんすまん。どうでもいい思い出話をしちゃったな……胡桃沢さんがどういう人かって話だよな」

赤堂は苦笑しながらうなずいた。

「ハンサムで感じのいい人。ってだけじゃなく、なんか訳ありの人かなあって思ったよ」

「訳ありというと？」

「課長がさあ、彼のことを妙に気にかけてたから」

「なんでですか」

「あとで知ったんだけど、母子家庭に育った人でね。どうやらおやじさんは、反社じゃないけど反社に近い人だったらしい。まあ、おふくろさんは胡桃沢さんが生まれてすぐに離婚してるから、それは県警が採用してもたいした問題じゃなかったんだろうけどね」

「それでも、なにか問題があった？」

織部は、赤、白、黄色、紫色の花が植わった花壇の前で立ち止まり、「きれいだよね」とつぶやいた。

赤堂も話を合わせるためにうなずいた。

「仕事はきちんとできるし、性格もいいし穏やかな人なんだよ。でも犯罪や犯罪者に対してはじつにきびしくてね。死刑をもっと増やすべきだとか、量刑が軽すぎるとか、日本の刑事罰は甘すぎるとかね。そういう話をするときだけ、人が変わったみたいに過激になる」

「どう過激なんですか？」

「本気になると、だれに対してもキレちゃうんじゃないかなってね」

「それで、課長が気にかけてた訳は？」

あるとき織部は、その理由を課長から聞いた。

胡桃沢の母親は彼が高校二年のとき、変死していた。変死というのは、会社の屋上から落ちたのだが、警察には死因の判断がつかなかった。だが捜査一課の刑事たちは、かぎりなく事件のにおいがすると感じていた。胡桃沢本人は、自分の父親の犯行を疑っていたようだ。刑事たちはもちろん重要参考人として父親を聴取したが、事件当時、父親にはアリバイがあり、唄うことはなかった。

「たぶんあのころの県警の人事採用者はだ、胡桃沢さんの背景を聞いて、同情から彼を採用したんじゃないかなあ」

「二年後、胡桃沢はどうして辞めたんですか」

「辞めたのはおぼえてるけど、来て二年で辞めちゃったんだっけ」

「記録ではそうです」

「新任の捜査二課長の、ほら、いま与党の政治家で、すごく威張ってる人……」話を中断し、織部は苦笑した。「齢取るとさあ、人の名前すぐ忘れるよな」

「菊田衆議院議員ですか」

「そうそう、菊田さん」答えを教えてもらってか、うれしそうにうなずいた。「菊田さんが捜査二課長に着任してさあ、二課の三級職って総務によく顔を出すじゃない？　そんとき、なんか胡桃沢さんを気に入ってね」

「菊田さんといえば、おれが交番勤務のころの本部長ですけど、同じ神奈川県警の捜査二課の課長だったこともあるって話、ほんとうだったんですね」

「知らなかったの」織部は笑った。「三級職だから、当時三十四、五じゃないかな」

「なぜ菊田さん、胡桃沢を気に入ったんでしょうか」

「それは知らない」また歩き出した。「けどほら、菊田先生の主張ってずっと過激じゃない。法務大臣のときには死刑は定期的に執行すべきだとか、犯罪撲滅のため量刑はもっと重くすべきだとか……そのへんが、胡桃沢さんと一致したんでかわいがったんじゃないの」

「二課の課長にかわいがられていたのに、胡桃沢太郎は辞めちゃったってことですか」

「まあ、そういうことだよね」

「ほかに、胡桃沢氏についてなにか思い出しませんか」

「うーん」うなりながら織部は結局、目の前にあるベンチに腰をおろした。ボケてはいないが、完全にマイペースだ。「そうそう、運動神経がいい人だったね。道場で機動隊の猛者と剣道の稽古してさ、互角だったよ。あと手先が器用だった」

「器用というと」

「電話とかテレビとかさ、警察の備品てなぜかすぐこわれるだろ。あの人に任すとなおっちゃうんだよ。工業高校出身かな」

「そのようです」赤堂は肯定した。「彼がアーチェリーとか弓をやってたなんて話はありませんか」

「知らないなあ」首を左に曲げた。「でも弓はさ、菊田本部長がやってたよ。名人だってウワサがあった」

　意外な情報を得たと、赤堂は思った。

「ほかには?」

「ああ、たしかカノジョがいたなあ」

「石黒綾子のことですか」

「名前は忘れた」

「彼女のこと、なにか言ってましたか」

「結婚してないのに、子どもができたかも……とか言ってたかなあ」

「胡桃沢と石黒のあいだには、たぶん女の子がいます」

興味がないのか、織部はうなずくだけだった。

「最後にもうひとつ」

「最後？」織部は笑った。「これが最後で、もう会わないってこと？」

相変わらず茶目っ気がある人だなと思い、赤堂も笑顔になった。

「いえ、そうじゃなくて、今日の質問の最後ってことです。昨夜お電話を差し上げたとき、織部さん、おれがクビになったか殺されたかと思ったっておっしゃいましたよね」

「言ったっけ？」

「クビになったって思われるのは、おれの日ごろの素行が悪いからだと思うんですけど、殺されるっていうのはどういうことですか」

織部がゆっくり立ち上がったので、赤堂もしたがった。

「おかあさんの話とか、〝神隠し〟事件について、赤堂くんが興味があるのは聞いていたじゃないか……じつは警務で親しかった男から、マル秘中のマル秘だって教えてもらったウワサがあってね」抑揚のない声になった。「県警内部に、法で裁けない悪を処刑する秘密結社みたいなものがあるってのがあったんだよ。もしほんとうなら、警察機構全体にとって大ごとだろ」赤堂の目を見た。「きみはそういう結社を、戦後の日本の闇からたどろうとしていたがね。きみのごく近くにいる連中に、もっと注意すべきじゃないかな」

「そうしないと、命が危ないとお思いなんですか」

「ほんとに、そいつらが存在していればね」

織部は彼らの実在を信じているのだな、と赤堂は確信した。


山北の遺体の正体がわかったためか、全体会議は少しだけなごやかな雰囲気だった。捜査は遅れに遅れたが、一歩前進。シキを担当する第三班にも、ようやく仕事ができたのだ。桃井をのぞく面々は嬉々として胡桃沢太郎の関係者への聞き込みに向かった。

会議に出席したあと、赤堂は適当な理由をつけて雲隠れする予定だった。昨夜ブラウンから得た情報について、いくつか調べたかったからだ。だが眠そうな顔で話しかけて来た桃井に、全部の予定を変えさせられた。

「昨日、調べましたよ」不満げな表情だった。「班長に報告しようと思ったら、帰っちゃったあとだったんで」

「なんの話だっけ？」赤堂は、ほんとうに思い出せなかった。

桃井は露骨にあきれた顔をした。

「離婚した胡桃沢太郎の奥さん、圭太の母親のこと調べろって言ったじゃないですか」

「ああ、君江さんか」

昨日桃井にふったのを忘れていた。赤堂は苦笑いして尋ねた。「どうだった」

桃井はコピー用紙を手に、見おろした。

「太郎と別れたあと旧姓に戻ってます。浅黄君江さんです」

浅黄君江は横浜市中区の実家に戻り、ひとり暮らしをしていた。父親は彼女が十八歳のときに病死し、母親は本牧通り沿いの商店街で総菜屋を営んでいたが、二〇〇五年に亡くなっている。

君江はその母の店を継ぎ、生計を立てていたようだ。

「いまもその総菜屋さんはあるの」

「一三年、君江さんは死亡して、店はそのあとなくなってます」

死んだのは、離婚して、わずか二年後ということだ。

「死因は」赤堂は、もしかしたらと思った。

「交通事故です」

君江は深夜零時ごろ、小港町近辺を自宅方面に向かって歩いていたが、横断歩道をわたる途中、車に轢かれて死亡したのだ。

「轢いた運転手は何者？」

「それが、轢き逃げなんです」コピーから赤堂に目を向けた。「犯人は捕まっていません」新聞記事をコピーした紙を、赤堂に渡した。

「なんか、におうなあ」

「内縁の妻、綾子さんは自宅で変死。君江さんは自宅近くで轢き逃げ……」

「胡桃沢太郎は、轢き逃げの被疑者だったの」

「捜査は行われましたけど、時効で打ち切られました。報告書には、胡桃沢太郎の名前はいっさいないです」

「絶対、怪しいじゃん」

小百合も同感だったようだ。口をぎゅっとむすび、うなずいた。

そのとき、別なことが頭をかすめた。

「君江さんの家はどうなったの？」

桃井から住所を教わると、赤堂はパソコンを操作した。マップを出し、君江の家一帯を拡大し、ストリートビューで検索した。

画面に現れたのは二階屋、ツタだらけの廃屋だった。

「ここだろう。空き家だ」

「え？」桃井はパソコン画面をのぞいた。「遺産相続人は圭太ですよねえ。手をつけてないんだ」

「ここだな」

「ここだなって？」

「櫻田好美と胡桃沢圭太……ここに潜伏していると思わねえか」


十分後、〈獲物〉が恐る恐る立ち上がった。暗闇のなかで首を左右に動かし、〈狩人〉がいないかたしかめている。

なにも見えないのに、ムダな努力だな、と〈狩人〉は思った。

〈狩人〉はクロスボウをかまえ、〈獲物〉に狙いをつけた。勝利は目前だ。

残念なことに〈獲物〉はなにか気配を感じたのか、突然小走りに移動を開始した。

〈狩人〉はクロスボウを降ろした。確実に射殺する自信がなかったからだ。

気になったのは、ライバルの三人の〈狩人〉の存在だ。いくらなんでも、もう近くにいるはずだ。〈狩人〉は〈獲物〉の動きを目で追いながら、耳をすました。

〈獲物〉が次にひそんだ繁みを確認してから、背後をふり返った。

信じられないことだが、まだひとりも来ていない。

彼らは自分のような初心者ではなく、ベテランのはずだ。なぜだろうと、疑問に思った。だがすぐに答えが見つかり、〈狩人〉はほくそ笑んだ。

彼らは自分のように訓練を受けていない。定期的に運動もしていない。殺人本能もない。しょせんエセ〈狩人〉なのだ。

無理をすることはない。もう自分の独壇場だ。あせらず監視をしつづければ、〈獲物〉に必ず隙が生まれる。

とてつもない幸福感が、〈狩人〉に訪れた。

四四

二階建てのその古い家屋は、すべての壁面がツタで覆われていた。家全体の輪郭が歪んでおり、だれが見ても倒壊は時間の問題だった。せまい庭には樹木、ツタ、雑草、ササが伸び放題に伸びている。植物が宇宙から来たエイリアンのように、門から道にはみ出す寸前なのだ。裏手にある小さな公園から一望すれば、家というより古墳か森にしか思えない。

「どう見ても空き家ですね」自分で言ってうなずいた。「そもそも、人が住める状態とは思えません」

だが赤堂の意見はちがう。

「裏の公園には公衆便所と水場がある。おれだったら住める環境だな」

そう言われても、小百合には信じられない。さっさと退却するのが正解だろう。

赤堂は勝手に門を開け、ドアの前に立った。

「ちょっと班長、家宅侵入ですよ。まずいですよ」

忠告を無視して、赤堂はドアノブを強引にまわした。

「ダメだって、赤堂さん」

ノブをガチャガチャいわせながら、赤堂は「中でなんか物音がした。絶対にだれかいるって」

と、小百合にふり向く。

「物音なんか……」

「なあ、近所の交番に電話してよ。中に不審者がいるって」

あまりに断定的だったので、小百合は半信半疑ながら携帯を取り出した。

十五分後、所轄交番の警察官がやって来た。四十代後半のベテラン巡査長だった。意外なことに自転車を降りながら、「やっぱりだれかいますか？　近所でも一件通報があったんでパトロールを強化したんですけどねえ、なかはやっぱり無人みたいだったから」と言った。

この家の住人は十年以上前に亡くなり、子どもが相続したが、子どもはそのまま放置して、近所ではお化け屋敷と呼ばれていると、巡査長は説明した。区でも、空き家問題の代表的物件のようだ。

「なか、入ってもいいですか」赤堂がバカていねいな口調で尋ねた。

「いや、それは……」

赤堂はドアノブを、またまわした。

ドアが開いた。

「ほら、開けっ放しですよ」

「あれ？」近づきながら巡査長は首をかしげた。「おかしいなあ、一昨日はちゃんとカギかかってたのに」

「じゃあですよ、だれかなかに入ったって証拠じゃないですか」

小百合は赤堂をにらんだ。一昨日どころか、さっきまでドアはきちんと施錠されていたはずだ。自分が携帯で交番に連絡している隙に、きっと赤堂がピッキングしたのだ。ドアは一番単純なシリンダー錠だ。訓練を受けた警察官なら簡単に開けられる。

赤堂はいつのまにか手袋をはめていた。手にはハンディライトまで持っている。

ドアを開き、「すみませーん、どなたかいらっしゃいますかぁ」とわざとらしく大声で問うている。

耳をすますようなポーズで、赤堂はしばらく待った。返事がないとわかると、だれの許可も得ずに入って行った。

「あ、ちょっとまずいなあ」巡査長は苦笑して、赤堂を追った。

やむをえず、小百合もつづいた。家の中は、蒸れた靴と腐敗臭が合わさった不快なにおいが充満している。

上がり框の先に廊下が伸びていた。その横に階段。廊下には、段ボール箱がふたつころがっている。

巡査長の背中を追い、小百合も靴のまま廊下に上がった。

「班長、赤堂班長？」声を出しながら、廊下を進んだ。

奥の部屋のドアが開いていた。灯りがチラチラ見える。

巡査長といっしょに、部屋をのぞいた。

広い板の間だった。おそらくリビングだろう。

中央に赤堂が立ち、床を照らしている。

小百合は赤堂の操る光線を目で追った。

床にはふたつのシュラフとランタンキャンプライト、携帯扇風機、アウトドア用のマイクロストーブが置かれていた。

だが一番目を引いたのは、床全体に散らばったスナック菓子、倒れた五百ミリリットルのペットボトル、そこから流れて床に溜まった大量の水だった。

赤堂は壁に光を当てた。

壁ぎわには箱買いしたペットボトルと、大量のカップ麺、缶詰が置かれていた。

「やっぱり、だれかいたんですね」巡査長が感心したように言った。

小百合はまだ疑っていた。赤堂は物音を聞いたと言っていたが、ほんとうだろうか。

「シュラフの数からふたりですね」巡査長が言った。「応援を呼びます」

巡査長は無線機を手に、外に出て行った。

小百合と赤堂はその場にとどまり、部屋のなかをていねいに照らした。

赤堂は床のスナック菓子に光を向けた。「ペットボトルが倒れて、水が床に流れてるし……スナックを食ってる最中に、なにか起こったのかなあ」

「あわてて逃げたってことですか」

散乱したスナック菓子の下には、なにか書かれた紙があった。見つけたのは小百合だったので、もっと見ようと近づいた。その途端、階上からガタン、という大きな音がした。

赤堂は階段のほうに走り出した。小百合もあとにつづく。

猛禽類のような奇妙なフォームなのだが、赤堂は予想外に速い。小百合が階段にたどり着いたときには、すでに二階に上がっていた。

小百合が上がったとき、赤堂は廊下に立ち、手前の部屋にライトを照射した。

そこは畳の六畳間だった。ベランダに通じるガラス戸が見え、開けっ放しになっていた。

光を少しずらしたとき、小百合にも動く人影が見えた。

った。

「あ！」

小百合が叫んだ瞬間、人影は腰を落とした。顔を見る前に、男がかまえるクロスボウが目に入

バシュッ！という乾いた音。

強い力で頭を押さえられた。赤堂の腕だった。同時に彼自身も身を伏せた。

背後の柱に矢が命中した。

小百合の腕が赤堂に引っ張られた。根元がちぎれそうなほど痛かったが、動かなければ死ぬのだと理解した。ふたりは這ったまま階段を下った。

ガタンガタンという音。そしてドスンという震動がした。

「くっそ」赤堂の声が聞こえた。

顔を上げると、赤堂は立ち上がり、階段を再び猛ダッシュで上っていた。

「赤堂さん、ダメ！」思わず声が出た。

だが赤堂は六畳間に突進したようだ。

「班長！」叫びながら、小百合も階段を駆け上がった。

赤堂はベランダに立ち、外を見おろしていた。小百合にも、裏手にある公園が見えた。

「おれ、バカだよな」赤堂がつぶやくように言う。「クロスボウは一回射てば、矢をつがえるのに時間がかかる。おっかながってねえですぐ部屋に突っ込めば、いまのやつを捕まえられたのに

……最悪でも顔は見られた」

「どうでしょうか、素早い相手でしたから」

なぐさめるつもりではなく、冷静な判断から言った。同時に赤堂の予想外の勇敢さ、大胆さに

感嘆をおぼえた。さすが捜査一課の元エースだけのことはある。

「すげぇ運動能力だな。二階から飛び降りたんだぜ」

「どうされましたかぁ」一階から巡査長の声が聞こえた。

「二階に人が隠れていました。裏の公園のほうに逃げちゃったんですけど、外で人影は見ませんでしたか」念のため、小百合が質問した。

「いえ、なにも」

「櫻田好美と胡桃沢圭太は、いまのクロスボウのやつに襲われて逃げたんだろう。そいつが無人になった家を物色している最中に、おれらが踏み込んだんで、あわてて二階に逃げた」

その推理に異論はなかった。そして覚悟をあらたにした。ホシは人殺しも辞さない危険な相手なのだ。


事情聴取から解放され帰宅を許されたのは、朝に近い真夜中だった。

小百合は本部まで戻るため車を走らせたが、ごく近距離とはいえへとへとだった。だが助手席にすわる赤堂はとても元気そうだ。それになぜか機嫌がいい。

「ちゃんと調べないとわからねえけど、証拠拾ったよ」

「証拠？」ちらりと赤堂を見た。

手には黄色く汚れた紙切れ。小百合には見おぼえがあった。二階で物音がする直前、床に落ちていたのを見つけたメモだ。

ブレーキを踏んで、車を停めた。

「ダメじゃないですか。鑑識に渡さないと」

「わかるけどさあ、先に見たいじゃん」悪ふざけがバレたときの、子どものような目だった。

「いまから、現場に戻ります」

「なあ、どうしておれらが到着する直前、好美と圭太は襲われたと思う？」

「犯人グループも同じ結論にたどり着いたからじゃないですか」

「もしくは特別捜査本部のだれかがおれらの動きを知って、そいつらに情報を漏らしたか」

「スパイがいるってことですか」

赤堂は沈黙した。

「だから鑑識に、重要な情報と思われる紙切れを渡さなかった？」

無言のままだ。

小百合は根負けし、ため息をついた。

「それで、なにが書かれてたんですか」

「人の名前。おそらく櫻田好美か圭太がメモったもんだろう。ひょっとしたらクロスボウのやつは、これを探していたのかもしれない」

「名前って？」

「最近、老眼らしくてさ、この灯りだと読めねえんだ」リュックからメガネを出してかけた。

メガネはたぶんミクリだろう。やっぱり金持ちだな、と小百合は思った。

赤堂は紙をちょっと顔から離した。老眼の人がよくやるポーズだ。

「菊田……下にクエスチョン。海老原、同じく下にクエスチョン、白洲、やっぱりクエスチョン」

「だれですか？　それにクエスチョンの意味は？」

「これが、好美か圭太の書いたものとしてだよ」赤堂は口角を上げて、小百合を見た。「これ、〈人狩り〉結社のラスボスの名だったらおもしれえのにな」

「それは、早計というか……」

「ただおれの知ってる菊田さんは、菊田義則（よしのり）。警察庁出身、元県警本部長。神奈川第十三区選出の衆議院議員」

「過激な言動で有名な政治家ですよね」

「そう、その菊田先生。元法務大臣だし、めっちゃ権力者だぜ」楽しげな表情だ。「ちなみに胡桃沢太郎は、菊田先生が三十代で捜査第二課の課長のとき目をかけられてたみたいだよ」

　磯子区の胡桃沢の家を調べに行く途中、車のなかで交わした話を思い出した。自分が胡桃沢についてわかったことを報告すると、赤堂は警察事務職員時代の胡桃沢と同じころ、だれが本部長だったかを気にしていた。本部長ではなかったが、捜査二課長の名が浮上したようだ。

「海老原はだれだ。思いつかないなあ」

　ほんとうに思いつかないのか勘繰りながら、小百合は答えた。

「神奈川で有名なのは、海老原ホールディングスの海老原雄司（ゆうじ）会長ですね」

　海老原ホールディングスとは、レジャー産業を中心にした神奈川に本拠地を置く大企業のことだ。会長の海老原は県で一番の富豪と言われている。

「ああ、思い出した」わざとらしいリアクション。

「たしか白洲代理の奥さん、その海老原会長の娘さんじゃなかったですか」

「そうなんだ」

　この人、絶対知ってるのにとぼけてるな、と確信を強めた。

しかし海老原雄司と菊田義則は、神奈川県、いや、日本でも権力者ベストテンに入る大物だ。そんな名士たちが〈人狩り〉結社と関係していることなどありうるだろうか。

「で、最後が白洲ってことは、やっぱり代理のことだなあ」

それが一番ぞっとした。県警内部の〈人狩り〉結社の内通者、もしくはメンバーは、捜査第一課では上から四番目、四人いる担当代理のなかではトップの地位にいる権力者なのだ。それは、この戦いに勝利はないということを意味している。

しかし赤堂は、そんなことは気にかけていないようだ。

「胡桃沢太郎のこと、さらに調べを進めてくれるか。それと櫻田好美がどんな人間か、もうちょっと調査しようや」

「好美と圭太、命が危ないんでしょうか」

チョロまかしたメモをプラスチックバッグに収めながら、赤堂は言った。「この紙に書かれた人物たちが〈人狩り〉結社の黒幕候補だとしたらさ、ふたりは逃げるだけじゃなく、反撃の機会をうかがってるのかもしれねえな」

「どういうことですか」

「でなきゃ、わざわざ書き出したりしねえだろ」

「結社を壊滅させようとしてるんですかね」

「そこまではわかんねえけどさ、少なくとも事実をマスコミかなんかに公表するくらいのことはしようってんじゃねえの」

四五

　青柳班長に今日と昨日の報告をすませて、小百合はさっさと帰宅すべきだった。だがあまった時間でたまった事務仕事を一気にかたづけてしまおうと本部に戻ったおかげで、警務課の金谷課長からお呼びがかかってしまった。小百合に赤堂の内偵を依頼した当人だ。エレベーターで上に向かいながら、小百合はなにを報告し、なにを黙っているべきか計算した。赤堂がかぎりなくクロなのはまちがいないが、それを上まわる捜査能力を持っていることは疑いようがない。灰色ならこのまま放し飼いにしておくほうがいいんじゃないかと、本音では思いはじめている。

　長い廊下を歩くあいだ、まるで死刑台に向かうような気分だった。忠誠を誓った組織に、ウソをつこうとしているからだ。

　金谷課長が指定した部屋は、小さな応接室だった。そこは警務部が、とっておきのナイショ話をするとき使用する部屋のようだった。

　ノックをしてドアを開けると、すでに金谷はテーブルの向こう、窓側のふたりがけソファに腰かけていた。

　小百合は頭を下げ敬礼して、向かいに並んだひとり用ソファのひとつにすわった。

「折り入っての話があります。これは芝浦中隊長も承知の上です」

　赤堂のことを報告するため呼ばれたものと思っていたので、小百合は少々面食らった。

「じつは桃井部長に赤堂警部補のお目付け役になっていただいたのは、警部補が汚職警官かどうかの調査ではなく、彼が今度のヤマにどう対処するかをしっかり見ていてほしかったからです」

想像していた質問とはちがい、小百合は呆気にとられた。

「クロスボウによる殺害事案のことですか」金谷がなにを言い出すのか、まるで予測がつかなかった。

「あれは神奈川県警が長年秘密にして来た〝神隠し〟です」

赤堂や植草から聞いた〝神隠し〟という単語を警務のこの人までつかったことで、半信半疑だった小百合にもそれが現実に思えて来た。

「被害にあって姿を消した人はいろいろでしたが、ホシにとって好ましくない人物を処刑しているのはまちがいない」息をゆっくり吐いた。「問題は、ホンボシの可能性です」

「可能性と言いますと」

「ホンボシが警察官の可能性です」

背すじに電流が走った。

「その〝神隠し〟を行う結社のシンパとかスパイが、警察のなかにいるというだけではなく、ホンボシがひそんでいるかもしれないとおっしゃるんですか」

金谷はうなずいた。

「動機は、歪んだ大義ですか」

その質問には答えず、金谷は話を進めた。「そこで赤堂警部補です。彼の母親が〝神隠し〟の犠牲者かもしれないという話は聞いていますか」

「いえ……」ウソをつこうとしたが、ムリだった。「はい」と正直に答えた。

「赤堂さんはじつは母親の事案解決のために、警察官になったんじゃないかとわたしたちは考えています。特命捜査班に異動となったのも、彼のよからぬウワサのせいで現場をはずされたんだなどと言われていますがね、実際は赤堂さんが希望を出したからです」

「そうだったんですか」

「赤堂警部補が十五年前のクロスボウの事案捜査に熱心だったのは、ようやく〝神隠し〟の存在を証明できると思ったからでしょう。そして森林公園の遺体発見で、クロスボウをつかった連続殺人が〝神隠し〟だったことは疑いようのない事実になりました」

「赤堂さんは、事前にスジ読みをしていたんだと思います」

「そうでしょうね」

山北の森林公園で発見された胡桃沢太郎の遺体から、どうして連続殺人事件の被害者たちの遺体埋葬場所の存在まで導き出したのか、小百合はずっと不思議だった。しかし金谷の話を聞いて、いまは納得している。おそらく赤堂は、単独で母親失踪事件の捜査をしていたのだ。そして〝神隠し〟とはじつは〈人狩り〉であることまで、頭のなかで解答を出していたのだろう。そうでなければ、あの飛躍的推理はありえなかったはずだ。

「それで……？」小百合は金谷課長を見た。「ほんとうは、わたしになにをさせようとお考えだったんですか」

「赤堂警部補は並はずれた捜査能力の持ち主です。〝神隠し〟を解明できるのは、残念ながら彼しかいない」淡々とした口調だ。「問題は彼が事案を解明し、ホンボシが県警にいた場合です。そのとき彼は、私的な復讐者に転じる可能性があると思うのです」

櫻田好美と胡桃沢圭太がひそんでいたと思われる廃屋で、赤堂が見せた意外なほどアグレッシブな行動を見たあとだったので、ありうるかもしれないと思った。

「それを自分が止めろと……」

「あなたに赤堂さんを諫めてほしいなどと言ってるわけではありません。それに気づいたとき、即座に報告してほしいということです」この会合で、金谷ははじめて白い歯を見せた。「われわれは思いとどまるように、彼をなんとか説得します。警察官の信念を思い出してもらいます。復讐したら、〝神隠し〟結社と同類だぞと言ってね」

内偵の真意は、人事のスパイではなく、警察官の信念を守れということだったようだ。小百合は少しほっとした。それなら恥ずべき任務ではない。だがすべてに納得しようとした瞬間、なにかおかしいと感じた。

「金谷課長、確認させてください」

「なんでしょうか」

「赤堂班長が復讐に転じるというのは、あの人が警察官のなかにいる真犯人を特定した場合ですよね」

「まあ、不幸にもそうだった場合です」

「じゃあ、不幸にも真犯人が警察官だった場合、県警はどう処理するんですか」

「どう処理するか、と言いますと……」

急に歯切れが悪くなったことに、小百合は気づいた。

「逮捕して、ちゃんとマスコミに公表しますか」

「逮捕は当然でしょう。公表もすべきだと個人的には思います」

「個人的には、とは？」

金谷は力なく笑った。わかってくれよという無言の合図だった。信念の人が、ただのサラリーマンに変わった瞬間だ。

「だってそれを決めるのは、われわれの上じゃないですか」

一分前までは誇りすら感じた指令だったが、また肩身のせまい気分に戻った。

四六

県警本部から、徒歩で祖父の残した古いマンションに向かった。プライベートなスマホに、何度も橙山から電話がかかってきていたからだ。橙山が使用する携帯は、死亡したホームレス名義のもので、〝梅崎(うめざき)〟と登録されている。安全のため赤堂は、自分の携帯から相手に折り返すことはしない。必ずマンションに立ち寄り、固定電話からかけるようにしていた。

灯りを点(つ)けると冷房を入れ、固定電話の前に立った。

橙山の番号を押した。

呼び出し音が二回聞こえたあと、応答する低い声が聞こえた。

「すみません。何度もお電話いただいたようで」

十回どころか二十回だったので、赤堂は恐縮していた。

「あれから気になって、胡桃沢太郎の記録をさらに調べました」

迂闊(うかつ)にもキンブルホテルに、祖父の命を狙(ねら)った殺し屋を泊めてしまったことを、まだ悔やんでいるようだ。

「さらに、と言いますと?」

「どうしてわたしが、彼を以前に見たような気がしたか……赤堂さんが言われたように町で見かけたこともたしかなんですけど、それだけじゃないような気がしまして」

それだけではない？　どういうことだろう。

「つまりです。二度ではなく三度見たことがあるような気がしていたんです」

「三度って、祖父をつけまわしていたときが一度目。キンブルホテルに滞在を希望したときが二度目。そのあとに、もう一回見たということですか」

「そうじゃなくて、修司さんをつけまわしていた何年か前にも、一度見たことがあったってことです」

「胡桃沢はやはり、この町に住んでいたんですか」

「最初はそう思いました。でも、もっとシンプルな理由でした」いつもより早口だった。「胡桃沢太郎がキンブルホテルを使用したのは、いまから十三年前……でもそれは、一回目じゃなかったんです」

「一回目じゃない？」衝撃が走った。

「自分がこの仕事を任されて、まだ新米のころです」ため息が漏れる。「そのさらに十三年前、つまり九八年、彼はキンブルホテルに滞在してるんです。それも二週間もです」

「つまり胡桃沢太郎は人生で二回、キンブルホテルに滞在したことがあったということですか」

「そうです」

「彼はそのとき、どうしてキンブルホテルのことを知ったと言っていましたか」

「記録によれば、石川町のバーでウワサを聞いたと」

まだ審査基準が甘かったころだし、いまのように逃亡犯をかくまうようになる前の話だ。さほど不自然なことではなかった。

「それで……宿泊したい理由は？」

「……妙な疑いをかけられて、警察に嗅ぎまわられている。まったく身におぼえがないので、ほとぼりが冷めるまで滞在したい、という理由だったと思います」

胡桃沢太郎に前科はない。つまり警察に嗅ぎまわられる理由はないのだ。ほとぼりが冷めるとはどういう意味だろうか。

赤堂のスジ読みでは、胡桃沢は警察の事務職を退いたあと、どういう伝手かわからないが〈人狩り〉結社とかかわり、その仕事をするようになった。八七年には内縁関係にある石黒綾子とのあいだに子ども——櫻田好美をもうけている。

「九八年、九八年……」

橙山の電話を切ったあと、記憶を手繰るため念仏を唱えるように独りごちた。

脳の焦点が合い、はっとした。ジグソーパズルの最後のピースが合致したときの気分だった。

一九九八年とは、好美の母、石黒綾子が不審死した年ではないか！

胡桃沢が最初にキンブルホテルを利用した理由は、内縁の妻の不審死で警察に任意同行を求められそうになったためなのではないだろうか……？

四七

櫻田好美の人となりを知るため、小百合は彼女と親しい人物を探していた。経営するスナックやアルバイト先のコンビニ店に電話をして、従業員や店主から話を聞いたが、たいていが「櫻田さんはよく働くし、頭も性格もとてもいい人です」と、同じような答えが返ってくるだけで、プライベートなことや過去まで知る人間はいなかった。

学生時代となると、なおさらだった。

好美は十一歳で母親、石黒綾子を失い、群馬に住む伯母夫婦に引き取られた。夫婦に子どもがいなかったからのようだが、どうやら折り合いが悪く、二年で横浜の東神奈川に戻っていた。そこに母の妹がいたからだ。叔母は独身でそれまではひとり暮らし、好美は高校を出るまで同居していた。

小百合はふたりのおばを探したが、綾子の姉は他界しており、妹はアメリカに移住して連絡先はすぐにはわからなかった。

高校は三ツ沢にある県立高校の夜間部——定時制だった。現役ではなく、二〇〇八年、二十一歳のときに入学していた。中学卒業後の五年間はなにをしていたのか記録にはなかったが、ようやく見つけ出した高校時代の友人から話を聞くことができた。

藤谷仁美(ふじたにひとみ)は介護士。住まいは南太田(みなみおおた)で、子どもがふたりいるシングルマザーだった。小百合は赤堂と、彼女の勤務する病院の喫茶室を訪れた。食べ物と消毒液のにおいが入り混じったスペースだった。

小百合は自動販売機でコーヒーを三つ購入し、テーブルに置いた。

「好美さん、あたしのおねえちゃんと中学の同級生だから、あたしより二個上」

警察の事情聴取ということで、藤谷の表情は硬かった。

「あたしは高校で引きこもりになっちゃって落第したのね。それで退学して、近くの学校の午後部に転校したんです」

「午後部?」

聞きなれない言葉に、さっそく赤堂が突っ込んだ。

「夜間のことを、ウチらの学校では午後部って言うの」

「どうして櫻田さん、じゃない好美さんは、入学が遅れたんですか」

「おねえちゃん言ってたけど、好美さん、中二ンとき転校してきて、すっごい頭がよかったんだって。みんな絶対この辺で一番いい高校に行くって思ってたんだけど、進学しなかったんだよ」

叔母にも馴染めなかったようだ。藤谷によれば、中学卒業後も書類上は叔母と同居となっていたが、実際には家出して、未成年にもかかわらず自活していたのだという。

「なにやってたのって聞いたら、齢ごまかしてホステスやってたって。そいで男いっぱいだましておカネ持ちになったから、高校でも行こうかなって思ったって」藤谷は笑った。「美人だし、中学のときも大人っぽいし色っぽかったから、ありかなって思うけどさあ。ヤクザとつるんでクスリとか売ってたって話は、そんときはウソっぽいなって思った。中学ンときはすごいまじめな人だったらしいから」

「定時制って、卒業まで四年だっけ」

どうでもいい質問に思えた。だが赤堂はやめなかった。

「自分、子どものころイジメられてさ、真剣に定時制とかに移ろうかって思ったことあるんですよ。だから興味があって……定時制高校の生徒って、どういう時間割なの」

赤堂は小学校のとき、母親の職業や失踪のウワサでイジメられたかもしれないという青柳班長の話を思い出した。そのイジメが、中学や高校までつづいていたのだろうか。それともまた、なにかの作戦のためのウソなのか、小百合にはわからなかった。

「え、まず何時に登校するの？」

ほんとうに興味津々のようだ。

「もう前ぇぇの話だし忘れちゃったけど、たしか午後の五時半くらいからかな、授業がはじまるの」

五時半に一限目（彼女は第一校時と言った）。六時半に給食。最後の授業である四限目が終了するのが九時半。そのあと掃除をやって下校だと言った。

「イジメとかあった？」

「あったかもしれないけど、あたしは知らない。一クラスの人数が少ないしさあ、齢も環境もちがうし、ふつうの高校よりつき合いがうすいから。イジメで引きこもったあたしが言うんだから、たいしたことないんじゃない？」

当時、生徒は一学年五、六人。年齢は十代から三十代までいたという。

「参考になった。ありがとう」

これから定時制高校に入学するわけではないのに、赤堂が満面の笑みで礼を言った。すると、いままでなんとなく警戒していた藤谷の態度がやわらいだ。

「それでなんか、好美さんのことでおぼえてることを言えばいいんだよね」

「そうなんです」

赤堂の笑みはそのままだった。絶対に演技だ。

「前も言ったけど、中学ンときに成績よかった人じゃないですか。それをウチらの高校の先生も気づいてさあ、石黒、一年予備校行ってまじめに勉強したら、国立とか公立に行けるぞって。でも好美さんは大学には行かないで、経理の学校に行ったの」

「いまはスナックをやってるけど、卒業したあとは水商売に戻らなかったんだ」

「アレはちょろい商売だから、おカネがほしくなったらねって言ってた」

「おとうさんとか、おかあさんの話は聞いたことないですか」

「おかあさん、事故で亡くなったって言ってた。大好きだったって」彼女は言った。「泣きそうな顔してたよ」

「おとうさんのことは、なんか言ってた？」

「うん」藤谷はうなずいた。「おとうさんはどーしょうもない人だって」

「きらってたわけ？」赤堂の口調は楽しそうだ。

「てほどじゃなかったなあ……ただ、どーしょうもない人ってだけ」藤谷はつづけた。「彼女さあ、さばさばしてるっていうのか、人を突き放すみたいなとこがあってさあ。それにあたしとしては、おとうさんがどこにいるのかとか、どうしておとうさんが好美さんを養わなかったのとか、やっぱ聞けないじゃない」

「どういう話からおとうさんのこと、彼女は言ったの」藤谷の話をさえぎるように、赤堂が尋ねた。

「いや、別にこっちは聞かなかったけど、なんか向こうから話したよ」

好美にとって、父親の存在は別に秘密ではなかったようだ。

「ああ、だけど一番おとうさんのこと話したのはさあ、好美さんあるとき、見つけたって言ったときだよ」

「見つけた？」小百合は藤谷の目を見た。

「おとうさんの新しい家族を見つけたって。弟ともナイショで会ったって」

「それ、いつ？」

「高二ンときかな」

二〇〇九年ならば、胡桃沢家が杉田のころだ。弟の圭太は十歳くらいだ。

「あの家は守りたいって」

「守りたい？」

赤堂は小百合を見た。さすがの彼にも、その意味はわからなかったのだろう。

「うん、守りたいって言ってた」確信があるのか、藤谷はうなずいた。「あたしの家はこわれちゃったんだから、せめてこの家はこわれないように守りたいって。弟は幸せに育ってほしいって……いつか弟とわたし、ふたりで住める日がくればいいなって」

「おとうさんはなにをしてる人だとか、言ってなかったですか」

「なんか、ヤバい仕事をしてるって言ってたから、あたしはヤクザ屋さんかなって思ってたよ」

藤谷は気がついたように、コーヒーの入った紙コップを手に持った。「とにかくおとうさんになにかあっても自業自得だけど、弟は守るって」

藤谷は紙コップに口をつけた。


父親に対する思いは微妙だったが、好美が弟の圭太を愛していたことはまちがいないだろう。

赤堂も小百合と同じ感想だったようだ。

「これで好美の逃亡の理由がいくつか推測できますね。彼女は太郎が死んでいると思い、弟を〈人狩り〉結社から守ろうとした」

病院の駐車場まで向かう途中、小百合が言うと、赤堂は特に異議を唱えなかった。以前から彼が言っていたスジだからだろう。

「あるいはスナックを訪ねて来た太郎が自分の窮状を訴えて、圭太だけでも守ってほしいと頼んだかだな」

父親を石黒ナニガシと警察に偽った理由はわからないが、十分納得できる説だと小百合も思った。

「それで、次はどうしますか」セレナのエンジンを始動する前に、小百合は尋ねた。

「あとは好美と圭太を保護するのが最重要課題なんだけどさあ、あのふたり、どこに逃げたかだよな」独りごとのようにつぶやいてから、小百合に顔を向けた。「昨日の廃屋に行って、特捜本部からも人が出てると思うから、手がかりがねえか聞いてみようよ」

中区の圭太の実家に向かって車を走らせながら、小百合は思った。正直なところ、赤堂も手詰まり感をおぼえているのだろう。好美に強力な伝手でもないかぎり、地方か外国に逃げる以外逃亡手段はないはずだ。もし追っ手への反撃を画策しているのなら、あるいは繁華街のラブホテルやドヤ街の宿泊所を転々としているのかもしれない。

「あのふたり、運転はできるんだっけ」

「ふたりともできます」小百合は答えた。「でもレンタカーを借りるには、免許証の提示が必要ですよ。今朝からアシも調べてますが、車を借りればすぐバレます。しかしあのふたり、そんな足がつくようなことしないでしょう」

「じゃあ、昨日はどうやって」

赤堂は昨夜、ふたりがどういう方法で逃げたか気になっているようなのだ。

「あの時間だから電車かな。一番近い駅はどこだっけ?」

「山手です。歩けば石川町駅にも行けます」

「本牧通りをわたって丘を越えれば、根岸にも行けるか」

「その三つの駅に設置された防犯カメラは、調べている最中です」

「なんか出ねえかなあ」

赤堂の苦笑を見て、やっぱり行き詰まってるんだな、と小百合は痛感した。

そんな会話をしているあいだに、小百合の車は中区の廃屋に到着した。

車を降りるまで気づかなかったのだが、この現場の担当は小百合の所属する第三中隊だった。まったく班長から連絡がなかったということは、完全にいない人になっているなと思い、悔しさより笑いが込み上げて来た。

「おお、来たか」青柳班長がふたりに近づきながら、小百合に手をふった。

「なんかわかりましたか」

幼馴染なのに、赤堂は敬語で尋ねた。

「家には好美と圭太の指紋がありました。赤堂さんが思ったとおり、ふたりはここにひそんでいたみたいですね。それから争ったような跡もあるので、ふたりは襲われたんでしょう。裏口から出て、公園を突っ切ったと思われます」

内容より気になったのが、赤堂と青柳のぎこちない会話だった。

「車で逃げたんですか」

「そういう車の情報はありません。ただ、全速力で走る男女を見たという目撃談が近所にありました」

「何時ごろですか、ふたりを見たという目撃談は」小百合は聞いた。

「午後十時ごろみたいよ」青柳は急に軽口になった。

「本牧通りとかで、ふたりを見かけた人はいたんですか」

「いまのところ、いないよ」

「襲ったマル被らしき男たちの目撃者は？」

「八人乗りの大型バンがこの辺りを何度か、なにか探すように流してたって話す住民はいたねえ」

「防犯カメラには？」

「いまチェックしてもらってるけど、まだ見つからない」

「駅の防犯カメラはどうでした」

「三駅の防犯カメラを調べたけどね、ふたりらしき男女は映ってないな」

「じゃあ、ふたりはどこに？」責めるような口調で、小百合は青柳に尋ねた。

「まだわかんないよ」

「待ってよ」赤堂は感情的な口調になった。敬語はやめたようだ。「好美と圭太は午後十時ごろ襲われた。どうやら走って逃げたらしいが、車を使用した形跡はない。通りを歩いてるのを見た人もいない。駅を利用した証拠もない。有力な目撃証言は、マル被が乗っていたと思われる大型バンだけだってことか」

「うん、そっちも有力かどうかたしかじゃないですけどね」青柳がうなずく。

赤堂は舌打ちした。

「消えたとしか思えねえな」

三人のあいだに、数秒間沈黙が流れた。

「自分、仕事に戻りますけど、赤堂班長と桃井部長はどうします？」また中途半端にていねいな口調で、青柳が尋ねた。

小百合は赤堂をチラッと見て言った。「人が足りないでしょうから、ここでお手伝いしませんか。なにかわかるかもしれないし」

「え、おれは帰るわ」当然だろう、という顔で、赤堂は車に戻っていった。

「じゃあ、失礼します」あわてて青柳に敬礼し、小百合もあとを追おうとした。

「桃井部長、大変だねえ」わかってるよという顔で、青柳は苦笑していた。

「帰るって、ご自宅に帰るって意味ですか」

赤堂を追いかけて、あわてて運転席にすわった直後だ。彼がオーダーしたのは、山北の特別捜査本部ではなく中華街近くの高層マンションだった。

「おれ、ここ数日、全然寝てねえのよ。だから悪いけど家まで送って」

「それ、公私混同ですよ」なぜか声がふるえた。ここ数日で、常識を、常識のない人に諭すことがいかにむずかしいか悟ったからだ。

「わかった。じゃあ、県警本部まででいいや」

それならぎりぎり、公用車の私的利用とはならない。小百合はしぶしぶ発進した。

「しかし、最悪だな」そんな小百合の思いも知らず、赤堂はつぶやくように言った。

「あのふたり、どこに逃げたんでしょうか」小百合も仕方なく、相手をした。

「え？」唖然（あぜん）とした顔で、小百合を見た。

「なにか……？」小百合も赤堂を見た。

「だから、逃げたんじゃねえって」

「逃げたんじゃないってって？」

赤堂はいら立っていた。「〝神隠し〟だってば」

その言葉を聞いて、小百合は思わずブレーキを踏み、山手トンネルの直前で車を停車させた。

「〝神隠し〟ってまさか……」それしか言葉にできなかった。

「そうだよ。ふたりは逃げたんじゃなく、拉致(らち)されたんだ。まんまと〈人狩り〉結社に先を越されたんだよ」

「じゃあ、ふたりは……」唾(つば)を飲み込んだ。「ふたりはどうなるんでしょうか」

「〈獲物〉にされるだろう。どこかの狩り場に連れて行かれて」赤堂は感情のない声で言った。

四八

午後九時をすぎたころだった。

サイドテーブルに置いたプライベートなスマホの振動音で、赤堂は目をさました。帰宅してすぐに眠ったので、ふいに起こされても頭はすっきりしている。ただ少し、空腹をおぼえた。

「はい、赤堂」携帯を耳に当てて言った。

「夜分、すみません」

声を聞いて、だれかすぐにわかった。

「ブラウン先生ですか」

「いま、話せますか」

「もちろん」

「キャノン機関にいた日系人の何人かが母国に戻らず、帰化したというお話をしましたよね」

「なにかわかりましたか」

捜査は手詰まり、重要参考人ふたりは拉致されたと思われる直後だ。どんな情報でもほしかった。

「アズマガイト物産って聞いたことありますか」

「名前くらいは」

横浜に本社を置く中堅商社だ。なかなか堅実な経営をしていることで知られている。

「アズマガイト物産は、いまはカタカナ社名ですが、もとは創始者の名字で、〝東〟に石垣の〝垣〟、それに〝外〟と書きます」

「東垣外(あずまがいと)……」漢字を思い浮かべて理解した。

「前身は大正時代に創業された東垣外十兵衛商店。元帆布製品製造会社でした」

「帆布って、平織りの厚手生地のキャンバスのことですか」

「そうです」ブラウンは先を話したくて仕方がないようだ。「その東垣外商店はですね、朝鮮特需で業績が飛躍的に発展しました」

一九五〇年、アメリカが朝鮮半島の内戦に介入すると、日本は突如好景気に沸いた。兵器や砲弾、鋼管、針金、鉄条網、コンクリート材料とアメリカ軍への輸出が爆発的に伸びて、次にくる高度成長の礎になったのだ。

「あんまり知られていませんけどね、米軍は土嚢(どのう)用の麻袋とか軍服や毛布、それに軍用のテントなんかも日本から大量に調達していたんです」

「テントというと、素材は特殊加工した帆布ですか……」

「おそらく東垣外十兵衛商店は、ＧＨＱとなんらかのコネがあったと思うんです。大手でもないのに、テントに関しては独占企業のひとつでしたからね」

急成長した東垣外十兵衛商店は東垣外物産に改名し、帆布製品のほか、光学機器や医薬品分野にも手を広げた。研究者のほとんどは、旧帝国陸軍の技師だったとブラウンは解説した。

「それもこれも、ＧＨＱのおかげですか」

「おそらくそうです。ヴェトナム戦争では、テントや土嚢袋、遺体回収袋はもちろん、医薬品や光学機器の輸出で、さらに大儲けしています」

「そのアズマガイト物産がどうしました？」

「キャノン機関が解散したのは一九五二年。朝鮮戦争が休戦したのは五三年。当時の東垣外商店の社長、東垣外十四郎は養子を迎えています」

「もしかして、日系二世の養子ですか」ブラウンの話がどこに決着するか、赤堂はようやくわかってきた。

「日系二世で、名前は金持と書いてキンジ……渡邊金持という青年でした。どういう関係で彼を養子にしたのかははっきりしませんがね」

〝金持〟という名前は日本人にとっては奇異な感じがするが、アメリカにわたった日系社会ではそれほど珍しい名ではないとブラウンはつけ加えた。彼らの夢や願望から生まれた名前だ。

「その青年がキャノン機関にいたブレーンのひとりだって、おっしゃりたいんですね」

「そうです」

会社発展のため、十四郎社長はアメリカ軍とつながっていたかったのだろう。

「その養子はどうなりましたか」

「あまり表に出てくる人じゃなかったですが、八〇年の初期、親米で、やや右寄りの政治家を総理大臣にした陰の功労者なんて言われています。七〇年代後半、アメリカの旅客機の受注をめぐる政治スキャンダルがあったでしょ」

ロッキード事件のことだ。生まれたころの話だが、日本中を巻き込むようなとてつもなく有名なスキャンダルだったので、さすがに赤堂も知っていた。

「そのとき二名のフィクサーが極悪人のように取り沙汰されましたがね、三人目のフィクサーは東垣外金持じゃないかってウワサがあったんです。結局名前は出ず、逃げ切りましたけど」

「まさかまだ、キンジさんが存命だとおっしゃるんじゃないでしょうね」

「キンジ氏は一九二〇年生まれですからね」低い笑い声が聞こえた。「生きてたら怪物ですよ。わたしがいまから話そうとしてるのは、彼の息子のことです」

「息子……」それが〈人狩り〉結社の総元締めだというのだろうか。心拍数が上がったような気がした。

「東垣外勇人という人です」

「いまのアズマガイト物産の社長ですか」

「二年前会長職を退いて、いまは最高顧問という肩書です。年齢は六十八歳。知る人ぞ知る有名人です」

赤堂の期待に反して、ブラウンの話は別な方向に向かった。

「知る人ぞ知ると言ったのはですね、文化人として名前がとおっているからです。茶道、華道のメジャーな家元とかのね、最高顧問や相談役に名を連ねている。もっとよく調べるとね、礼法という伝統作法を教える家元のある流派でも、最高顧問でした」

なにが言いたいのかわからず、赤堂は黙って聞いた。

「あ、失礼」ブラウンはくすっと笑った。「でもこの人が父親以上、いまや日本最大のフィクサーだってことは知られていません。神奈川や横浜の立法行政はもちろん、国政にも影響力のある人です」

「職業柄、フィクサーとか闇の権力者についてはある程度知っているつもりでしたが、東垣外勇人という人物のことは聞いたことがありません」

「フィクサーはね、表に名前が出たらもう終わりなんです。さっきお話しした昭和の旅客機スキャンダル……ふたりの大物フィクサーの名前が出たでしょ。彼らについては、もちろん報道機関や政治評論家はよく知っていたでしょうけどね、一般人ははじめて聞く名だった。彼らはテレビや新聞に顔が出て、国会で参考人として招致された途端、神通力を失いました」ブラウンは話をつづけた。「東垣外氏の場合、文化人、風流人、教養のある人と思われることを隠れ蓑にしています。そしてフィクサーとしては、絶対闇から顔を出さない。だからほんものの実力者なんです」

「具体的にこれまではなにをした人ですか」

「ほら、警察官僚出身の菊田義則って政治家が法務大臣になったじゃないですか。彼は死刑制度について問題発言をして野党の一斉放火を浴びて、さらに選挙資金の問題なんかも出ちゃって、内閣自体危うくなったことをおぼえてますか」

「はい、かろうじて」

「ところが野党やマスコミの勢いが急に衰えて、内閣どころか菊田先生の首もつながったでしょ。あれは菊田大臣が東垣外氏に泣きついたからだって話ですよ」

ブラウンは、東垣外の工作と思われるほかの例を上げた。

防衛省が唐突に防衛用ミサイルの購入を中止した件も、東垣外の圧力だとブラウンは主張する。

アメリカの武器会社からの要請で、自衛隊に極超音速ミサイル対策の兵器を買わせるため、強引にキャンセルさせたのだというのだ。

　政治スタンスは完全な親米。政府がイギリスと合同で戦闘機の開発をすると発表したことにも異議を唱え、新しく台頭してきた保守派政党を押すぞと与党におどしをかけたらしい。また死刑推進派としても知られており、東垣外から政治資金を融通してもらうなら、犯罪の厳罰化を訴えなければならないと言われていた。

　話を聞きながら、赤堂は書斎に移動した。通話をスピーカーに切り替え、書斎のテーブルのパソコンを起動させた。東垣外勇人の顔が見たくなったからだ。

　経済誌の取材などは受けない主義なのか、単独の画像はなかった。しかし由緒ある茶道や華道の流派のパーティなどでは、必ず彼の姿があった。家元や幹部、有名政治家や財界人、テレビや映画でよく見る芸能人などといっしょに撮られた集合写真だ。これだけでも顔の広さがわかる。

　想像していたのは白髪（しらが）で長身、威風堂々とした人物だったが、本物の東垣外勇人は筋肉質ではあるが中肉中背、黒縁のメガネをかけた童顔の男だった。白髪も少ない、ふさふさとした髪の持ち主だった。

　ごく自然な笑みからは、平和をこよなく愛する文化人といった印象を受ける。じつにソフトな感じの人物なのだ。カリスマ性も威圧感もまるで感じられない。

　しかしメガネの奥の目は、とてつもなく鋭いことに気づいた。

「華道や茶道、礼法なんかに熱心な理由は、各ジャンルには必ず大物政治家や財界人がいるからでしょうか」パソコン上の東垣外の目を見つめながら、赤堂が尋ねた。

「そうだと思います。しかも伝統文化の通人となると、人は彼を警戒しない。フィクサーの一番の条件は顔の広さ、知人の多さですし、そういう意味でも一石二鳥でしょう」

好美の家で拾った紙切れのことを思い出した。菊田の名が出ていたからだ。もうひとりも無関係ではないかもしれない。

「海老原ホールディングスの会長と、東垣外氏には関係がありますか」

「海老原ホールディングスのほうがアズマガイト物産より有名ですけどね、あそこの傘下のいろんな会社の株のほぼ二十パーセントを、東垣外氏個人が保有してることは、あんまり知られていません」

「ブラウン先生は東垣外勇人が、〈人狩り〉結社の中心人物だと思いますか」

「中心かどうかは、イエスともノーとも言えません。ただ彼が、キャノン機関の意思を継いでいるということは確信しています。〈人狩り〉結社の有力スポンサーのひとつであることもね。けど一番ぼくが引っかかるのはね、いま赤堂さんが言った海老原ホールディングスと東垣外氏の事業についてなんです」

「事業？」

「海老原ホールディングスは、国に払い下げられた米軍接収地の開発に手を挙げていてね。再開発のため、管理を国から委任されているんですよ。海老原ホールディングスはそういった土地をね、市民公園やレジャーランド、巨大ショッピングセンターにする以外にね、日本の伝統文化の保護、育成の場所……日本庭園とか茶室、茶道や華道の教室、弓道の稽古場(けいこば)なんかにもしたいっていうプランを出していてですね、東垣外氏とアドバイザー契約を結んでいるんです」

「海老原ホールディングスは、いま現在、どのくらいの土地を実質的に保有しているんですか」

「神奈川県だけでも、手つかずの広大な土地ですよ」

午後十時半、赤堂は横浜中華街の路地裏にある小さな店で食事をしていた。じつは中華街に深夜営業の店は少ない。だからここは不規則な生活を余儀なくされた赤堂にとって、貴重な食堂のひとつだった。

南京塩水鴨(ナンキンイエンスイヤー)、空心菜の炒(いた)めものをぺろりと平らげ、メインに選んだのは二色水餃子(ギョーザ)だった。韮(にら)味の餃子はふつうだが、セロリ味のほうの皮は緑色で、ほかではあまり目にしない。

料理が運ばれて三十分、ほぼ完食に近づいたとき、警察支給の携帯が鳴った。

画面を見ると〝非通知〟とある。

店の顔見知りの女主人に会釈すると、赤堂は携帯を手に外に出た。店内は冷房ががんがん利いていたので、外に出ると猛烈な暑さを実感した。

「はい」名乗らず、電話に出た。

「あの……赤堂刑事ですか」

かろうじて聞き取れる声だった。

「赤堂です」

「櫻田です。何日か前にお目にかかった……」

なんと、櫻田好美からだった。

「無事なんですか」

わざと過程を省略した。もし命の危険にさらされているなら、時間がないだろうからだ。

「あいつらに誘拐されたけど、あたしだけ逃げたの」

「胡桃沢圭太さんは?」

「わからない」櫻田はつけ加えた。「でも捕まったら、きっと狩られる……」

自分自身の心臓の鼓動が聞こえた。彼女は〈人狩り〉の話をしているのだ。

「いま、どこ？」

「わからない。真っ暗で、家もないし……車も通らないし、畑ばっかりで」

おそらくコンビニなどない、山道か林道にいるのだろう。

「もしかして、公衆電話からかけてますか」

コインを入れる音がした。

「はい、もうおカネもなくなる」

「公衆電話なら、必ずどっかに住所と公衆電話番号が書かれたものがあるから。落ち着いてそれを探して」

沈黙が流れた。必死で住所を探しているのだろう。

「おカネが足りないなら、一旦（いったん）、電話を切って……」

「あった」彼女は住所を告げた。愛甲（あいこう）市だった。思ったとおり、丹沢山麓（さんろく）だ。

「いまから急行するけど、時間がかかる。まず所轄の警察に連絡して、あなたを保護してもらうから」

「警察はダメ！」激したように叫んだ。「だってあたしたち、警察から逃げてたんだから……警察は信用できないから」また絶望に瀕（ひん）した声に戻った。「けど赤堂さんはもしかしたら信用できるかもって思って、イチかバチかで連絡したの。お願いです、だれにも知らせないで。ひとりで来てください」

これまで描いていた絵が正しければ、四面楚歌（しめんそか）におちいっていると感じる彼女の発言は納得できる。やはり警察内に、マンハンティングを実行する人間か、情報を流す人間がいるのだ。

赤堂は「わかった」と告げた。

電話を切る直前に尋ねた。

「櫻田さんは〈人狩り〉結社のこと、どのくらい知ってるの」

「かなり……」

そこで黙したので、それ以上話すつもりがないのだとあきらめかけたが、そうではなかった。

「警察のなかでだれがかかわってるか、何人かは知ってる」

櫻田好美の保護を急がなくては——赤堂は強い決意を抱いた。

四九

「手を貸してくれないか」と、赤堂に電話で乞われたときは、また利己的な理由で自分をこきつかうつもりだろうと思った。だが彼の次の一手が見たかったし、金谷課長からおおせつかった使命のこともある。そこで彼女は、指定された中華街朝陽門まで車を走らせた。

赤堂は待ちかまえていた。車を停めると、すぐ助手席に乗り込んで来た。その横顔を見た途端、彼が真剣なことがわかった。

「どうしましたか」

櫻田好美の電話。彼女が愛甲市の郊外の公衆電話にいること。一秒でも早く救出したい旨を、赤堂は告げた。

「特捜本部には報告したんですか」

答えは当然、ノーだった。情報漏れを危惧しているのだ。

「裏切り者がいるかもしれないってことは、わたしも異議を差しはさむつもりはありません。じゃあ、うかがいたいんですが、どうしてわたしは信用していただけるんですか」

「あっち側のスパイだからだよ」

「あっち側？　スパイって？」赤堂がなにを言いたいかはうすうすわかったが、小百合は質問せざるをえなかった。

「桃井部長が警務課のスパイじゃないなら、おれはきみを信用していない」

小百合は赤堂が、ここまで露骨にぶっちゃけるとは思っていなかった。

「わかるだろ。あっち側は人事。こっち側は〈人狩り〉結社に通じている警察官」

「わたしがスパイっていうのは、少し誤解があって……」

言い訳しようとする小百合を、赤堂はさえぎった。

「もちろん桃井部長が上からの命令とはいえ、唯々諾々とスパイになるとは思えないけどな。イヌとは言わないが、警務人事のエスであることはまちがいないだろ」

事実とはいえ、あまりにひどい物言いだと思った。小百合は口を閉ざした。

「部長を責めてるわけじゃない。おれが警務部にとって、要注意人物なのはまちがいねえしな」

「だから信用する？」

「少なくとも、〈人狩り〉結社側のスパイじゃねえってことはね」

「つまり警務の息がかかっているから、わたしを信じてくれるわけですね」

赤堂はクスッと笑った。

「もし警務から送られたスパイが、同時に〈人狩り〉結社と通じていたなんてことがあったらさ、もう県警自体が終わってンだろう」

言いたいことは山ほどあったが、自分を抑えた。そして運転に集中することにした。最短距離を割り出し、制限速度をぎりぎり遵守し、目的地に向かった。

厚木インターチェンジを下り、国道129号に入ったとき、小百合は尋ねた。

「櫻田好美さんを保護したら、次はどうしますか。弟の圭太は連れて行かれたんでしょうか」

「まず彼女が、どのくらい情報を持ってるかだ」

好美次第で、圭太を助けられるかどうかが決まるのだ。赤堂の言っていることは、正しい。

小百合はまた運転に集中した。それでも赤堂の姿が視野に入る。彼があせっているのがわかった。何度も腕時計を見ている。

郊外の夜道は横浜市内よりはるかに暗かった。小百合は慎重に運転した。

厚木市立病院前を左折し、国道412号を北上した。目的地までもうすぐのはずだ。

セレナは愛甲市に入った。とはいえ市のはずれだ。道路沿いの人家は見る間にへり、片方は山の急斜面、片方は森になった。

「この辺りだ」スマホのグーグルマップを見て、赤堂が言った。

やがて反対車線の向こう側に電話ボックスが見えた。ボックスの横に、櫻田好美らしき人物が立っていた。小百合はブレーキペダルを踏んだ。

完全に停止するかしないかで赤堂はドアを開け、素早く外に出た。走って道路を横切り、櫻田好美の前に立った。

「ひとりで来てって言ったじゃない」

半泣きで責める声が、小百合にも聞こえた。

「大丈夫。桃井巡査部長は信用できるから」赤堂が落ち着いた声でなだめている。話がついたらしい。ふたりは通りをわたろうとしていたので、小百合は降車して後部座席のドアを開けた。

好美が乗り込むと、赤堂もそのとなりにすわった。

小百合も運転席に戻った。ふり向かず、ルームミラーでふたりを観察する。

「いくつか、質問してもいいかな」

好美がうなずくのが見えた。

「胡桃沢圭太は、母親がちがう弟だね」

「はい」

「胡桃沢太郎と石黒ナニガシは同一人物？」

好美は首を前に曲げた。

「どうして、そんなウソをついた」

「わたしの店に来て、父は最後まで正体を明かしませんでした。わたしが弟と連絡を取っていることも、遠くからではあるけれど父親の顔を知っていることも。父は知らなかったから」

「つまりきみのおやじさんは、きみが自分のことを知らないと思っていた？」

「そうです」

「それでおやじさん、石黒と名乗ったわけ」

「だからこっちも、わざと知らないふりをしてました」

好美の旧姓をあえて騙(かた)り、自分がわかるかどうか試してみたのかもしれない。だが好美は気づかないふりをしつづけた。胡桃沢太郎は最初のころは月に一度顔を見せる程度だったが、半年もすると常連として週二、三回はくるようになった。

「しばらくして思ったの。父はなにかトラブルを抱えていて、そしてたぶん身の危険を感じているなって。だから、ずっと気になっていたわが子に会いに来たんだなって」

「でも最後まで、じつの父親とは名乗らなかった？」

「そう……」好美はうつむいた。「ただ息子がいるから、今度店に連れてくるって。その言い方が、なんとなく悲壮な感じだったからまた心配になりました」

それが父を見た最後でした、と好美は言った。

「おやじさんのトラブルについて、圭太くんに聞かなかったの？」

「わたし、高校ンときから父の新しい家族のことは見てたんです」

定時制高校の同級生、藤谷の証言と一致した。

「それであたし、あの人……父は、ずっと暴力団とか反社の人だって思ってました。圭太も子どものころは、父親はそういう人たちに改造銃やクロスボウを売る仕事をしてるんだって思ってたみたいです」

「でも、仕事はそれだけじゃなかった？」

「父が心配で、ひさしぶりに弟に連絡しました」吐息を漏らした。「そしたら圭太、おやじは前は武器をつくったり改造したり、手入れをしていただけだけど、いまは殺し屋だろうって言うんです。〈サークル〉のルールに違反して外に出た人間を処分する役だって」

サークル？　なんのことだろう。小百合は思わずふり向いた。赤堂もわからなかったらしい。

好美に強い視線を送った。

「父は〈サークル〉に雇われていました」

赤堂が聞いた。「〈サークル〉……彼ら〈人狩り〉の結社が、自分たちをそう呼ぶ？」

「はい」好美は言った。

〈人狩り〉結社の呼称は〈サークル〉なのだ。

「赤堂さん、もうご存じみたいだけど……〈サークル〉は、自分たちが殺してもいいと思う人をさらって、無理やりゲームに参加させるんです。自分たちは〈狩人(かりゅうど)〉で、狩られる人は〈獲物〉って呼んでるらしい。圭太は父からあとを継ぐように言われて、実際に〈人狩り〉を見たって言ってました」

赤堂の推理は、ほぼ当たっていた。

「おとうさん、なにかやらかしてその〈サークル〉のメンバーを怒らせたのかなあ」

「だと思う」なにをしたかまでは、知らないようだ。

父親が帰ってこないと聞き、好美は捜索願を出すよう圭太に言った。だが父親の正体を彼女以上に知る弟は、警察に行くのを躊躇(ちゅうちょ)した。好美は仕方なく、父親が名乗った石黒という名字で、警察に相談に行った。その数日後、ようやく圭太が警察に捜索願を出した。そのため偽名と本名、ひとりの失踪の通報がふたつになったのだという。

「このあいだ櫻田さんを訪ねていったのは、じつはおとうさんの失踪の再捜査のためじゃないんです。丹沢の麓(ふもと)で、身元不明のご遺体が見つかったからなんです」赤堂が言った。好美を信用して、手札を切ったようだ。

「おふたりが来たとき、そうじゃないかと思ったの」好美は意外に冷静だった。「どこで見つかったんですか」

「山北の森林公園のなかです」

「あの、イヌが死体を発見したってニュースの?」

「そうです」

「あんまり深いとこに埋められてなかったから?」

「そうです」

「そこからよく、〈人狩り〉のことわかりましたね」赤堂に視線を向けた。「よく丹沢の、どこでしたっけ? 渋川にあった何人もの死体の埋葬場所、見つけましたよね」

「まあ」赤堂はあいまいな答えを返した。

「前からなんか知ってたの?」

好美は図星を突いていた。だが小百合が不思議だったのは、彼女が父の死を知らされた直後なのに、好奇心を剝き出しにしたことだった。

「いえ」

「それはいいや」自ら話題を打ち切った。「だからあたし、次は圭太が危ないって思ったんです」

好美はそこまで父親を心配していたわけではないのかもしれない、と小百合は思った。考えてみれば、認知されなかった子だ。愛憎相半ばするとはこのことなのだろう。

「それで、ふたりで逃げた? そして圭太さんの母親の実家にひそんでいたけど、昨夜やつらに襲われた?」

好美がうなずいた。

「正体、知ってるの」

「狩りをやるのは、だいたい警察関係の人。大勢いるなかから上が選んで、四人で競い合うんだって」

警察関係の人！　覚悟はしていたが、小百合はやはり衝撃をおぼえた。

「そのうしろには、だれかいるのかな」

「圭太が父から聞いた話では、スポンサーは政治家とか、大企業の会長……総理大臣以上にえらい人だって」

　とうとう闇を垣間見(かいまみ)てしまったと、小百合は思った。

「それで？　きみは〈サークル〉からどうやって逃げたんだ」

「あたしたち、結束バンドみたいなもので手と足を縛られて、車のうしろに積まれたの。でも圭太がカッターナイフを隠し持っていて、彼らの目を盗んで、バンドを……あたしたちをさらったのは三人だけど、その人たちが休憩で車を降りたとき、弟が外に出てオトリになった。弟を追っかけて隙ができたとき、あたしが車から降りて森の中を必死で逃げたの」

「彼らはきみを追わずに、今度は圭太だけをどこかに連れて行ったってわけなんだな」

「それはわからない。自分が逃げるのに必死だったから」

　おそらく好美はたまたま拉致されただけで、〈獲物〉は父親の秘密を知る圭太ひとりだったのだろう。

「圭太を助けて」喉(のど)の奥からしぼり出すような声だった。

　赤堂が言っていたとおり、圭太が危ない。一刻の猶予もないのだ。

「その狩りだけど……」赤堂の声は意外にも落ち着いていた。「彼らはいつも、何時ごろからはじめるんだろう。真っ昼間ってことはないだろう」

「圭太が見た狩りは午前二時開始。時間は三時間だって」

「時間は三時間……」

「〈獲物〉には、三時間逃げ切ったら助けてやるって言うんだって。でもそれはウソで、万が一逃げのびたときは、父みたいな殺し屋が〈獲物〉を処分するの」

「遺体を処理するのも、おとうさんの仕事?」

「そういう話はあとで聞けばいいと思います」がまんできず、小百合はふり向いた。「まず圭太さんを探さないと」

小百合を見て、好美はネコのような目を大きく開いた。はじめて彼女の存在を認めたような顔だった。

「逃げおおせたなら即探す必要はないけど、〈サークル〉に捕まったなら、今日中に助けに行かなくちゃな」赤堂が思い出したように言った。

「狩り場から出たらアウトってことは、どこからどこまでが狩りの場所か〈獲物〉にもわかるってことですよね」小百合が言った。

彼らが設定した狩り場には、フェンスや鉄条網の境界線があるということだ。〈人狩り〉の舞台はアメリカ軍の接収地——という赤堂の推理が信ぴょう性を帯びて来た。

「いま、十一時四十五分だろ」赤堂は腕時計を見た。祖父の形見と言っていたエテルナのアンティークだ。「やつらが今夜狩りをするなら、あと二時間ちょっとか」

「狩り場はどこでしょう」

赤堂は好美に顔を近づけた。「櫻田さん、圭太くんの母親の実家から逃げるとき、メモ用紙を落としていかなかった? こっちで回収したんだけど、あそこにメモられてたの〈人狩り〉結社……つまり〈サークル〉の関係者なの?」

「わからないんです」好美が顔を歪めた。「圭太が父から聞いた人の名前や会社名を、ただ書き出してみただけだから」

「海老原は？」

「おっきな会社あるじゃないですか。そこのだれかと、父がよく電話で話してたって」

「待って」赤堂は自分のリュックに手を突っ込んだ。

何秒間かモソモソ探ってから、四角くたたんだ紙を取り出した。開くとそれは、神奈川県の地図だった。

小百合はふり向いてのぞいた。地図には太い赤のサインペンで、何か所かが囲ってある。

「なんですか、その赤い囲みは？」

「アメリカ軍が返却した神奈川の接収地で、海老原ホールディングスが国から管理を任されてる土地」

「ここから一番近い場所は？」背すじを伸ばし、小百合はできるだけ地図に顔を近づけた。

赤堂が指差した。「この道を五キロ進んだところだ」

「決まりですね」小百合も納得した。

赤堂は苦笑した。「こんな山ンなかの土地、海老原ホールディングスは国に、どう開発しようってプレゼンしたのかな」

「応援を要請しましょう」小百合が携帯を手に取った。

「ダメ！」好美の悲鳴に近い声。「圭太を狩るやつは警官だよ」

パニック寸前のようだった。

「櫻田さんを保護したと報告したら、応援を待て、か、即帰ってこいとしか言われない。だけど、ことは急を要する。近くまで行って、なにか証拠を見つけてから通報しないか」

「ねえ、赤堂さんだけで圭太を助けて」必死で懇願している。

「おれらだけじゃあんたの弟、絶対死ぬぞ。いまおれらができるのは、狩り場の確認とやつらの発見だ」

もっともな意見だった。その強い口調に、櫻田好美も口をつぐんだ。

「車、出してくれ」

小百合は、エンジンをスタートさせた。

しかしこの先にある元米軍接収地は、きわめて広大な森と野原だ。近くまで行っても、証拠が得られるとはとても思えない。

「一キロ手前で止めてくれ」

国道を逸れ、県道に入った。道の両側は深い林で、闇のど真ん中を走っていた。

十分もかからず、目的地のほぼ一キロ手前までたどり着いた。

どうするつもりだろう。小百合はセレナを停車させた。

「ここから歩いて見てくる」赤堂はドアを開けた。「車は目立つから、さっきの公衆電話のあった場所まで戻って待っててくれ」

「危険すぎますよ」絶対止めるべきだと思った。「だって拳銃も警棒も持ってないんですよ」

「懐中電灯しかないけど、仕方ねえな」

「やっぱり考えなおしてください」

「いま助けてくれないと、圭太は死んじゃうんだよ」好美が割って入った。重みのある発言だった。

赤堂はリュックを手に外に出た。

小百合は運転席の窓を下ろした。「ひとりで助けようなんて考えちゃダメですよ。必ず報告してください」

私怨にかられて、冷静な判断ができなくなることを心配したのだ。

「一時間経っても戻ってこなかったり、連絡がなかったら応援を呼んでくれ」

赤堂の姿は闇のなかに消えていった。

五〇

興奮を抑えられなかった。ずっと追っていた真実が、いまこそ明らかになるのだから。

母の顔を思い浮かべた。彼女はどこかわからない森のなかに放り出され、もてあそばれ、命を奪われたのだ。どんなに孤独だっただろう。どんなに怖く、どんなに無念だったことだろうか。実際に母を殺害した犯人はもう齢を取り、狩りに参加していないだろう。だがこの鬼畜のような結社自体を、葬り去ることはできるのだ。そう思うと、自然にアドレナリンが噴出した。

いや、待て、と自戒する。おれは復讐者であると同時に警察官だ。まず胡桃沢圭太の命を守らなくてはならない。そのことが一番重要であることは忘れてはならない。もともとは圭太の父親の遺体を発見した結果、祖父が推理したクロスボウによる〈人狩り〉が現実として浮上したのだ。胡桃沢親子には恩があるとまでは言わないが、なにがなんでも助けなければならないマル対だった。

菱形に編まれたような金網。高さ三メートルくらいのフェンスに囲まれた目的地が見えた。その向こうに野原。もっと先には黒い森が怪物のように横たわっている。道路脇には、圭太を拉致した車は見当たらない。もっと先まで行ったか、どこかにゲートがあって、そこから敷地の中に入ったのかもしれない。七十年以上間存在を隠しおおせた結社だ。用意周到で、ミスはしないはずだ。

ふいに、以前抱いた疑問が脳裏をよぎった。

なぜ胡桃沢太郎だけ、別の場所に埋葬されたのだろうか？

なぜ彼の遺体だけ、あんな浅い場所に埋められたのだろう？

完璧（かんぺき）なはずの彼らが、やはりミスを犯したというのか？

あるいは胡桃沢太郎だけ別の人間——つまりシロウトによって、埋葬されたとも考えられる。

それとも別の理由があったのか……。

赤堂は靴を脱いだ。両方をフェンスの向こうに投げた。地面に着地したのを確認して、足をかけた。菱形の金網に靴の先は入らない。指二本がようやくかけられる程度の隙間だ。赤堂は足の指に全神経を集中させた。体重を乗せると、靴下を履いていてもすごく痛い。親指が折れそうだった。

腕と足に思い切り力を込め、フェンスをよじ上る。息が切れる。筋肉が悲鳴をあげる。体力が衰えていることは明白だ。贅沢（ぜいたく）と美食の報いだろう。

足を挫（くじ）かないように用心して、向こう側の草地にようやく下りた。

靴を見つけて、履いた。

深呼吸してから、地面に体育ずわりした。

少しのあいだ、息を整える時間が必要だ。

五分休んで赤堂は立ち上がり、捜索を開始した。

雑草が生い茂る開けた草地だった。好美によれば、まだ狩りには時間があったが、LEDライトを使えば、きっと〈狩人〉に姿を見られる。いまは月明かりを頼りに進むしかなさそうだ。〈サークル〉の〈狩人〉に見つかれば、おそらく命はない。

だが危険は十分承知の上、赤堂はあえて見晴らしのいいフェンス沿いに進んだ。

十分ほど歩くと、ゲートが見つかった。ここから〈サークル〉は車を敷地内に入れたのだろう。しゃがんで地面に顔を近づけると、草地に自動車のタイヤ痕が見つかった。

月と星々のおかげで、次第に夜目が利くようになった。肉眼で轍を追った。車は野原を突っ切り、森の方向に向かっている。敵の車を発見できれば、きっとその近くに〈狩人〉がいるはずだ。うまくいけば、圭太を救い出せるかもしれない。

フェンスの外で浮かんだ疑問が、また赤堂の頭をかすめた。どうして胡桃沢太郎の遺体だけは、浅く埋まっていたのか？　まるで、どうぞ見つけてくださいと言わんばかりに……。

赤堂は轍にしたがい、森にたどり着いた。そのときまだ言語化できていないが、無意識レベルで答えが浮かんだような感じがした。なにもかもがまちがっていたような、不快な気分だ。

ビュン！

風を切るその音で、赤堂は反射的に首を動かした。

そうしなければ即死だった。

背後の樹木に、クロスボウの矢が深々と命中した。

アドレナリンが噴出したためか、皮肉にも答えが浮かんだ。

狩りの〈獲物〉は圭太ではない。

おれだ！

同じころ、小百合もまた車内で違和感に直面していた。

赤堂を降ろし、さっきの電話ボックスのある位置まで引き返したあとだった。

きっかけは、後部座席の好美の質問だった。

「赤堂さんて強いんですか」

弟の圭太が生きるか死ぬかの瀬戸際なのに、ずいぶんのんきな質問をするなと思った。そういえば、赤堂が父親の遺体を見つけたことから、どうやって渋川の集団埋葬場所を発見したかも興味津々という顔で質問していた。

「ねえ、赤堂刑事って強いんですか」

好美が質問を繰り返したので、仕方なく小百合は答えた。

「警察官ですから、一応柔道とか剣道とか、それにセルフディフェンスの訓練は受けています」

「拳銃や警棒は、いま持ってないよね」

「私服の警官ですから、ふだんは持ち歩いていません」

「手錠とかは？」

「持ってないです」

「クロスボウで狙われたらどうするの？」

射かけられたら、いかに訓練を受けていてもどうなるかわからない。そこで小百合は「慎重に動くから、心配ないと思います」とだけ答えた。

「あの人、刑事としてはどうなの」

「どうとは？」

「能力とか……優秀なわけ」

　はじめて会ったときと比べ、好美は別人のように思えた。マンションでの彼女は清楚で地味、上品で頭がいいという印象だった。だがいまは、はすっぱで下卑た感じを受ける。言葉づかいも、初対面のときよりぞんざいだ。

「はい、優秀な人です」それでも、質問には答えた。

「どこが優秀なの？　あの〈獲物〉の墓場、ほんとに赤堂さんが嗅ぎ当てたの？」

　嗅ぎ当てたとは、イヤな表現だなと思った。それでも「はい、赤堂さんが見つけました」と答えた。

「さっきも言ったけどすごいよね。あたしのおやじの死体、別な場所にあったんでしょ。それなのにどうしてあの墓場を見つけ出せたの？」ちょっと笑っているようだった。「前からさあ、なんか知ってなきゃ、絶対ほかの〈獲物〉たちの墓場まで行きつけないと思わない？」

　小百合はふり向いて、好美を見た。

「さっき櫻田さん、同じことを赤堂にも聞いておられましたよね」

「そうだっけ」

「あなたこそ、なにか知ってるんじゃないですか」

「どういうこと？」

「おとうさんが浅い地面に埋葬されていたのかとか、よく考えると、変な質問ばっかりしているように思えるんだけど」

「そうかなあ」笑顔だった。大袈裟に首をかしげてみせた。

　あきれて、小百合は前を向いた。

どう考えてもおかしい。弟が死に瀕しているかもしれないのに、全然心配していないみたいだ。命からがら逃げて来たためにアドレナリンが出すぎて、一時的に頭がおかしくなってしまったのだろうか。

ミラー越しに、小百合はまじまじと好美を見た。森や繁(しげ)みを必死に走ったと言っていたが、汗のにおいがしない。それほど服も汚れていない。

突然、視界から好美が消えた。

好美がどこに消えたのか、小百合はふり向こうとした。

その瞬間、首になにかが巻きついた。

ほそいロープのようだった。

窒息しないために、首とロープのあいだに指を差し入れて、スペースをつくろうとした。だが絞める力のほうが強い。意識が遠のく。

座席を倒せば逃げられるかもしれない。手探りでレバーを操作した。

座席がかたむき、頭が上に向いた。好美の顔が見えた。歪んだ笑いを浮かべていた。

間に合わなかった。

暗闇に落ちた。

赤堂は、闇の中を必死で走った。

クロスボウに次の矢をつがえるまで時間がかかる。そのあいだに〈狩人〉から身を隠すのだ。

野原ではなく、森の奥に向かった。一本一本の樹木が矢の防御壁になってくれればいいのだが……。

走りながら、先ほど出た答えについて考えた。それは非論理的で、妄想にすぎないかもしれないが、なぜか正しいように思われた。

胡桃沢太郎の遺体が山北の森林公園の浅い地面から発見されたこと、同じような穴が渋川の遺体遺棄現場にあったこと……すべては、そこからはじまったのだ。

犯人は、一度は太郎を〈人狩り〉の被害者の墓場に埋めようと考えた。しかし穴を掘っている途中、なぜか考えを変えた。穴をもとに戻し、太郎を別の場所に埋葬することにした。

ではなぜ、あえて見つかりやすい場所に埋葬場所を変更したのか。理由は、太郎の遺体を隠したいのではなく、だれかに見つけてもらいたかったからだ。

なぜなら遺体が発見されること自体が、犯人の重要なメッセージだったからだ。

では、だれに向けてのメッセージだったのか？

答えはごく近くにあった。太郎の遺体を見つけてもらいたかった相手は、おれ——赤堂栄一郎だ。

赤堂は倒木の背後に隠れて、〈狩人〉の姿を探した。耳をすまして、落ち葉を踏む音、枝がしなう音に注意をかたむける。

携帯電話で助けを求めようかと思ったが、声を出せば気づかれるし、メールを打つにしても光が漏れる。ポケットのなかで携帯をにぎりしめたが、取り出すのを躊躇した。

犯人は赤堂のおごりを見抜き、見事にあやつった。

赤堂は犯人がわざと答えを簡単にしてくれたことに気づかず、いい気になって事件解明にまい進した。

そして父親を殺された姉弟（きょうだい）に興味を持ち、助けるために必死になった。

だからおれは、まんまとこの森にいる。

そして、いま自分を狙う〈狩人〉は——正解か否かは、そいつを倒して顔を見る以外ないが、それは無理そうだ。

なにかを踏む音がしたので、赤堂はとっさに頭を下げた。

やりすごせるだろうか。一か八か、わざと姿を現し、敵の矢をかわして、突進して乱闘に持ち込むほうが助かる確率が高いかもしれない。

〈狩人〉のものと思われる足音は、少しずつ近づいた。

母の顔が浮かんだ。彼女もきっと、この恐怖を味わったのだろう。

一瞬たりとも、身じろぎすらできない。冗談のようだが、そのとき母が愛読していた白土三平の忍者マンガを思い浮かべた。

忍者が完全に身を隠すため、自分自身に自己催眠をかける技の名前はなんだったっけ？

〈狩人〉の足音が止まった。すぐ近くに立っている。

身体(からだ)のふるえが止まらず、いまにも草を揺すり、音を立ててしまいそうだ。

そのとき、ブー！　ブー！　という電子音が聞こえた。

赤堂の携帯ではない。〈狩人〉の携帯電話の着信バイブ音だ。

〈狩人〉の舌打ちが聞こえた。

〈狩人〉は、赤堂から離れて行った。

赤堂はゆっくり顔を上に向けた。

月明かりでわずかに見えたのは、細身で背の高い男だった。頭にヘルメット、迷彩服を着て、手にはクロスボウを持っている。

小百合は目がさめた。生きていたのはいいが、悪夢ではなかった。現実だった。押しつけられているような感覚。粘着テープで、身体が座席の背にグルグル巻きに固定されているようだ。

どのくらい気を失っていたのだろうか。襲ったのは後部座席の櫻田好美でまちがいないが、いまは背後に気配を感じない。

深く呼吸し、「落ち着け」と自分に言い聞かせる。どこか動かせるところはないだろうか。首は左右に動いた。運転席の窓から外を見ることができた。まだ夜だった。道の向かいの電話ボックスから、好美が出てくるところが見えた。

こちらに歩いてくる。

後部座席のドアが開く音を聞いて、戻ったのがわかった。

「死んじゃったかと思ったよ。首絞めると簡単に失神するんだね」

「どのくらい、気を失ってたの」

「え、一時間は経ってないんじゃない?」

予想より少しのあいだだったのか。小百合はほっとした。

「ここには赤堂ひとりでくると思ってたからさ、あんたのことは想定してなくて。けど念のために用意しといたロープや粘着テープが、役に立ったよ」

顔は見えないが、好美は笑っているようだった。

「だれに電話してたの」

「あんたが死んだかもしれないからさ、どうしようかと思って弟の携帯に電話したんだけど、いま取り込み中らしくて出なかった……だからメッセージを入れておいたよ」

「圭太は電話、持ってたんだ」

「あたしとあの子の携帯は、警察にたどられると思って捨てたけどね」ふつうのことのように言った。「店のお客にさあ、あたし命のおじいちゃんがいてさあ。その人、その人名義の携帯をくれてさあ、料金はこっちが払うから、電話したら絶対電話に出てくれって。あとは好きにつかっていいって」

「なんで、圭太に電話をかけたの」

「え」好美は言葉を切った。「あんたをどうするか、相談しようと思って」

つまり彼女が圭太に残したメッセージは、自分を殺したか、失神させたことを報告したもの、ということだ。

「わたしより、赤堂さんをどうしたいの」

「あいつ？　あいつは生きてちゃいけないよ」声には憎悪がこもっていた。

「赤堂さん、あんたになにをしたの」

「あたしじゃないよ。あたしの母親にひどいことをしたんだよ」

「石黒綾子さんでしょ。あんたのおかあさんと赤堂さん、無関係じゃない？」あえて挑発するように言った。こんな状態でも、真相を聞き出したかったからだ。

「会ったことがなくたってさ、許せないことをするやつはいるんだよ」計算どおり、好美は感情を剝き出しにした。「あのさあ、赤堂ってやつはさあ、陰でものすごい悪さしてるって知ってンの。おやじが言うにはさあ、無登録でホテルを経営してるんだよ。それも犯罪者をかくまって、ボロ儲けしてるんだよ」

好美が言っているのは、ウワサに聞くキンブルホテルのことだろう。植草によればその関係者らしいということだったが、経営者とまでは聞いていない。もし事実なら、赤堂警部補は真っ黒じゃないか。

「キンブルホテルっていうんだって」

「待って」ふり向こうとしたが無理だった。「胡桃沢太郎はどうして、そのホテルを知ってるの。利用したの？　さっき〈サークル〉の殺し屋だったって言ったよねえ。そのことが警察にバレそうになって、そのホテルに逃げ込んだの」

「人を殺してバレそうになったのは当たり！」笑おうとしたのだろうが、怒りが勝ってか、声がふるえた。「でも〈サークル〉関係じゃない。殺したのは、あたしのおかあちゃん」

好美の母、石黒綾子は二階から落ちて死亡した。警察は胡桃沢太郎に疑いの目を向けたが、結局事故死として処理した。好美本人が事故だと証言したからだ。

「でも、殺したのはおとうさんなら、赤堂さんのどこに責任があるわけ？」

「おやじはさあ、おかあちゃん殺しで逮捕される寸前だったんだ。それがまんまと逃げやがって。警察はめんど臭くなったんだよ。それであたしに、おかあさんは事故で亡くなったんだって、証言を変えるように無理強いさせてさ」屈辱のためか、言葉を切った。「けど、あたしは絶対聞いたんだ。おやじがおかあちゃんを抱えて、階段から下にぶん投げる音をさあ」

父、胡桃沢太郎は、母、綾子と結婚もせず、子の認知もしなかった。そのくせ綾子を抱きたくなると、酔って家を訪れた。ときには暴力をふるい、綾子が別の男とつき合わないようイヤがらせやストーキングを繰り返した。綾子を殺害した動機は、綾子が警察に相談に行くと言い出したからのようだ。

好美は綾子と太郎の口論を、二階の納戸に隠れて聞いていた。綾子が太郎を非難しながら、階段を上がる音。うしろから追いかける太郎の足音。しばらくして、母の叫び声が響いた。なにが起こったのだろう。長い悲鳴。だれかが階段から落ちたのだ。恐怖から納戸を出ることができなかった。

太郎が外に出ていく音を聞いて、ようやくわれに返った。

恐る恐る納戸を出て、階段の上に立った。階下に、血を流し倒れている綾子がいた。好美はすぐに通報し、犯人がだれかはっきり証言した。だがそれは、目撃証言ではなかった。

太郎は重要参考人だったが、どこをどう探しても警察は彼を見つけることができなかった。一時は自殺説まで浮上したようだ。

「ほんとにおやじが犯人か、ケンカの声を聞いただけで、おまえのおやじと断言できるのかって、何度も何度も聞かれたんだよ。まだ小学校の五年生だよ」

そのあいだに父、太郎に対する怒りは増幅した。十一歳の彼女は、こんなマヌケな警察を頼らず、自分が罰するべきだと考えた。

「それでおかあさんは事故死だったって、証言をあらためたのね」

「あらためたんじゃない、あらためさせられたんだ」彼女は叫んだ。

事実なら、警察による重大な過失だった。

「それであたしは、おやじをずっと監視しつづけた。どこに消えようと、絶対探し出してやった」

神奈川に戻った彼女が、父親の新しい家族を見つけたとうれしげに話していたという同級生の証言があったが、つまりそれは憎悪の裏返しだったのだろう。

「監視して、どうしようと思ったの」

「いつか、おかあちゃんを殺したことを自白させようと思った」

チャンスは一年半前に訪れた。

どういう心境の変化か、一度も連絡のなかった父親のほうから、彼女のスナックにやって来たのだ。

「あたしのほうがあせったよ。あいつ、見かけもえらいジジイになってたけどさあ、心も老け込んでてさあ。急に、捨てた娘に会いたくなったんじゃない？」

最初は石黒と名乗っていたが、常連になって二か月後、客が自分しかいないときを見はからって、じつの父親だと名乗り出た。

「二か月もかかったのはさあ、自分がおかあちゃんを殺したことを、あたしが知ってるかどうか探ってたんだよ。もちろんあたしは、母親は不幸な事故で死んだって言いとおしたよ。それと生き別れの父親がいて、会いたい気持ちでいっぱいだ……なんて大ウソついてさ」

父娘（おやこ）の感動的な再会を演じたあと、すっかり気を許した太郎に大量の酒を飲ませた。

「酒が好きなわりにすごく弱いんだ。酒乱だったんで酒を断って二十年近いとかで、おとなしいもんだった」

臨時休業にして、太郎と一対一で飲んだ。

いかに自分が父を慕っていたか、どのくらい会いたかったかとつとつと話をした。目的は母親殺害の告白をさせることだったが、意外にも太郎は自分の仕事について話し出した。

「殺し屋だったってこと？」

「殺し屋とは言わなかったけどさ。法で裁けない人間に鉄槌（てっつい）を下す正義の結社の仕事を手伝ってるって。最初はギャグかボケてんのかと思ったけど、どうやらほんとらしい。だって警察の事務をしているときに、えらい人にスカウトされて、最初は警察の外郭団体みたいものかって思ったって、リアルな話をするからさあ」

その結社は占領軍が残していったプレゼントだった。日本人はヒツジのように従順だが、一旦オオカミに率いられると、全員オオカミに変身する。オオカミがアメリカに弓を引く前に、超法規的な処置が必要だと占領軍の一部は考えた。最初に結社を率いたのは、キャノンという中佐の弟子たちで、彼らはひそかに日本社会に入り込んだ——そう、太郎は語ったという。

結社の通称は〈サークル〉。処刑方法は〈人狩り〉だった。武器はクロスボウ。父親の太郎は手先が器用だったので、クロスボウを輸入して改造したり、メインテナンスしたり、最後はゼロからつくったりする仕事をあたえられた。能力を認められると、もっと重要な役をおおせつかった。殺し屋だ。

「けどさ、どうせおやじはクズだからさ、そんな話はどうでもよかった」

好美が聞きたかったのは、あくまで母親の綾子殺害のことだった。だが太郎はどんな酩酊(めいてい)状態でも、その話はしなかった。

「それでね、強硬手段に出たんだよ」

いきなり太郎を殴り、椅子(いす)に拘束した。いまされていることを考えれば、この女ならやるなと、小百合は思った。

拷問のため、ハサミをつかったそうだ。だからほかの遺体とちがって、太郎には数箇所の暴力の痕跡が残っていたのだ。

太郎はとうとう自白した。

「あいつ、おかあちゃんを酔った勢いで殺したって。いまは後悔してるって。あやまりたくて、あたしに会いに来たんだなんてウソ、平気でついてさ。あたしに涙ながらに許しを乞うたよ」ゲラゲラと笑った。「あたしは共犯者のことも聞いたよ」

「共犯者？」なにを言っているのだろう。

「警察があいつを探してるのに、二週間も姿を消してたんだよ。そのあいだに警察はやる気を失くして、あたしに証言を変えるよう迫った。あいつを隠したやつだって同罪じゃないか」

無茶苦茶な論理に思えたが、そこで赤堂が登場するのだ。

「不思議だったのはさあ、あいつ、どこに隠れてたかなかなか言おうとしないんだ。だからもっと切り刻んでやったよ」

「それで、キンブルホテルのことを聞き出したのね」

「そう、やっと吐いたんだ」

「……その経営者が、赤堂さんだったの？」

「そうだよ」

こんな状況下にあるのに、小百合に疑問が湧いた。好美の母親が死んだのは、たしか二十五年以上前だ。そのとき赤堂は、まだ大学生か、県警に採用されたくらいの年齢のはずだ。そんな若造が、怪しいホテルの経営などやれるものだろうか？

そのことを指摘する前に、好美が先をつづけた。

「犯罪者をかくまうホテルがあるなんて、ほんとに腹が立ったよ。そこの経営者は、あたしの人生をゴミにしたやつだよ。そいつも殺してやろうってさ」

「どうしてわざわざ、赤堂さんと会ったの」

「どんなやつか見てみたかったから」

「どうして彼本人が、あんたを訪ねてくるってわかったの」

「そこは秘密」そのあとで、笑い声が聞こえた。

「そいつもってことは、おとうさんも殺したの」

「殺したよ」好美は平然と答えた。


赤堂は二度、射かけられ、そのつど隠れ場所を移動した。

野原に出るのを避け、もっぱら木のなかを走った。

足がもつれ、何度かころんだ。

息が切れ、森の繁みに身を隠すと、〈狩人〉の動きをじっとうかがった。

夜明けにはまだ時間がある。つかえる武器は、耳しかない。LEDライトで周囲を照らしたかったが、それをすればたちまち居場所がバレてしまう。

このままでは狩られるのは時間の問題だ。打開策はないのだろうか。

いまの自分にできることは——そう問うと、冗談のような答えが頭に浮かんだ。白土マンガの隠形滅心の法しかない——忍者が自己催眠で気配を消す技の名称だ。

しかしいかに気配を消しても、夜が明けてくれれば命運は尽きる。

闇にまぎれてフェンスを越え、携帯電話で助けを呼ぶか。それとも、いますぐ反撃に転じるか。

いまは、運命の岐路なのだ。

もう一度、耳に神経を集めた。〈狩人〉らしき物音はしない。

反撃のチャンスがあるとすれば、いましかない。

身近な木にからまっていたツタを引っ張って、ザワザワと音を立ててみた。

また耳をそばだてる。

しめた！　敵の気配はない。

今度はグイグイと大胆に引っ張って、長いツタの茎(くき)を引っこ抜いた。手探りで、ツタの葉っぱを一枚一枚ちぎる。

長くて丈夫な、ヒモ状のものが手に入った。

もう一本ツタを引き抜き、同じ作業に従事した。

二本のツタを結べば、四メートルくらいのロープになる。

「空蟬(うつせみ)の術だっけ？」心のなかで、また母の愛読書『サスケ』に登場した忍術の名前をつぶやく。

匍匐(ほふく)前進で繁みを抜け、身体を低くして立ち上がると、全速力で野原に向かって走った。そこは低い草だけの広場だ。いつ、矢を射かけられても不思議ではない。

ようやく身の丈ほどの高さの草場に移動した。幸運にも矢は飛んでこなかった。

向こうにフェンスが見える。背の高い繁みは途切れ、低い雑草地帯がつづく。いま〈狩人〉に見つかれば、絶体絶命だろう。

地面に落ちていた手ごろな石をひろった。ほんとうは棒っきれがほしかったが、この闇では見つけることができなかった。

フェンス付近は、また人間の背丈くらいの高さの野原になった。赤堂はそこに飛び込んで、身を伏せた。

何箇所かの草の束に、ツタのロープを巻きつけた。腹這いで移動して、ロープの届くギリギリの地点に陣取った。

準備はととのった。

「ほんとうに、おとうさんを殺したのはあんたなの」

「クロスボウで射ってやった」

「そのとき、圭太はいたの」

「いなかった。あの子は無関係」

だがいきさつを話すと、圭太は飛んで来た。父親の姿を見て、驚いて好美を責めた。

「だからあたし、思わず教えちゃったんだ」

「なにを?」

「おやじを痛めつけてる最中にさ、あいつあたしのおかあちゃんどころか、圭太のおかあちゃんも殺したって告ったってさ」

離婚して二年後、太郎の元妻、君江は轢(ひ)き逃げで亡くなった。その轢き逃げ犯が好美と圭太の父、胡桃沢太郎だったと言ったのだ。

真相を知った圭太は、父親に対する思いをすっぱり捨てたようだった。そればかりか、好美に協力を申し出た。遺体の処理だ。

「あたしも動転してたからさ、どこに捨てるかまで聞かなかったんだけどね」

翌日、圭太はレンタカーを借りて、父親の遺体を乗せてどこかに向かった。

「そのあと、やっぱりどこに隠すのか気になってね、電話した」

圭太は彼の知っている〈獲物〉の集団墓地に、穴を掘っている最中だった。それを止めたのは好美だった。掘った穴を埋め戻させ、ふたりで遺体を山北の森林公園に運んで埋葬した。

そして後日、しめし合わせ、微妙なタイミングで警察に相談した。

「ねえ、どうしてそんな手間のかかることとしたの？　第一、おとうさんの遺体、簡単に発見されちゃったじゃない」

「わかんないかなあ、それが目的だったんだよ」声を立てて笑った。「だって、あんたの相棒を引っ張り出すにはさあ、新しいクロスボウで殺された死体が一番のオトリじゃない」

次の復讐目標はキンブルホテルのオーナーだった。

「赤堂さんやそのホテルのこと、どうやって調べたの」

一番の疑問はそこだった。警察がいくら調べても、都市伝説程度にしかわからなかった謎（なぞ）だ。オーナーがだれかなど、簡単にわかるはずがない。ましてシロウトの好美がそんな短期間で知りえるはずがないではないか。

「力を借りたんだよ。圭太に頼んでね。そしたら、あっという間に答えが返って来たよ」

「もしかして、〈サークル〉？」

「警察の人が多いって言ったじゃない。その連中は職場には報告しないけど、自分らの愛する〈サークル〉にはちゃんと伝える」好美は言った。「そうじゃなきゃ、どうやっておやじがそのホテルを知ったと思う？」

なんと皮肉なことだろう。〈サークル〉殲滅（せんめつ）の糸口と思った姉弟が、逆にその結社の力を借り、当の赤堂を罠（わな）にかけたのだ。

「でもさあ、あのホテルの黒幕が、本物の刑事だって知ったときはびっくりしたよ」

〈サークル〉は好美に、赤堂の名前、職業ばかりか、彼の半生まで教えた。つまり〝神隠し〟の解明に命がけなこともだ。

「だからおやじの死体が発見されれば、絶対赤堂はくるって思ったんだよ」考えれば、〈サークル〉にとって〝神隠し〟を捜査する刑事はもっとも邪魔な人物だ。以前から赤堂はブラックリストに載っていたのだろう。だれかが彼を始末してくれるなら、協力を申し出るのは当然だ。

「あたしは圭太を説得した。もとはといえばキンブルホテルのせいだってね。あたしの母を殺したとき、おやじが逃げ場がなくて捕まってりゃ、その後、あんたのおかあちゃんもあいつに殺されなかったんだよってさ」

ふたりは遺体をわざと浅く埋め、だれかが見つけ出せるようにした。

「そろそろ圭太、赤堂を狩ったんじゃないかなあ」

小百合ははっとした。

「〈サークル〉に捕まって、圭太が〈獲物〉になったって話はウソなのね。ほんとうは圭太が赤堂さんを狙ってるのね」

「いまごろ、わかったわけ」

朝日が上るまで、あとどれくらいだろう。まだ真っ暗だ。

草むらに身を伏せた赤堂は、その前にケリをつけたいと思った。隠形滅心の法にはほど遠かったが、音を立てずにじっとしていることが、いまは苦痛ではなくなった。だが不安はあった。静止していた肉体は、すぐ機敏に動けるものだろうか。

早くこの状態を終わらせたかった。恐怖は去っていた。〈狩人〉よ、早くこいと念じた。

少し風を感じた直後、草をこする音が聞こえた。

足音だ。

赤堂は呼吸を浅くした。

足音がさらに近づいた。

赤堂は石ころを右手でにぎった。

足音が止まった。

もしうまく身体を隠せておらず、いまの位置から見られてしまえば、自分は死ぬんだなと淡々と覚悟した。

足音がまた聞こえた。どうやらまだ、見つかっていない。

腕をわずかに動かし、ツタを引いた。

数メートル先の草がかさかさと音を立てた。

なにかが動くように、順番に草が揺れる。

『サスケ』に登場した空蟬の術だ。空蟬とはセミの抜け殻——転じて、姿はあっても実体はそこにないという意味だった。

自分の場所を敵に誤解させて隙をつくり、そのあいだに倒す技だ。

静寂。

ビュン！　弦（つる）がしなう音。

おそらくクロスボウの矢が、ツタで動かした草むらに突き刺さったのだろう。

ダッダッダッと走る足音。

うまくいった。

すぐ近くで、〈狩人〉が立ち止まった。おそらくそこに〈獲物〉がいたか、うまく仕留めたかを確認しようとしているのだ。

赤堂は突然立ち上がった。

目の前に〈狩人〉がいた。驚いてこちらをふり向いた。

〈狩人〉の側頭部を殴った。思いっきり、右手ににぎった石ころをぶつけたのだ。冷静なときなら、相手がケガをしないよう留意しただろうが、いまの赤堂は自分が生き残るために必死だった。相手が死のうが生きようが気にしなかった。

〈狩人〉は崩れ落ちた。

赤堂は失神した男を見おろした。顔に暗視双眼鏡を装着していた。

赤堂は〈狩人〉の暗視双眼鏡をヘルメットまで上げた。

顔が現れた。

〈狩人〉は思ったとおりの男だった。

背後で携帯電話のバイブ音が聞こえた。

「あんただよ」

気を失っているあいだに好美は小百合のカバンを取り、後部座席に持っていったのだろう。中身を探る音がした。

「これ、フェイスＩＤ？」

黙っていると、いらいらした口調で「ねえ」と脅された。

「暗証番号」

「教えて」

小百合は六ケタの番号を言った。

「え……」好美がつぶやいた。「赤堂からのメール?」

まだ生きてたんだ。小百合は一抹の希望を感じた。

「じゃない、圭太からだった」背後の好美の勝ち誇った声。「いま仕留めた、だって……」

圭太は赤堂を殺害し、携帯を奪ったのだ。そしてそのほうが手っ取り早いと思い、向かいの公衆電話ではなく、小百合の携帯にメールを入れた。好美が自分を殺害したか失神させたという留守電を聞き、姉のほうも携帯を手に入れたと察したのだろう。

絶望から声が出なかった。全身の力が抜けていった。それでも、自分は警察官だ。最後の最後まで任務を遂行するんだと唱えた。

「わたしのことはどうするの」

「まだわかんない」

殺すつもりだろうと思った。

「赤堂さんはどうするの」

「圭太が知ってる別の〈サークル〉の墓場に埋めちゃう」

「それで?」小百合は尋ねた。「あんたたちはどうするの」

「それは、もう決まってる」笑い声。「あいつのホテルに何日間か滞在させてもらって、状況を見るよ」

「キンブルホテルに?」

「赤堂はしばらく行方不明ってことで、警察は発表を控えると思うんだ。そのあいだ、あのホテルは通常営業のはずだろ」

なんというブラックジョークだろうか。これも彼女にとっては、復讐のつづきなのかもしれない。

「ねえ、さっきから出てくる〈サークル〉……あんたはそのメンバーの何人かでも名前、知ってるの」

「聞いてどうするの」

「生かしてくれたら、逮捕しようと思って」

「正直じゃん」裏には、どうせあんたは死ぬ運命だからという意味が込められているのだろう。

「教えてよ」

「あたしは知らない。でも圭太は何人か知ってるみたい。ほら、あんたと赤堂がおやじの住んでたマンションに行ったこと、どうしてわかったと思う?」

「あのクロスボウの矢、圭太が射ったの」

「そうだよ」込み上げる笑いが止められないようだ。「圭太がさ、あんたの近くにいる人から逐一情報をもらってさ。だからあたしらのほうが、あんたらの先を行っていたのさ」

「協力者はひとり?」

「さあね」

そのとき、奇跡が起こった。

後部座席が突然、開く音。

「うっ」という好美の声。同時に殴打する音。ドサッと身体が動く音。

静かになった。

「桃井部長、無事か」赤堂の声だった。

五一

赤堂は小百合の車が確認できる地点まで必死で走った。

ようやく電話ボックスが見えて来たので、走るのをやめた。

呼吸が整うまでの数分間、桃井と好美がどういう状況にあるか推理した。圭太が自分を狩ろうとしたことからも、ふたりは一蓮托生(いちれんたくしょう)だ。好美はあくまで被害者役を演じて、ごまかそうとしているのだろうか。だが長い時間、赤堂から連絡がなければ、桃井は狩り場に車で引き返そうとするか応援を要請するはずだ。だとしたら好美は、桃井を拘束しようとするだろう。最悪の場合は殺害もありうる。問題は圭太の帰還を待ってそれをやるのか、独断でやろうとするのか。どちらだろうか。

赤堂は車を凝視した。想像以上に濃い闇なので、中のようすまで観察することはできない。こちらが見えないなら、車内はもっとだろう。赤堂は道路脇の繁みに入り、音を立てないようゆっくり接近した。

電話ボックスの手前までくると、匍匐前進でセレナの真横にたどり着いた。

耳をそばだてる。

好美の笑い声が聞こえた。桃井の声は聞こえない。

思い切って両膝(りょうひざ)を突いたまま立ち上がり、そっとのぞき込んだ。

状況を理解して、素早く行動に出た。

好美の用意していた粘着テープで、赤堂は好美の手足をグルグル巻きにして、後部座席に寝かせた。なにか悪態をついたようだが、意味不明の叫びにしかならなかった。口も小さく切ったテープでおおった。

圭太を狩り場に拘束状態で置いて来たというので、車をそこまで走らせた。運転は、さすがに赤堂だった。

助手席にすわった小百合は、好美から聞いた話を洗いざらい伝えた。そのなかには、キンブルホテルという赤堂の長年の悪事もふくまれていた。

赤堂はなんの質問も差しはさまず話を聞き、話し終えると「そういうことか」とだけ言った。そのあとは沈黙の時間だった。

圭太はフェンス近くで、頑丈な化学繊維で手足を縛られ、転がされていた。そのヒモのようなものは、圭太が持っていたクロスボウの予備の弦だと、赤堂は説明した。

圭太はまだ意識朦朧（もうろう）のようで、好美の横に押し込めてもなんの抵抗もしなかった。

近くの繁みに隠しておいたクロスボウとアローケース、ヘルメットを回収して、赤堂は戻って来た。

弓は思ったより大きかった。父親の太郎の手づくりだろう。全長は七、八十センチ、横幅も七十センチ近い。重さは三キロはあるだろうか。構造はシンプルだ。先端の鐙（あぶみ）と弓、引き金、弦受けは金属。肩に当てる台座とグリップ、本体は木製だった。おそらくフルサイズクロスボウと呼ばれるもののようだ。

「こんなの命中したら、身体突き抜けちゃうだろうな」赤堂は平然と笑った。

四発射たれたと言っていたが、八本入りアローケースに収められていた矢はたしかに残り四本だった。矢の長さはおよそ四十センチ。素材はカーボンで重さは三十グラムくらいだろうか。狩り場のどこかに、圭太が乗って来た車が放置してあるはずだが、それはほっておこうと赤堂は言った。

小百合が助手席のドアを開けて乗り込もうとすると、赤堂は「少し話せねえか」と彼女を止めた。

ふたりはフェンスの横に立って、話をした。

「あのふたりを連行すれば、父親殺害については起訴できる。けど、肝心の〈人狩り〉のことはなかなか自白しないと思う」

小百合を殺すつもりだったので、〈サークル〉と呼ばれる結社のことも口にしたが、公的な取調べとなったら、証言をひるがえすだろうというのが赤堂の推測だった。

「でも、時間をかければ……」

「そもそも胡桃沢太郎の埋葬地から、〈人狩り〉の犠牲者の集団墓地を見つけたのは、おれの飛躍した思い込みからだろ」反論しようとすると、赤堂は先をつづける。「好美と圭太は山北の森林公園に埋めただけで、渋川の墓場なんて全然知らないとシラを切ったらどうする?」

たしかに一度は集団墓地に埋めようと穴を掘ったが、それはとりやめにして、新しく山北の森林公園を選んだなどと証言する必要はまったくないし、聞かれもしないだろう。

「そこは、わたしが証言すれば……」

「ふたりが知らぬ存ぜぬを繰り返せば、検察はめんどうになって追及をやめる。太郎の殺人の立件に問題はないんだから。その代わりに、おいしいネタをプレゼントするだろうよ。おれの素行と、おれのホテルのことだよ。なにせ好美の標的は、父親の太郎とおれだったんだから……おれを殺せなければ、せめておれをブタ箱に入れるために必死になるだろう」

それがいま話したい本題だろう。キンブルホテルについては、小百合も先ほどたっぷり聞かされている。赤堂には逃げ道がない。

いまから裏取引を持ちかけるのだろうか、それとも自分をおどすのか、あるいは泣き落としか――赤堂の刑事としての能力を尊敬し、少し好感を抱いていただけに、豹変する姿は見たくなかった。

「もうひとつ心配なのはさ、県警がどう判断するかだよ」

「悪徳刑事は過去にもいましたし、赤堂さんの犯罪は人殺しとかじゃありません。ダメージは覚悟で、県警は正直に発表しますよ」

「おれのことじゃねえよ」まだ笑う余裕があるようだ。「あのホテルがバレる可能性があるのは覚悟の上だったし……おれが言いたいのは、〈サークル〉に所属する警官だ。やつらは人殺しだぞ」

「それでも県警に、隠蔽はないんじゃないでしょうか。隠したってこんな大ごと、すぐにバレてしまうもの」

「ペイペイの警官や退官したOBなら公表するだろうけどよ、警察庁の現役三級職がいた場合はどうだよ」

全国都道府県警察の上に立つのが警察庁だ。彼らは自分たちのような、しがない地方公務員ではない。エリート中のエリート、いわゆる国家の命運を決する立場にいるのだ。最近は小百合も、彼らが一番守りたいのは、国益よりおのが権力の維持とメンツなのではないかと思っている。だから総理に近い人間の不祥事を揉み消したり、政治醜聞や役所の不正をスクープしようとするマスコミに圧力をかけたりしているのだ。

「たしかに、警察庁がからむと大変でしょうね」

「そこに、大物政治家や実業家が加わったら？」

好美が残したメモのことだ。与党最長老で警察庁出身の政治家や神奈川有数の企業の会長の名が記されていた。

「ちなみに、白洲代理は叩き上げだが、海老原会長の娘婿だぞ」

「それでも」わざときっぱり言った。「わたしは自分の職場を信じますし、赤堂さんが危惧してるようなことはないと思います。わたしがさせません」

赤堂はため息をついた。

「あんたは今日、櫻田好美のマル害になった。殺されかかったんだぞ。わたしがそうはさせませんどころか、捜査や取調べからはずされるんだぜ」

そこまでは考えていなかった。小百合にも不安が芽生えた。

「ていうか、おれは知りたいんだ。〈サークル〉にかかわってる警官がだれかを」

母親が彼ら結社の犠牲になったかもしれないのだ。そこは当然の願いだろう。

「わたしたちの身近にいると思っているんですか」

「たとえば、植草玲音は？」

たしかに彼は疑わしい。

「金谷課長は信用できるのか」

矢継ぎ早の問いに、動揺した。金谷との別れ際、この人は信用できないと思ったばかりではないか。

「それにさあ、おれたちの捜査、どうして動きが読まれていた？　スパイが特別捜査本部にいるって考えるほうが自然だろう」

同じことを好美が、自慢げに語っていた。

「赤堂班長は、どうしたいんですか」頭がこんがらがってきて、思わずケンカ腰になった。

「やつらを捕まえたことを特捜本部に報告するの、一日だけ待ってくれないか」

口をぽかんと開けてしまった。そんなムリなこと、できるはずがない。

「ふたりをキンブルホテルに連れて行って、おれが口を割らせる」

「あたしがあなたの共犯になって、いっしょに捕まれって言うんですか」

「いや、桃井部長はおれに拘束されるんだ……ていうか、そういう芝居をあのふたりの前で演じてくれればいい」

「あなたの罪が重くなるだけじゃないですか」

「それでもいい。ふたりの口を割らせれば、県警に〈サークル〉のどんな権力者がいても、隠蔽はできなくなる」

「まさか、拷問とかするんじゃないでしょうねえ」

「おれはそんなダサいことはしねえ。頭をつかってやつらを唄わせるから、そこは信用してくれ」

あきれると同時に、即座に断れない自分がいた。赤堂の必死さもわかるのだ。しかしもっとほかに、なにかいい手はないのだろうか。

赤堂にとっての少年時代は、母親が失踪したときに終わっていた。それ以来、彼は本心を他人に見せたことがない。だがいまこそ母のいたころに戻り、正直に桃井に打ち明けなければならないと思った。

心の奥の奥——そこにある〝開かずの間〟からほんとうの気持ちを引き出し、他人にさらすのだ。

この捜査に人生をかけている。赤堂はどうしても、引くわけにはいかなかった。

「母は、おれが十一歳のときにいなくなった」桃井の目を真正面から見つめた。「〈人狩り〉結社は、いまは逃亡者を〈獲物〉にしているけど、そのころは娼婦を標的にしていた……どちらも社会にとって、害悪でしかないという主張だろう」

次に話すことを前に、身体がふるえた。もうとうに、そのことは乗り越えたつもりだったのにだ。

「母はおれを愛して大切にしてくれた。とても素敵な人だった。子どものおれが言うのもどうかと思うけど、きれいな人だった。母は横浜でバーを経営していたが、ある日学校で、むかしは娼婦だったたっていうウワサが流れた」

「ひどいウワサですね」

「いや、事実だった」

赤堂がその事実を率直に認めた驚きからか、桃井の目は大きく見開かれた。返す言葉が見つからないのだろう。

「その日からおれは、信じられないようなイジメにあった」言葉を切った。「特にきみの上官なんか、親友だったのに突然態度をひるがえしたよ」無理に笑おうとしたが、頬が引きつるだけだった。

静寂が流れた。

「母は二度と帰ってこなかった」そこまで言って、声がかすれた。「おれは四十年近く、母の失踪の理由を探していた。だから今日しかないんだ。あのふたりの口を割らせて、〈サークル〉の尻尾をつかむのは」

なぜか、桃井をにらみつけてしまった。

「おれの最大の後悔は、母のことを恥じて、うらんだことだ」

「青柳班長が……」

人に魂というものがあるのかどうか、小百合にはわからなかった。だが魂とは人間から心と肉体――つまりすべてを抜き去ったときに、最後に残っているものだと思っている。いまの告白は、彼の心ではなく、魂が言わせたもののように思えた。そして人は、魂の叫びにはあらがえない。

自然の流れのように、気がつけば、小百合は首を縦にふっていた。

赤堂はほっとした顔になり、かすかに笑った。少年のときの彼の顔を、垣間見ることができたと思った。

「わたしが拘束されるんじゃなく、わたしが赤堂班長を拘束したらどうでしょうか」

意図がわからなかったようだ。赤堂は、えっという顔をした。

「こういうことです」わずかに口角を上げた。「わたしがあのふたりに聞こえるようにあなたを責め、好美にキンブルホテルの場所を尋ねるんです。好美が教えたら、わたしは三人を連れてキンブルホテルに行くわけです。つまり上に報告する前にわたしは暴走して、単独捜査に乗り出したんです」

「そこでおれに、好美と圭太を尋問する時間をくれるんだね」

「ただし、二時間が限度です。そのあとふたりを特別捜査本部に連行して、赤堂さんのことも報告します。キンブルホテルに行ってみたが、残念ながら事実だったたって」

「わかった」赤堂は即答した。

車に戻り運転席側のドアを開けると、圭太のうめき声が聞こえた。意識を取り戻したようだ。好美のほうは目をかっと見開いている。反抗的な態度を崩していないという合図だろう。

小百合はドアを閉め、後部座席のほうのドアを開けた。

そこから小百合は、助手席にすわった赤堂を見た。

「赤堂班長がキンブルホテルについて否定も肯定もなさらないなら、一番手っ取り早いのはこれですね」

好美の口から、勢いよくテープを引っぱがした。

「う……」苦痛の声が漏れた。

小百合は、好美をにらみつけた。「あんたさっき、赤堂班長は非合法なホテルを経営しているって言ったわよね。この人、あくまでとぼけるつもりのようだから、事実かどうかわからないの。いまからそのホテルに連れて行ってよ」

好美の目が泳いだ。

しかし小百合の言葉を信じたようだ。「わかった」と低い声で言った。

小百合は運転席にすわった。

わざと前を向いたまま尋ねた。「どこに行けばいいの」

「石川町のほうに向かって」好美が答えた。

小百合は車を発進させた。

高速道路を下りるころには、夜が明けていた。

小百合は好美のナビ通り運転した。赤堂とは言葉を交わさなかった。そのほうが演技であることを悟られにくいからだ。

好美が指示したのは、かつてもっとも治安が悪いといわれた地域だった。日雇い労働者向けの簡易宿泊所の看板があちこちにあるが、外観はホテルや旅館というよりふつうのビルや家のようだった。早朝とはいえ、通行人はほとんど見られない。

「そこ、その建物」

好美が教えたのは、やはりマンションにしか見えない中古物件だった。

車を道路脇に停車させた。

「赤堂さん」決断を迫るように尋ねた。

「わかったよ」

イヤイヤという口調で、赤堂は降車した。すぐに後部座席のドアを開け、「このふたり、連れて行くぞ」と言った。

好美も圭太も、両手は拘束されたままだった。

好美はむっとした顔で外に出た。圭太は少しふらついている。車内ではずっと無言だったが、側頭部は血がにじんでおり、まだ意識がぼやけているのかもしれない。

小百合がふたりを監視しているあいだに、赤堂はリュックからカギを出し、玄関のドアを開けた。

なかは暗くて、なにも見えなかった。

灯りをつけたが、やはりうす暗い。床に絨毯(じゅうたん)が敷かれており、奥にエレベーターがあった。右側に小窓のついたカウンター。そこがどうやら、ホテルのフロントのようだ。

「従業員はいるんですか」

「さあ」

「宿泊客は?」

「どうかな」

険悪な雰囲気を演出しているのか本音なのか、判断がつかなかった。

「部屋、見せてくれますよね」

「案内しろってことか」

「はい」

「だったらこのふたり、監禁しねえとな」

エレベーターのドアを開け、なかに入り、持っていたカードをパネルにつけた。外観は古いが、最新鋭の設備のようだ。

小百合がうながすと、ふたりはおとなしくエレベーターに入った。

ドアを閉め、五階のボタンを赤堂が押した。

エレベーター内では、だれも言葉を発しなかった。

ほどなくドアが開き、やはり暗い廊下が見えた。

ドアが三つ並んでいる。どれも頑丈そうなゲートラッチがつけられ、南京錠がぶら下がっていた。この階は全部監禁用の部屋なのだろう。

一番奥のドアを、赤堂は開いた。

「別々の部屋に入ってもらうからな」ふたりを見て言った。文句を言おうとする好美に、赤堂は笑いかけた。「おまえさんがこっちの刑事にこのホテルのことをバラしたから、おれも逮捕されるんだぞ。死ななかったけど、一応復讐は成功したんだ。だからいまはおとなしくしてな。まあ三十分くらいだ」

奇妙な論理だったが、好美は納得したのかおとなしく部屋に入った。

赤堂がドアを閉めるあいだに、小百合は部屋のなかを素早く見た。ベッドはもちろん、冷蔵庫もテレビもあった。ビジネスホテル程度の設備は整っているようだ。

「さて、おまえはこっちの部屋」

好美の部屋のドアに外側からカギを掛けると、赤堂はエレベーターの正面の部屋まで戻り、ドアを開けた。

「まず、頭の手当てをしてやるよ」

圭太もおとなしくしたがった。

「ちょっと待ってろ」なかに入らず、赤堂はドアを閉めた。圭太に話を聞かれたくなかったのだろう。

「ここで待っててもいいし、エレベーターをつかって上に行ってもいい」

ということは、上階には客がいないのだなと小百合は理解した。

「何分、必要ですか」

赤堂はドアを開けながら言った。「あんたに迷惑はかけない程度」

そしてドアを閉めた。

ベッドにすわらせ、備えつけの救急箱を取り出し、圭太の傷の手当てをした。出血していたが、縫うほど深くはない。赤堂は消毒をして、大きな絆創膏を貼った。消毒液はしみただろうが、圭太は声ひとつ上げなかった。

「とはいえ、頭だからな。病院で検査してもらえ」

圭太は無言だった。先ほどまで赤堂をクロスボウで殺そうとしていた男だったが、顔つきは穏やかで凶暴そうには見えなかった。

「おやじの仕事継ぐの、イヤだっただろ」

ちらっと赤堂を見たが、なにも言わず、床に目を落とした。

「さっきおれを殺そうとしたときも、躊躇したよな。でなきゃ、おれが無事なはずがない」

下を向いたままだ。

「そもそもさあ、なんでおれを殺そうとした。スジがとおらねえじゃねえか」

「おやじがおふくろを殺したとき、このホテルに逃げ込まなければ捕まってたからだよ。そしたらおれも、こんな仕事しないですんだ」

はじめて圭太の肉声を聞いた。思ったより細くかん高い。

「おまえ、バカじゃねえか」

圭太はにらみつけた。

「おまえのおやじがこのホテルをつかったの、二〇一一年だぞ。おまえのおふくろと離婚して、おまえだけ連れて反町に引っ越した年だよ。おまえのおふくろさん、二〇一三年に亡くなってるだろ。避難するんなら、その年じゃねえと辻褄が合わねえじゃねえか」

圭太の顔が硬直するのがわかった。

「おれが思うに、おふくろさんを轢いたの、おまえのおやじじゃない」

ほんとうに驚いたようだ。口をあんぐり開けた。

「じゃあ……じゃあ、だれがおふくろを殺したの」

やはり、どこかあどけない顔だった。よく考えれば、まだ二十三歳のガキだ。

「知らねえよ」赤堂は答えた。「だれか赤の他人だろ。そいつが警察に通報せず、逃げてしまったって考えるのが自然じゃねえか」

圭太は混乱したような顔になった。

「でも、おやじは前の奥さんも殺したんだから」

前の奥さんとは内縁の妻、好美の母親の綾子のことだ。

「酒に酔ってな。おまえのおやじの太郎は酒乱だったんだろ」

「昔は……」

「おまえさんが小さいとき、おやじさん、酒をすっぱりやめたはずだ。反省したのかどうか、知らねえけどよ。そのあと太郎、おまえやおふくろに暴力をふるったか。おまえさんとふたり暮らしのとき、殴られたことがあったか」

「いや……」

圭太は好きだった父親のことを思い出したようだ。

考える時間が必要だと思われた。赤堂は中座することにした。

「またくる」

そう言い残して、部屋を出た。

ドアの南京錠をかけると、廊下奥の好美の部屋に向かった。

廊下に桃井の姿はなかった。構内の探索をしているのだろう。エレベーターは上階にしか行けないので、いま宿泊している客に迷惑はかからない。

好美を監禁している部屋を開錠し、ドアを開けた。

ふい討ちを用心して、彼女の姿を確認してからなかに入った。

好美はあきらめたのか疲れ果てたのか、ベッドに横になったままで、赤堂が入って来ても起き上がろうとしなかった。

ドアをふさぐように立ち、圭太と同じ質問をした。

「なんで、おれを殺そうとした」

「それ、女の刑事から聞かなかった?」天井を見たまま、好美は答えた。

「どう考えてもさあ、あんたのおふくろが殺されたことの責任をおれに背負わせるのは、無理くりじゃねえか」

好美は顔を横に向け、赤堂を見た。冷たい視線だった。

「こんなホテルがなければ、おやじは逮捕されてたんだよ。逮捕されてたら、わたしの人生ももう少しましだった」

「だから、支配人のおれにも責任の一端があるって?」

「そうだよ」

赤堂は声を立てて笑った。

「あんた、頭がヤバいふりをしているけど、それって演技だろ。おれにうらみなんかないはずだ。少なくとも殺そうと思うほどはな。ほんとはあんたが〈サークル〉と呼ぶ〈人狩り〉結社におどされて、おれを罠に嵌めたんだろ」

上体を起こし赤堂のほうを見た。床に両足を降ろした。

「なんで、あたしがおどされなきゃならないの」怒った顔だった。

「父親殺しに、やつらが勘づいたからだよ」

好美の表情が変わった。少なくとも、顔から怒りは消えた。

「おれと取引しないか」

突然、話題を変えたので、好美は数秒間沈黙した。

「取引って？」

「腹ちがいにせよ、弟の圭太を、あんた本気で愛してるだろ。だったら圭太は見逃してやる。その代わりこのホテルのことは忘れろ」

好美の顔が崩れた。笑っているのだ。

「おもしろい。どうしてあんたを助けてやる義理があンの。このホテルを忘れろってことは、あんたが支配人であることも言うなってことだろ」

「その代わり、おれも黙っててやる」

「なにを」笑みが消えた。

「胡桃沢太郎を殺したのはあんたじゃない。弟の圭太だ。あんたがクロスボウをつかえるとは思えない。まして室内で使用するには威力がありすぎる。太郎は戸外で殺されたはずだ」

赤堂をにらんだ。呪いの念でも送っているようだ。

「圭太が太郎を殺した動機は、自分のおふくろも太郎が殺したと信じたからだ」

好美は目を逸らした。

「だが太郎は、実際は圭太のおふくろ、妻の君江を殺していない。じゃあ、だれがそう圭太に吹き込んだか？」

　好美は深く息を吸い、吐いた。冷静になろうとしているようだ。

「それはあんただ。自分の母親と同じく君江も太郎が殺したというのは、あんたのウソだ」

「あいつは、あいつはそう言ったんだ」吐き捨てるような口調。

「絶対ちがうね」赤堂はイヤミっぽく笑った。「あんたは圭太に、太郎を殺すよう仕向けた。共犯者がほしかったから……いや、圭太を自分と同じ境遇にしたかったからだろう」

　好美は奥歯を噛みしめている。図星を突かれたからだろう。

「もうひとつ、黙っててやることがある。問題の圭太のおふくろさんの轢き逃げについてだ」赤堂はたたみかけた。「轢いたのはあんただ」

　好美は、喉を詰まらせたような表情になった。

「最初はおれも、太郎がふたり目のかみさんも殺したのかなと思ったよ。けど、あの轢き逃げ事案の担当者と話したらさ。事故は目撃してないが、現場近くを猛スピードで走る車を見たって証言があった……運転手は若い女だったそうだ」

　好美はそっぽを向いた。急に子どもに戻ったような態度だ。

「あんたが圭太を愛しているのはほんとうだろう。だから圭太から、なにもかも消したかった。罪と孤独を共有して……愛しているのがあんたひとりになれば、圭太も自分をもっと慕ってくれると思ったからだ」

　好美は反論をせず、固まっていた。

「もう一回言うぞ。取引しねえか」

「取引って?」好美の視線が、ようやく赤堂に戻った。

「あんたを胡桃沢太郎殺しで逮捕する。やってもいない殺しだけどな。君江のほうの殺しは問わない。圭太は解放する」赤堂は言った。「その代わり、このホテルのことは口外しない」

好美は申し出を無言で聞いていた。その視線は赤堂をすり抜け、背後のドアに向けられているようだった。

「さあ、どうする?」


好美から答えを引き出すと、赤堂は圭太の部屋に戻った。

圭太は考えごとでもするように、部屋の中を歩いていた。

赤堂はドアを閉めて言った。「いま、あんたの姉貴と話をつけた。あんたとも取引したい」

「取引?」

「あんたが父親の太郎をクロスボウで射ったことと、おれを殺そうとした件は両方とも見逃してやる」

圭太の顔に戸惑いが生じていた。

「胡桃沢太郎は、あんたの姉貴が殺した。そういう話で、好美はいいと言ってる」

「ねえちゃんが?」

圭太が好美を「ねえちゃん」と呼ぶのをはじめて聞いた。

「太郎が、あんたのおふくろさんを殺したって好美がウソをついたんで、あんたは太郎を殺したんだって。それを、ねえちゃんは悔やんでいるみたいだぞ」

圭太がぽかんと口を開けた。

「え……おやじ、おふくろを殺してないの？　ねえちゃん、ウソついたの？」

「ウソとは言えない。轢き逃げ犯がだれか、だれも知らないんだ。だからほんとうかもしれない」

「でもおやじ……ねえちゃんに告ってはいなかったんだ」

今度は目が泳いだ。彼の頭の中で、処理できない情報、良心の呵責が渦巻いているのだろう。

「わかってやれよ」赤堂は、うなずいてみせた。「おまえのねえちゃん、十一歳で母親を殺されたんだぞ。だからきっと、おまえのおふくろさんもあの男が殺したんだって妄信しても、だれも責められねえだろ」

ただし、ほんとうは好美が圭太の母、君江を車で轢き殺したのだという話だけは伝えなかった。

「あんたの言ってることがほんとかどうか確認したいから、ねえちゃんと話をさせてくれ」

「それはダメだ。おれの言葉を信じてもらうしかない」

圭太は床を見つめた。損得を計算しているのか、姉のことを思っているのか、あるいは姉のウソにひどく憤っているのか、赤堂にはわからなかった。

「さっきのあんたが言ったこと……」圭太がゆっくり、顔を上げた。「おやじの仕事を継ぎたくなかっただろって話……仕方がなかったんだ」

「仕方がないって、なんだ？」

「おやじ、自分の仕事は聖職だって信じてた」

「聖職？」用心していたが、感情が出てしまった。「人殺しだぞ」

「殺すのは、悪いやつだけだよ」

「カネじゃなくて、正義感でやってるって言ったのか」

「カネもすごく出るけどね。それは関係ないって」

「人を殺すんなら、自分も同じ悪人だって考えねえのかな」

「さっき、取引って言ったじゃない？　受けたら、その代わりおれになにをしろって言うんだよ」

「まず、おまえが〈サークル〉と呼ぶ結社の情報がほしい」

「おやじとちがって、おれは新米だよ。〈サークル〉のことはよく知らない」

「おやじと同じ仕事をこなす人間……何人いる？」

「毎回、ふたり」

「毎回？」

「おれが働いたのは、おやじとだけだから、ほかの人は知らない」

「仕事って、ふだんは武器をつくったり手入れしたりするのか」

「うん」

「〈人狩り〉のときはなにをする」

「審判？」圭太が言った。「〈獲物〉が猟地の外に出たり、〈狩人〉がクロスボウ以外をつかおうとした場合、止めたり罰したりするんだ」

「逃げ延びたやつを殺害するのも、おまえらの仕事か」

「本来はね」圭太が答えた。「でもそれはたいてい、狩りに参加した〈サークル〉のメンバーが買って出る……そうおやじは言ってた」

赤堂は憎しみをあらたにした。やはり〈サークル〉は、社会のためになどという動機で狩りを行っているのではない。彼らの殺人本能を満たしたいだけなのだ。

「〈獲物〉は、だれが探す?」

「次の〈獲物〉をだれにするか、メンバーとかおれら審判が提案して、〈サークル〉が全体会議で決める」

「〈サークル〉からの指令はどうやって受ける。電話とかメールか」

「もっとアナログだよ。手紙」

情報化社会では、アナログほど秘密保持に適した手法はないという趣旨の講義を、赤堂は最近受けたことがあった。

「今度の〈人狩り〉はいつ、どこでやるのかが知りたい」

「無理だよ」圭太が首をふった。「だって、〈獲物〉がいないもん」

「だったら〈獲物〉は、おれが用意する。おまえが〈サークル〉に、そいつの名前を申告しろ」


エレベーターは上の階にしか行けなかった。

廊下の片方に部屋が三つ。五階とちがうところは、ドアに監禁用のゲートラッチがついていないところだった。どの部屋もカギがかかっていて、なかをのぞくことはできなかったが、内部は好美の部屋のように、ビジネスホテルの一室のような構造なのだろう。

キンブルホテルが実在したことで、赤堂のキャリアは終わった。彼は逮捕され、それなりの刑事罰を受けるのだ。だが小百合の心はすっきりしない。これまで行動を共にして、赤堂に尊敬の思いを抱いてしまったからだ。同時に、悪を倒すためには自分も悪になることに、共感をおぼえたのかもしれない。

赤堂のことだ。おそらくふたりと話をして目的を達したにちがいない。いまも彼が特別捜査本部内で、もっとも真相に近づける人間なのだ。

ふと、父の死について教えてくれた、黄島という元公安刑事の言葉を思い浮かべた。

「悪には悪、じゃないけどね。そういう人たちを倒すため、手段を選ばない警察官がいる。それも、さっきの一パーセントのなかにね。そういう人の力を借りられれば」


エレベーターが開くと、目の前に赤堂が立っていた。緊張しているのか無表情だった。

「話がある」

小百合はエレベーターを出て、彼の前に立った。

「やっぱりおれ、まだこのヤマからはずれるわけにはいかない。だからきみも飲み込んでくれ」

「なにを飲むんですか」

「胡桃沢太郎殺害は櫻田好美の単独犯。圭太はいっしょに逃げていただけで、事件とは無関係。おれに対する殺人未遂は不問」

自信なげな赤堂の表情を、小百合ははじめて見た。

「キンブルホテルのことを、好美は証言しない」

「好美はその条件を飲んだんですか。どうして？」

「どうしてだろうな」

笑おうとしたのだろうが、赤堂の顔はむしろ無表情になった。

「だからきみも飲んでくれ。好美がきみを拘束したこと、黙っていてほしい」

「キンブルホテルのことを知ったことも？」

「いや、このヤマがかたづいたら、告発してくれてかまわない」

意外な提案だった。

「赤堂さん、逮捕されて警察もクビになるんですよ」

「ただし、好美から聞いたことは言うな。きみは事件解決後、単独で捜査し、キンブルホテルにたどり着くんだ」

警察の慣例というわけではないが、身内を告発するときだけは、独断での捜査はある程度大目に見られる。赤堂はそこを突けと言っているのだろう。

「圭太を解放して、どうするんですか」

「オトリを守ってもらう」

「オトリ？」

「〈サークル〉に次の狩りを開催させ、おれはそこに踏み込む」

警察の内部も信じられなくなったいま、それしか敵を一網打尽にする方法はないように、小百合にも思えた。

「好美は、ほんとうに信じられますか」

「おれは信じる」

「取調べの最中、裏切ったら？」

「前にも言ったろ」赤堂の顔に、自然な感じの笑みが戻った。「おれ、人を見る目だけはあるんだ」

五二

その夜、キンブルホテルをチェックアウトした黒川は、徒歩で桜木町駅まで行き、電車に乗った。駅前でふたりの警官とすれちがったが、まったく彼を気にも留めなかった。メガネをかけた坊主刈り、紺の地味なスーツを着ていたからだろう。用意してもらった変装用コーディネートのひとつだった。吊革につかまり、窓に映る自分を見た。まるで別人だ。年齢もずっと若く見える。

予定より数日早くチェックアウトした理由は、ホテルオーナーの申し出を受けたからだ。ことのはじめは早朝だった。エレベーターが稼働する音を聞き、黒川は目をさました。上の階で足音がしたので、新しいお客がチェックインしたのかと思った。だが人数が多いことと、ドアの開け閉めが繰り返されたことから、もしかしたら警察の手入れかもしれないと心配になった。

訓練の成果を試すときが来た。起き上がって、素早く衣服を着た。カバンを手に持ち、窓を開けた。そこでしばらく状況把握につとめたが、走る音や、逆に音を立てないようにするふるまいはなかった。黒川は警察ではないと結論づけた。

それでも油断は禁物だ。しばらくのあいだ、耳をすました。

万が一踏み込まれたらどこに行くのか、黒川はとっくに決めていた。近くの警察署に出頭するのだ。そして罪を認め、法廷で少年に対する処罰がいかに甘いかを世間に主張しよう。

一時間、窓の前にすわり緊張の糸が途切れそうになったとき、電話が鳴った。受話器を取ろうか取るまいか悩んだが、結局出ることにした。

電話の相手は、以前、チェックインのとき、フロントにいたマネージャーだとわかった。

「黒川さんですね。ホテルの支配人で赤堂栄一郎と言います」

黒川は聞き返した。相手が名乗ったことが、あまりに意外だったからだ。

「それで、用件は？」

赤堂は、自分は神奈川県警捜査第一課の現役の警部補だと打ち明けた。逃亡者をかくまうホテルは祖父から引き継いだ裏ビジネスで、自分が担当している事案の被疑者は泊めたことがないと言った。

突拍子もない告白に言葉が出なかった。信じていいのかどうかも、判断がつかなかった。

「それで、ある提案をしたい」

話をつづけようとする赤堂を、黒川が制した。「待ってくれ、あんたが刑事だっていう証拠は？」

抑えた笑い声が聞こえた。

「残念ながらありません。信じてもらうしかない」

腹を決めた。「わかった。まずあんたの提案を聞こう」

「チェックアウト後、逃げられるところまで逃げるつもりならお願いしませんが、もし自ら罪に服そうと思っておられるなら、とても魅力的でスリリングな話を提案したいんです」

「つづけて」

「戦後からいままで、国家にとっての危険分子や逃亡中の犯罪者、娼婦などをひそかに誘拐して、ハンティングでもするように人を処刑している秘密結社があります。彼らを一網打尽にしたいいんですが、黒川さんオトリになってくれませんか」

荒唐無稽、にわかには信じられない話だったし、ありえない提案だと思った。

「ただしこれは違法な申し出です。理由は警察が信じられないから。つまり警察内部にその結社のシンパがいると信じているからです」赤堂なる男は言葉を切り、息を漏らした。「なんでそれでもこういうことをしたいかというと、おれの母親もこいつらの犠牲になったからです」

「オトリとは?」

「黒川さんは人を三人も殺めて逃亡中です。彼らにとっては、かっこうの〈獲物〉候補です。警察に捕まらず逃げていれば、彼らのほうから誘拐してくれます」

しゃべっているのが本物の刑事かどうかわからなかったが、奇妙な説得力があった。それに、恐ろしいことを、恐ろしげもなく話す男だった。黒川はそこが気に入った。退屈で、妙なことばかり考える自分に嫌気が差していたからだ。

黒川は思い切って、話に乗ることにした。

出頭しようとは思っていたが、自殺も選択肢のひとつだった。人を殺してなにが一番なくなるかといえば、希望と生きがいだった。

悪を撲滅するために、極悪な犯罪者がひと肌脱ぐ——わくわくするようなプランじゃないか。

あとは電話の向こうの男のアドバイスにしたがって、逃亡生活をつづける。うまくその秘密結社に捕まることを願って……。

黒川は本郷台の駅で降りた。

五三

櫻田好美は素直に取調べに応じた。担当したのは取調官として実績がある青柳警部補。

好美は父親である胡桃沢太郎を殺害したことをあっさり認めたが、あくまで単独での犯行だと供述した。青柳班長は弟の圭太の共犯を疑っていたようだが、彼女は主張を変えなかった。

真相を知る小百合にとって、好美の口が堅いこと以上に、〈サークル〉のことやキンブルホテルについてひと言も漏らさないことのほうが驚きだった。

もうひとつ引っかかったのは、山北の太郎遺棄現場と、渋川のクロスボウ被害者の埋葬場所との関連について、青柳が好美にいっさい聞かなかったことだ。

白洲代理は代理で、渋川の大量殺人については粛々と捜査を進め、山北の胡桃沢太郎殺人死体遺棄事案は別件として考えているふうだった。そうなると赤堂が言うとおり、県警は組織ぐるみでなにかを隠蔽しようとしていると考えざるをえないのだ。

理由はほかにもあった。好美逮捕の一週間後、特別捜査本部が解散させられることだ。本来、胡桃沢太郎殺人事案プラス渋川の事案で招集されたはずなのにだ。もちろん一週間以内に、渋川の大量遺体遺棄捜査のみのための捜査本部が立ち上がるということだったが、だれが見てもおかしな機構改変だった。

そのあわただしさのなか、植草の上官、樺島班長が退官願を出して受理された。身体と心の病が原因だったようだが、植草はがっかりしている。

小百合は相変わらず赤堂と行動を共にした。だがその後、彼から今後の作戦について聞くことはなかった。いまや共犯関係にあるにもかかわらずだった。

五日後、しびれを切らした小百合は赤堂に、作戦の進展がどうなっているのかを問うた。

「おれがオトリにした男がうまく〈サークル〉に捕まったら、きみにも教えるよ」という答えが返って来た。

「〈人狩り〉が決まったら、圭太、ほんとに連絡してくると思いますか」

「信じるしかねえべ。裏切られたら、ふりだしに戻るだけだ」

「圭太から連絡が来たら、どうしますか」

「まだ決めてない」

「けど、どうするんですか」

赤堂の描く作戦はシンプルなものだろう。〈人狩り〉の場所と開始時間を把握し、特別捜査本部の刑事を差し向ける。圭太とオトリをどう助けるかはわからないが、一斉逮捕を狙うのだ。だが赤堂は、特別捜査本部どころか県警内のだれも信用していないようなのだ。たとえば櫻田好美が書いたと思われるメモ——そこにあった白洲という名は、〈サークル〉のメンバーであるという意味なのか、逆に罠で、潔白だということなのか。まだ赤堂は、結論を出していないように思われた。

さらにこの作戦は、超法規的といえば聞こえがいいが、なにがなんでも復讐したいという個人的な欲望だと見ることもできる。これ以上、赤堂がなにかすれば、長期での刑務所入りはまちがいない。

どうせこれ以上の答えは期待できまいと黙ると、赤堂のほうから話し出した。キンブルホテルという弱みをにぎられた結果、少しは小百合に気をつかっているのかもしれない。

「どうするかは、唯一信用できる人にアドバイスをあおいで……最後は自分で決めようと思う」

赤堂が唯一信用できる人とはだれだろう。小百合はそちらのほうが気になった。


祖父から相続されたマンションに、赤堂は帰宅した。ここ数日、この部屋に寝泊まりしている。非合法な捜査に着手しているため、自宅に証拠や痕跡を残したくなかったからだ。

今夜は、一番信用できる相手に電話をかけることにした。

「おお赤堂くん、いきなりマメになったのかよ」

明るく元気がいい声だった。

「織部さん、お休みじゃなかったですよね」

まだ九時半だが、油断はできない。

「今日は起きてたよ」機嫌がよさそうだ。「録画しといたカナダの警察ドラマを観てたね。『ガマシュ警部』っていうのかな？　それこそガマみたいな顔の、たぶんフランス系の警部が主人公の連ドラなんだけどね。おもしろくって、ついついつづけて観ちゃったよ」

織部が話し終えるのを待った。

「でもあれだな。警察ドラマって、最後やっぱり一番悪いやつが警察官のほうが盛りあがるな」

一瞬、音が途切れた。「あ、失礼。それで、なんか用？」と、再び声が聞こえた。

「アドバイスがほしいんです」前提も理由も言わなかった。話しすぎれば、迷惑がかかるからだ。

「そうそう。例の丹沢のどっかで見つかった大量殺人者の墓場、ＮＨＫで被害者はだれかって特集やってたよ」

相変わらず勘のいいおやじだなと思った。赤堂がいま、どういう事案にかかわっているか、お見とおしなわけだ。

「それで、ほんとはマル害の身元、全員わかったの」

「ほぼ……」

「ほぼか、大変だな」マイペースにつぶやき、「それで？　どんなアドバイスがほしいの」と尋ねた。

「織部さん、いまの捜一でだれなら信用できますか」

「信用ねえ……」織部のほうも、なにも尋ねない。「おれ、上はみんな知ってるかもしれないけど、若いほうは全員知らないよ」

「じゃあ、自分がいま係わってる事案……近く解散する特別捜査本部なんですけど、本部長を別にすれば、上が赤城一課課長で、その下の管理官と課長代理は飛ばしますね。で、事件担当代理が白洲さん。中隊長が芝浦さんと上白石さん。班長は青柳に樺島、藍河くんと翠川さん、紺島くん、紅村くん、紫倉さん、茜屋です」

「樺島くん、退官したって聞いたけど」

「忘れてました。そうでした」

「じゃあ上から、無責任に言うぞ」楽しそうな声だった。「赤城くんは信用してるけど、白洲は、おれは胡散臭いと思ってる。ちょっとむかしから、右翼っぽいというか、犯罪者に対して厳罰主義のところがあるような感じがして、きらいだ」

　そこまでは、赤堂と同意見だった。

「上白石くんは、正直よく知らないからコメントは差し控える。芝浦は信用できる男だと思う。クソまじめでおもしろ味はないけどね」

「なるほど」

「班長は半分くらい、よく知らない。紫倉、翠川、茜屋は知ってる。ほんとは一番信用できるのは辞めちゃった樺島くんなんだがね、じつに残念だよ」

樺島について、赤堂はよく知らなかったが、織部とは親しかったようだ。

「翠川くんと茜屋くんは、まあ信用していいんじゃないの。能力はわからないけどね」

「青柳はどうですか」

「一番苦手なのは、青柳くんかな」

「おれもそうです。でもそれと、信用できるかどうかは関係ありません」

「いや、だからぼくは彼を信用してないって。一回か二回、妙なウワサも聞いたことあるしね」

どういうウワサか織部は言わなかったし、赤堂もあえて聞かなかった。

アドバイスに礼を言って、電話を切った。

午後十一時、私用のスマホが鳴った。

「明日の夜、あんたのオトリをさらう」

圭太の声だった。

「黒川さん、いつ狩られる？」

「その日の真夜中……正確には、午前二時から五時まで」

「狩り場は？」

「あんたが地図にBって記した区域……おれがあんたを狙った場所だ」

「〈狩人〉の数は？」

「言わなかったっけ？ 〈サークル〉の〈人狩り〉は四人って決まってるんだ」

「わかった」

赤堂は電話を切った。

猶予は二十四時間と少し。早急に協力者を募り、罠を張らなければならない。

五四

警視庁はついに、黒川の映像を公開した。名前は報道せず、ただ防犯カメラに映っていた不審な人物としてだ。あくまで容疑者とは言わず、事件になんらかの関わりのある人——重要参考人として行方を追っているという内容だった。

だが黒川はわかっていた。警察が彼を犯人だと特定していることを。

理由は明白だ。使用された映像は、いずれも拉致現場からも、被害者の自宅や職場、遊び場からも、ずいぶん離れた場所だった。黒川は用意周到だった。三人を何度も尾行し、彼らの生活パターンを観察したが、防犯カメラの設置された場所は事前にチェックしており、自分の映像があるはずがないと自負していた。警察の流した情報は、じつに恣意的だった。

ここまで追い詰められれば逮捕は時間の問題のはずだが、赤堂のくれた魔法のスーツケースのおかげで危ない目にあうことはなかった。ケースの中には派手な柄シャツから黒のティーシャツ。夏用スーツ。ハーフパンツ。キャップにイスラムワッチ、バケットハット、マウンテンハット、五つのメガネとサングラス。かつらに付け髭まで入っていた。

黒川は東京近郊の町を転々と寝泊まりし、今日、いよいよ相模原市の指定された場所に向かった。そこで自分は拉致されるのだ。だが人を狩る秘密結社が実在し、自分が〈獲物〉になるという話は、いまだに半信半疑だった。

とはいえ、恐怖も感じた。三人も殺めておきながら、いまになって死ぬのが怖いのだ。復讐を終えれば、生きる気力も意欲も失い、死に無頓着な廃人のようになるだろうという予想はまちがっていた。

警察はもちろん、赤堂からも逃げようかと何度か思った。だが、いずれだれかに捕まる。それは避けがたい事実だった。そう思うと極刑になる前に、もう一度生きている感覚を味わいたい。だから黒川はこのオトリ作戦に乗ったのだ。

午後十時。相模線上溝(かみみぞ)駅に降りた。

二十分歩いて県道503号に出ると、横浜線相模原駅方向に向かった。広い公園の真ん中を通っている道なのか、この時間は閑散としている。真夏の緑のにおいが気持ちいい。これが人生最後の自然の香りかもしれないと思うと、何度も深呼吸を繰り返した。

相模線の高架をくぐり、ゆるい坂道を上り終わったとき、背後でけたたましい急ブレーキの音を聞いた。

来た、と覚悟した。

四人の男が黒川を囲んだ。抵抗する余裕はなかった。

彼はたちまち、自動車に押し込められた。

五五

熱帯夜だった。小百合は健康を無視して、部屋のクーラーの温度をかなり下げ、ベッドに入った。ようやくうとうとしかけたとき、携帯電話が鳴った。赤堂からだった。

「いま、きみの家の前にいる」

一瞬、おまえはストーカーかよと突っ込みたくなったが、自分を抑え、「外に出ます」と言った。さすがに不愛想な口調になっていた。

ノースリーブにワイドパンツを穿き、洗面台で髪の毛を梳かした。鏡に映ったのは、眠そうなひどい顔だ。でもすっぴんのままでいいと決心した。

玄関のドアを開けると、熱風が襲った。ロビーまでエレベーターで降りると、赤堂は通りの向かいのバス停の前に立っていた。特別捜査本部帰りなのかスーツ姿だった。

「いまから決着つけに行くから、いちおう声かけた」

「いまから?」

「おれのオトリ、さっき拉致された。〈人狩り〉は今日の夜中っていうか、明日未明に開始される」

頭が混乱した。

「被疑者を逮捕しに行くってことですか」

「おれの場合は、圭太とオトリを助けて、こっそり逃がすためだけどね」

この人はそもそも、ことの深刻さをわかっているのだろうか。小百合は腹が立った。この冗談とも本気ともつかない言動はなんなのだ。

「まさかわたしたちだけで、逮捕に向かうってわけじゃないでしょうね」

「まさか、それはないよ……何度も言うけど、おれは圭太とオトリを救出に向かうだけ。逮捕は別のやつらに任せた」うすら笑いを浮かべている。

「白洲代理には報告したんですか」責める口調で質問した。「特別捜査本部のだれが信用できて、だれが怪しいか、赤堂さんはどう判断されたんですか」

赤堂は笑顔を絶やさない。ただし無回答だった。

「わたし、赤堂さんと共犯関係にあるんですよ。ちゃんと説明してください」小百合は食い下がった。

「こまかいことは抜きにして、とにかくいっしょに来てくれ。ちゃんと人員は配備したから」

ソフトな物言いだったが、うむを言わせぬ圧があった。小百合に突きつけられた選択は、行くか行かないかだけなのだ。

「着替えますから、ちょっと待ってください」

自宅に引き返した。

さっきまで着ていた汗ばんだスーツとパンツに着替えた。靴は走れるよう、ランニングシューズにした。戸締りをして廊下に出たとき、とても不安になった。被疑者はクロスボウで武装した危険な連中だ。赤堂は防刃チョッキも拳銃も用意しないで、狩場に赴くつもりなのだろうか。

玄関から外に出ると、見慣れたセレナが停まっていた。

運転席には赤堂がいた。

小百合の姿を認めると、降車し「じゃあ、運転頼むわ」と言い、返事を待たず助手席のほうにまわった。

小百合は無言で、運転席に乗り込んだ。赤堂が指示したのは、好美と圭太が小百合らを誘い込んだ丹沢山系に近い米軍払い下げ用地だった。

「拳銃とかはあるんですか」車を発進させて、恐る恐る尋ねた。

「あれ、許可がいるじゃない？　だからない」さすがに、すまなそうな口調だ。「何度も言うけど、おれときみは逮捕には加わらないから……ていうか、こっそり現場に行く感じだから」

「でも、なにが起こるかわからないじゃないですか」小百合は赤堂に聞こえるように、わざとため息をついた。

「いや、誘うこと自体悩んだんだから」赤堂は言い訳のようにつぶやいた。


鬱蒼とした森のなか、ふたりの乗ったセレナは走っていた。

真っ暗な道だった。好美が使用した電話ボックスの辺りを通りすぎたころ、小百合の心はますます憂鬱になった。オトリと圭太を保護するための極秘行動とは、あまりに無謀に思えたからだ。

「〈サークル〉が狩りに選んだ場所、どのくらい広いんですか」

「十六平方キロメートルくらいじゃない」情けない顔で苦笑した。「東京ドーム……何個分かなあ」

「めちゃくちゃ広いじゃないですか」興奮のあまり、大声になった。「オトリと胡桃沢圭太がどこにいるか、赤堂さんわかるんですか？」

「まあ圭太と、アバウトな打ち合わせはしたから……」最後は、よく聞き取れないくらい小さな声になった。

道はしだいにせまくなった。記憶にある場所だ。ここから先は、対向車が来たらすれちがえない。両側は森。街灯もなく、頼りは車のライトだけだった。慎重に運転せねば。

やがて左側の森は途切れ、広い野原が見えて来た。菱形金網の高いネットフェンスが、道と野原をへだてている。

「ここから、元米軍接収地だ。もう少し行くとゲートがある」戦闘準備のためか、赤堂はスーツを脱いだ。

五分くらい進んだ場所に赤堂が言うとおり門があった。小百合は車を停めた。

「どうするんです」

見上げるとフェンスは三メートルくらいある。

小百合は懐中電灯でゲートを照らした。しっかり南京錠がかかっている。

「待って」赤堂は降車すると後部座席のドアを開いた。座席に置いてあった黒いリュックをごそごそやり、なかから金切りバサミを取り出した。

「え」絶句した。

「こないだはよじ上ったんだけどさ、今夜はそうもいかねえから」

赤堂はリュックを背負うと、ゲートの真横のフェンスの前にしゃがんだ。金切りバサミで菱形金網を切断しだした。

「それっていいんですか」

作業に従事しながら、赤堂が答えた。「あんまりいいわけないけどさ、人命には代えられないからね」

小百合はフェンス越しに野原と、その向こうの森を見た。「〈サークル〉のメンバーを逮捕しに来た中隊は？」

「ああ、連中はこっち側じゃねえほうから入った」

ほんとうなのだろうか。赤堂をまったく信用できなくなっていた。じつは〈人狩り〉グループの逮捕という話自体、ウソなのではないかとまで疑った。

赤堂が立ち上がってふり向いた。「さあ、こっから入るぞ」

地面に近い場所に、人ひとりが抜けられる半円形の穴が開いていた。

「オトリと圭太はどこにいるんですか」

「もうすぐ見えるんじゃねえ?」

フェンスを越えれば、そこにあるのは生きるか死ぬかの世界だ。それなのに赤堂は生返事をして、腹這いになった。まずリュックを向こう側に押し出す。次に服が破れないよう慎重に穴を抜け、元米軍用地に侵入した。

小百合も仕方なくしたがった。スーツを脱ぎ、運転席に置いた。

腹這いになって、いまから行く世界を見た。だだっ広い野原と暗黒の森だ。

「森のほうに向かうぞ」

小百合のことを見ずに赤堂はリュックを背負い、ズンズン歩き出した。

あとにつづいたが、いつ矢が飛んでくるか気が気ではなかった。しかもこの暗闇だ。身体に刺さるまで見えもしないだろう。

「あ、悪い。念のために身体低くな」

言われなくとも、身をかがめていた。

ふたりは森の中に入った。

無防備な状態を抜け出して、小百合はほっとした。森まで、やたら時間がかかったように思えた。

「ちょっと、ここで待ってて」

赤堂は木々の中に姿を消した。

小百合は音を立てないようにして、その場にしゃがんだ。

雑草が、ガサゴソと音を立てている。赤堂がなにかやっているようなのだ。

だんだん不安な気持ちが芽生えた。こんな派手な音を立てているのだ。赤堂はもちろん、近くにいる自分の身にも危険が及ぶ。文句を言ってやりたい。しかし声を出せない。歯がゆい。

気がつくと、赤堂が目の前に立っていた。

「準備完了」しゃがんだ。「さあ、行こう」

五六

一から百まで数えたあと、黒川は立ち上がって走った。ここでは丸見えだ。手探りで繁みをかき分け、かき分け、森があると思われる方向に必死で走った。

なにも見えない。木の根っこに足を取られ、派手に転倒した。大きな音がしたので、あわてて身を伏せる。腕や足から出血したかもしれない。膝に激痛をおぼえた。骨が折れたかもしれない。だがそれ以上に、矢が飛んでくることのほうが怖い。

静かだった。

時計を見ると、三十分経過していた。狩りが開始されるのだ。恐怖から判断力が鈍る。移動すべきか、じっとしていたほうがいいか答えが出ない。

何分経っただろうか。耳に全神経を集中させた。足音が聞こえた。だれかが近づいてくる。さらに静止した。息すらも止めた。

かすかに見えたのは、クロスボウをかまえて進む人物の異様な姿だった。どうやらヘルメットに暗視ゴーグルを装着している。ということは、向こうはこちらが見えるのだ。もっと深い繁みを選べばよかった。後悔したが、いまから動けば敵に居場所を悟られてしまう。

暗視ゴーグルの〈狩人〉は、黒川のほんの近くで立ち止まった。三メートルも離れていない。ようやく、その人物が男だと確認できた。体つきから、年寄りではないが若くもない。

黒川のひそんだ繁みをじっと見つめていたが、やがてその場から右方向に歩き出した。

男が背中を見せても、黒川は身じろぎできないでいた。

また時間が流れた。短時間だったか、長時間だったかもわからない。

さっき接近した〈狩人〉はどうにかやりすごせたが、そもそも全部で何人いるのだろう。別な〈狩人〉が自分を観察しているような妄想が、彼を襲った。

耐えきれなくなって、身体を起こした。一か八かだ。走った。念のため、ジグザグにコースを取った。

矢は飛んでこなかった。

黒川は、また繁みに隠れる。

息が苦しかったが、その息が漏れる音も怖い。黒川は手で口をおおった。

約束した助けはまだこない。絶望がひしひし押し寄せてくる。その途端、人の気配を感じた。

森の向こうから、かさかさという音。だれかが近づいているのだ。敵だろうか、味方だろうか。

やがてそれはゴソゴソと大きな音になり、だれかがなにかをやっているのは明らかだった。

黒川は怖々、音の方向に顔を向けた。

〈狩人〉は〈獲物〉を求め、全方囲を見逃すまいと、慎重に森を歩きまわった。

疲れを感じたとき、ようやく見失った〈獲物〉を視界にとらえた。

あの繁みのなかだ。向こうも疲れたのだろう。肩で息をしている。

まず〈サークル〉の競争相手が近くにいないか、周囲に目を配った。よほどの幸運なのか、ほかの三人の気配はない。もしかしたら彼らは、はじめて狩りに参加した自分に花を持たせるつもりなのではないか。そうだとしても、遠慮は無用だ。

〈狩人〉はクロスボウをかまえた。

精神を集中しようとした途端、かすかに物音が聞こえた。

やがてその音は、驚くほど増幅された。まるで居場所を、わざとこちらに報告しているみたいだ。

暗視ゴーグルで音の方向を見た。

身体を低くして、こちらに近づくふたりの人影が見える。別の〈狩人〉かと思い、あせりをおぼえた。ここまで来て、勝ちをゆずりたくなかったからだ。

あわてて、〈獲物〉に照準を合わせる。トリガーに指をやったとき、疑問が浮かんだ。おかしい。いま見たふたりは、ヘルメットをかぶっていないし、丸腰のようだ。クロスボウを持っていないのはなぜだろう。

〈狩人〉はふたりに、もう一度目を戻した。

寝床を求めに侵入したホームレスか、好奇心にかられてフェンスを乗り越えた子どもの可能性もある。

ふたりと自分との距離が、さらにせばまっていた。やがて顔を識別できる距離まで近づいた。

〈狩人〉は目を凝らした。暗視ゴーグルは、そこまで鮮明ではないからだ。

焦点が定まった。

意外だった。ふたりは〈サークル〉の仲間ではない。だが、よく知っている顔だった。彼らが来たということは、この場所でなにが行われているかバレてしまったのだ。

逃げるか、いや、まず、このふたりを始末しなくては！

躊躇しているひまはない。〈狩人〉は〈獲物〉を変更した。片方の人物に狙いを定めた。イヤというほど鍛錬を重ねた〈狩人〉には自信があった。この距離ではずすはずがない。

呼吸を止めた。トリガーに指をかけた。

なんの予兆もなかった。音も聞こえなかったし、風の動きも感じなかった。気がついたのは、小百合の顔のすぐ横、太い樹木にバシュッという音と同時に矢が刺さったときだった。

頭のなかが真っ白になった。声も出なかった。ただその場に、金縛りにでもあったように立ちつくした。

「あ、やばい」という赤堂の声でわれに返った。

赤堂は、走り出した。思い出したかのようにふり向き「そこで身を伏せて」と叫んだ。彼はそのまま、木々のあいだに姿を消した。身体を低くして走る姿は、ツミというより、ニュージーランドの国鳥キーウィだ。

いや、そんなことを考えている場合じゃない。

なにせ赤堂は自分だけ逃げてしまったのだ。だまされた。わたしは置き去りにされた。

トリガーを引こうとした瞬間、〈狩人〉の頬の真横を、風を切るようになにかが通過した。それが矢だと認識したときには、〈獲物〉の横の木に突き刺さっていた。

〈狩人〉は動転した。クロスボウをかまえたままふり返った。同じ武器を持つだれかが狙っているのだ。標的は自分が狙いをさだめた〈獲物〉ではない。自分だ！

どうすればいい？　木陰や繁みに隠れようか。なにもかも捨てて逃げ出そうか。

パニックを起こすな、と自分自身に活を入れた。すると徐々に、冷静さが戻って来た。相手は〈サークル〉のなかのだれかだ。理由はわからないが、裏切り者がいる。〈狩人〉は考えた。次の矢をつがえるまで、そいつには一分近い時間が必要なはずだ。排除するチャンスは、いましかない。

〈狩人〉は自分の背後の裏切り者を見つけた。思ったとおり、クロスボウを地面に垂直に立て、矢を装塡（そうてん）しようとしている。距離はおよそ二十メートル。

〈狩人〉はほくそ笑んだ。向こうにも余裕がないのだ。その証拠に、地面に置かれた小型のフラッシュライトがつけっぱなしではないか。〈狩人〉は狙いを定めた。当てるのはたやすい。ひと思いに殺すか、腕か足を射抜いて戦闘不能にして、なにをたくらんでいたのか問いただそうか……。

あとで思えば、数秒間のその迷いが致命的だった。〈狩人〉は背後から近づくもうひとりの〈獲物〉の存在を見逃していた。

バサッと、音を聞いたときには遅かった。目の前に躍り出た〈獲物〉は、突然なにか小さな筒状の物をかざした。

強烈な光の矢が、〈狩人〉の両目を襲った。激しい頭痛が脳内を駆けめぐった。一瞬で、バランスを失う。〈狩人〉は無意識に、トリガーを引いた。

赤堂は走った。繁みや木々のあいだに身を隠すより、スピードを重視した。無謀な作戦であることは理解している。〈狩人〉はまだ矢をつがえたままだ。もし冷静沈着な男なら、おれは恰好の標的だろう。それに暗闇。敵はおそらく暗視ゴーグルを装着している。赤堂のほうは肉眼だ。絶対的に不利な状況だ。

しかし勘の赴くまま走った。三十メートル前方に光が見えた。その手前に、うしろを向いたままの〈狩人〉の影が見える。思ったより近くまで、迫っていたようだ。

〈狩人〉はまだ、背後の自分の存在に気づいていない。彼は向こうのかすかな光源に、クロスボウで狙いをさだめている。赤堂はポケットからキーホルダーライトを取り出した。超小型だが威力は抜群だった。

スピードを落とし、音を消した。細心の注意を払って、繁みのなかを移動した。〈狩人〉はまだ、近づく自分に気づいていない。

背後に立つと、さっと〈狩人〉の真ん前に移動した。暗視ゴーグル目がけて、ライトを最大限にして照射した。高性能暗視ゴーグルの致命的欠点を突いたのだ。〈狩人〉は両目の視力を失うどころか、激痛で倒れそうになった。

捕獲しようとした瞬間、〈狩人〉は反射的にクロスボウの引き金を引いた。赤堂はとっさに首を右に曲げた。幸運にも、矢は背後の森に飛んで行った。

赤堂は〈狩人〉を、柔道の大外刈りの要領で地面に倒した。手加減する余裕がなかったので、〈狩人〉を激しく地面に叩きつけることになった。

後頭部を打って、〈狩人〉は意識を失った。

「あんたら、無防備すぎるよ」向こうから圭太の声がした。

「きみには感謝してる」

桃井が狙われたとき、警告のために〈狩人〉より先に矢を放ち、彼女の真横の木に命中させたのは圭太だった。フラッシュライトをわざと点けて自らオトリになり、赤堂の攻撃を助けたのも圭太だった。彼は約束を守ったのだ。

「そいつが目ぇくらんで射っちゃった矢、おれの左三十センチの木に着弾したんだぜ。死ぬとこだったよ」圭太は笑った。

「すまん」

赤堂は軽く頭を下げ、リュックをおろした。なかに手を突っ込んで、黒いポーチを取り出した。

「こんなかに現金と、きみの新しい戸籍謄本、住民票の写しがある。きみと同じ年齢のホームレスから買った。その若者は三か月前、行旅死亡人になった。家族はいない。海外渡航経験はない。住まいは成田に用意した」

圭太はクロスボウを地面に置き、ポーチを受け取った。「ありがとう。約束守ってくれるとは思わなかった。姉貴はどうしてる？」

「父親殺しで送検された」

「そう……」心配はしているが、吹っ切れた顔だった。

ムダだと思ったが、赤堂は念のために尋ねた。「あのあと、なにか思い出したことはないかな」

「ああ、そうそう」圭太は素直にうなずいた。「あの渋川の墓地でさあ、女の人の骨って出た？」

心臓がバクンと鳴った。

「出たよ。死後十年以内のご遺体だけど、まだ身元不明」

「おやじが言ってた。ひとり、女の人だけど、その人は〈人狩り〉の〈獲物〉じゃないって」

「どういうことだよ」

「それ以上は聞いてない」

と言うと、足元のクロスボウを指した。「あと、おれのクロスボウは自分で処理するから持ってくよ」赤堂がうなずくと、圭太はつづけた。「おれ、パスポート取得して、この国から出て行く」

正しい身のふりかただと、赤堂は思った。

フェンスの方向に去って行く圭太を見届けてから、赤堂は〈狩人〉を見おろした。真っ先に正体を確認したかったが、まず拘束しなければならない。粘着テープを準備し、腰をかがめたするとななめ向こう、五メートル先の繁みが動いた。

「おれはどうする？」姿を現したのは黒川だった。

〈狩人〉の両手首を後ろ手にグルグル巻きにしてから、赤堂は立ち上がった。リュックから圭太に渡したのと同じ型、茶色のポーチを探り、黒川に投げた。

「じき警察がくる。早く消えてくれ」

「これは？」黒川がポーチを拾った。

「なかに逃走資金と宿代が入っている」

「宿代？」

「キンブルホテルは誠実な取引が信条なんでね。アルバイトをしてくれたお客には、料金をそっくりお返しする」

なにも言わず、黒川は速足で去って行った。その後どうするかは黒川次第だが、なんとなく彼の考えが読めた。

赤堂は〈狩人〉をまた見おろした。

「こいつの正体、おれの予想どおりかな」

赤堂は〈狩人〉を仰向けにし、顔の暗視ゴーグルに手をかけた。


暗すぎて、犯人逮捕の顛末を見ることはできなかった。ただ自分が見捨てられたわけではないことは理解した。またしても、赤堂は勇猛果敢だったのだ。

立ち上がって、恐る恐るフラッシュライトを点灯した。

目の前に男が近づいて来た。小百合から顔をそむけるようにしてすれちがった。そのままフェンスのある方向に走って行く。オトリ役の男だろうとすぐに気づいた。そしてどこかで見たことがあると思った。だが記憶を手繰るのはやめようと決心した。知らないほうがいいと感じたからだ。

小百合は〈狩人〉を見おろす赤堂に寄って行った。

赤堂は〈狩人〉からゴーグルをはぎ取った。

〈狩人〉は意識を回復したようだ。うめき声が聞こえた。

小百合はさらに近づき、〈狩人〉の顔を照らした。

〈狩人〉はまぶしさに目をほそめた。

だれだかわかった。

先日退官した樺島警部補だった。

信じられないが、これが現実だ。そのことを受け入れるため、小百合は拘束された樺島にさらに近づいた。

「知っていたんですか、正体？」

見おろした樺島は、うす目を開けて小百合を見ていた。敗北感や屈辱の表情はなかった。無表情なのだ。

「いや」赤堂は素っ気なく答えた。「警察内に〈サークル〉のシンパがいることは予想してたけどさ、だれかまではわからなかった」

ウソを言っているのかほんとうなのか、小百合には判断できなかった。

「ウソ言っちゃダメっすよ」という声が聞こえた。

繁みから姿を現したのは、植草玲音だった。防刃チョッキに拳銃を携行している。

「だって自分、樺島班長を白洲代理の命令で内偵してましたし」

驚いて見つめている小百合に、植草はウインクした。

「白洲代理がどういう理由で樺島班長を疑ったのか……赤堂班長のアドバイス以外考えられないじゃないすか」

その問いには答えず、「残りのマル被は？」と、赤堂は聞いた。

「四人でした。〈狩人〉は三人。審判役の男がひとり。全員確保しました……」植草はにやっと笑った。「ここは自分に任せて、とっとと行ってください」

「青柳によろしく」会釈すると、赤堂は小百合に「撤収」とつぶやくように言った。

小百合はさらにびっくりした。赤堂が〈サークル〉のメンバーを逮捕するために選んだのが、自分の上司でもある青柳班長だったからだ。ふたりは幼馴染だが仲が悪いと、彼女は勝手に思い込んでいた。それにこの捕り物が白州代理の指示だとなれば、赤堂は正規の手順を踏んだことになる。

聞きたいことが山ほどあったが、赤堂が走り出したので、小百合は彼のあとを追うだけで、なにも尋ねられなかった。

話ができたのは、車を発進してからだ。赤堂が自分から話そうとしないのはわかっていた。

「白洲代理と赤堂さん、つながってたんですか」

「最近な」なぜか、いまいましそうな声だった。

「最近？」

「ずっと代理がシロかクロか、判断できねえでいた。試しに半年くらい前、なんか樺島が怪しいって言ってみた。代理がどうするか、まあリトマス試験紙だな」

「白洲代理が植草部長に内偵させてたことは？」

「知らなかった」首をふった。「植草が胡桃沢圭太を嗅ぎまわっていたのは、おそらく樺島の命令だろうな。理由は聞くなって言い聞かせられて」

「それで、最終的に白洲代理を信用したきっかけはなんですか」

「櫻田好美が、おれを嵌めるために圭太の母親の実家に残していった紙切れだよ」赤堂が答えた。

「どうせおれを殺そうとしたんだから、ほんとのことを書くか……それともウソっぱちを書いて、さらにおれを操ろうとしたのか」

結局、赤堂は白洲を信じるほうを選んだようだ。

「あの……」これを聞くことは、勇気が必要だった。「青柳班長とは仲が悪くなかったんですね」

「仲？　悪いよ」

五七

神奈川県警に採用が決まったことを、少年は修司さんに報告した。

その日の夜、修司さんはお祝いをしたいと、少年を馬車道のバーに招いた。隠れ家のように入り組んだ路地の奥にある店で、店内は素っ気ないくらいシンプルだが、バーカウンターは無垢の一枚板。とても高価なことは少年にもわかった。

バーテンダーは背が高く痩せた白髪の老人で、ムダ口をいっさい叩かない。黒いスーツがよく似合っていた。

「きみのかあさんは若いころ、この店によく来ていたそうだ」

修司さんはトミントールのストレートと、ミネラルウォーターを注文した。

少年はウォッカトニックを頼んでから言った。「来ていたそう？」

「きみの父親……つまり、おれの息子から聞いた」

当時の母は、もう娼婦から足を洗い、バーを経営していた。

彼女は仕事を終えると、この店にひとりでやって来た。頼むのはいつもドライマティーニだった。なにか考えながら無言で飲み、けして長居はしなかったそうだ。

「息子とはじめて会ったのも、この店でだよ」

「おとうさん……」と言うのも抵抗があった。「おとうさんのこと、聞いていいかな。どういう人だったの」

「おれが、悪い影響をあたえたのかな」修司さんは、ウィスキーをひと口飲んだ。「顧客は社会的に立場が弱い人や貧しい人が中心だった……ヤクザとか娼婦とか、社会の裏で生きる人の弁護も、好んで引き受けていた。あんまり腕がいいんで、警察に目をつけられてね、結局、弁護士資格を剥奪（はくだつ）された」

「おとうさんも、この店の常連だったの」

「ちがう。かあさんに頼みごとをするために訪れたんだ」

そのとき父の扱っていた案件は、横浜でも名士といわれる実業家に対する訴えだった。その実業家は娼婦を買うのが趣味だったが、娼婦には病院送りになるような危険な行為を強制していた。勇敢にもひとりの娼婦が刑事告訴し、事情聴取までは及んだが、なぜか警察は彼を起訴しなかった。娼婦は今度は民事で彼を訴え、その代理人になったのが父だった。

「息子の誠は、その実業家から同じような被害を受けた娼婦を探していた。当たり前のことだけど、ほとんどの娼婦は協力を拒んだ」

「そのなかに、おかあさんもいたの？」

もう大人だ。母の過去について十分耐えられると思ったが、少年の血圧は明らかに上昇した。

「きみのかあさんはものがちがった」

母は父の依頼をふたつ返事で承諾し、法廷に立った。

「おかげで息子は裁判に勝ってね。その実業家は社会的に葬られた」

「おかあさんにとって、娼婦という仕事は恥ずべきものじゃなかったんだ」

「きみのかあさんは、ヨーロッパ的な思想の人だった」

ヨーロッパには、国家が管理する娼館や娼婦街が存在する。うしろに非合法な組織が関与していないなら、身体を売るのは個人の勝手、違法ではないという考えにもとづいているようだ。

「息子はどうやら、きみのかあさんの男らしさに惚（ほ）れたらしい」修司さんが静かに笑った。

少年がジントニックを飲み終えたとき、修司さんはポケットから小さな箱を取り出し、カウンターに置いた。

「なに、それ？」

「息子と、きみのかあさんの形見だよ」修司さんは箱の蓋（ふた）を開けた。「これを受け取ってもらおうと思う。おれの形見でもあるから、祖父、父、母……三人のものと思ってくれ」

箱の中身はピンクゴールド、クラシックな文字盤の腕時計だった。

「息子はアンティーク腕時計の収集家でね。一番気に入っていたのがこれなんだ」修司さんは時計を手に取った。「一九四〇年代のエテルナ……エテルナはイタリア語で永遠て意味だよ」

「おとうさんが亡くなって、おかあさんが持ってたもの？」

「店でだけ、つけていたらしい」

だから少年は、見たことがなかったのだ。

「残りのコレクションは、おれが持っててくれって言ってね。でも、これだけはほしいって」

なぜか失踪の一か月前、母はその大切な形見を修司さんにあずけたという。理由は言わなかったし、修司さんも尋ねなかったそうだ。もしかしたら母は、自分の運命を予知していたのかもしれない。

「きみのかあさんが言うには、この時計はね。愛と信頼と勇気の象徴らしい」

おそらく、父に対する母の思いだったのだろう。

「受け取ってくれ」修司さんは時計を箱に戻し、少年の手元に置いた。

「受け取れないよ」少年は反射的に言った。

怪訝(けげん)な顔を修司さんは向けた。

「ぼくには勇気も信頼もない。ぼくはおかあさんが失踪した日、おかあさんを裏切った」

少年は長いあいだ秘密にしていたあることを、修司さんに告白した。それは修司さんを愛していたからこそ、これまで語る勇気がなかったのだ。じつに悪意に満ちた秘密だった。

話しながら嗚咽(おえつ)を止められなかったが、カウンターに立つ老バーテンダーは、一度もふり向かなかった。

五八

樺島以外の被疑者は、いずれも四十代から五十代。樺島以上の大物だった。三人は俗にいうヤメ検——元検察官で現役の弁護士だったのだ。もうひとりは完黙をつらぬいている、正体不明の無職の男だった。胡桃沢太郎と同じ役目の者だ。

取調べに臨むと、三人は臆することなく、自説をとうとうと論じた。日本は腐っている。その理由は犯罪者の人権を考慮しすぎるからだ。だから犯罪は増加傾向にある。それを防止するためには、殺人者は問答無用で死刑にすべきだ。強盗などの凶悪事案は自動的に終身刑を科すべきだ。無期懲役は生ぬるい。どうして終身刑が日本にはないのか。

法律でがんじがらめの警察や検察についても、忘れず言及した。捜査や逮捕に踏み切るための等々だった。

諸条件はきびしすぎるし、警察官や検察官はじつに気の毒だ。オトリ捜査や盗聴を、なぜもっと簡単にできないのか。彼ら司法に携わる者の安全のためにも、拳銃はつねに携行すべきだ――

三人は「だから」と、最後に言う。だから無能な司法に代わって、自分たちが処刑を行う。それは正しい行為だ。そもそも自分たちが狩りに選んだ標的は、本来生きていてはいけない極悪人ではないか。人間のなかには、死ぬべきデキソコナイはいるものなのだ。

取調官に、どういう経緯で〈サークル〉と呼ばれる結社に入会したかを問われると、たいていが職場や出身大学の先輩の話に興味を持ったからと答える。だがその先輩の名前は、けっして言わなかった。

再び雄弁になるのは、〈サークル〉の歴史についてだった。結社は戦後、GHQ内部から生まれた。最初の目的は情報を引き出したり、スパイとして洗脳したりすることだったが、やがて社会に害をなす人物を選別し、脆弱な警察組織に代わって処刑する密命を帯びるようになっていったと。

GHQの支配が終わったあと、その精神は在留米軍に受け継がれ、やがて日本人の権力者の何人かがサポートに名乗りを挙げ、いまのような日本人による秘密結社が誕生した。

〈サークル〉の組織形態がどういうものか、トップがだれなのかを尋ねられると、彼らは全員黙秘をつらぬいた。共通しているのは、上層部には政治家や大企業のオーナー、警察や裁判所、検察の幹部クラスが所属していると信じ込んでいることだった。近いうち見えざる強大な力で、自分たちは釈放されると本気で思っているようなのだ。

樺島元班長の場合は、もうひとりの男同様口が堅かった。ヤメ検たちと同じく、渋川の死体埋葬場所についてはなにも知らなかったと供述したが、それ以外は完全黙秘状態だった。

「実際、発端になった渋川の大量殺人の埋葬場所。あれに五人のマル被が関与したって証拠はないんですよ。正直その件での起訴は、上もあきらめかけてますね」

横浜駅近くのビアパブで、植草は小百合に言った。

「しかもあの米軍払い下げ地でだれを追っていたのか……肝心の〈獲物〉？　被害者が見つからないんですから、確実な容疑は鉄砲刀剣類所持等取締法違反だけです」

ただしおれは真相を知ってますよと言いたいのか、にやっと笑いかけた。

「あとは不法侵入か」小百合はその笑顔を無視した。「最悪だね」

「だから樺島元班長はもちろん、三人のヤメ検も余裕なんです。書類送検と罰金ですんじゃう可能性だってあるでしょ」

小百合はため息をついた。あれほど危険な目にあったのに。完敗ではないか。

「まあ、県警(カイシャ)はこれ以上身内からボロが出ないし、ほっとしてるでしょうけどね。直前に退官してたってのが不幸中の幸いだって」

「ほんとはきみ、樺島元警部補にシンパシーを感じてたんじゃないの」

顔に動揺が走ったように見えた。

「まあ、警官は法を遵守してナンボですからね、あっちに行くことはないと思うんですけど」少し口ごもっている。

「でも、白洲代理がきみを樺島警部補内偵役にスカウトしたのは、そういうにおいを感じたからじゃないの」

「そのことは否定しません」下を向き、グラスを持った。一気に半分飲みほした。

逮捕の翌日、植草は半年も前、どうして胡桃沢圭太を調べていたか小百合に教えてくれた。どうやら〈サークル〉は太郎殺害直後から、圭太の裏切りを懸念していたらしい。圭太を監視するように樺島に指令を出したのだ。植草は樺島を行察し、樺島が非番の日や空いた時間に圭太のアパート付近にいることに気づいた。そこで樺島のマル対の正体を知るため、不動産屋を訪れたということだった。

「あたし、きみが樺島につかわれてるんだと思った」

「まさか」

「けどきみ、やっぱりどっか信用できないよね」

冗談のつもりだったが、植草は本気で気分を害したらしい。

「じゃあ、桃井部長はどうなんすか」挑戦的な表情になり、小百合の目を直視した。

「あたしがなに？」

「芝浦中隊長と警務の金谷課長は、どういう理由で桃井さんを赤堂班長のお目付け役に選んだんですかね」

そのことがいま、県警内（シャナイ）でウワサになっているだろうことは予測していた。だが具体的に、だれが彼女に命じたかという話は赤堂以外にしていない。ふたりの名を言い当てて、植草玲音恐るべしと思った。

「どういう理由って……」否定するのも無意味と思ったので、小百合は素直に話に乗った。

「自分、こう思うんですよ。桃井部長はよく気がつくしまじめだから、赤堂警部補の不正行為を見抜いてくれるんじゃないか、そうすれば県警内部の例の〈サークル〉スキャンダルもごまかせるんじゃないかって」

小百合は沈黙した。たしかに彼女自身その疑いを抱き、金谷課長を問い詰めていたからだ。

「きみ、本気でそう思ってる？」

「もしくはですよ」植草が得意げに言った。「ほんとに〈サークル〉に警察の幹部クラスが所属していて、金谷課長と芝浦警部はその人物をあぶり出すために赤堂さんを生かしている。けどあの人が目にあまる違法捜査に走らないように、桃井さんを起用した」

金谷は同じことを彼女に言った。真偽はわからないが、それを信じたいと思っている。

「キンブルホテルと赤堂さんの関係はつかみましたか」さっきの意地悪な発言の復讐だろうか。好奇心ありありの顔で、植草が質問した。

「え、全然、そういうことは……」

「まあなにかつかんでも、上には黙っててください。これ、自分の個人的お願いです」

「どういうこと」意外な提案だった。

「だってわが社の希望は、悪徳刑事の赤堂さんしかいないじゃないですか。もし〈サークル〉が上層部に及んで腐敗してるんなら、悪には悪でしょ」

小百合は率直にうなずいた。ここ最近では珍しく、同じ思いだった。


同じ時間、特命中隊の大部屋に白洲が訪ねて来た。デスクに向かう赤堂を認め、速足で近づいた。

「赤堂班長、最後のホトケさん……女性の身元がわかったよ」

「娼婦でしたか」赤堂はふり向いた。

「ちがう。名前は虹富翔子（にじとみしょうこ）……真っ当なＯＬさんだった」

「会社は？」

白洲はコピー用紙に目をやった。

「株式会社ガイト・アート？　宝石のチェーン店みたいだ」

ガイト、ガイト……聞いたことがある。頭のなかに、ひらめきが生まれた。

「それ、アズマガイト物産系列の会社じゃないですか」

「おお、そうじゃないか」

「彼女の経歴、くわしく教えてください」

虹富翔子は石川県出身。いまから六年前、三十二歳のとき失踪した。当時の住まいは横浜市保土ケ谷区西谷。失踪の二週間後、石川県金沢市に住む家族から失踪届が出され、県警は捜査に乗り出した。だが結局、行方を突き止めることはできなかった。

「届が出るのが遅くないですか。会社から失踪届は出なかったんでしょうか」

「それがどうもねえ」白洲は眉間(みけん)に皺(しわ)を寄せた。「彼女、その会社の経理だったらしいんだけど、いなくなってすぐに会社の金庫から二百万円がなくなってるのが発覚してね。横領じゃないかってウワサが社内にあったらしいんだよ。最後は捜査員もそれを信じたみたいだなあ」

「横領して、逃亡したってことですか」

「会社は被害届を出してないから、ほんとうのことはわからないけどね」

「それで……」赤堂が尋ねた。「殺され方は同じですか」

「というと？」

「彼女も、同じように狩られたんですか」

「肋骨(ろっこつ)と背骨にクロスボウの矢の傷らしきものが確認されたってあるから、そうじゃないか」

「でも明らかに、ほかのマル害とタイプがちがいますね」赤堂は立ち上がった。「てことは、〈サークル〉が、なにかミスを犯したかもしれない」

「突ついてみる？」

「はい」

五九

「なんだか、一週間にいっぺんは会ってる感じだねえ」

朝の六時半なのに、織部健作は絶好調という感じで赤堂をむかえた。このあいだと同じ、三ツ境駅の上にある公園だった。

「今日は人が多いなあ」

織部の言うとおり、早朝なのにあちこちに人の姿があった。

「このあいだは会っていません」思わず赤堂の口元に笑みが浮かんだ。「電話で話しただけです」

「おう、そうだっけ。齢取るとさあ、自分で自分の記憶を改竄（かいざん）しちゃうっていうのかなあ。時系列とかも適当になっちゃってね」

「それは事実かもしれないですね」

「え、冗談で言ったのに、真に受けちゃうわけ」大声で笑った。「まあいいや。それで今日はなによ」

「今日もお知恵を拝借に」

「時系列も怪しいボケ老人だぞ。役に立つかなあ」

「樺島のことです」

「ああ、辞めちゃった子だろ。なにかやった？」

「彼が〈人狩り〉結社のメンバーでした」

「ヤバい話だなあ」顔をしかめた。ことを理解するのに時間が必要だったのか、何秒間か経ってから「県警は大丈夫かよ」と、つぶやくように言った。

織部はまちがいなく、いまでも元の職場に愛着を持っているようだ。

「退官したあとだったんで、かろうじて」

「そりゃ、たしかに不幸中の幸いだ」納得するように、首を二回前にふった。「それで樺島くん、唄ったの」

「いえ」

「唄わせられそう？」

「いえ」赤堂は首を曲げた。「あと三人、狩りをしていたやつを逮捕しましたけどね。全員、経歴はもっとすごかったです」

「なになに？」耳を赤堂の口に近づけた。好奇心は、まだまだ健在のようだ。

「三人とも元検事……いわゆるヤメ検の弁護士でした。だからこれもまた、県警にとっては不幸中の幸いでした」

「どういう意味？」

「マスコミは〝元〟であっても警察官の犯罪は大袈裟に騒ぎ立てるでしょ。でもほかの三人が〝元〟検察官で現役の弁護士だった場合、いまや無職の〝元〟警察官よりでっかいニュースとして扱えるじゃないですか」

「え、じゃあ検察の意向で、まだマスコミ発表を控えてるわけだ」

「それもあるでしょうけど、そのわりにたいした犯罪じゃないからです」

「人間を獲物にして、狩りをする狂気の集団なのに？」織部の顔には、嫌悪感が浮かんでいるように見える。

「じつは、当の獲物が見つからないんです。生きている人間も死体もです」

「じゃあ、樺島はじめヤメ検たちの容疑は、クロスボウを持った銃刀法違反と米軍払い下げ用地に入った住居侵入罪容疑だけってこと」

「米軍の払い下げ用地ですから、刑特法では裁かれませんしね」

「ヘタしたらじゃなく、確実に執行猶予だけじゃん」

「おれが思うに〈人狩り〉結社は、警察がくることを事前につかんでたと思うんです」

「どゆこと？」赤堂の顔を正面から見た。「つかんでて、なんで狩りを開催したの？」

「反社の連中がよくやる人身御供ですよ。このバカが若気のいたりで敵対組織の若頭をハジキで撃ってしまいました。どうぞ、つかまえてやってください。その代わりそちらも、もうウチのことをこれ以上嗅ぎまわらないでくださいって」

「じゃあ、その結社は反社の連中が黒幕ってわけ」

「か、警察の連中かです」

「警察ねえ……ああ」

「だって人身御供の隠れたメッセージを理解できるのは、反社と警察の二者だけじゃないですか。つまり主犯者はどっちかってことになります」

「つまり赤堂くんは、これは県警のだれかがお膳立て(ぜんだ)てした作戦だって言いたいんだね。わざと元る大物三人も人柱につけたって」
警察官を生け贄として献上し、でも県警が痛手を受けすぎないように、もっと世間がおもしろが
その言葉を待っていた。
「県警のだれかじゃなくて、元県警のだれかじゃないかと思います」
赤堂の目を見つめたまま、織部は沈黙した。そして、ようやく小さな声で尋ねた。「おれを
……疑ってるのか」
「このあいだお会いしたときから、違和感がありました。ただ、認めたくなかった」
「違和感てなによ」
不敵な男ゆえか、笑顔が戻って来た。
「織部さん、胡桃沢太郎と知り合ったころ、彼にはカノジョがいるって言いました。それはいい
んです。でも娘ができたって話はおかしい。娘の好美はいま三十六歳です。太郎が県警を辞めて、
六年後にできた子です。ということは、織部さんは胡桃沢が職場を去ったあとも、彼と会ってい
たということになります」
織部は額をペタンと叩いた。あくまで、芝居がかった仕草をする男だった。
「たしかになあ。時系列か。おれ、ほんとにボケてるわ」動揺は見られない。「でも、それがど
うしたの。それだけじゃ、おれを引っ張れないよ」
「いろいろ調べてわかりました。当時の菊田捜査第二課長に、一番かわいがられていたのは胡桃
沢太郎じゃない、織部さんです。菊田氏は織部健作を〈サークル〉に引き入れ、織部さんは胡桃
沢太郎をスカウトしたんです」
「で?」挑戦的な、そして小馬鹿にしたような笑みを浮かべた。

「少なくとも、あなたは現場をとりしきる〈サークル〉の幹部クラスだと思います」

「まだ現場にいるってことは、執行役員程度か」

この余裕はなんなのだろうと、内心、赤堂は動揺した。

「上には菊田議員がいるでしょうけどね、いずれ追い詰めますよ」

「まあ、がんばれよ……おれには関係ねえ」

信頼していた先輩の顔は、いままで見たことのない悪意の表情に変わっていた。赤堂はそれが悲しかった。

「おれはしつこいですよ。織部さんも、それは覚悟してください」

あきれたような顔で、織部は言った。「だから、関係ねえって」

「最後に、おれに情報をくれませんか」

表情が消え、刺すような視線で赤堂を見た。

「おふくろさんのことか」

「それ以外は、じつはどうでもいいんです。だれが死のうが生きようが」

「教えてやれねえ」楽しそうに笑った。「その〈サークル〉？　それのほんとうのトップを見つけ出して聞いたら、あるいはなんか教えてくれるんじゃない？」

「織部さんの警備会社の大株主で実質上のオーナー……アズマガイト物産最高顧問、東垣外勇人氏ですね」

「東垣外最高顧問には近づきなさんな。いかに赤堂くんでも、変な死に方しちゃうよ」

赤堂は深々とお辞儀して、顔を上げた。

「織部さん、いろいろありがとうございます。お身体大切に」

「おいおい、おれはまだ死なないよ」笑顔になった。「しかし、おしかったよねえ」

そう言って、また笑った。勝ち誇っていた。

近くのベンチで、赤堂と織部のやり取りを観察していた小百合と青柳は、赤堂がお辞儀をするのを合図に立ち上がった。

「織部健作さんですね」小百合が背後から声をかける。

織部はふり向いた。元警察官だけに、こちらの正体を寸時に見抜いたようだ。顔が硬直しているように見える。

小百合と青柳は、すかさず警察手帳を提示した。

「ちょっと、お話をうかがいたいんですが」

「任同かけてるわけ？　元県警総務部長のわたしに？」

腰の低い人物との評判は見せかけで、本性を現したな、と小百合は思った。

そこでふたりとも沈黙し、じっと織部を見た。

不安になったのか、織部のほうから口を開いた。

「それで用件は？」

「六年前に失踪した虹富翔子さんの件です」小百合が言った。

「だれ、それ？」

質問には答えず、小百合はつづけた。「じつはご遺体が、渋川の大量殺人被害者の埋葬場所で発見されたんです」

「だからだれだよ、その女」ぞんざいな言い方になっていた。

「おれが織部さんと知り合ったときのこと、おぼえてますか」赤堂が背後から口をはさんだ。「宝石店連続強盗事案ですよ」

「おぼえてるよ」頰を子どものようにふくらませた。「それがなに?」

「織部さんが警備していたの、ガイト・アートっていう会社の店舗でしたよね。これもアズマガイト物産の系列会社ですけど、虹富翔子はそこの経理にいた人です」

「ああ、なんだ。思い出したよ」織部はパチンと手を叩いた。「たしかその子、横領したってウワサがあったよね」

「当時、あの会社にいた人に聞いてまわったんですけどね」赤堂が言った。「それ以上に彼女があなたと愛人関係にあったってウワサのほうが有名でした。失踪にも、あなたが関与してるって思ってた人は多いんです」

「おふたりのあいだになにがあったのか、それをお聞かせ願いたい」青柳が口を開いた。「もちろん元警察官ですから、ご協力いただけますよね」

不承不承同意し、織部は小百合と青柳の前を歩いた。だがなにか思いなおしたのか、赤堂に顔を向けた。

「この事案を突破口に、わたしからなにか情報を得ようと思ってるんだろうけどな。おれは絶対、話さないからな」

「織部さんには持病がある。病気は精神を弱くします。どこまで持ちこたえられますかね」

織部はふくれっ面のまま歩き出した。なかなかの貫禄だ。背後の自分と青柳を、まるでつきしたがえているように思えた。

「そうだ。言い忘れてました」赤堂が呼び止めた。

織部が立ち止まった。

「じつは今朝、〈獲物〉が出頭しました」

織部が目を左右に動かした。

「黒川秀樹ってほら、渋川の事案以上に世間で話題になった妹の復讐劇の主人公ですよ。出頭の理由は、極刑覚悟で少年法の甘さを司法の場で主張したいからだそうです。たしかに自分で捕ったんですから、マスコミも耳をかたむけるでしょう。それに出頭のきっかけのひとつとして、自分は誘拐されて、よくわからない森で四人の男に殺されかけた、怖くなったからって言ってるそうです。これで樺島をふくめた五人のマル被に、殺人未遂容疑が加わりましたね」

「だから、それがなに?」織部は憤然と赤堂をにらみつけた。

赤堂も冷静な顔で見返した。

「さっきも言ったろ。〈サークル〉? そんなもんはおれ、全然知らねえって」

ふたりのあいだに長い沈黙が流れた。

なにかしなければと小百合が思ったときだった。静寂を破り、青柳が織部の背中を押した。

「さあ、行きましょうか」


長年、捜査第一課に属していると、人を殺せる人間と殺せない人間の境界は世間が思っているより曖昧になる。多くの人々は、殺人者はアブノーマルな人間で、ノーマルな人間は人殺しなど一生考えないものと信じている。だが日常的に殺人事案をあつかっていると、社会人として問題なく生活し、道徳や正義、法やルールをわきまえている市民でも、追い詰められ、われを忘れれば、簡単にそういった凶行に走るという現実に直面する。

だから愛人とのトラブルで織部が殺人を犯したとしても、赤堂にとっては想像の範囲を超えるものではなかった。むしろ彼のような人生の勝ち組ほど、最悪の行動を選択する可能性が高いのだ。

だが人を見る目に自信がある赤堂だからこそ、今度の事案は納得できない点が多く、少なからず違和感をおぼえていた。

「白洲代理、織部氏を特別捜査本部に連行した直後、自宅と別荘をガサ入れするみたいですね」

灰田の声で、われに返った。桃井が織部を乗せた車を運転して行ったので、特捜本部に戻るため、赤堂はひさしぶりに灰田の車に同乗したのだ。

「なんかブツが出てきてくれりゃあ、即逮捕送検できるんですけどねえ」灰田は期待を込めて、ちらりと赤堂を見た。

自供や有力な物的証拠が出ないかぎり、警察は任意同行の要請を繰り返し、時間をかけて証拠を固めていくしか術（すべ）がないのだ。つまり特別捜査本部の捜査員は、なかなかこのヤマから解放されないということになる。

「……だよなあ」と、赤堂は適当にあいづちを打ち、また違和感の考察に集中した。

肉体的、あるいは社会的な危機に瀕すると、人は殺害行為を選択してもおかしくない。早い話が、戦争に巻き込まれた状況などを考えてみればいい。だがその結果には必ず、大きな苦痛や後悔がともなうのだ。殺人は殺人でも正当な行為だったと信じる黒川ですら、生きているかぎり悪夢にさいなまれることになるだろう。

しかし同じ殺人でも、楽しんでそれをやる人間はきわめて稀（まれ）だ。

今度のヤマが特殊なのは、犯人がその稀な快楽殺人を目的とする集団だったことだ。

とりわけ赤堂が不可解に思えたことは、織部健作という人間が、どう考えても楽しんで人を殺せるタイプに思えなかったことだ。だから〈サークル〉のメンバーとして、警察や赤堂の捜査情報を結社に漏らしていたとは、どうしても考えられないのだ。

先ほど織部が〈サークル〉の幹部クラスだと断言したのも、一種のはったりにすぎなかった。そう言うことによって織部が真実を唄うのではないかと期待したのだが、彼は知らぬ存ぜぬの策に出ただけだった。

結局、納得のいく答えが出ない。赤堂は思考を中断し、心の中で自嘲した。たぶんおれの、織部さんに対する自己評価はまちがっていた。つまるところおれは、人を見る目のない節穴野郎だったのだ。

山北署に顔を出すと、赤堂はすぐに県警本部に引き返した。特命中隊の自分のデスクで、違和感の解明に取り組むためだった。蓬田中隊長には、事件もようやく一段落したので、〈サークル〉の余罪を調べるため資料をチェックしたいと、一見もっともらしい言い訳をでっちあげた。

赤堂が着手したのは、記憶のおさらいだった。具体的には、胡桃沢に関する情報をもらうため、三ツ境駅で早朝、彼と会った際の話の全内容について検討する——あのとき織部は、胡桃沢太郎の人となりと、太郎の生い立ちや少年時代のこと、それに捜査二課の課長だった菊田との関係について教えてくれた。

そのほかなにか、気になったことはないだろうか？

織部は長いあいだ赤堂から情報を引き出し、それを〈サークル〉に流していたようだが、そのために彼自身もかなり危険な賭けに出ていたはずだ。なぜなら、〈サークル〉に関するある程度の情報を漏らさないかぎり、赤堂を操れなかったはずだからだ。たとえばどうでもいいような赤堂との雑談のなかにも、なにかヒントがひそんでいるのではないか……？

脳裏に稲光が走った。胡桃沢が若いころハンサムで、いかに総務の女子に人気があったかという、それこそどうでもいい話を思い返したときだ。

パソコンで検索し、織部が会長を務める横浜警備セキュリティのホームページを開いた。役員の名前をていねいに確認すると、驚くべき事実に気がついた。

赤堂は、いまや数少ない貴重な情報源ケン・ブラウンに、今夜会えないか連絡を入れた。

腕時計を見ると、午後九時四十五分。港の見える丘公園のいつものベンチに早めに到着した。ブラウンは時間ぴったりにくる男なので、まだ姿が見えないのは当然だ。

ブラウンお気に入りのベンチの端に腰をおろし、途中、自動販売機で買ったペットボトルのお茶を一気飲みした。風が吹いていたし、いつもの晩より涼しいと勘違いして、本部からここまで歩いて来たからだ。しかし今夜も暑さと湿度に変わりはなく、身体は汗だくで熱中症寸前だった。

足音が聞こえたので、そちらのほうに顔を向けると、いつものスーツ姿のブラウンの巨体が見えた。マイペースにゆっくり歩く。七十を過ぎた老人のはずだったが、あまりに堂々とした体躯（たいく）なので年齢不詳といった感じだ。

「こんばんは」

ケン・ブラウンこと納谷謙はていねいに頭を下げ、赤堂の左側にすわった。

「先生のアドバイス、役に立ちました。おれの七年くらい前からの相談相手が例の〈人狩り〉組織のエスだったみたいです」

「逮捕されたんですか」

「いや、今日は帰されました……家宅捜索で別荘からブツが出れば、何日か事情聴取したあと、逮捕、送検されると思います」

「アズマガイト物産との関係は？」

「ズブズブですよ」

「お礼なら電話ですむ話です」ブラウンはふてくされたように顎を上げた。「わざわざ会いたいということは、ぼくになにか聞きたいことがあるんでしょ」

ゆったりとした口調だが、じつはせっかちな男であることは承知していた。

「電話では、言い出しにくい話だったんです。調べてほしいことや、お願いしたいこともあるし」

「なんですか」

「ブラウン先生のおとうさん……ジェームズ・ブラウン氏はどんな方だったんですか」

「ぼくのおやじのことを聞くために、ここに呼んだの？」意外そうな顔で、赤堂を見た。

質問には答えず、繰り返した。「教えてください。先生から見て、おとうさんはどういう人だったんでしょうか」

ブラウンはわずかにため息をついた。いつも唐突な質問をする刑事のことを、しょうがない人だなあとあきらめているようだ。

「ぼくの父は、そうだな……優秀なジャーナリストだったと思います。アメリカの読者が日本についてなにを知りたいか読みたいかを当てる勘は鋭かったし、取材力は抜群でした。コネづくりもうまいし、記事を書くのも早くて上手だった。もちろんフリーランスで成功した人だから、そこは当たり前ですけどね」一旦言葉を切り、また話しはじめた。「しかし、中身は二重人格だった」

「二重人格……?」

「まあ、それは冗談。ただ酔うとね、たちが悪かった」

「家族に暴力をふるうとか?」

「それはない」太い首を、少し左右に動かした。「話がくどくなるし、容赦がなくなるんです。特に日本人やこの国について語り出すとね」

「でもお子さんふたりを日本国籍にしたんだから、日本をきらってはいなかったんでしょ」

「きらいきらいも好きのうちってね」ブラウンは自分の言葉に笑った。「シラフのときは、日本の文化や美、道徳、哲学に惚れ込む日本大好きアメリカンなんですけどね、酔うと正反対で、日本のことをゴミみたいに言う。やっぱりアメリカ人と比べて劣等な民族だって」

「そこまで言いますか……」

「一番きらっていたのが、さわらぬ神にたたりなしみたいな日本人の精神?」

「耳の痛い話ですね」

「日本人は一度戦争に負けたくらいで、どうしてあそこまでアメリカの顔色をうかがうんだ。媚(こ)びへつらうんだ。卑屈なんだ。アメリカだって日本人に本気で、原爆や空襲、市民の無差別殺戮(さつりく)のことを突かれたら、少しはへこむし譲歩するのにって……それなのに日本人は、アメリカを礼(らい)賛(さん)し尻尾をふるだけ。やっぱり一生自立できない性(さが)の、劣等民族なんじゃないかって」

「それに対する息子のブラウン先生の見解は?」

ブラウンは少し間を置いて、口を開いた。

「正しいけど、まちがってるでしょ」

そこまで聞いて赤堂は納得し、ブラウンにあることを教え、調査を依頼した。

暗がりのなかだったが、ブラウンの赤みを帯びた顔が、さらに真っ赤になるのがわかった。あまりに意外な話に驚いていたのだ。

六〇

捜査一課のスジ読みは、織部健作が当時愛人関係にあった虹富を口封じのため殺害し、渋川の〈サークル〉の集団墓地に遺棄したというものだった。

しかし織部は何度かの事情聴取でも口を割らず、やはり立件はむずかしいのではないかと思われた。形勢が変わったのは、ガイド・アートの金庫から消えた二百万円を、織部の指示で盗んだという元警備員が現れてからだった。さらに織部の長野県佐久市の別荘から、クロスボウが押収されたことも追い風になった。既成のメーカーから購入されたものではなく、逮捕された樺島ら五人のクロスボウと同種類——すなわち、腕のいいどこかの職人による手作りだったからだ。

五人との関係を指摘されてからは、織部は急に老け込み、気力も萎えたようだ。

県警は一気に真相に近づこうと、織部の逮捕状を請求することにした。

ある種の親和力とでも言うのだろうか、赤堂が逮捕直前の織部の取調べを希望した同じころ、織部もまた赤堂との面会を要求していた。二百万円盗難のことやクロスボウの発見で一度は唄いそうに見えた織部だったが、その後は予想以上にしぶとく、特捜本部の白洲や青柳は頭を抱えていた。そんな矢先だったから、その申し出は、状況打開のためにいやも応もなかったようだ。

あたえられた時間は一時間。桃井巡査部長同席ではじめられた。

「これは正式な聴取じゃありません。だから調書は作成しません」

ルールを説明すると、織部は笑顔でうなずいた。数日間の取調べでさすがにまいっていると聞いていただけに、その微笑は赤堂にとって少々意外だった。

口を開こうとした直前、織部のほうから話し出した。

「赤堂くん、きみの口ぐせってなにか気づいてるかな」

「口ぐせですか……」

「きみの口ぐせは〝違和感〟だよ……」またも余裕の笑み。「おれを逮捕するんだろうけど、そもそもの容疑自体に、きみは違和感をおぼえてるんだろ」

「織部さん、あんたが虹富翔子を殺害したことに関しては、なんの違和感もありません」赤堂は冷たく返した。「でも〈人狩り〉結社とあんたとのつながりについては、まさに違和感だらけです」

うすら笑いを浮かべたまま、織部は無言だった。

「実際、虹富がどこに埋められてるかなんて知らなかったんでしょ。だから丹沢の麓の集団墓地のことを聞かれても、なにも答えようがなかった」

織部の顔が、少し強張(こわば)った。

「あんた、〈人狩り〉結社のメンバーじゃないだろ?」

織部は赤堂の顔を見つめた。

「あんたは虹富と情事を重ねたが、あくまで気楽な浮気相手だった。その彼女が本気になったか、あるいはじつは性悪であんたを脅したのか、それはわからない……とにかく彼女はあんたにとって、ヘタをすればなにもかも失う脅威となった」なにも答えないのはわかっていたので、話をつづけた。「彼女に殺意を抱いた前後で、おれはあんたと知り合ったわけだ。そのことが、あんたをとんでもない世界に導いた」

向かいの老人に鋭い視線を送った。数秒後、さすがに織部は目を逸らした。もう少しでこの男から真実が聞けるぞと、自分自身を激励した。

「あんたに代わって、虹富を始末してやろうという申し出があったんだ……それも意外な男から」

顔に変化が見られた。かすかな動揺だ。

「条件はカネではなかった。強盗事案をきっかけに最近知り合った一課の刑事……つまりおれの監視と、おれから情報を引き出すことだった」

織部の口から息が漏れた。それが安堵(あんど)の合図だとわかるのに、数秒間を要した。

赤堂は口を閉ざした。

「警察というのはさ、世間やマスコミが思うほど権力と結託してないじゃない？　ただし結託はしてないけど、権力にきわめて弱いのも事実だよな」

いつもの洒脱(しゃだつ)な口調だった。

「で、おれたちが取る方法は、さわらぬ神にたたりなし……」

数日前、ケン・ブラウンが同じことを言ったのを思い出した。警察どころか、日本人全体の強い者に対するスタンスだ。

「調べたが事件性はなかった……」織部は口角を上げた。「だいたいこう言って、捜査を中断する」

総理に近い人間の起こした準強制性交等事案でも、議員の妻にかけられた殺人容疑でも、警察の上層部はたしかにこの言葉をつかい、事件をうやむやにする。

「おれのこの件もさ、きっとそう言っておしまいにしちゃうのはわかってるんだ。だから自供してもムダだし、逆に余計なこと教えやがってって迷惑がられるし……ヘタすりゃあ刑務所で不自然な死に方をするじゃない？」言葉を切り、赤堂を見た。同意を求めているのだ。

赤堂はかすかにうなずいた。

「おれが自白した事案をしまわないで捜査にまい進するやつはさ、特別に覚悟のあるやつ以外いないだろ。だから赤堂くんが名乗り出てくるのを待っていたんだよ」

「じゃあ、あなたと〈サークル〉の関係、全部話してください」

「だからぁ……」顔を歪めるようにして笑った。「おれが自白したんじゃなく、あんたがスジ読みをしてくれて、それにおれがうなずくって方法じゃないと、おれ、だれかからなにかされちゃうだろ？　だからきみが話せよ。もちろん完全にまちがってりゃあ、ちゃんと教えてあげるからさ」

「さっきの話のつづきをします」

織部が大きくうなずいた。まるで応援しているような態度だった。

「あなたに虹富翔子を殺してあげようかと言ってきた人物は、あなたの会社の取締役のひとりで、元警察官。あなたと特に親しかったわけではないが、一度は同じ職場で働いたことのある人だった……」

織部は平然と話を聞いていたが、赤堂のとなりにすわる桃井は明らかに動揺していた。なにを話すか、事前に伝えていなかったからだ。

「では、なんであなたは彼のことを青柳取調官に黙っていたか……だってその男のことを言ってしまえば、あなたは殺人を依頼しただけで実行犯ではなくなるし、遺体遺棄もしていないことになる。少しは罪が軽くなるでしょ。それにサイコ集団〈サークル〉の部外者だと証明することもできたのに」

笑おうとしたようだが、今度は織部の口角がうまく上がらない。赤堂は自分の推理がまちがっていないという確信を深めた。

「言えない理由はひとつしかない。その男がいまや、巨大な権力を持っているからでしょう」言葉を切り、織部を観察したが、まだ唄うつもりはないようだ。一度深呼吸して、話をつづけた。

「その男はアズマガイト物産の実質上のナンバー2か3。同社最高顧問で、わが国最大のフィクサーといわれる東垣外勇人の側近で、与党の大物議員、菊田義則氏とは旧知の仲……たぶん東垣外同様、彼は日本の闇の支配者のひとりと言っても過言ではないからでしょう」

「だから、さわらぬ神にたたりなし……だろ」今度はごく自然な感じで、微笑(ほほえ)んだ。「赤堂くんにも選択の時間をあげるよ。たたりを恐れてここで撤退するか、覚悟を決めてさわりに行くか」

「時間は必要ありません。おれには、さわるって答えしかないのはわかってるでしょう」

「じゃあ言おう。きみのスジ読みは悪くない」満を持したような解答だった。

「あなたは今日、殺人容疑で逮捕されます。それでも、取調官や検察官にはなにも言わないつもりですか」

「唄うか唄わないかは、きみの頑張りしだいよ」

なにを言いたいのか、よくわかった。渦中の男を逮捕できない限り、織部は殺人の罪を背負って刑に服するつもりなのだ。社会的地位も、おそらく家族も、なにもかも失ったとしても、命だけは取られたくないのだろう。

「わかりました」

次の作戦について考えながら、赤堂は事情聴取を終えた。

「赤堂班長、どういうことですか？　虹富翔子の殺人を請け負った男は何者ですか？」

取調べを終え廊下に出ると、予想どおり桃井の質問攻撃が待ちかまえていた。

「またわたしになにも教えてくれないで、なにかやるつもりでしょう」

赤堂は立ち止まり、桃井を見た。

「まだ詰めなきゃいけないことが残っていてさあ。部長への報告が、あとまわしになっちゃったんだよ」

「わかりました」桃井はうなずく。「でも、いま、どういう話をしたのか、虹富殺害を請け負った男はだれなのか、次になにをやるのか……なにもかも話してください」

「さっきの織部さんの発言じゃねえけど、きみにさわる覚悟はあるのかよ」

「さわるって……さわらぬ神にたたりなしだけど、さわれるかって意味ですよね」桃井が、ちょっと臆したような顔になった。

「おれはきみにアキレス腱をにぎられている。だからきみに、おれが知っていることをナイショにするつもりはない」わざと気楽な口調で尋ねた。「だけど、これを聞けば命の危険が部長にもおよぶ。それでいいのかよ」

「かまいません」

臆したような表情は消え、いつもの意志の強そうな顔が現れた。

「わかった」赤堂は首を前にかたむけた。「じゃあ、おれを助けてくれ」

織部健作は沈黙を守ったまま逮捕され、四十八時間後送検された。その翌日の深夜、赤堂はケン・ブラウンから電話をもらった。

「赤堂さん、真相がわかりました。残念ながら、あなたの推理は当たっていました」ふだん沈着冷静なブラウンだったが、今日はショックを隠しきれない声だ。「電話ではアレなんで、直接会ってお話ししたいんですが」

異存はなかった。

「じゃあ明日、いつもの場所でいつもの時間に……」

「わかりました」ブラウンは電話を切った。

「明日になったよ……正確には、明後日(あさって)の午前零時」となりにいた桃井に伝えた。

「明日の深夜十二時ですね」桃井が確認した。

そのときふたりは、キンブルホテルのロビーの椅子にすわっていた。

桃井にうなずき、赤堂は立ち上がった。

ロビーの奥のテーブルに置かれた公衆電話まで行き、ボタンを押した。ある人物と連絡を取り、スジ読みがまちがっていないことを確認するためだった。

六一

横浜市の本牧は東京湾から突き出た形の岬で、かつては本牧岬とか本牧の鼻と呼ばれていた。古くは北条水軍の拠点であり、幕末にはペリー提督率いる蒸気外輪フリゲート艦ミシシッピ号が、本牧の中央に見える切り立った崖を目印に、浦賀までたどり着いたといわれている。

ペリー提督はそのオレンジ色の崖をマンダリンブラフと呼び、根岸湾をミシシッピベイと名づけた。その後、風光明媚な本牧一帯は、外国人たちの景勝地となった。

太平洋戦争で日本が無条件降伏すると、進駐軍はその本牧に上陸し、この地をアメリカ軍の接収地とすることを政府に要求した。そしてそこに住んでいた市民は、強制的に退去させられた。接収地域はすべてフェンスで囲まれ、敗戦直後の近隣住民には一種、異様な要塞のように見えたものだった。

フェンスには英語と日本語の看板があり、〝許可なき者の立ち入りを禁ず〟〝許可なく立ち入った者の生命・安全は保障しない〟と記されていた。

だがフェンス内に建設されたのは、要塞ではなく在日アメリカ海軍の住宅地だった。整然と並ぶ家々。将校の住む庭つきの一戸建てが十数軒。あちらこちらに緑の広い芝生。町の中心にはボウリング場や映画館、レストランやスーパーマーケットなどの巨大商業施設、広大な駐車場——まさに繁栄を謳歌するアメリカそのものだった。軍関係者はそこをベイサイドコートと呼んだが、横浜市民は「米軍ハウス」とか「進駐軍ハウス」などと言っていた。

一九八二年、この接収地がようやく返還されると、そこはこまかに分割され、戸建て住宅地、マンション、公団、飲食店、自然公園などに姿を変えた。

深夜零時少し前、赤堂は本牧山頂公園に到着した。元アメリカ軍接収地の中心に当たる丘に造営された市民の憩(いこ)いの場で、二十二万七千平方メートルという広さを有している。

ブラウンとの待ち合わせ場所は公園の西端、本牧荒井の丘だった。絶好の夜景ポイントとして有名だったが、さすがにこの時間はだれもいない。遊歩道近く、芝生にポツンと立つ街灯の真下。そこにあるベンチに、赤堂は腰をおろした。

向こうには、まるで洪水のようにまばゆい光が見える。根岸湾臨海地区の石油コンビナートの灯りだ。

午前零時を十分過ぎたころ、キャンプ場の方向から大きな男のシルエットが見えた。ゆったりとした独特なリズムの歩き方。すぐにブラウンだとわかった。向こうもベンチにすわる赤堂を見とめたようだが、歩調を速めることはしない。老人だからではなく、マイペースだからだ。いつものように、この熱帯夜のなかでもスーツ姿だった。いつもと同じようにハンカチを取り出し、額をていねいにぬぐっている。

二分後、ベンチにたどり着いたブラウンは会釈もせずに、赤堂のとなりにすわった。数秒間沈黙したあと、目の前のきらめく光を見つめて言った。

「根岸湾て、占領時代にミシシッピ湾と呼ばれていたのをご存じですか」

「占領時代というより幕末以来ですよね。来航したペリーの駆逐艦ミシシッピ号にちなんででしょ」

ブラウンは赤堂に顔を向けた。人の目を見て話すのは、彼としてはめずらしいことだった。

「電話でも言いましたが、赤堂さんの推理、正しかったです」意を決したような表情だった。「前にも言いましたがね……彼は県警を退官後、菊田義則議員の秘書を務めていました。その後、どういう縁か東垣外勇人氏に気に入られ、アズマガイト物産に重役待遇で入社……同時に横浜警備セキュリティの取締役に就任しました」

ちなみにいまブラウンが話している人物は、アメリカの大学を卒業して帰国。一九七四年、神奈川県警に採用された。最初は地域部。その後、総務部総務課に異動。そこで織部健作と知り合った。そして一九八〇年、念願の警備部外事課に配属され、二〇〇二年に退官した。

「そのこと、このあいだおれに言われるまで知らなかったんですよね」

ブラウンは子どものように、首を大袈裟にふった。

「ほんとうに知りませんでした。むかしから仲が悪かったというか気が合わなかったので……もちろん警察に入ったのは知ってましたが、そのあとどういう会社に勤めたかなんて興味を持ったことがなかったし、ましてわざわざ聞いたこともありません」

「おれは最初、あなたもグルなんじゃないかと思ってショックを受けました」

「それはそうだと思います」

「でもおれが探していたのは、織部健作が、おれが漏らした情報をだれに渡したかです。先生なら、おれが直接漏らしてますから、織部は必要なくなっちゃいますよね」

ブラウンはうなずいた。

「それで、彼のことですが……」赤堂は一瞬言葉を切った。「そういうことをやる人だと思いますか」

「人の弱みをにぎって、相手から情報を取るかということですか」

赤堂がうなずく。

「だって彼は公安だったんでしょ。どの国の内務省警察も、そのやり方は共通じゃないですか」

陰謀論に通じた作家なだけに、そういう結論にはたやすく到達したのだろう。

「ついでに言うと、父の好きなスポーツはアメリカンフットボールとアマチュアレスリング……これは社会に出てからは観(み)るの専門でした。実際にやっていたスポーツは、ハンティングです」

ブラウンはつけ加えた。「もちろん標的は人ではなく、鳥や野生の獣ですよ」

「おにいさんはどうです？」ブラウンの目を見た。

「兄が〈人狩り〉をですか……」ブラウンは鼻で息を吸い込み、吐いた。「できると思います」

「ということは、人殺しができるということですよ」

「そういうことです。ただし、彼が劣等と思う日本人にかぎってですけどね」

ため息をつきながら、赤堂はベンチから立ち上がった。数歩移動してブラウンの前に立った。まるで彼を見おろすような位置だった。

「一卵性双生児って、ほんとにそっくりですね。あなたと彼、どうやって見分けるんですか」

ブラウンは笑みを浮かべて、見上げた。「見分けられたのは、父と母、母方の伯母と叔父。父のほうは叔母がかろうじて……全員亡くなったんで、いまはだれもいません」

「ブラウン先生は独身ですけど、おにいさんに奥さんや子どもは？」

「います……孫はいませんが」

「彼らに見分けはつくんでしょうか」

「そもそも父と母の葬儀くらいでしか顔を合わせていないので、無理でしょう」

「だからわからなかったんだ」赤堂は大きくうなずき、笑った。「念のため、罠を張っておいてよかった」

「は？」

「ケン・ブラウン先生といつも会うのは、港の見える丘公園。時間はいつも午後十時。ケンさんからウソを吹き込まれたんでしょうが、彼が時間に遅れることはありません」

ブラウンの顔から、いっさいの表情が消えた。

「あなた、シモン・ブラウンでしょ？」

ブラウンの顔は怒っていた。

「ねえ、おにいさん？」

シモン・ブラウンはすわったままの態勢で、右手を赤堂の腹部に向かって突き出した。目にも見えない速さだった。

赤堂は咄嗟（とっさ）に身体を九の字に折り、シモンの右手をよけた。突然のことだったので、パニックを起こしそうになった。

シモンは軽やかに立ち上がった。手にはナイフがにぎられていた。ステンレス鋼、刃渡り十五センチのバトニング（薪（まき）割り）ナイフだった。

恐怖をおぼえた。同時に動揺していた。弟になりすまして兄がやってくるよう仕向けたのは自分だったが、まさかその男が自らここで、警察官である赤堂を殺そうとするとは思っていなかったからだ。

向き合うとシモンは、弟のケンよりはるかに脂肪がついておらず、どちらかといえば筋肉質だった。運動を欠かしたことがない体形だ。まるで引退したレスラーみたいだなと思った。当然動きは、七十代の老人のそれではない。

逮捕術の稽古でわかったことだが、ナイフを持つ相手と素手で戦った場合、ほとんど勝ち目はない。海兵隊の格闘技やイスラエルのクラヴマガなどのビデオを見ると、教官は見事にナイフ攻撃を制しているが、実際はよほどの達人か、示し合わせた演武でしかありえない。特に実戦で刃物を縦横無尽にふりまわされたら、逃げ出す以外、百パーセント助かる方法はないのだ。ナイフの敵を制する唯一のチャンスは、最初のひと突きにしかない。しかし失敗すれば、腹を深くえぐられ死んでしまう。どうしよう。全速力で走れば、助かる可能性は高い。

だが赤堂は戦うほうを選んだ。シモンに勝つ以外、母の失踪の真相は得られないと確信していた。

赤堂は体勢を低くして、身がまえた。

シモンも赤堂に合わせて身体を低くした。

それ自体が赤堂の罠だった。ナイフを持つ相手が腰を落とした状態でかまえるということは、攻撃のための動きがひとつにしぼられるということなのだ。

しめた！　と思った瞬間、シモンが動いた。ソフトボールのピッチャーのアンダースロー投法のように、下から斜め上にナイフを突き出した。

赤堂は両手で、シモンの両手首をつかむことに成功した。そのまま手首を引っ張りながら、真下に力を加えた。シモンはバランスを崩し、ナイフごと、四つん這いに地面に倒れた。赤堂はナイフを、シモンから強引にもぎ取った。

「赤堂さん、大丈夫ですか」

背後で桃井の声が聞こえた。

芝生を横切る植草と青柳が見えた。

貝塚通りの方向からは灰田が走ってくる。

「納谷志門、殺人未遂で逮捕します」桃井はシモンの手首に手錠を嵌めている。

「ちょっと、助けにくるの遅くね？」

「すみませーん」と言ったのは、息を切らした植草だった。「二か所にクロスボウかまえた男がいて、確保に手間取ってたんです」

南東の繁みから、手錠をかけられた男が一名。刑事ふたりにつき添われて現れた。

貝塚通りと公園をへだてる林からも、男が連行されていた。刑事のひとりは押収したクロスボウを担ぐように持っている。

「え？」赤堂は首をかしげた。「〈狩人〉をふたりも用意していたのに、この男、なんでナイフで襲ってきたのよ」

「光です」桃井が言った。

「光？」

「根岸の埋め立て工業地帯の光とベンチの真上の街灯の光が邪魔で、なかなか引き金を絞りにくかったみたいです」

「で、彼はいらついてナイフを抜いたのか」

「だと思います」

植草がそう言いながら、桃井を手伝い、シモンを立たせた。

赤堂は立ち上がったシモンと目が合った。

顔が真っ赤だった。後悔などしていない顔だ。それどころか、怒っているのだ。

赤堂がうなずくと、シモンは挑発されたと感じたようだ。

「そうだ、赤堂さん、思い出したよ」口角が露骨に上がった。「きみのおかあさんがどうなったか」

赤堂は驚きの表情を隠すことに失敗した。

「さあ、行こう」ふたりの会話をさえぎるように、桃井が言った。

「いや、いいよ」シモンと両側の桃井、植草の進路をふさいだ。「聞かせてください」

「あ、ごめん。どうなったかは知らないんだ」攻撃的な笑顔はキープしたままだった。「だって〈獲物〉としてマンハンティングに参加してもらっただけで。わたしはそのとき〈狩人〉じゃなかったから、あとはねえ……」

赤堂は怒りから唇を噛んだ。

「なんで誘拐したんだ」

「きみのおかあさん、怨みを買ったんだよ」

「怨み？」

「怨みはふたつ」

「ふたつ？」

これから恐ろしい真相を聞くのだ。その真相を知ることが、赤堂の人生の目的だったのだ。聞きたいが、聞きたくない——。真実を知って、おれの心は耐えられるだろうか。赤堂はいつの間にか、母が失踪したときの十一歳の少年に戻っていた。

赤堂の顔が呆けたように見えた。ショックから思考停止状態になったのではないかと、小百合は本気で心配になった。

いつの間にかとなりに立った青柳は、もっとはらはらしているようだ。顔が青ざめている。

「ひとつ目はだね、われわれの会のメンバーのひとりを、きみのおかあさんは社会的に葬ったからだよ」

「われわれの会のメンバー？　だれだよ」

思考は停止していなかったようだ。いつもの好戦的な口調の赤堂がそこにいた。

「〈獲物〉のリサーチのためにたまたま買った娼婦をだよ、ただ手荒にあつかっただけなのにだよ。その女に訴えられて……そのときさみのおかあさんは、法廷で自分の過去を堂々とバラしたうえで、われわれの同志を中傷したんだ」

「中傷？　事実を言ったまでだろ」

そう言われて、シモンの口元から微笑が消えた。だがすぐに攻撃のためか、また唇の両端を上げた。

「まあ、それだけなら〈獲物〉候補でペンディング状態だったけどね、ふたつ目はその同志を訴えた娼婦の代理人の父親がさ、〈サークル〉のことを嗅ぎまわりはじめたんでね」

小百合にはなんのことかわからなかったが、赤堂の目が大きく開かれたことに気づいた。

「きみのおかあさんは、その男の義理の娘になったからさ」

「つまり祖父を黙らせるために、おまえらは……」

それ以上、なにも言えなくなったのだろう。赤堂は言葉を飲み込んだ。彼が怒りを剥き出しにしたのを、小百合ははじめて見た。

「そうなんだ」勝ったと思ったのだろう、軽い口調だった。「さらえば、メンバーの怨みを晴らせるし、一石二鳥じゃない」

まるで魂が抜け落ちたようだ。赤堂は動きを止めた。視線が宙を泳いでいる。

「赤堂さん……」

呼んでも返事がない。

「さて、行くんだろ?」

赤堂を完全につぶしたからだろう。シモンは楽しそうに、小百合に目配せした。

「行くぞ、ほら」

青柳がシモンのうしろに立ち、力を込めて押した。怒りが抑えられない状態なのがよくわかった。

数歩歩いたときだった。「シモンさん」という声が背後で聞こえた。

三人とも立ち止まり、ふり返った。

「母のこと、知っていることを正直に教えてくれて感謝します。これでひと区切りつきました。同時におれのスジ読みは、見当ちがいじゃないこともわかった。ほっとしましたよ」

赤堂の顔に精気が戻っていた。獲物を狩るときの、タカ目タカ科ハイタカの目だ。

一方のシモンは、思わぬ反撃に言葉が出ないようだった。

「あとは〈サークル〉のトップまで追い詰めて、息の根を完全に止めるだけだ」赤堂は笑った。

「あんたの上司や有名政治家もね」

赤堂は自分の悲劇を吹っ切ったのだ。

そのとき小百合は、大空を自由に飛びまわるハイタカの姿を思い浮かべた。

連行されるシモンの苦々しげな顔を確認してから、赤堂はケン・ブラウンと、双子の兄について交わした会話を思い出した。いつもの場所、いつもの時間——港の見える丘公園での会話だった。

「おれは織部健作が〈サークル〉のメンバーだとはどうしても思えないんです。人を殺してもいいと思ったのは事実だろうけど、快楽殺人を犯すようなタイプじゃない」

「つまりその人は単なる情報屋で、だれか彼の身近に〈サークル〉のメンバーがいるんじゃないかと思ってるんですね」

「そうです」

「え、ぼくを疑ってるんですか」素っ頓狂な顔になった。

赤堂はそれに答えず、自分の推理を語った。

「このあいだ織部さんにね、彼が若いころ同じ総務にいた、胡桃沢太郎という男のことを聞いたんです。胡桃沢はハンサムで、いままで女子に人気のあったある男が、全然見向きもされなくなったみたいな笑い話になってね……その人気が凋落(ちょうらく)した男はハーフで、英語がペラペラなだけの大男だったたっていうわけです」

「まさか……」ブラウンは言いかけて、言葉を切った。

「そうです。その人はブラウン先生の双子のおにいさん、納谷志門さんなんです」

「兄は総務にいたんですか？　刑事じゃなかったんですか」

「シモンさんは総務のあと、公安の外事課に異動しました」

「公安……」ブラウンは唖然(あぜん)とした顔でうなずいた。

「ご存じじゃなかったみたいですね」

「知りませんでした」

シモン・ブラウンこと納谷志門の警察官時代の経歴を、赤堂はくわしく説明した。

「で、確認しますけど、おにいさんが先生の警察関係の強力な情報源じゃないんですね」

「別の人です。ウソじゃありません」必死の形相で、首を左右にふった。「兄とは仲が悪いし、おたがいめったに連絡もしていないんです」

「退官後、菊田先生の秘書になったことは？」

「え……菊田義則元法相の」

これも、まったく知らないようだ。

「じゃあアズマガイト物産に就職したことも、ご存じない？」

ブラウンの目が大きく開かれた。

「菊田議員もアズマガイトも……ぼくがあなたに怪しいって言った連中じゃないですか」ブラウンは笑おうとして笑えなかった。自分で自分にあきれているのだ。

「ええ、あなたが教えてくれた問題の政治家と問題の会社です。同時におにいさんは、横浜警備セキュリティというアズマガイト系列の警備会社の役員にもなりました」赤堂は言った。「織部は、またそこで志門さんと再会したわけです」

「つまり織部氏は兄のスパイ……エスですか？」

「だと思います」赤堂はうなずく。「ということは、あなたのおにいさんが〈サークル〉のメンバーじゃないかってことです」

ブラウンはこれから赤堂が尋ねようとしていることを先読みしたのか、自嘲気味に笑った。

「父が二重人格だって言いましたよね。まさかそのふたつの正反対の性格や思想が、ぼくと兄、おのおのに乗り移るとは思ってもいませんでした」

父、ジェームズ・ブラウンは、昼間は根っからの日本贔屓(びいき)だったが、夜、酒を飲むと日本を劣等なアメリカの従属国だと切り捨てていた――ブラウンはそのことを言っているのだ。どうしてこうなったかはわからないが、兄は日本を軽蔑(けいべつ)し、弟は日本を愛することになった。

「いきなりブラウン先生がおにいさんに連絡して、おにいさんが〈人狩り〉結社の会員ではないかと警察が疑っていると言ったら……彼はどうしますか。仲の悪い弟から突然電話があったら、やっぱり不自然に感じますか」

「仲が悪いと言っても、絶縁してるわけではないですからね。ファミリーの名誉の問題として電話すれば、ぼくを信じるでしょう」

「おれと直接話してみないかと言って、おれの電話番号を教えたら、彼はかけてくると思いますか」

「くると思います」

「先生とおにいさん、おれは見分けられますか」

「どういうことでしょう」ブラウンは噴き出た汗を拭(ふ)いた。

「おれがシモンさんならばですよ……」赤堂は少し笑った。「そしてもし〈サークル〉の幹部ならば、ブラウン先生になりすまして現れて、おれを言いくるめようとすると思うんです」

「なるほど」ブラウンはその考えに、異議を唱えなかった。「何年も会っていないからわかりませんが、たぶん見分けはつかないと思います。声もそっくりですし」

「だったら、彼を罠にかけてください」

「罠？」

「いつも会う場所と会う時間を変えましょう。それからあなたは、時間にちょっとルーズで、いつも十分くらい遅れるとかいう人にしましょう……」
「それを兄に、なんとなく教えるんですね」
「はい。おにいさんから電話をもらったら、おれは折り返し公衆電話で先生のご自宅に電話して確認します」

事情聴取と報告書の作成のため、本部に戻らなくてはならない。赤堂は遊歩道を歩き、灰田の車に向かった。

特別捜査本部の何人かの刑事や応援の警察官が、ねぎらいの言葉をかけてきたり、賞賛の視線を向けてきた。だが赤堂はこの栄光が、数日で終わることを知っている。桃井との約束に期限がくるからだ。彼女はキンブルホテルのことを警務部に報告し、県警は大騒ぎになるはずだ。そうなれば、もちろん県警にはいられないし刑務所入りは確実だ。その後は刑事という隠れ蓑なしで、単独で〈サークル〉と戦うことになる。

勝ち目はより低くなるが、シモン・ブラウンに宣言したように、東垣外勇人や菊田議員を必ず追い詰めようと思う。

不思議と心は晴れ晴れとしていた。

ふり返って、もう一度、根岸湾の光のシャワーを眺めた。地球温暖化の温床、いまや悪の象徴のように語られる地域だったが、赤堂の目には天国みたいに映った。

エピローグ

現行犯逮捕された納谷志門とクロスボウの男ふたりは、四十八時間後に送検された。

新聞、テレビ各社は、大手警備会社の役員が警察官を殺害しようとして逮捕されたことと、真夜中の市民公園でクロスボウを乱射しようとしていた男たちの騒動を、別々の事件として報道した。一部の週刊誌とネットニュースは、ふたつの事件の裏に共通のなにかがあるという臭(にお)わせ記事を掲載したが、マスメディアのほとんどは沈黙していた。無視したのか、忖度(そんたく)しているのかはわからなかった。

シモン・ブラウンこと納谷志門はもちろん、クロスボウの男たちも取調べで完全黙秘をつらぬいた。だが男ふたりの経歴には、事件解明のためのいくつかのヒント——手がかりが見つかった。

ひとりは元アメリカ海軍将校で、カリフォルニア出身の日系三世。軍を除隊後、日本国籍を取得していた。現在はアズマガイト物産の部長だった。

もうひとりは、元検察事務官。退職後、菊田義則の私設秘書を務め、いまは海老原ホールディングスの系列会社の重役をしていた。

特別捜査本部のほとんどの人間は、菊田議員、アズマガイト物産、海老原ホールディングスには、巨大な悪のラインが引かれていることに気づいていたが、県警上層部はいまだにいかなる見解も示していない。頼りの白洲代理も沈黙したままだった。

赤堂はといえば、むかしから県警にあまり多くを期待していなかったので、別段なんの感想も持たなかった。

小百合が赤堂と再会したのは、事件の五日後だった。

場所は、赤堂行きつけの中区本郷町にあるイタリアンレストランだった。シェフは元弁護士という変わりダネで、長年トスカーナ州の二つ星店で修業した経験を持っていた。

店の売りであるトリッパに舌つづみを打ち、本場並みの量のスパゲッティを食べながら、小百合は〈サークル〉捜査の進展を赤堂に報告した。

赤堂は黙って聞くだけで、やはり元気がない。

そこで小百合は話題を変えた。

「このあいだのヤマで一番気になったこと、うかがっていいですか」

「いいよ」赤堂がフォークを持つ手を休めた。

「赤堂さんと青柳さん、ほんとはどういう関係なんですか」

「複雑な関係」

「だから、どういう関係ですか」

赤堂はため息をつき、フォークをカトラリーレストに置いた。

「小学校の同級生だよ。五年と六年のときのね。おれの人生最初の親友だった」

過去形の訳を語りはじめた。

母親がいなくなったことを打ち明けたのは、親友の青柳だった。だれにも言わないでほしいと念を押したはずが、ウワサは一日で広がった。それも犯罪に巻き込まれたとか、行き倒れになったとかいった類(たぐい)のものではなく、男と逃げたとか赤堂を捨てたとか、最悪の尾ひれがついていた。その悪意あるウワサを流していたのは、ほかならぬ青柳だった。

赤堂は絶望し、以来人が信じられなくなった。もちろんその後、青柳と会話を交わしたことは一度もなかった。

関係が修復されたのは、警察学校で再会したときだった。同期になるとは予想もしていなかったので、赤堂はどう接するべきか悩んだ。結局、同じ職場にでもならないかぎり、無視するしかないだろうと思った。

ところが青柳は、校舎の裏で赤堂を待ちかまえ、いきなり土下座した。

「おれのことおぼえているよね、子どものころ、赤堂くんを裏切った青柳です。あのときの自分はなにを考えていたのか。注目を集めようと思ってきみの秘密をぺらぺら話し、それがいつの間にか悪意のあるウワサに変貌(へんぼう)したときは、いっしょになって笑っていた。でもあのあと、すぐに気づいた。おれは人として最低なことをしてしまったって。あれ以来、人の秘密を安易に漏らすことも、ウワサを聞いて笑うことも、いっさいしていない。それだけは信じてほしい。なによりきみにあやまらずに大人になったことを、自分は一番後悔しています。許してほしいとは言いません。でもあやまったことは受け入れてください」

青柳は一気にまくしたてた。赤堂はあきれたが、その素直さに感動もした。

赤堂は警察学校を出た直後に、警察に入ったほんとうの目的を青柳に打ち明けた。

「おれにも手伝わせてくれ」

それが青柳の答えだった。

「そしてあいつが提案したんだ」赤堂はフォークを取った。「おれたちの関係は、警察内(シャナイ)でバレないようにしたほうがいい。なんとなくそう思うってね」
　謎が解けたと思うと、小百合の食欲は増大した。パスタを食べ、古代ローマの料理法で調理したという巨大な豚の塊を赤堂のことは無視して平らげ、最後はしっかりデザートまで注文した。

「もう一軒つき合わない？」と言われて、小百合は驚いた。赤堂がそういうキャラクターに思えなかったからだ。

　連れていかれたのは、馬車道の、わかりにくい場所にあるしぶい佇（たたず）まいのバーだった。内装はシンプルだが、カウンターは無垢の一枚板。そのことを言うと、赤堂は「材質はミャンマーのチーク材だそうだよ」と、さりげなく蘊蓄（うんちく）を披瀝（ひれき）した。

　店内はふたりだけだった。当然ながら、とても静かだ。

　赤堂がドライマティーニを、小百合がスクリュードライバーを注文すると、スーツのよく似合う五十代のバーテンダーはただうなずき、作業に入った。

「おれのこの時計について、話がしたくてね」まじめな口調で、赤堂は腕のアンティーク時計をかかげた。

　小百合は黙って聞くことにした。なにか重大な話のように思えたからだ。

「おれは十一歳のときから、祖父に育てられた。変わったじいさんだったけど、とてもいい人だった。自分をおじいちゃんなんて呼ぶなって言ってさ、修司さんと、孫に名前で呼ばせるんだから」赤堂はかすかに笑った。「おれが警察の採用が決まったって報告すると、お祝いだってこの店に連れて来てくれた。ここは母と父の出会いの場所なんだそうだ」

　腕を伸ばし、時計を小百合の前に突き出した。

「この時計はもともとは父の収集品で、父の一番のお気に入りだったらしい。死んだ父に代わって母が受け継いで、最後に祖父の手に渡った」

飲み物が来たので、話は中断された。

ふたりともひと口飲み、グラスをカウンターに置くと、会話を再開した。

「その日、祖父はそれをおれにゆずるって言った。この時計は母にとって、愛と信頼と勇気の象徴だからって」また、グラスに口をつけた。「だからおれは、受け取れないって言った」

「どうしてですか」口をはさまないつもりだったが、気がついたら尋ねていた。

「おれには、その資格がなかったからだよ。愛も信頼も勇気もない」

「おいおい、自分には愛も信頼も勇気もないって、きみは言いたいのか」

「ぼくはあの日、おかあさんを裏切ったから」

「裏切った?」怪訝な顔になった。

「そうだよ、裏切ったんだ」

少年は腹の底におさめていた、とてつもない秘密を祖父に語った。言えば彼の愛情を永遠に失うことはわかっていたが、それでも言わなくてはならなかった。

母が帰ってこなかったあの日、彼女がほんとうに娼婦だったのか、少年は問い詰めようと考えていた。ここ数日、面と向かって聞けない自分の弱さにも、こんなウワサを立てられた母に対しても腹が立ってしょうがなかった。きっとウワサはほんとうなんだろうと思う気持ちが強かった。

下校時だった。この日、少年は家とは逆方向、外国人墓地を通って元町方面に向かった。中村橋をわたった中華街のはずれには、当時、怪しい一角があった。

小学生の都市伝説だったが、そこに住む中国系の男たちは深夜、黄金町や日ノ出町で夜遊びしている女性をさらい、香港や中東に売るという話だった。

その一角を、少年は時間をかけて歩いた。

目つきの悪い男が現れた。

「坊ず、こんなとこにいると売られちゃうぞ」下卑た笑いだった。

「ぼくじゃなくて、さらってほしい女の人がいるんです」

気がつくと少年は、母親の名前とバーの住所を告げていた。

「どうして、そんなことをした?」

修司さんの冷静な声で、少年はわれに返った。

「学校の友だちに、もうこれ以上、変なことを言うのはやめてほしいって頼んだ。そしたら、悪いのはおまえのかあちゃんだろって言われた」

祖父はうなずき、先を話すよううながした。

「やめてほしかったら、かあちゃんを失くせって。失くせってどうしたらいいんだって聞いたら、例の場所の男たちにさらってもらえって」

祖父はトミントールをゆっくり飲みほした。グラスを置いたときは笑顔だった。

「あの一角にすむガラの悪いアジア人に、そういうウワサがあることは知っていたけどね。あれは単なるウワサで、連中はチョイ悪なだけでそんなことはしていないよ。連中もそういうウワサが自分たちにあることを知っていて、おまえをからかったんだろう」

「じゃあ……おかあさんは」

「まさかおまえのせいで、かあさんは香港に売られたと本気で思っていたのか」

「可能性はあると思って、怖くて深く考えなかった」少年は下を向いた。じつはこれから打ち明けることが、一番彼を苦しめていたことだった。「でも、もっと最悪なことをぼくはやった」喉から絞り出すように、ようやく声を出した。

「なんでも聞くよ」

「おかあさんが失踪したのに、ぼくは警察に失踪届を出さなかった。おかあさんに対するぼくの悪意がわかるでしょ」

「きみのかあさんがいなくなって三日後、おれは警察に行ってる」

「ほんと……」顔を上げて修司さんを見た。

「きみは当時、十一歳だぞ。じいさんのおれが行くのが当然だろう」

「でもあのときのぼくは……」

修司さんがさえぎった。

「おまえはあのときから、少年時代を失くしてしまった。それ以上の過酷な経験はない。もう自分を責めるのはやめなさい」お替りを注文してから、修司さんは言った。「それにおまえには、愛と信頼と勇気がしっかり備わっている。おれの目にくるいはない」

修司さんは少年の腕に、エテルナを巻いた。

「でも、あのときのおれは半分本気だった。半分本気で母をあの男たちに売った。半分本気で、母がおれの目の前から消えたらいいと思った。ただ、学校で平和にすごしたいばっかりに。これ以上イジメられたくないばっかりに……そんな、くだらねえことのために」小百合に顔を向けた。「いま思うと、そのときの行動は教訓になったよ。悪意とは、持った瞬間に現実になり、それは人を生涯むしばむって」

「なんでわたしに、そんな話してくれたんですか」

赤堂が口角を上げた。いつもの、不敵ないたずらっ子のような笑いだった。

「そろそろ例のホテルの件で、きみはおれを告発すべきだからだよ。タイミングをまちがうと、きみも共犯だと疑われる。だけどその前に、おれ自身のことについていくつか知ってもらいたくなった。今度のヤマで愕然としたのは、おれ自身が招いた災難が、いくつかあったことだな」

「赤堂さん自身が招いた災難？」

「〈サークル〉に情報を流していたのは、数年前からはほかならぬおれだった。織部健作と知り合って、彼のことを正義の人だと信頼したばっかりにね。その結果、あんな修羅場を経験しなくちゃならなくなった」

〈人狩り〉の恐怖の一夜を思い出した。よくＰＴＳＤにならなかったものだ。

「でもあたし、赤堂さんを告発しませんから」

赤堂は少し怖い顔になった。

「無理をしないほうがいい。きみまで悪に染まる必要はない」

「いえ、あるんです」考える以上に自分が毅然としていたので、小百合は自分が迷っていないと確信した。

「キンブルホテルのことは黙っています。その代わり、わたしに力を貸してください」

少し時間を置いて、赤堂が言った。「おとうさんの件？」

「特命中隊の正式な捜査に上げてほしいっていうんじゃありません」

「ルール違反をしないかぎり、謎は解けないと思うのか」

「はい」

「その依頼、おれにとっての大好物だけど、ほんとうにいいのか」

「お願いします」頭を下げた。

赤堂は残ったドライマティーニに口をつけた。

小百合はスクリュードライバーを一気飲みした。

「最後にひとつ、言わしてもらっていいですか」小百合が言った。

「なんだよ」

「赤堂さんて、人を見る目はないですよね」

赤堂は小百合をじっと見た。人を射抜くような視線ではなく、やわらかくあたたかみすら感じられるものだった。

「たしかにな」

赤堂は、グラスをカウンターに置いた。

本書は書き下ろしです。
また本書はフィクションであり、
実在の個人・団体等は一切関係ありません。

著者略歴

長崎尚志（ながさき・たかし）
小説家、漫画原作者、脚本家。出版社勤務後、独立。2010年、『アルタンタハー　東方見聞録奇譚』で小説家としてデビュー。『闇の伴走者　醍醐真二の博覧強記ファイル』はWOWOWで連続ドラマ化された。他著書に「県警猟奇犯罪アドバイザー　久井重吾」シリーズ、『風はずっと吹いている』『キャラクター』などがある。

Kadokawa Haruki Corporation

長崎　尚志

人狩人（ひとかりうど）

*

2024年3月8日第一刷発行

発行者　角川春樹
発行所　株式会社　角川春樹事務所
〒102-0074　東京都千代田区九段南2-1-30　イタリア文化会館ビル
電話03-3263-5881（営業）　03-3263-5247（編集）
印刷・製本　中央精版印刷株式会社

ISBN978-4-7584-1456-2 C0093
http://www.kadokawaharuki.co.jp/